本书为十三五国家重点出版物出版规划项目

本书 1—10 卷获中国人民大学 2016 年度"建设世界一流大学（学科）和特色发展引导专项资金"资助出版。

本书 11—13 卷获中国人民大学科学研究基金（中央高校基金科研业务费专项资金）项目（12XNL007）资助出版。

李 今 主编
樊宇婷 编注

汉译文学序跋集

第十一卷

1935—1936

上海人民出版社

致谢和说明

大约 1999 年，因为参与了杨义先生主编的《二十世纪中国翻译文学史》的写作，我进入了一个方兴未艾的研究新领域。在搜集爬梳相关文献史料的过程中，我深深感到汉译文学作品的序跋对于认识翻译行为的发生、翻译方法及技巧的使用，对于不同时期中国面向世界的"拿来"选择，对于中国知识界如何在比较融合中西文化异同中重建现代文化新宗的艰难探索，都具有切实而重要的历史价值和意义。同时也体会到前辈方家编撰的工具书与史料集，如北京图书馆编的《民国时期总书目》，贾植芳、俞元桂主编的《中国现代文学总书目》嘉惠后学的无量功德。于是，编辑一套《汉译文学序跋集 1894—1949》，助益翻译文学研究的想法油然而生。但我也清楚，这样大型的文献史料集的整理汇印，没有一批踏实肯干的学人共同努力，没有充足的经费支持是难以实施的。

2006 年，我从中国现代文学馆调到中国人民大学文学院，曾和院领导谈起我的这一学术设想。让我感动的是，孙郁院长当场鼓励说，你若能完成就是具有标志性的成果，不用担心经费问题。后来出任人大副校长的杨慧林老师一直对此项研究给予默默的支持。我的学术设想能够获得学校项目的资助，是与他们的关心和支持分不开的。我先后招收的博士生、博士后让我有幸和他们结成工作团队。师生传承历来都是促进学术发展的有效传统，我对学生的要求即我的硕士导师朱金顺先生、博士导师严家炎先生给予我的教诲：见书（实物）为准，做实学。只因适逢当今电子图书数据库的普及与方便，我打了折扣，允准使用图书电子复制件，但要求时时警惕复制环节发生错误的可能性，只要有疑问一定查证实物。即使如此，《序跋集》收入的近 3000 篇文章都是各卷编者罗文军、张燕文、屠毅力、樊宇婷、刘彬、崔金丽、尚筱青、张佳伟一本本地查阅、复印或下载，又一篇篇地录入、反复校对、整理出来的。为了找到一本书的初版本，或确认难以辨识的字句，他们有时要跑上好几个图书馆。为做注释，编者们更是查阅了大量的资料文献。尤其是崔金丽在编撰期间身患重病，身体康复后仍热情不减，重新投入工作。从他们身上，我看到作为"学人"，最基本的"求知""求真""求实"的精神品质，也因此，我常说我和学生没有代沟。

本套丛书虽说是序跋集，但所收录的文章并未完全局限于严格意义上的序跋，也就是说，我们编辑的着眼点并不仅仅在于文体价值，还注重其时代信息的意义，希望能够从一个侧面最大限度地汇集起完整的历史文献史料。考虑到对作家作品的评价往往保存着鲜明的时代烙印，译者为推出译作有时会采用理论、评论、文学史等相关论说，以阐明其翻译意图与译作价值，因而译本附录的作家评传及其他文章也一并收入。

鉴于晚清民国时期外国作家、作品译名的不统一，译者笔名的多变，编者对作家、译者、译作做简要注释，正文若有原注则照录。其中对译作版本的注释主要依据版权页，并参考封面、扉页、正文的信息撰写。由于晚清民国初期出版体制正在形成过程中，版权页著录项目并不完备，特别是出版部门尚未分工细化，发行者、印刷者、个人都可能承担出版的责任，因而，对出版者的认定，容易产生歧义，出现由于选项不同，同一版本录成两个版本的错误。为避免于此，遇有难以判断，或信息重要的情况，会以引号标志，照录版权页内容。《序跋集》按照译作初版的时间顺序排列，如未见初版本，则根据《民国时期总书目·外国文学》《中国现代文学总书目·翻译文学》，并参考其他相关工具书及著述确定其初版时间排序。但录文所据版本会于文末明确标注。经过编者的多方搜求，整套丛书已从 450 万字又扩充了近 200 万字，计划分 18 卷出版。为方便查阅，各卷都附有"书名索引"和"作者索引",终卷编辑全书"《序跋集》书名索引"和"《序跋集》作者索引"。其他收录细则及文字处理方式详见凡例。

经过六七年的努力,《汉译文学序跋集 1894—1949》第三辑即将面世,我和各卷的编者既感慨万千,又忐忑不安。尽管我们致力为学界提供一套可靠而完整的汉译文学序跋文献汇编,但时间以及我们能力的限制,讹漏之处在所难免,谨在此恳切求教于方家的指正与补遗,以便经过一定时间的积累出版补编本。此外,若有任何方面的问题都希望能与我取得联系(中国人民大学文学院)。

本套大型文献史料集能够出版,万万离不开研究与出版经费的持续投入,谨在此感谢中国人民大学及文学院学术委员会对这套丛书的看重和支持;感谢中国人民大学 2016 年度"建设世界一流大学(学科)和特色发展引导专项资金"支持了 1—10 卷的出版经费;感谢中国人民大学科学研究基金(中央高校基金科研业务费专项资金)项目(12XNL007)资助编撰研究费用和 11—18 卷的出版经费;感谢科研处的沃晓静和侯新立老师的积极支持和帮助。另外,还要特别感谢每当遇到疑难问题,我不时要叨扰、求教的严家炎、朱金顺老师,还有夏晓虹、解志熙老师,我们学院的梁坤老师帮助校对了文中的俄语部分;感谢各卷编注者兢兢业业,不辞辛苦地投入编撰工作;感谢在编辑过程中,雷超、樊宇婷、刘彬事无巨细地承担起各种编务事宜。感谢屠毅力对《序跋集》体例、版式、文字规范方面所进行的认真而细心的编辑。

总之,从该项目的设立、实施,到最后的出版环节,我作为主编一直充满着感恩的心情,处于天时、地利、人和的幸运感中。从事这一工作的整个过程,所经历的点点滴滴都已化为我美好的记忆,最后我想说的还是"感谢!"

李今

凡　例

一、本书所录汉译文学序跋，起 1935 年，终 1936 年。

二、收录范围：凡在这一时段出版的汉译文学单行本前后所附序跋、引言、评语等均予以收录。作品集内译者所作篇前小序和篇后附记均予以收录。原著序跋不收录，著者专为汉译本所作序跋收录。

三、文献来源：收录时尽量以原书初版本或其电子影印件为准。如据初版本外的其他版本或文集、资料集收录的，均注明录自版次、出处。

四、编录格式：以公元纪年为单位，各篇系于初版本出版时间排序，同一译作修订本或再版本新增序跋也一并归于初版本下系年。序跋标题为原书所有，则直录；若原书序跋无标题，加"[　]"区别，按书前为[序]，书后为[跋]，篇前为[小序]，篇后为[附记]格式标记。正文书名加页下注，说明译本所据原著信息，著者信息，译者信息及出版信息等。若原著名、著者原名不可考，则付阙如。

五、序跋作者：序跋作者名加页下注，考录其生卒年、字号、笔名、求学经历、文学经历、翻译成果等信息。凡不可确考而参引其他文献者，则注明引用出处。凡不可考者，则注明资料不详。在本书中多处出现的同一作者，一般只在首次出现时加以详注。若原序跋未署作者名，能确考者，则加"(　)"区别，不能确考者则付阙如。

六、脱误处理：原文脱字处、不可辨认处，以"□"表示。原文误植处若能确考则直接改正，若不能完全确考则照录，并以"[　]"标出改正字。部分常见异体字保留，部分不常见字则改为规范汉字，繁体字统一为通行简体字。原文无标点或旧式标点处，则皆改用新式标点。

　　七、注释中所涉外国人名、书名，其今译名一般以中国大百科全书出版社中文版《不列颠百科全书》《简明不列颠百科全书》等为依据。

目　录

1935年 ……………………………………………………………… 001

《白石上》 ………………………………………………………… 001

　　译者的序 ……………………………………………（陈聘之）001

《文丐》 …………………………………………………………… 003

　　译者序 …………………………………………………缪一凡 003

《焚火》 …………………………………………………………… 004

　　序 ………………………………………………叶素（楼适夷）004

《达夫所译短篇集》 ……………………………………………… 006

　　自序 …………………………………………………… 郁达夫 006

　　《废墟的一夜》[附记] ………………………………（郁达夫）008

　　《幸福的摆》[附记] …………………………………（郁达夫）009

　　《马尔戴和她的钟》[附记] …………………………（郁达夫）011

　　《一个败残的废人》[附记] …………………………（郁达夫）011

　　《一位纽英格兰的尼姑》[附记] ……………………（郁达夫）012

　　《一女侍》[附记] ……………………………………（郁达夫）013

　　《春天的播种》[附记] ………………………………（郁达夫）014

　　《浮浪者》[附记] ……………………………………（郁达夫）014

《世界文库1》 …………………………………………………… 016

　　发刊缘起 ………………………………………………郑振铎 016

编例 021

序 .... 蔡元培 024

《傲慢与偏见》 026

序 .... 吴宓 026

撷茵奥斯登评传 Jane Austen（1775—1816）....杨缤（杨刚）027

《骄傲与偏见》 035

梁序 .... 梁实秋 035

译者序言 .... 董仲篪 037

《田园交响乐》 039

后记 .... 丽尼 039

《比利时短篇小说集》 041

小引 .... 戴望舒 041

《孤独者》[小序] ....（戴望舒）042

《贝尔洛勃的歌》[小序] ....（戴望舒）043

《迟暮的牧歌》[小序] ....（戴望舒）043

《溺死的姑娘》[小序] ....（戴望舒）044

《圣诞节的晚上》[小序] ....（戴望舒）045

《住持的酒窖》[小序] ....（戴望舒）045

《乌朗司毕该尔》[小序] ....（戴望舒）046

《法布尔·德格朗丁之歌》[小序] ....（戴望舒）047

《薇尔村的灵魂》[小序] ....（戴望舒）047

《善终旅店》[小序] ....（戴望舒）048

《婴儿杀戮》[小序] ....（戴望舒）048

《朗勃兰的功课》[小序] ....（戴望舒）049

《红石竹花》[小序] ....（戴望舒）049

《公鸡》[小序] ....（戴望舒）049

《冲击》[小序] ....（戴望舒）050

《魔灯》[小序] ....（戴望舒）050

《名将军》[小序] ....（戴望舒）051

《秋暮》[小序] ....（戴望舒）052

《小笛》[小序] ....（戴望舒）052

《恋爱的权利》 053

谈 ROMANOF .... 伍蠡甫 053

《表》 055

　　译者的话 .... 鲁迅 055

《俄罗斯的童话》 058

　　小引 .... 鲁迅 058

《浮士德》 060

　　钟序 .... 钟敬文 060

　　译者序 .... 周学普 065

《伊特勒共和国》 082

　　译者前记 .... 徐懋庸 082

《母亲的故事》 090

　　张序 .... 张一渠 090

　　吴序 .... 吴涵真 092

　　陈序 .... 陈伯吹 093

　　告读者 .... 梁冰弦 094

《一个陌生女子的来信》 096

　　译序 .... 孙寒冰 096

《三个正直的制梳工人》 097

　　序 .... 毛秋白 097

《莫里哀全集（一）》 107

　　例言 ....（王了一〔王力〕)107

《文艺家之岛》 110

　　译者序 .... 杨云慧 110

《德意志短篇小说集》 111

　　序 .... 毛秋白 111

《四骑士》 114

　　译者的序 .... 李青崖 114

《弥盖朗琪罗传》 120

　　译者弁言 .... 傅雷 120

《娜娜》 121

　　前言 .... 胡思铭 121

《狱中记》 123

　　后记 .... 巴金 123

《托尔斯泰小传》 125

　　序 ……………………………………………… 陈德明　谢颂羔 125

《孤女飘零记》………………………………………………………… 127
　　译者序 ………………………………………… 君朔（伍光建）127

《瑞典短篇小说集》…………………………………………………… 128
　　译者序 ……………………………………………………… 伍蠡甫 128

《法国名剧四种》……………………………………………………… 129
　　总序 ……………………………………………………… 王维克 129
　　《费特儿》译序 ……………………………………（王维克）130
　　《费特儿》费特儿之罪恶问题 ……………………（王维克）132
　　《查太顿》关于查太顿的话 …………………………… 王维克 134
　　《群鸦》译序 …………………………………………… 王维克 139
　　《远方公主》译序 ……………………………………… 王维克 140

《邮王》………………………………………………………………… 142
　　前序 ……………………………………………………… 周今觉 142
　　后序 ……………………………………………………… 周今觉 143

《虚心的人》…………………………………………………………… 144
　　译者序言 …………………………………………………（周尧）144

《怒吼吧中国！》……………………………………………………… 145
　　欧阳予倩序 ………………………………………… 欧阳予倩 145
　　译后记 …………………………………………………… 潘孑农 147

《未名剧本》…………………………………………………………… 150
　　介言 ………………………………………………………… 何妨 150

《桃园》………………………………………………………………… 152
　　前记 ……………………………………………………… 茅盾 152
　　《桃园》[小序] …………………………………………（茅盾）154
　　《改变》[小序] …………………………………………（茅盾）154
　　《皇帝的衣服》[小序] …………………………………（茅盾）155
　　《娜耶》[小序] …………………………………………（茅盾）156
　　《两个教堂》[小序] ……………………………………（茅盾）157
　　《春》[小序] ……………………………………………（茅盾）157
　　《耶稣和强盗》[小序] …………………………………（茅盾）157
　　《门的内哥罗之寡妇》[小序] …………………………（茅盾）158
　　《催命太岁》[小序] ……………………………………（茅盾）158

《凯尔凯勃》[小序] ………………………………………（茅盾）159

《狒拉西》……………………………………………………… 160
　　序 …………………………………………………（石璞）160
　　作者渥尔芙夫人传 ……………………………………（石璞）163
　　勃朗宁夫人小传 ………………………………………（石璞）166

《甘地特》……………………………………………………… 167
　　作者传略 ……………………………………………伍光建 167

《蒙提喀列斯突伯爵》………………………………………… 169
　　传略 …………………………………………………伍光建 169

《热恋》………………………………………………………… 170
　　译者的话 ……………………………………………钱歌川 170
　　《失业者》附注 ……………………………………（钱歌川）171
　　《御夫术》译者附注 ………………………………（钱歌川）172
　　《苹果》附记 ………………………………………（钱歌川）172
　　《母亲》[附记] …………………………………（钱歌川）172
　　《苍蝇》译者附注 …………………………………（钱歌川）173

《浑堡王子》…………………………………………………… 174
　　序 …………………………………………………毛秋白 174

《圣游记》……………………………………………………… 180
　　译者序言 ……………………………………………谢颂羔 180
　　《圣游记续集》贾序 ………………………………贾立言 182
　　《圣游记续集》写完以后 …………………………谢颂羔 182
　　《圣游记全集》关于本仁约翰及其名著 …………谢颂羔 183

《罪恶与刑罚》………………………………………………… 185
　　作者传略 ……………………………………………伍光建 185

1936年 ……………………………………………………… 187

《福楼拜短篇小说集》………………………………………… 187
　　序 …………………………………………………李健吾 187
　　跋 …………………………………………………李健吾 204

《黑水手》……………………………………………………… 206
　　译者序 ………………………………………………袁家骅 206

《红百合花》…………………………………………………… 217

　　作者传略 …………………………………………………… 伍光建 217

《杨柳风》 ……………………………………………………………… 219
　　题记 ……………………………………………… 知堂（周作人）219
　　译者序 …………………………………………………… 尤炳圻 222
　　释例 ……………………………………………………（尤炳圻）227

《朝鲜现代儿童故事集》 …………………………………………… 229
　　前记 ……………………………………………………… 邵霖生 229

《炎荒情血》 ………………………………………………………… 230
　　卷首语 …………………………………………… 刘勋卓　刘勋欧 230

《白夜》 ……………………………………………………………… 232
　　妥斯退益夫斯基略传 ………………………………………… 232

《关着的门》 ………………………………………………………… 241
　　译者的话 ……………………………………………… 李万居 241

《酒场》 ……………………………………………………………… 243
　　译者序 ………………………………………………… 沈起予 243

《洛士柴尔特的提琴》 ……………………………………………… 252
　　作者传略 ……………………………………………… 伍光建 252

《冰岛渔夫》 ………………………………………………………… 253
　　小引 …………………………………………………（黎烈文）253

《杨柳风》 …………………………………………………………… 255
　　序言 …………………………………………………… 薛琪瑛 255
　　代序 …………………………………………………… 周作人 257

《法国短篇小说集》 ………………………………………………… 260
　　序 …………………………………………………… 黎烈文 260
　　《埃特律利花瓶》附记 ………………………………（黎烈文）262
　　《大密殊》附记 ……………………………………（黎烈文）262
　　《名誉是保全了》附记 ………………………………（黎烈文）263
　　《未婚夫》附记 ……………………………………（黎烈文）263
　　《信》附记 …………………………………………（黎烈文）264
　　《客》附记 …………………………………………（黎烈文）264
　　《反抗》附记 ………………………………………（黎烈文）265
　　《晚风》附记 ………………………………………（黎烈文）265
　　《田园交响乐》附记 …………………………………（黎烈文）266

《堇色的辰光》附记 ……………………………………（黎烈文）267

《他们的路》附记 ………………………………………（黎烈文）267

《一个大师的出处》附记 ………………………………（黎烈文）268

《热情的小孩》附记 ……………………………………（黎烈文）268

《俄国短篇小说译丛》 …………………………………………… 269

　　引言 …………………………………………………郑振铎 269

　　作者传略 …………………………………………（郑振铎）270

《德伯家的苔丝》 ………………………………………………… 273

　　译者自序 …………………………………………………张谷若 273

《化外人》 ……………………………………………………… 276

　　前记 ………………………………………………（傅东华）276

《皮蓝德娄戏曲集》 ……………………………………………… 277

　　皮蓝德娄 …………………………………………………徐霞村 277

《战争》 ………………………………………………………… 286

　　译后记 ………………………………………………………茅盾 286

《人兽之间》 …………………………………………………… 287

　　译序 ………………………………………………………张资平 287

《托尔斯泰短篇小说》 …………………………………………… 289

　　作者传略 …………………………………………………伍光建 289

《西窗集》 ……………………………………………………… 291

　　题记 ………………………………………………………卞之琳 291

《在陶捋人里的依斐格纳亚》 …………………………………… 292

　　译者序 ……………………………………………………罗念生 292

《何为》 ………………………………………………………… 293

　　后记 ………………………………………………………巴金 293

《格列佛游记》 ………………………………………………… 298

　　小引 ………………………………………………（徐蔚森）298

《假童男》 ……………………………………………………… 299

　　译者的话 …………………………………………………所非 299

《天蓝的生活》 ………………………………………………… 301

　　后记 ………………………………………………………丽尼 301

　　（1945年上海杂志公司版）题记 …………………………（丽尼）302

《双影人》 ……………………………………………………… 303

斯托谟小传 …………………………………（商承祖）303

斯托谟的文学 ………………………………（商承祖）305

导言 …………………………………………（商承祖）306

《葛莱齐拉》………………………………………… 308

后记 …………………………………………… 陆蠡 308

《木偶奇遇记》…………………………………… 309

小引 ………………………………………（傅一明）309

《爱丽思漫游奇境记》…………………………… 310

小引 …………………………………………何君莲 310

《朵连格莱的画像》……………………………… 311

作者评传 ……………………………………凌璧如 311

《窝狄浦斯王》…………………………………… 326

译者序 ………………………………………罗念生 326

《沙宁》…………………………………………… 327

小引 ………………………………………（周作民）327

《一切的峰顶》…………………………………… 329

序 …………………………………………（梁宗岱）329

《悲惨世界》……………………………………… 331

译者底话 ……………………………………李敬祥 331

《黛斯姑娘》……………………………………… 334

小引 …………………………………………严恩椿 334

《卢骚忏悔录》…………………………………… 336

小引 ………………………………（汪炳焜〔汪炳琨〕）336

《少奶奶的扇子》………………………………… 338

前言 ………………………………… 钱公侠　谢炳文 338

小引 …………………………………………………… 339

《少年维特之烦恼》……………………………… 340

小引 ………………………………………（钱天佑）340

《苦儿流浪记》…………………………………… 342

小引 …………………………………………何君莲 342

《圣安东尼之诱惑》……………………………… 343

小引 ………………………………………（钱公侠）343

译者琐言 …………………………………（钱公侠）346

《小妇人》 347

　　小引 ....（汪宏声）347

《门槛》 349

　　《门槛》[小序] .... 巴金 349

　　《为了知识与自由的缘故》[小序] .... 巴金 350

　　《三十九号》[小序] .... 巴金 350

　　《薇娜》[小序] .... 巴金 351

　　后记 .... 巴金 351

《木偶游菲记》 352

　　小引 ....（江曼如）352

《泰绮思》 354

　　小引 ....（王家骥）354

《我的童年》 356

　　小引 ....（卞纪良）356

《侠隐记》 357

　　小引 .... 曾孟浦 357

《罪与罚》 360

　　小引 ....（汪炳琨）360

《猎人日记》 361

　　译者序 .... 耿济之 361

　　附录　《猎人日记》研究 ....（耿济之）362

《庇利尼斯的故事》 386

　　译者的闲话 .... 谢诒徵 386

《水婴孩》 390

　　小引 ....（应瑛）390

　　译序 .... 应瑛 391

《我的家庭》 392

　　译者序 .... 李霁野 392

《伊索寓言》 394

　　小引 ....（林华〔谢炳文〕）394

《金河王》 395

　　小引 .... 王慎之 395

《西线无战事》 396

    译序 ....钱公侠 396

  《茵梦湖》... 398

    小引 ....（施瑛）398

  《巴尔扎克短篇小说》... 399

    关于巴尔扎克 ....王任叔 399

  《天上珠儿》... 408

    圣体军小丛书发刊旨趣 408

    序 ....金鲁贤 408

  《总统失踪记》... 409

    译者序 ....方安 409

  《威尼斯商人》... 412

    序 ....（梁实秋）412

    例言 ....（梁实秋）417

书名索引 419

作者索引 425

1935 年

《白石上》[①]

《白石上》译者的序
(陈聘之 [②])

《白石上》是作者晚年思想转变后的巨制。那时他大约是五十五岁，已由虚无主义者转变为社会主义者了。

大概正是因为这个"转变"吧，金色学者从来不曾看重过本书的。

本书是由五篇随笔缀合而成，各自独立。但却首尾衔接，系统整然，分读，则不免有"破镜"之感。

本书采述的范围极广。我们可以把它当作宗教史，哲学史，艺术史，社会发展史读，又可以当作人种学，考古学，神话学读。但是，这些不是作者直接告诉我们的，而是作者请出几位不同型的人物，各人说出自己要说的话：是表现而不是叙述；是感情的结晶，而不是理智的配合，所以本书还是一本伟大的文学作品。

在本书前三篇，所表现的作者的态度；是很安详的，对于不长进

---

① 《白石上》(*Sur la Pierre Blanche*)，长篇小说，法国法郎士 (Anatole France，今译法朗士，1844—1924) 著，陈聘之译述，上海商务印书馆 1935 年 5 月初版，"世界文学名著"之一。

② 陈聘之 (1897—1984)，出生于河南济源市，毕业于北京大学法文系，后任教于北京大学、辅仁大学、中法大学等，抗战时期辞去教职从商。另与潘伯明合译有小仲马《金钱问题》。

的人们，很多时候，是请他们自己打嘴巴。但到第四篇，却禁不住要拉长面孔了。第五篇，是作者对未来的祈祷和展望。

为着读者的方便，再将各篇大意分别介绍一下吧。

第一篇藉罗马旧市场的发掘，把罗马古代社会：建筑，宗教，政治，战争，以及游牧时代，农业时代的人们的生活状况，和亚利安人的肤色，葬仪等，考察极详。最后作者正确地指示种族的区分，是根本不可能的："在一个民族里，辨别构成该民族的种族，常和沿着一道长江，追溯投入该江的河流，一样困难……但是人类凭着他们的骄傲，仇恨，贪婪，竟造出来许多种族。"其憧憬的"世界大同"，于此可见。

第二篇作者使几位罗马人，在哥林多谈罗马的艺术，哲学，宗教，政治，法律，世界的起源，人类的产生种种问题，描写罗马人自尊自大的观念，与其卑视希腊，犹太人的态度，明讥暗诮，非常有趣。罗马人怀想昔日之盛，极欲逃免令人忧闷的现代，所以对于"未来"有两方面的推测：（一）罗马的国祚永嗣，且将建设宇宙和平。（二）罗马的宗教不灭，将来继 Jupiter 而袭其神权者，还是奥林比亚山上的 Hercule。

第三篇不啻是第二篇的书后，讥讽罗马人对于"未来"的推测，因自尊自利的观念，所以大为乖错，竟至对于素所追求的"未来"现成人形的圣保禄，大为蔑视。此外对于圣保禄"未来"的推测，亦加讽谏。盖作者认为只有科学可以前知，他引证卫尔士对于"未来"的探测，即社会主义的成功。

第四篇作者痛骂欧洲现代的文明——殖民政策的帝国主义——替红黄黑三种人抱不平。不过殖民政策的侵略，激起黄种人日本的崛起，大败强俄；资本主义的发展，吞没手工业，集许多工人于一厂，使他们知有组织。压制愈甚，抵抗愈烈，经过阶级战争，均势成功，战争自弭，武装地走向"世界和平"。

第五篇是作者理想的乌托邦，是作者所憧憬的"世界大同"的部分的实现。在此种社会里，资本主义消灭，社会主义成功，人各尽所能，各取所需，融融熙熙于"大同世界"之中。

最后，关于作者个人，译者不愿再说什么，一位法国文坛的巨子，世界知名的作家，难道还会有谁不知道吗？即贫乏的中国文学界，也早有杂志替他出过专号了。①

——录自商务印书馆 1935 年初版

《文丐》②

《文丐》译者序
缪一凡 ③

这位作者是大家都熟悉的，不用我来介绍，他的著作被译成中文的已有不少。现在只把我个人对于本书所发生的关系，略讲几句。

在一九三二年，从友人梁君处借到本书的原文，看过以后，竟感到非常的兴趣，所以又转借给另一个友人。不幸一二八惨案发生，这位友人恰巧住在北四川路，他所有的东西都遭焚毁，这本小书当然也不能例外。本书原是商务印书馆所经售的小蓝皮丛书之一，后来我就

---

① 参考小说月报丛刊第三十八种：《法朗士传》。——原注

② 《文丐》（ *The Pot Boiler Integral Equations*)，四幕剧，美国辛克莱（Upton Sinclair，1878—1968）著，缪一凡译述，上海商务印书馆 1935 年 5 月初版，"世界文学名著"之一。

③ 缪一凡（？—1937/38），据 1938 年 10 月 9 日《导报》上刊登的《悲悼一位故去的剧人缪一凡》一文披露，缪一凡曾任职于上海海关，抗战全面爆发后组织海关话剧团体，慰劳将士，捐款筹募，后参加海关同人长征团去南方，进行抗日救亡的宣传活动，为编写剧本，专程赴中山县三灶岛体验生活时，不幸染上霍乱去世。聂耳曾谱曲、冯华全填词：《缪一凡先生挽歌》。著有独幕剧集《往那儿去》(内收《撤退》《后庭花》《往那儿去》、街头剧《回乡》等)。

跑去，发痴似地站在一堆小蓝皮丛书面前，寻了几小时，差不多把所有的都翻过了，终找不到此书。问了许多西书店，也没有别的版本。去年我就托该馆到美国去定购，本来此种书在该馆只售一元二十本，谁知我却花了一元余，始买到这小小一本东西。

当我收到此书的时候，欢喜得如同见到久别重逢的好友一样。后来我又花了许多工夫，把它译了出来。承余上沅先生参照原文略加修改，故特在此志谢！

本书并不是充满了浓厚的色彩，也不是怎么激昂热烈，像他的其他杰作一样。它只是大胆地把社会的黑暗暴露出来，还带着许多深刻的讽刺，颇能引起读者同情心的共鸣。正像著者自己所说，里面充满了眼泪和欢笑，悲哀和热情，能打动人们的心坎。并且在演剧的技巧方面，也有新的贡献。所以我谨把此剧介绍给各位，希望读者不吝指教。

　　　　　　　　　　　　　　二十三年六月一凡识于沪上。

　　　　　　　　　　　　　　——录自商务印书馆 1935 年初版

《焚火》[①]

《焚火》序
叶素（楼适夷[②]）

大概是十多年以前的事了，在《小说月报》上读到周作人翻译的

---

① 《焚火》，短篇小说集。日本志贺直哉（1883—1971）著，叶素译。上海天马书店 1935 年 5 月初版。

② 叶素，楼适夷（1905—2001），浙江余姚人，曾就读于上海艺术大学，后赴日本留学，主修俄罗斯文学，回国后加入"左联"。曾编辑《前哨》《文艺新闻》、《新华日报》副刊、《抗战文艺》《文艺阵地》《大公报·救亡日报》等。另译有高尔基《人间》、A. 托尔斯泰《彼得大帝》、赫尔岑《谁之罪》等。

《到网走去》，得到甚深的感动；这是第一次认识志贺直哉的作品，而且也因此对现代的日本文学发生了兴味。

志贺直哉出现在日本文坛怕已有了三十年，似乎他从来不曾是一个"红作家"，开初的时候他那样写，直到三十年后的今日，他还是那样的写。从播荡在集纳主义之潮的日本作家来看，他写的也并不多。和他同出身的那些作家正放弃了所谓"纯艺术的宫殿"，在大量大量地为日报和通俗妇人杂志加工赶制"大众小说"的时候，能够坚守着自己的园地，宁使躲在乡村里被别人忘却的，也似乎只有志贺直哉。因为他的意味并不跟自称"死抱住文学"者一样，所以在这种坚贞的地方，也是我特别爱好了他的原因之一。

最近一个时期我手边什么书也没有，把他的一本全集差不多都读遍了；这里又使我对他有了进一步的爱好。自然他所写的大半都是目前已被人不屑称道的"身边杂事"，然而从他的笔底写下来，却使我有"愈是从细小的地方愈是能尝味到人生的滋味"的感觉。一些很细微的感情的波折，从刻划甚深的写实的笔触之下，却也常常会令人低徊寻味，不忍释去。多忙的现代人自然会爱好浓重的色调，粗壮的韵律；但是像水墨山水那样的灵疏轻淡的构图，有时却也能更多地给人以玩味的兴趣。

志贺直哉似乎就是这样的，所有他的哀愁是那么的清淡，所有他的幽默也是那样的清淡，然而在清淡的寥寥数笔之中，却含涵着真实的人生的境界使人留下不可磨灭的印象。自然他也跟许多明治大正间的日本作家一样，是接受了西洋自然主义文学的影响而出发的，而在这些作家之中，他是不愧被称做近代日本写实主义的典型作家的。他当然不过在自己周围很狭窄的天地里徘徊了一阵，而且恐怕也永远不会跨出一步去的。但是从他写给《蟹工船》作者的几封书信来看，他的写实主义的见地是颇为深厚的。

集在这里的八个短篇，是两月来陆续在工作余闲翻译了下来的。

在六七十万字的全集中只译了这样寥寥的几篇，仍然是为着私心癖好的关系。所喜欢的自然不只是这些，可是有的已有人译过，有的因为篇幅长，就懒得动手。至于译成了的八篇，无论是开始读到，以及后来着手翻译与复读译文的时候，都感得深深的欢喜。例如《焚火》一篇的诗的意境；《学徒的菩萨》和《清兵卫与葫芦》，虽然在不同的意义中却有读戈歌里的短篇含着眼泪发笑的情味，都活生生的映在我的心头。这对于别人不知怎样，但把来印成一本薄薄的册子，或许也不算甚大的浪费。

　　是为序。

　　　　　　　　　　　叶素于一九三四年十一月露冷灯昏之夜。

　　　　　　　　　　　　　　　　——录自天马书店 1935 年初版

《达夫所译短篇集》[①]

《达夫所译短篇集》自序

郁达夫[②]

　　译书实在是一件不容易的事情！从事于文笔以来，到现在也已经有十五六年的历史了，但总计所译的东西，不过在这里收集起来的十几

---

① 《达夫所译短篇集》，郁达夫据德文转译。每篇末有附记简介著者或作品。上海生活书店 1935 年 5 月初版。

② 郁达夫（1896—1945），浙江富阳人。1912 年考入浙江大学预科，1914 年考入日本东京第一高等学校预科，1919 年进入东京帝国大学经济学部，创造社发起人之一。回国后历任北京大学统计学讲师、武昌师范大学文科教授、中山大学英文系主任、上海艺术大学教务长、安徽大学文科教授等。1938 年赴南洋从事抗日活动，1945 年被日军秘密杀害。另译有小说集《小家之伍》（F. 盖斯戴客等著），文艺论文集《几个伟大的作家》（俄国 I. Turgenev 等著）等。

万字的一册短篇集，和在中华出版的一册叫作《几个伟大的作家》的评论集而已。译的时候，自以为是很细心，很研究过的了，但到了每次改订，对照的时候，总又有一二处不妥或不对的地方被我发现；由译者自己看起来尚且如此，当然由原作者或高明的读者看起来，那一定错处是要更多了！所以一个人若不虚心，完全的译本，是无从产生的。

在这集里所收集的小说，差不多是我所译的外国小说的全部。有几篇，曾在北新出过一册《小家之伍》，有几篇曾经收集在《奇零集》里，当作补充物用过。但这两书，因种种关系，我已经教出版者不必再印，绝版了多年了；这一回当改编我的全部作品之先，先想从译品方面来下手，于是乎就编成了这一册短篇译文的总集，名之曰《达夫所译短篇集》。

我的译书，大约有三个标准：第一，是非我所爱读的东西不译；第二，是务取直接译而不取重译；在不得已的时候，当以德译本为最后的凭借，因为德国人的译本，实在比英、法、日本的译本为更高明；第三，是译文在可能的范围以内，当使像是我自己写的文章，原作者的意思，当然是也顾到的，可是译文文字必使像是我自己做的一样。正因为常常要固执着这三个标准，所以每不能有许多译文产生出来；而实际上，在我，觉得译书也的确比自己写一点无聊的东西，还更费力。

这集子里所收的译稿，头上的三篇，是德国的；一篇是芬兰作家阿河之所作；其次的一篇，是美国女作家玛丽·衣·味儿根斯初期的作品；最后，是三篇爱尔兰的作家的东西。关于各作家的介绍，除历史上已有盛名者之外，多少都在篇末写有一点短短的说明在那里，读者若要由这一册译文而更求原著者其他的作品，自然可以照了我所介绍的书目等去搜集。但因各作品译出的时候，大抵在好几年之前，当时的介绍，或许已经不中用了，这一点，同时也应该请读者再加以注意。

　　近来中国的出版界，似乎由创作的滥制而改进到研究外国作品的阶段去了，这原是很好的现象；不过外国作品，终究只是我们的参考，而不是我们的祖产；将这译文改订重编之后，我却在希望国人的更进一步的努力。

一九三四年十二月序于杭州
——录自生活书店 1935 年初版

《废墟的一夜》[附记]
（郁达夫）

　　原作者 Friedrich Gerstaecker，1816—1872 是一位汉堡（Hamburg）的唱歌剧的人的儿子。他从小就跟了他父亲在东跑西走，所以受的教育也不是整整团团的。一八三七年他父亲死后，因为不想在故国过那种刻板的生活，就渡往了新世界的美国。可是美国也不是黄金铺地的地方，所以这一位移民，当几个资金用了之后，就不得不转来转去地去做火夫、水手、农场帮佣者、商品叫卖人等苦事情。一八四三年回了德国，他将自己所经历的种种冒险日录写了出来，名 *Streif und Jagdzuege* 渐渐得了一点文学上的成功。一八四九到一八五二年中，他做了一次环游世界的快举。一八六〇年再赴南美，一八六二年陪了一位公爵去埃及亚媲雪泥亚等处旅行，一八六七年至一八六八年又去南北亚美利加洲。嗣后就在故乡住下，从事于著作，一直到一八七二年的五月三十一日，死在勃郎须伐衣希（Braunschweig）的时候为止。享年五十六岁有奇。他的著作共有五十余册，都系描写外国风土景物及冒险奇谈之类的，在这一点上，与德国的他的一位同时代者 Charles Sealsfield（1793—1864）有相似之处。

他于许多旅行记，殖民地小说之外，更著有短篇小说集 *Heimliche und Unheimliche Geschichten*（1862）两卷，《盖默尔斯呵护村》（*Germelshausen*）就是这集里的顶好的一篇。他的谈陷没的旧村及鬼怪的俨具人性，和蒲松龄的《聊斋志异》很像很像。不过这也是德国当时的一种风气，同样的题材，W. Mueller, Heine, Uhland 诸人的作品里也可以看到。

译者所根据的，是美国印行的 *Heath's Modern Language Series* 的一册，因为近来在教几位朋友的德文初步，用的是这一本课本，所以就把它口译了出来，好供几位朋友的对照。任口译的中间匆匆将原稿写下，想来总不免有许多错误，这是极希望大家赐以指教的。

一九二八年十月

《幸福的摆》[附记]
（郁达夫）

上面所译的，是德国 Rudolf Lindau 所著的小说 *Das Glueckspendel* 小说里的许多原名，把它们写在下面：

主人公是 Heinrich Warren。他的朋友是 Hermann Fabricius。女主人公是 Ellen Gilmore。她的兄弟是 Francis Gilmore。她的男人是 Mr. Howard。

华伦出生的地方是德国的 Talbe an der Saale。教书的地方是纽约州的 Elmira。从 Liverpool 到纽约的船名是 Atlante。

德国有一种货币名 Taler，一"泰来"大约有中国的一块五角钱那么的价值。

译者所根据的书是柏林 Buchverlag fuers Deutsche Haus 在一九〇九年出版的 *Die Buecher des Deutschen Hauses* 丛书的第五辑第一百零三

种。据这丛书的第四辑第九十八本的 *Erzaehlungen aus dem Osten*（von Rudolf Lindau）绪言里之所说，则林道系于一八二九年十月十日生在 Gardelegen in der Altmarrk。大了就在柏林，巴黎，及 Montpellier 等处修习言语学与史学。到他的学业修完之后，他还在法国南部住了四年，做人家的家庭教师。然后就做了法国公使 Barthèlème St. Hillaire 的秘书。千八百六十年瑞士国把他当作了外交官派赴日本，去结两国间的通商条约。因此他得到了一个总领事的资格，到一八六九年为止，就来往分驻在印度，新加坡，中国，日本，及加利福尼亚等处。在法国的时候，他已经开始他的文士生活，在 *Revue des deux Mondes* 及 *Journal des Débats* 志上投稿了。他的第一篇旅行记 *Voyage autour du Japon* 就是用法文写的。后来在横滨，他发行了最初的英字新闻纸，有一卷英文短篇小说，却是用英文写的。

一八七〇年以后到一八七二年为止，他往还于德国及东方，做战地的记者。一八七二年到一八七八年之间，他住在巴黎，做德国使馆的馆员。一八八〇到一八八五年他做了使馆的参赞。一八九二年德国派干员出外，他就又做了一次德国的代表赴君士坦丁之任。归休之后，他就在 Helgoland 住下了。一八九三年，他出了六卷的全集。他死在巴黎，一九一〇年的十月十四葬在 Holgoland。

在短篇小说方面，他先在一八六九年（当他在三十九岁的时候）出了一本法文短篇小说集，名 *Peines perdues*，系从前在 *Revue des deux Mondes* 与 *Journal de St. Petersberg* 志上所发表的东西。他的用英文写的，在 *Blackwood's Magazine* 上所发表的东西又收集了起来，都归入在 *The Philosopher's Pendulum andother Stories* 这一个书名之下。德国的全集的书名很多，这儿不能一一举出，但 *Philosopher's pendulum* 一篇，则当然是由他自己译成德文的无疑。所以我想英文的原作与德文的原作，少许有点出入也是应该的。

一九二八年六月

《马尔戴和她的钟》[附记]

（郁达夫）

本文原名 *Marthe und ihre Uhr*，自 Theodor Storm 的全集里译出来的。系他初期的作品，所以细腻得很。

一九二七年九月十二日

《一个败残的废人》[附记]

（郁达夫）

上面译出的，是 Finnland 作家 Juhani Aho 的一篇短篇，名 *Ein Wrack*。根据的系德国 Josef Singer Verlag 出版的一本短篇小说集名 *Das Skandinavierbuch*。这书的编辑者为 Max Krell，本篇即系编辑者亲自从芬兰原文译出来的东西。

关于原作者约翰尼·阿河，我所知道的也很少，只晓得他于一八六一年生在芬兰的 Iislami in Savolaks，年轻的时候，曾在巴黎留过学，去世的年份是一九二一年。本名 Johan Brofeldt，他的著书之被英译者有世界名小说集里的一篇 *Outlawed*。此外被德译的书却是很多：由 Verlag von Heinrich Minden 出版的，有 *Die Eisenbahn*，*Schweres Blut* 等；又据 Felix Poppenberg 的 *Nordische Portraets aus vier Reichen* 里附载的书目，则还有下面那样的书——

Einsam. ubersetzt von Steine. Leipzig 1902.

Ellis Ehe. Roman，ubersetzt von E. Brausewetter. Berlin 1896.

Ellis Jugend. Roman，ubersetzt von E. Brausewetter. Berlin 1899.

Der Hochzeitstag-in "Bibliothek d. fremden Zungen 15"（Stuttgart 1894）

Novellen（Reclams Univ.—Bibliothek）

Finnland in Seiner Dichtung u.s. Dichter. herausgeg.von E. Brausewetter. Berlin 1899.（内有关于 Aho 的资料）

几个专门名词之音译者，将原文写在下面，借资参考：

1. Savolax. 萨佛拉克斯

2. Kirchdorf. 吉许道儿夫

3. Grog. 郭老格酒（似系以 Cognac 和糖及水所调制成功之酒，书中凡用 Cognac 的地方都译作白兰地，从俗例也。）

4. Forsberg. 福斯白耳格

5. Helsingfors. 海耳寻格福尔斯

6. Duesseldorf. 提由塞耳道儿夫

7. Holmberg. 霍儿姆白耳格

8. Topelius. 托配留斯

一九二九年九月二十四日

《一位纽英格兰的尼姑》[附记]
（郁达夫）

上面译出的美国 Mary E. Wilkins 女士的一篇小说 *A New England Nun*，系由纽约 Harper & Brothers 书店出版的小说集 *A New England Nun and other stories* 里译出来的。原作者味儿根斯女士于一八六二年生在 Massachusetts 的 Randolph，家里是一个严守着 Puritanism 的清教徒的家庭，年纪很轻的时候曾被携至 Vermont，到了女学校卒业之后，又重回到了兰道儿夫来。一九〇二年和 Dr. Freeman 结了婚，以后就在 New Jersey 住下了。一八八六年印行了她第一本的短篇小说集，嗣后就有许多长短篇的小说创作出来。她善于描写纽英格兰人的顽固的性格，美国的一位批评家 William Lyon Phelps 甚至比她为查拉，高尔基，说她描写下层工农的情状性格，要比上举两大家更来得合理逼真。少年批评家 Carl Van Doren 也说她是美国 Local fiction 的代表者，在加以无限的赞许。我也觉得她的这一种纤纤的格调楚楚的丰姿，是为一般男作家所追赶不上的。译文冗赘，把原作的那种纯朴简洁的文体之美完全失去了。并且浅薄轻率的译者，对原文总不免有解错的地方，这一点要请高明的读者赐以指教才行。

还有原文里的几个名字，因为译者读不清楚，所以仍将它们写出在下面：

女主人公 Louisa Ellis。

男主人公 Joe Dagget。

还有一位女人 Lily Dyer。

狗 Caesar。

圣乔治的毒龙 St. Georg's Dragon。

最后原作者弗丽曼夫人的其他的著作的重要者，顺便也举两篇在这里：

A humble romance and other stories.

Silence and other stories.

Pembroke.

The Portion of labor.

The shoulder of Atlas. etc.

一九二九年三月

《一女侍》[附记]
（郁达夫）

本文系自 George Moore's *Memoirs of My DeadLife* 里译出，题名 *A*

Waitress，原书是美国 D. Appleton & Co.1932 年版。

一九□七年九月十九日

《春天的播种》[附记]
（郁达夫）

　　Liam O'Flaherty 的 *Spring Sowing* 一卷，是英国 Jonathan Cape 出的 *The Traveller's Library* 丛书之一。原著者的身世，我也不十分明了。但是他那一种简单的笔法，描写农人的心理，实在使我感佩的了不得。现在把他第一篇小说译出来公之同好，若大家能因这一篇译文去求读原书，那我的介绍外国新作品的心愿也了了。

　　有几个固有名词写在下面：

　　男主人公名 Martin Delaney。

　　女主人公名 Mary。

　　地方是 Inverare。

一九二七年十月二十八日

《浮浪者》[附记]
（郁达夫）

　　这也是从爱尔兰的作家 Liam O'Flaherty 的短篇小说集 *Spring Sowing* 里译出来的一篇名 *The Tramp* 的小说。是由夏莱蒂先生译了头道，我来改译二道的。

　　作者的身世，我到现在也还没有知道。不过据他近作的一本传记 *The Life of Tim Healy*，*the veteran Home Ruler*，*now Governor-General of the Irish Free State*（1927）看来，大约也是一位爱尔兰解放运动中的斗士无疑。

他的其他的几部著作，就我所晓得的，把它们列举在下面：

1. *Thy Neighbor's Wife.*

2. *The Black Soul.*

3. *The Informer.*

4. *Mr. Gilhooley.*（Short Stories）

5. *The Tent.*

而我们最容易买到的，却是英国 Jonathan Cape 发行的 *The Traveller's Library* 里的两种他的书，就是第二十六册的 *Spring Sowing* 和第九十九册的 *The Black Soul*。

此外还有几个译文里的人名地名，我恐怕发音一定有不对的地方，特在此地写出：

1. Michael Deignan.

2. John Finnerty.

3. Neddy.（以上人名）

4. Drogheda.

5. Dublin.

6. Tyrone.（以上地名）

因为译文是出于两手的东西，所以前后不接，或完全译错了的地方，想来也一定不少，这一点尤其在期待着读者诸君的指正。

一九二九年二月

——录自生活书店 1935 年初版

《世界文库 1》^①

《世界文库 1》发刊缘起
郑振铎 ^②

　　文学名著为人类文化的最高的成就。古语有云："历史是一部相斫书。"但文学史在一般历史里却是最没有血腥气的。伟大的文人们对于人群的贡献，是不能以言语形容之的。他们不以掠夺侵凌的手腕，金戈铁马的暴行，来建筑他们自己的纪念碑。他们是像兄弟似的，师友似的，站在我们的面前，以热切的同情，悲悯的心怀，将他们自己的遭遇，将他们自己所见的社会和人生，乃至将他们自己的叹息、的微笑、的悲哀、的愤怒、的喜悦告诉给我们，一点也不隐匿，一点也不做作。他们并不在说教，在教训，他们只是在倾吐他们的情怀。但其深邃的思想，婉曲动人的情绪，弘丽隽妙的谈吐，却鼓励了、慰藉了、激发了一切时代、一切地域的读者们。亚力山大帝过去了，查理曼大帝过去了，拿破仑过去了，秦皇、汉武过去了，唐太宗、明太祖过去了；他们以同类的血肉和骷髅，悲愤和眼泪，成就了所谓英雄的事业，所留下的却只是芜城荒丘，涂抹着血红似的夕阳残照，而给我们的可怕的流血的纪念耳。那些狰狞的杀人不眨眼的面貌，那些残忍暴虐的攻城略地的行动，只模糊的现在历史里，而成为

---

① 《世界文库 1》，大型翻译文丛，郑振铎编辑，上海生活书店 1935 年 5 月初版。

② 郑振铎（1898—1958），生于浙江温州，原籍福建长乐。早年入北京铁路管理传习所学习。曾主编《小说日报》《世界文库》等。1927 年旅居英、法，回国后历任燕京大学、清华大学、上海暨南大学教授。另译有阿史特洛夫斯基（今译奥斯特洛夫斯基）《贫非罪》、路卜洵《灰色马》、阿志巴绥夫《血痕》、太戈尔《新月集》《飞鸟集》等。

人类的历史上的几场恶梦。

但文学上的英雄们和伟人们却永远的不会过去；他们将永远的像兄弟似的，师友似的出现于一切时代，一切地域的读者们的前面。我们读着他们的书，便亲切地像和他们"同年生，并肩立"，连他们的一颦一笑，一轻喟，一微愁都会为我们所熟悉。荷马、阿斯克洛士、柏拉图、莎士比亚、李白、杜甫、关汉卿诸大家，即使其生平事迹未必全为我们所知，他们的心灵和情思却是最为我们所明白的。他们的著作，终古的"光芒万丈长"，永为后人心灵上和艺术上的修养的无穷尽之汲取的泉源。

在文学名著里，我们明白：许多伟大的作家们是怎样的运用文字这神奇的东西，写作出怎样的伟大不朽之想象的创作。这些想象的创作乃是人类生活最真实、最活泼的记载。在那里，我们知道：人类是怎样的由原始的野蛮生活，经过了怎样的困苦的挣扎和奋斗，而达到了文明的情形。在那里，埋葬着人类在苦难和挣扎里所感发的崇高和深邃的情思，足够作为后人的教训和感受之资。在那里，有比现实的人生更真实的生活的现状；在那里，有比哲学更精深的人生的哲理。他们增大我们同情的心胸；深邃我们对于人类的爱。他们使我们明白：人的生存是为了同类的幸福和人道的光荣的。尝有一首短诗，足够令我们终身受用的；也尝有一部小说，会使我们改造过我们的整个的人生观念的。

在文学名著里，我们读到了整个人类的最真实、最动人的历史；那许多动人的记载，都是一般所谓"相斫书"的历史所不会有的。那是不隐匿的人间的活动，那是赤裸裸的社会的诸相的曝露。历史是常被改造，被涂饰而失其真实的，但文学名著却给我们以永远不会变色的人类活动的真相。——人类是怎样的由层层的自然界的束缚里脱出，怎样的由不平等的政治的和社会的组织里，努力改造自己，而终于向最大多数的自由与幸福之鹄的而前进；那些事实，在文学名著里是那样真挚感人的被记录下来。

所以世界文学名著的介绍和诵读，乃是我们这一时代的人的最大的任务（或权利）和愉快。

但在中国，我们虽常谈到"名著"，而真实的在读"名著"的人却不多。"名著"的介绍，成了今日的很迫切的需要。不仅欧美的名著的介绍，百未得其一二，就是中国本土的著作，我们要得到完善的方便的本子，也就不是容易的事。——大学文科的教员们如欲同时得到二三十册以上的杜甫、关汉卿的著作供给学生们应用，立刻便会成了一个极困难的问题。有几部文学史常谈到的名著，往往至今也还是秘册珍本，为公私图书室所宝藏，轻易不得一读。

编者个人曾有过不止一次的这样的批评或质询："那些诗句或文章，在你的文学史里为什么不载着全文呢？断片或零句，实在不能满足我们的需要，而且那些诗文却都不大容易得到的呢。"当然，编者是不能够使他们满意。因为一部文学史，无论其容量庞大到什么程度，要装载"名著"的全文于其间，却是绝对不可能的事。然而读者们却是如何迫切的在需要着"名著"！

许多批评家们每执持着极偏窄的批评见解。是古者便非今，崇拜莎士比亚的便蔑视关汉卿。抱定了所知的数册书，便以为天下之美，尽在于此。缘所知太窄，所见遂不免于偏窄。林琴南先生译《茶花女》《十字军劫后英雄略》《块肉余生述》后、乃知盲左腐迁外，记事能手，复有大小仲马、史格得、迭更司诸人，且更能于左迁外别出心手，以数十万言，写十数日间事。彼终身执持着《左传》《史》《汉》以为古文最高之典范的，盖因不曾看到史格得、迭更司、大小仲马之所作耳。故欲去其所蔽，必先广其见闻。

如果不以广大的心胸去接受先民的伟大的成就，便是自绝于阳光灿烂，花木缤纷的文学园地。

就在艺术的修养立场上来讲，浅窄的专嗜的结果，也往往容易流于模拟求肖，失去了自己的真实。我们在那广大的文学园地里，也许不免会有所偏嗜，却绝对的不宜专嗜。广博的诵读，将会给我们以更阔大的成就和见解。

我们的工作，便是有计划的介绍和整理，将以最便利的方法，呈献世界的文学名著于一般读者之前。

我们将从埃及、希伯莱、印度和中国的古代名著开始。《吠陀》《死书》《新旧约》《摩诃巴拉他》《拉马耶那》和《诗经》，一切古代的经典和史诗、民歌，都将给以同等的注意。

我们对于希腊、罗马的古典著作，尤将特别的加以重视。荷马、魏琪尔的史诗，阿斯克洛士、沙福克里士、优里辟特士的悲剧，阿里斯多芬士的戏剧，Hesiod, Sappho, Pindar, Simonides, Horace, Ovid, Catullus, Lucretius 的诗歌，Plato, Aristotle, Demosthene, Caesar, Cicero, Lucian 的著作，乃至 Plutarch 的传记，无不想加以系统的介绍，这样，将形成一个比较像样子的古典文库。

在黑暗的中世纪里，从 St. Augustine 到 Dante, Boccaccio, Chaucer, Villon 伟大的名字也不少。各民族的史诗，像北欧的新、老二 Edda，德国的 *Nibelungen Lied*，以至流行于僧侣间的故事集（像 *Gesta Romanorum*），行吟诗人之作品，都想择其重要的译出。

中世纪的东方，是最光明灿烂的一个大时代。从中国的诗歌、散文、小说、变文、戏曲的成就到波斯的诗，印度、阿拉伯的戏曲、小说，乃至日本的《万叶集》《源氏物语》都是不容忽略的。印度的戏曲，像 Bhavabhuti, Kalidasa，中国的杂剧，像关汉卿、王实甫之所作，都是不朽的优美之作品。如有可能，《一千零一夜》将谋全译，汉魏至唐的诗，唐宋的词，元的散曲，都将成为全集的式样。宋元话本将有最大的结集。《三国》《水浒》《平妖传》则将力求恢复古本之面目。

在文艺复兴以来的欧洲文学里，伟大的名字实在太多了！

Cervantes，Shakespeare，Montaigne，Milton，Moliere，都是必须介绍的；而 Bandells，Conneillo，Racine，La Fontaine 以至 Perrault，Bacon，Marlowe，Aristo 诸人也必当在收罗之列。

十八、十九世纪到现代的欧美，诗歌和散文的选译是比较困难的工作。但 Goethe，Heine，Byron，Keats，Shelley，Baudelaire，Gautier，Verlaine，Mallarme，Whitman，C. Lamb 诸人的作品是必须译出的。小说乃是这两世纪的文学的中心。从 Swift，Defoe，Fielding 到 Scott，Austen，Dickens，Thackeray，Eliot，Stevenson，Mrs. Stowe，Allan Poe，Hugo，Balzac，Dumas，Stendhal，George，Sand，Flaubert，Zola，Maupassant，Gogol，Turgenev，Dostoevsky，Tolstoi，Tchekhov，Gorky，Mark Twain，O. Henry，Barbusse，Romain Rolland 诸人都将有其代表作在这文库里。

近代戏曲的发展也是很可惊的，从 Schiller，Beaumarchais 以下，像 Ibsen，Bjornson，Hauptmann，Suderman，Oscar Wilde，Synge，Galsworthy，Maeterlinck，Tchekhov 都是要介绍的，至少得包括三十个以上的伟大的名字。

近代的东方是一个堕落的时期，但中国仍然显出很进步的情形。《金瓶梅》和《红楼梦》是最可骄傲的两部大著作。戏曲作家们尤多到难以全数收入，但尽有许多伟大的东西还在等待着我们去掘发。诗歌和散文是比较得落后。但我们将不受流行的观念的影响，而努力于表扬真实的名著。

这样浩瀚的工程，决不是一二年或三五人之时、力所能成就的。我们竭诚的欢迎学人们的合作，我们希望能够在五六年之间，将这工作的"第一集"告一个结束。

为了发刊者和读者们的便利，我们采用了定期刊物的式样，规定每月发刊一册。除了极少数的例外，长篇的著作将不使连载到一年以上。这样，每一年便也可以有一个小小的结束。

　　我们站在这弘伟的工作计划的高塔之下，很觉得有点慄慄危惧。但我们有着热烈而清白的心；我们盼望能够因此而引起学人们的注意与合作。虽然这工作显得是很勇敢。但我们相信，我们的态度是慎重的。杜甫云："不薄今人爱古人。"Coleridge 说："今日真正的大学教育便是书籍。"发刊之旨，便在于此。幸读者有以教之！

——录自生活书店 1935 年初版

《世界文库 1》编例

　　一、本文库将继续刊行六十册至八十册，成为第一集。世界的文学名著，从埃及、希伯莱、印度、中国、希腊、罗马到现代的欧美日本，凡第一流的作品，都将被包罗在内；预计至少将有二百种以上。

　　二、我们介绍欧美文学，已有三四十年的历史，却不曾有过有计划的介绍；往往都是随手抓到一本便译，或为流行的观念所拘束，往往费了很大的力量去译些二三流的著作。（如果林琴南先生有一位更好的合作者，他便不至以数年之力去译哈葛得的全集了。）本文库所介绍的世界名著，都是经过了好几次的讨论和商酌，然后才开始翻译的。对于每一个作者，译者都将给以详尽的介绍；译文在必要时并加注释。五六年后，当可有比较的满意的成绩。

　　三、翻译者往往奉严又陵氏的"信、达、雅"三字为准则。其实，"信"是第一个信条。能"信"便没有不能"达"的。凡不能"达"的译文，对于原作的忠实程度，便也颇可怀疑。"雅"是不必提及的；严氏的"雅"往往是牺牲"信"以得之的。不过所谓"达"者，解释颇有不同。直译的文章，只要不是"不通"的中文，仍然是"达"。假如将原文割裂删节以牵就译文方面的流行，虽"雅"，却不足道矣。所以我们的译文是以"信"为第一义，却也努力使其不至于看不懂。

四、有一部分的名著是已经译出来过的。我们在可能的范围内竭力避免重复。惟过于重要的著作，不能不收入本文库里的，或从前的译文过于不能读的，或失去原意的，我们仍将不避重译之嫌。林琴南氏的一部分古文的译本，有必要的，我们也将再译一次。

五、许多年来，学人们对于中国文学似乎也不曾有过较有计划的整理。近来所见的"丛刊""备要"，仍都是不加整理的照式翻印。一般读本之类，又任意割裂，不足信赖。今日要想得到一部完善而方便的文学名著的读本，将和得到一部译本有同样的困难。本文库所收入的中国文学名著都是经过整理的。

六、所谓"整理"，至少有两项工作是必须做到的。第一、古书难读，必须加以标点符号；第二、必须附异本之校勘记。新序和必要的注释也是不能免除的。

七、在新的序（并不一定每部书都有）里，我们也许将对于所介绍的"名著"有一种新的看法。我们觉得这种解释和研究是必要的！近来常容易发生误会；守旧的空气，把一切的"研究"和探讨的举动，都作为"提倡"，这是很容易贻误青年们的。我们需要知道历代的生活，需要研究古代的名著，信绝对不是复古与迷信；这其间是有极大的鸿沟划分着的。

八、把像沈自征《鱼［渔］阳三弄》，尤侗《钧天乐传奇》之类的酸腐之气扑鼻的东西重刊了出来，除了戏曲本身的研究之外，也不是全无意义的，至少是表示"士子"们的一种抗议，一种决意的空想，一种被压伏于黑暗的科举制度之下的呻吟与呼吁。如果作为具有社会意义的看法，那其解释便将与前不同。对于这一方面，我们也将有努力。

九、一般社会生活与经济情况，是主宰着个别的内容与形式的。我们特以可能的努力，想在新序里阐明这种关系。这工作便将不是无系统、无组织的一种重印与介绍。

十、今日文学研究者已有长足的进步。但他们所见到的"古本","孤本"却决不是一般读者能见到的。（例如冯梦龙的《喻世明言》《警世通言》《醒世恒言》，我们谈之已久，而能读到这"三言"的，究竟有多少人呢。）有多少名著是这样的被埋没不彰的。将这一类罕见的名著，逐渐的披露出来，不能不为一大快事。

十一、古书已成了"古董"，书价是那么贵。一个文学爱好者，要想手边有可以随时翻阅的若干本书，即使不是什么"古本"，"孤本"，也将有"为力不足"之感。本文库将重要的著作，以最方便、最廉价的方式印出。学人可以无得书维艰之叹矣。

十二、古本和今本，或原本和改本之间，往往有许多的差异，绝对不是"校勘记"所能包括得尽的。例如：《六十种曲》本和富春堂本的《白兔记》，是那样的不同的二物；又简本的一百二十五回的《水浒传》，和一百回或一百二十回的《水浒传》之间是如何的不同，这便有对读的必要。本文库对于这一类的书，为对读的便利计，每于同页上分上下栏刊出。

十三、一部分久逸的古作，我们认为有辑出的必要者，无不辑出加入本文库，并力求能恢复其原来的面目。

十四、唐以前诗，宋词，元明散曲，俱将谋刊其全。名家的全集也以全收为主，不加删节。但偶有秽亵的文句（像《金瓶梅》），不能不删去者，则必注明删去之字数。

十五、诸"文库"，"备要"里所收的书，往往复见至再至三；有已见总集，更见专集的；已收全集，而更有节本的。今为节省篇幅计，极力避免此种不必要的复见。（例如，《警世通言》已收之话本，刊《清平山堂》时便仅存其名目。）惟亦偶有例外：像醉翁、延巳之词，往往相杂，不可辨别，此则不能不互见的了。

十六、本文库每册均附有必要之插图（书影、作者像及手迹、原书的插图），不仅增加读者的趣味，且对于研究艺术者亦将有重要的贡献。

十七、本文库每月刊行一册，每年刊行十二册，每册约四十万字；中国的及国外的名著各占其半。长篇的著作，除极少数的例外，不连载到十二册以上。

十八、我们欢迎同道者们的合作与指示。一切的意见与译稿，我们都将以诚挚的心怀接受之。

十九、我们很感谢生活书店能够给我们以很好的机会来做这个弘巨的工作。如果没有他们的好意的合作和帮助，在这艰难困苦的大时代里出版这样的一种"文库"的事业，将是不可能的。

——录自生活书店 1935 年初版

《世界文库 1》序

蔡元培 [1]

凡是艺术都是世界性的；例如埃及金字塔的摄影，在各国的世界美术史上；希腊的"弥罗美神"，在巴黎鲁佛儿院；墨西哥的城阙，在柏林博物院；贝多芬的交响乐，在上海演奏；中国李昭道的画，送伦敦展览。这可以见建筑、雕刻、图画及音乐，确为世界性了。

只有文学，似乎可以说是例外。例如国语的文学，不是他国人所都能了解的；方言的文学，又不是全国的人所都能了解的。欧洲中古

---

[1] 蔡元培（1868—1940），浙江绍兴人。1892 年中进士，任翰林院编修。1907 年赴德留学，后入莱比锡大学。1912 年出任南京临时政府教育总长。1917 年任北京大学校长。1928 年后专任国民政府中央研究院院长。抗战全面爆发后组织上海文化界救亡协会。译有《伦理学原理》(德国泡尔生，今译弗里德里希·帕尔逊著)、《哲学要领》(德国科培尔讲，日本下田次郎述)等。

时代的宗教家，虽曾以拉丁文统制一切，然而文艺复兴以后，意英法德等国，都用国语来替代了。近代如柴门霍夫等，虽竭力为世界语的运动；然而至今尚不能与各国语竞争。仿佛是证明文学非世界性的。

然而文学家感想，决不如是。彼决不肯在文学上抛却世界性，彼对于时间或空间的阻力，用方法打破他；例如古文学用注解，外国文学用翻译。这就可以造成文学的世界性。

我们旧刻的文学总集，如《诗三百篇》，如《楚辞》，如《文选》，如《汉魏六朝百三名家》，如《诗纪》，如唐人小说集，如宋六十家词，如《元人百种曲》，或断代，或拘格，没有把各种的文学都汇成一集的。对于外国文学，以林琴南先生所译为最富，然以英文本为多，间有法文本。周树人，作人两先生的《域外小说集》，偏重北欧，李青崖先生译本，偏于法国的莫泊桑等。也还没有集各国第一流文学家的代表作而汇译集印的。我们要领会文学上的世界性，尚不能不借资于外国语的丛刻，如英文、法文、德文等等。

郑振铎先生研究中国文学史，扩而之世界，著有《文学大纲》，对于国内外各时期第一流文学家的作品，纲举目张，已为我们开示途径。近又有《世界文库》的编辑。在中国之部，条例较宽，自最著名专集外，尤注意于传世最少的孤本。又如《论衡》《洛阳伽蓝记》《佛国记》《西域记》《水经注》《徐霞客游记》等等，著书目的并不在文学；而散文可备一格，所以也列在里面。至于外国文学，第一集姑以最著名的传作为限，已足为我们的馈贫粮了。将来二三集以下，必将扩大范围，随时收集新进作家的杰作，于是所谓《世界文库》者，必能由六百数十种而扩至数千种，是我所敢预祝的。

蔡元培　二十四年五月七日
——录自生活书店 1935 年初版

《傲慢与偏见》^①

《傲慢与偏见》序
吴宓 ^②

英国奥斯登女士 Jane Austen（1775—1816）所撰《傲慢与偏见》
（*Pride and Prejudice*）小说，夙称名著，学校多采用为课本，以此书造
句工细，能以繁密复杂之意思，委曲表达之极为明显，学生由是得所
模仿，且能启发心灵也。奥斯登女士殁逾百年而名益盛。近年英国文
学批评者尤称誉之，至谓《傲慢与偏见》一书，以结构论，固凌驾一
切小说。按奥斯登女士作此书时，年仅二十二三，生平未出乡里，其
执笔构思，均在茶余饭后，与家人共坐叙谈之时，或针黹烹饪之暇。
处如斯烦嚣忙乱之境，而能成此名作，此英国现代小说大家武鲁夫夫
人（Mrs. Virginia Woolf）所以极推许奥斯登女士，而以《假我一室》
（*A Room of one's own*）名其书也（该书系论小说作法，一九二九年出
版）。燕京大学英文系学生杨缤女士于四年前即译完此书，近又细加改
正。予闻国中拟译此书之人士甚多，未见出版，喜杨女士译事之先成
也，乃为重复校阅而序之。至奥斯登女士之生平，此书之内容及其命
名之意，均见杨女士所为评传，不更赘云。民国二十一年春，吴宓序。

——录自商务印书馆 1935 年再版

---

① 《傲慢与偏见》（*Pride and Prejudice*），长篇小说，奥斯登（Jane Austen，今
译简·奥斯汀，1775—1817）著，杨缤译述，吴宓校订，上海商务印书馆
1935 年 6 月初版，"世界文学名著"之一。

② 吴宓（1894—1978），陕西泾阳人。1911 年考入清华学堂，1917 年获庚款赴
美，就读于弗吉尼亚大学，后转入哈佛大学比较文学系。回国后，与梅光迪
等创办《学衡》，主编过《大公报》文艺副刊等。先后任教于东南大学、东
北大学、清华大学、西南联大等。

《傲慢与偏见》撷茵奥斯登评传
Jane Austen（1775—1816）
杨缤（杨刚 ①）

文学形式中，小说一道可说是后起之秀。即在英国，那文化渊源由来久远的国家，也莫不然。伊利沙伯时代为英国文学开始发皇的时期，一时诗歌戏剧，绮丽精深，人谓后世所不及。可是小说一体仍然缺少光辉。彼时仅有简单故事的叙述，既无结构，又无人物描写，很难担当小说的称呼。十八世纪中叶，阿狄生（Addison）主办《旁观报》（Spectator），才以短篇论文的形式发表了几篇文字。文章虽是单独的篇幅，可是其中脉络线索依人物个性的表现而联成一系。一方面类似乎故事结构的发展，另一方面又有比较生动的人物描写。从此这种以人物为主材的文章，便开了英国小说的先河。最明显的就是阿狄生的 Roger de Coverley 那几篇文章了。

小说为什么特别在十八世纪才兴起来呢？这个原因我们只能从历史上去找到回答。大抵英国自从伊利沙伯时代以来，国际地位增高，争得了海上自由。从而国内外贸易一天天发达。国富增高，国内阶级关系也发生了变化。除了贵族、地主、乡村绅士和农民以外，又产生了一个新的中等阶级。他们是商人，是手工业手工工场的主人。因为商工业发达，他们的数目增加了，同时社会地位也就提高。他们和乡村绅士也有相当的联络，与之构成了一个很大的中等阶级。他们和其他的分子一样有要求、有情绪。他们之希望得着表现，也当然和贵族

---

① 杨缤（1905—1957），后改名杨刚，祖籍湖北沔阳，生于江西萍乡。燕京大学英文系毕业，曾任《大公报·文艺》主编，参与编辑《大众知识》杂志。著有散文集《沸腾的梦》，译有 Reinhold Niebuhr《个人道德与社会改造》、Julius F. Hecker《苏联的宗教与无神论之研究》等。

地主们是一样的了。

中等阶级的情感，的伦理，需要在文学上表现，取了一种新的形式走出场来，这便是小说的呈现。因为别种形式到了这个时候，已经不能充分的表现新起者的普遍要求，和平民化自由化的情调了。诗歌发展到了当时，被蒲伯（Pope）拿去加上了许多规律许多限制。戏剧又已经过了她的盛世——伊利沙伯时代——而正在没落的途中。十八世纪的中等阶级怎能不另辟自己表现形式的前途？恰好散文的，注重个人人格生活表现的小说，乃就此应运而兴。

阿狄生既开了先河，于是狄孚（Defoe）、费尔丁（Fielding）、戈斯密（Goldsmith）、李查生（Richardson）等继之而起。始而是李查生他们那一派的感情小说（Sentimental Novel）。他们所表现的是中等阶级的伦理：主张正义，要求诚实。一些清教徒严格的教条在他们的作品中充分的表现。他们的取材范围注重家庭生活，观点则是女性的。其次是狄孚那一派的冒险小说。主要是在表现当时商工业中间分子冒险经营的实况与要求。至于费尔丁，他可以说是写实主义的先导。他因为不满意感情小说中那种过分的感情的呼诉，与那种近乎伪善的墨守教条。于是主张实地生活，实地表现一种自然的道德要求和从心涌现的为善观念。他们一反感情派之所为，而把取材的范围，从狭小的家庭生活中解放出来，命笔多以男性兴趣为中心。这时文风算是稍稍一变。

写实派小说虽代感情派小说而起，可是它自身不久也和后者合了流。二者同流，于是产生了撞踵而来的家庭讽刺小说（Domestic Satire），而以撷茵奥斯登为中心。写实派的生动活泼，切于实地生活，健全稳重的情感表现，构成新派的风格。感情派的取材范围——家庭生活，女性兴趣，以及他们所主张的清教徒教条，则构成了新派的骨骼。在这种两重遗产的条件之下，撷茵奥斯登可以说是走到了家庭讽刺小说的顶点了。

擷茵奥斯登女士，生于一七七五年。她的生长地方是汉浦县（Hampshire）一个小小的地方，名叫司蒂芬屯（Steventon）。父亲乔治奥斯登，是本地教堂的牧师，比较起来自然是个有学问有声望的人物了。母亲卡珊德拉（Cassandra）是位有名的讽刺家笑话家的侄女。擷茵少时秉承叔祖的习惯，对于她将来那种爽利的讽刺笔调当然有相当影响的。

她一共有七个兄弟姊妹，她是最小的。当她的哥哥们有的出去当兵，有的出继给别人，有的或者出外去了的时候，她就和她姐姐卡珊德拉（袭用母名）亲亲爱爱的在家中侍奉父母，照管家事。她虽然秉赋了文学的天才，诙谐讽刺的态度，可是对于家庭琐屑，仍然抱了非常之大的兴趣和很郑重的态度。她除了管家之外，还作女红。据说她的女红针黹，作得精巧美丽人所不及。在一个以文字笔墨为最大兴趣的人，能够这样，真是难得的。

除了管家事和女工针黹之外，擷茵把她主要的时间都拿来读书和写作。她学了法文和意大利文，但不见得怎样好。她读了很多的小说。《旁观报》是她时常浏览的。李查生的小说，她也很仔细地阅读。诗人中，她爱读考伯（Cowper）的作品，尤其崇拜克拉伯（Crabbe），甚至打算着自己假如出嫁，便要作克拉伯太太才好。晚年她又喜欢司各脱（Scott）的小说。在她的浏览界中，以上是一般人所常称道的。此外费尔丁、戈斯密等的著作，她自然也都详加领略的了。

十六岁以前，她就开始写作。当时所写，多半是故事叙述，短篇的东西，写来供给家庭夜会谈笑之用。她一生没嫁，老是住在家庭里小环境中。与家人父子一同生活谈笑，一同参预米盐琐屑。她的写文章，也就是在这种晚会朝餐后的时间写出来的。同时文章内容，也正是这些家常材料，而以十六岁以前的短篇故事开其端。

生活的前二十五中，擷茵与家人同居，没有离开司蒂芬屯，除了有时上巴什浴场（Bath），那也只是很短的游散罢了。一八〇一年，全家搬去巴什，在那儿住了五年。一八〇五年父亲去世，她们又搬到扫桑屯（Southampton）去住。那儿是伟大的剧作家莎士比亚曾经住过而且排演过他的脚本的地方。撷茵在此住了四年，其于不世文人莎翁的遗迹，必然启发了很多的观感。后人评论她的作品时，说她的人物描写，绘影绘声之处，有莎翁的遗风。由此可见撷茵奥斯登艺术的高妙必有许多渊源的了。一八〇九年全家移住乔屯（Chawton）一间乡村小屋里。在这儿她一直住下去，就不曾再行搬动。一八一六年她开始患病。次年又到温采斯特（Winchester）去就医。就在那年七月卒于温采斯特寓所。葬于温采斯特大礼拜堂。后人崇拜她的著作，要为她立纪念碑，不果。

奥斯登硕人其颀，身材窈窕，可说是个黑美人。褐色的眼睛，棕黄的卷发，眉目精致美好，非常引人注意。她待人非常之好，绝无一般文人那种傲岸的故示特别的态度。小孩子尤其喜欢她。这也是她天性活泼善于讽笑的缘故吧。

她的文字生涯始于很小的时候，那时差不多还是儿童时代，其时写的多半是顽笑故事而已。到一七九六年她开始写她的名作《傲慢与偏见》（Pride and Prejudice），一七九七年完成。此书就是我们现在这部译文的原本。其后她又写成了《识见与感觉》（Sense and Sensibility）、《北桑觉寺》（Northanger Abbey）。一七九八年，三部书都写成了。可是到处都找不着出版处。奥斯登因此颇受打击，略现灰心，此后自一七九八至一八〇九年，十年间她只写了《华生家》（The Watsons），并且也不曾写完。一八一一年才发表了《识见与感觉》。一八一三年发表了《傲慢与偏见》。于是她又鼓起气来写作。自一八一一至一八一六年间，又成了三部晚年著作。《曼殊菲儿园邸》（Mansfield Park）一八一四年发表。《爱玛》（Earma）一八一六年发表。《追求》（Persuasion）与旧作《北桑觉寺》则在奥斯登死后一八一八年才出世。她这六部著作，除了《北桑觉寺》结构太简单人物太单调之外，余都无可指摘，而尤以《傲慢与偏见》为最著，一般推为奥斯登的代表杰作，列于文学的不朽名著里面。

奥斯登生时不大受人注意，死后却备受文人读者的赞扬。英国文学批评家刘伟士（G. H. Lewes）说她以表现社会生活为目的，恰到好处。换言之，即她形式与她所表现的内容恰好配合，无畸轻畸重之弊。马考莱勋爵那位著名的散文家，则说她比任何作家都更近乎莎士比亚。司各脱的评论更精细的指出来，说她那几笔精妙的描写和情感的真实，把日常平凡的琐事和普通的人物都弄得非常有趣起来，自己是赶她不上的。奥斯登在名家中都这样被尊崇，其声价可知了。

她的小说内容，以表现人物为主。取材则多是中等阶级的生活，上不沾贵族王公，下不逮农夫平民。注意的是日常琐事，家庭生活，中等阶级中尤其显明的是乡村绅士的生活。他们这班人只讲究彼此拜会拜会，野餐，散步。再不然，就坐了车出去兜风，穿上晚礼服出去跳舞。他们有时也有点小小烦闷或情绪上的不安，可是绝对不会有什么极端的感情爆发，同时也决不会作出什么惊人的举动。这班人可说是一批闲逸分子，男男女女都是以消磨时间为职务的。如本书《傲慢与偏见》当中那批人物，无论什么时候跟他们接触，你会发生一个疑问：他们这些人是干什么的呢？宾格雷姊弟们为什么要上雷则尔场去住？伊利沙伯姊妹们整天坐在家里到底干些什么？你就无从去答复。他们中间没有哪一位有什么奇特复杂的品性和惊人的举动。谁的才学，也不会比谁要更高。在这班人的日常生活里，是决不会有一丝一毫的浪漫过分跑出来的。

拿这样的一层人物及其生活来作对象，奥斯登抱着纯艺术表现的态度去行文，不带一点道德教训的观念，也不作一点知识启发的企图。生活是平静的，感情是平静的，同时作者的态度尤其是平静的，没有一点诉之于感情的表现。在《傲慢与偏见》中，这种情形就数见不鲜。伊利沙伯，书中主角，在雷则尔场跳舞中，极度的盼望和魏克翰见面。可是结果呢，她失望了。魏克翰不能来，且是为了她所最恨的达绥的缘故。以常情而论，伊利沙伯在这种情况之下，怎样还能够和达绥环臂舞蹈呢？怎样还能够和他平心静气的稍带讽刺口吻来谈话呢？作者虽然给了我们一个解释，说伊利沙伯为人如此，但作者根本上情感的节制与稳重，可以思过半矣。

奥斯登写这种生活的时候，主要是以表现人物为目的。故其书中人物无论好坏，无聊的蠢货与敏锐的达人，都是尽情尽理，活泼新鲜。她表现的方法，决不采取报告式的解说，而主要的是从对话行动上把一付人格一层一层一面一面剥给我们看，使我们对于某个人物，有一个活生生的了解。同时，她表现一个人格的时候，她把他的多方面都写出来，并不因为她喜欢谁，就把谁写成了一个典型。为此伊利沙伯那样的一个聪明人儿，偏会因为魏克翰的和善，和对达绥的偏见，就十分的相信魏克翰，把他当了一个受难的羔羊而对他发生一种后来使她自己为之羞愧的爱感。因为惟其如此才是伊利沙伯的人格，而不是个简单的聪明人啊。

奥斯登表现人物，非常之有分寸，依当时的社会阶级关系，属于某阶级的人格，应有某种行为和态度，她是清楚微细的了解。按当时的社会信条，某种态度算是不好，她也很微妙的表现出来。《傲慢与偏见》中的两位主人翁：一位是个每年进款一万镑的世家子，达绥。一位是个乡村绅士的聪明伶俐的姑娘，伊利沙伯。世家子依其身份，充分的表现了瞧不起人的尊贵态度。下层阶级中所表现的那种俗气粗野，在他看来，简直不可向迩的污浊，同时也得不着他的什么原谅。可是在他同社会层中，有什么需要帮助，或者他认为是他的责任的时候，他也能够宽大为怀，一面欣赏着自己的能力和重要性，一面去干那种爱护和帮助的事情。所以他简直受不了彭太太那一家子（除了撷茵以外）的出场。而同时呢，在魏克翰口中，他对他妹妹爱护的心理，又说明了他的另一面。比较起来是小家碧玉的伊利沙伯的态度，则又完全不然。根据她的社会关系，她对于那世家子的尊严态度，起了一种所谓"穷人志气大"的反抗心理。但是一方面虽然反抗，一方面还是有一种潜在的要接近那种尊严贵重的要求。所以在雷则尔场跳舞会中，她会莫名其妙的应许和达绥跳舞。在舞场中和他对立的时节，她会震于自己的重要性，同时也注意到众人的惊讶的表现。

奥斯登在她的人物中，对于那些蠢俗粗顽的人们，是尽量的开玩笑，讽刺，毫无一丝好感。有时这种讽刺会令人感觉过于尖刻。但是当我们一想那种脚色的无聊，马上又觉得这种讽笑，是应该有的，一点儿都不会过分。她对哥林斯先生、彭乃特太太，以及彭乃特太太的两位小姑娘，都是一贯如此的。读者当能于书中找得。

她的人物与她的结构是打成一片了的。即令一个很不重要的脚色也是不能去掉。倘若去掉了，那么不是书中少了一点精彩，便是缺少一点联系。因此她的故事简单，结构却紧严，没有一点松懈，没有一点多余和缺少。每个人物，每个人物行动的发展，故事的变化，都有助于整个结构的穿插和进行。这种情形，尤其是在《傲慢与偏见》中，我们可以充分的找到。最明显的例子。便是哥林斯的恩主加撒琳夫人。结构的发展，使她一步步的作了达绥与伊利沙伯的撮合山。然而她开始却是那样并没有什么关系的走出场来，好像是个附属品的样子。

奥斯登的风格，主要的是诙谐讽刺。为了这种活泼的诙谐，使得她的笔调非常生动，非常有趣。她的文字永远是明白流利，适于表现那种日常生活的题材，善于引用暗示和埋伏引线的办法。她的对话，表现一种伶俐的机智，这在她的小说里女主角的口中常常可以听到。

奥斯登写小说有时喜欢把书中主要的题旨拿来命名。譬如《识见与感觉》《傲慢与偏见》都是如此。（一）傲慢（二）偏见是书中两位主角的主要性格，这种性格又是由于二人的社会关系来决定的。达绥一个世家子，处在那种重视门阀的时代中，天然的就会傲慢。伊利沙伯一个乡绅姑娘，个中翘楚，是受不了这种傲慢态度的，因之，对于他就起了一种偏见，认为他故意瞧不起人，卖弄身份，就立志给他打击，加以讪笑。其实他们双方都是很有意的，尤其是那位傲慢大家。傲慢家因为不愿委屈了自己的傲慢，而努力压迫自己的感情。偏见家不知道，以为他成心，无所不用其极的瞧她不起，甚至连他对她表示的好感都含有恶意。因此双方忽离忽合，依结构的发展，到底由世家子把傲慢的武装解除，乡绅姑娘才因感激而把偏见也软化，一对有情人终于成了眷属。

　　本书全部的立场差不多都是伊利沙伯的观点。虽然如此，作者即就伊利沙伯所注意的，所喜欢的，以及她所厌恶的，来把她的心理她的人格在我们的面前解剖出来。这纯是一种高度艺术的成功。

　　以上简单的分析，也就如此而止了。因为篇幅所限，我们不能把她其他的著作，也加以介绍和分析。同时又因为不愿意把本书的内容，通通都说出来，分解出来，所以这篇文字只能说是抛砖引玉，其余还是让大家自去寻味罢了。

杨缤

本书参考书籍：

（1）《剑桥大学英国文学史》。

（2）《大英百科全书》。

（3）《英国名人传略》。

（4）《英国文学简史》（英国 G. Saintsbury 著）。

（5）《燕京大学十八世纪文学班讲义》（美国 Miss Grace Boynton 编）。

——录自商务印书馆 1935 年再版

《骄傲与偏见》①

《骄傲与偏见》梁序
梁实秋②

《骄傲与偏见》作于一七九六年，正是华资渥兹与科律己的《抒情诗歌集》出版的前一年，但是这一部伟大的小说直等到十几年后，一八一三年，才得出版。奥斯丁女士开始写这本书时才廿一岁，她的父亲首先发现了这本书的优异，于是在一七九七年十一月一日写了下面这样的一封信给伦敦的一位出版家卡戴尔先生：

先生：

余现有小说稿一部，共三卷，其长度约与伯尼女士之《哀弗兰那》相仿佛。余深知此种作品如得著名出版家发行，将有何等重大之结果，故敢向阁下商洽。台端是否有意考虑此事，如作者自愿负责，发行需费若干，如阁下阅后认为满意而愿收买，可预支稿费若干，统希赐示，不胜铭感。如蒙不弃，即当以稿本呈上也。

乔治奥斯丁拜启

---

① 《骄傲与偏见》(*Pride and Prejudice*，今译《傲慢与偏见》)，长篇小说，英国奥斯丁女士 (Jane Austen，今译简·奥斯汀，1775—1817) 著，董仲篪译，北平大学出版社 1935 年 6 月出版。
② 梁实秋 (1903—1987)，祖籍浙江杭县 (今杭州)，生于北京。1915 年入清华学校，1923 年毕业后赴美留学，先后就读于哈佛大学研究院和哥伦比亚大学研究院。1926 年回国，先后任教于青岛大学、东南大学、北京大学等校。另译有 Emily Bronte (艾米丽·勃朗特)《咆哮山庄》、奥利哀特 (今译乔治·爱略特)《织工马南传》等，最重要的贡献是毕其一生翻译出版了《莎士比亚全集》。

卡戴尔先生拒绝了这个请求。这一部小说稿原名不是《骄傲与偏见》，是《最初印象》（*First Impressions*），自被拒后过了十六年才改今名与世人相见，而作者未署名。（美国 Charles Scribner's Sons 出版之《近代学生丛书》本之《骄傲与偏见》有 W. D. Howells 撰序，谓此书于作成后七年方得出版，实误。）

奥斯汀女士的一生是很平凡宁静的，她没有什么广博的经验，也没有多少学问，只是在几个较小的乡村和城市里安稳的度过她的一生。但是她知道她自己的限制，她不妄想写什么奇异故事或史诗之类，她只忠实的在小说里记载她所熟习的人物与喜剧，刻画了他们的人性，她善用她的能力，所以她的平庸处变成她的伟大处。以简洁平畅的文字描写平常人生的形形色色而能像她这样写得动人，不是一件容易事。我们若考虑到她写作的时代的风尚，我们便不能不对于她的作风更加惊异了。她在小说里占得地位恰是华资渥兹在诗里所占的地位，二人都是在平凡中寻出意义来。她所最赞赏的诗人是 Crabbe，这理由也是不难想象到的了。

司考脱称赞奥斯汀的话，不仅是最有力，而且是最公正，这段话载在他的日记里（一八二六年三月十四日），Lockhart 所作司考脱传卷六第七章引录过：

> 又读奥斯汀女士之优美作品《骄傲与偏见》，至少为第三次矣。此青年女子有描写日常生活中人物情感的错综现象之天才，实为余所仅见。雄伟狂吼之笔调，余固优为之，不逊于任何人；然此种轻灵之笔法，藉刻画与抒情之逼真，使日常之平凡人物成为有趣，则迥非余所胜任。若是之天才作家竟如之早死，惜哉！

奥斯汀女士死时，年四十二岁。在她所作的六部小说中，《骄傲与偏见》为最佳。多少的时髦小说都已被人遗忘，或只留给文学史学者去研究，而这本《骄傲与偏见》至今仍能给读者以新鲜的感动，而且翻成中文我相信仍能赢得读者的同情，这可以证明一件事：以优美的文笔描写常态的人性，这样的作品毕竟禁得起时间淘汰。

梁实秋　二十四年四月一日
——录自大学出版社 1935 年版

《骄傲与偏见》译者序言

董仲篪 [①]

翻译比创作尤难，大概是谁也不否认的，因为译文不仅要合乎原意，而在文辞上还须清顺流畅，让人一目了然，不感佶屈聱牙之苦，才是所谓信达雅的翻译，健全的译品。译者虽才学谫陋，仍本此忠实态度，尽量将原意译出，再于辞句方面力加修饰；不过这里有点苦衷，应向读者诸君声明。因为有了苦衷的关系，至不能依原来的计划去从事，殊为遗憾！

《骄傲与偏见》这本书，可以说是因战争而翻译它的；因为二十二年平津危急的时候，日本的飞机光临平市数次，所谓负有使命救国的青年学子，也就相继离校返里了。译者亦不能例外，而束装南旋了。回家后，很不凑巧，又碰着故乡惯打"坐地冲锋"的军阀老爷们，为争地盘起见，互以干戈相见，打将起来，战区就离译者的家不远，而一部分将官们，公然住宿在译者的家里，终日闹嚷不宁，夜无止息。因此，天天隐居在家里，简直如在囹圄中，不安之至，但是无聊之极，一时兴来，即在书箱里，取出这本《骄傲与偏见》，阅读之下，兴趣横生，就提笔试译，以资练习，而藉以消遣。不过后又因事

---

① 董仲篪，生平不详。

搁置，直到去岁转平，经朋辈的劝促，乃在课余之后，继续译完，在这样的情形之下，势不能以全力来从事它，所以有了这种苦衷，恐遗漏错误之处，或亦不免。再者，因原稿潦草，致付印时，连校两三次尚有些微之错，不过还可以俟诸再版时，重新修正，以期成为完善的译品。

奥斯丁女士的身世及作品的价值已详见于梁先生的序文，兹不赘。惟在此还补充两句：当作者著《骄傲与偏见》时，正在二十一岁，而译者去年也恰当二十一岁，译完她这本杰作，自是引为高兴的事。至于本书的内容，可略言之：那是描写一个富有资产，漂亮的青年，骄傲地向一个年轻小姐伊利萨伯长期的追逐求婚，到最后为爱屈服得不骄傲了，并与她结褵成为百世的良伴。事实虽平凡简单，但书中穿插些各色样的人物和乡村绮丽曲折的风光，以及有兴趣的事物，都一一活跃在纸上，愈见栩栩生动，别致可爱。无怪西欧女子爱读她的小说，良有已也。记得曾有个爱尔兰的年轻姑娘告诉译者谓，她最喜欢奥斯丁女士的小说；问其原故，她就以娓婉动听的声调答以因为她书中所写的有两个人物，可爱的很，令人读了娱心夺目，再问是哪两个人物呢，她却不答，揣想起来，也许就是指的道尔啥和伊利萨伯一对情侣罢。

译者竭诚愿望海内贤达之士，不客气地多多赐教指正，俾再版时，藉资改善，是译者极感盼的事。同时译者极热诚的敬谢胡适先生惠予题字，梁实秋先生乐赐佳序，和张若谷先生校阅数章，都是使人感谢不忘的事。再者，承刘守中萧芳瑞杨大烈三兄在出版方面赞助殊多，另又蒙傅贞元，曹松镕，傅孔文学兄的一些指示，以及曾帮忙过的诸友，统在此致谢！最后尤使译者不忘的一个人，是爱姊佩珩远在南国时来信鼓励，美意殷殷，感荷不藚！

一九三五年五月二十日序于故都

——录自大学出版社 1935 年版

《田园交响乐》[1]

《田园交响乐》后记

丽尼[2]

　　一切伟大的艺术家，往往反乎自己底意志而成为一个批判者和一个预言家。对于纪德我是作如是想的。以四十年的努力，纪德探测了现代个人主义文化之极峰，成为了现代个人主义文坛之领袖——纪德是以严肃而虔敬的心情来执行这一份任务的。由此，就产生了纪德底许多重要作品（尤其是《田园交响乐》和《伪币制造者》）所表现的怀疑，不安，矛盾，和控诉；换言之，因此就造成了艺术家的纪德底悲惨的命运，他底个人主义的虚无主义。因为，以宗教家一般的严肃与虔敬，纪德底眼睛对于他所生存的社会底虚伪，畸形，堕落和腐败，是不能无视的，而由个人主义出发的纪德，对于这一切，除了消极的控诉以外，再也发不出更有效的反抗——这之中，就存在了纪德底悲剧。

　　然而，忠实的艺术家是决不能永远欺骗自己的吧？因此，纪德底有名的《日记》[3]，终于作为对于新的历史发展之忠实的反映而出现

---

① 《田园交响乐》（*La symphonie pastorale*，今译《田园交响曲》），法国 A. 纪德（André Gide，1869—1951）著，丽尼译，上海美术生活社 1935 年 6 月初版，"文化生活丛刊"第二种。

② 丽尼（1909—1968），原名郭安仁，湖北孝感人。早年在汉口博学中学读书，后在上海劳动大学做旁听生。曾担任过报刊编辑和中学教员，后与巴金等创办文化生活出版社。另译有契诃夫《万尼亚舅舅》《海鸥》、屠格涅夫《前夜》《贵族之家》、高尔基《天蓝的生活》等。

③ 《日记》中最有名的一段，是宣布他和个人主义之绝缘，和他新的信仰："虽以生命赴之，亦所深愿……"我记得一个法国批评家好像说过纪德之转变并不足惜之类的话；但是，我却觉得纪德底"改宗"到底是法国个人主义文坛底一大损失。如今，单靠畦莱荔之流来支持这摇摇欲坠的传统，是令人颇有寂寞之感的。——原注

了。这应当不是偶然的。在《日记》里面，他以这样的话来结束他底信仰之宣告："我是以冷静的头脑和一切的诚挚来写下这些话的，我深深感觉我至少有留下这样的一个口供之必要，因为我怕在我来不及有更好的表白之前，死神就会追上我了。"像这样几乎令人战栗的严肃的告白明白地昭示了纪德在他底四十年的摸索之中所怀的极大的苦闷，而且，我们尤其应当感激他的，就是由他自己底告白，我们可以全无疑惑地以新的尺度来衡量他底作品，而使他出现于新的光辉之中。

《田园交响乐》是纪德底杰作，我想就是这粗率而拙劣的译文，也是可以使读者感动的，在这作品里，纪德底个人主义的虚无主义达到了极致，我们试想想"没有眼睛的人该是多么幸福"这样的话，该是如何悲哀和惨痛，然而，今日的纪德却必然不会说出这样的话来的。

我底译文是由 *Great Short Novels of the World* 之中的英译转译过来的，译者为 Thurston Macauley，对于法文似乎不很高明，我底初译稿原来发表在《小说半月刊》上，是完全根据英译的，但是和法文原文相差之处很多。现在出现在这里的译文，是经过友人陆蠡，诸侯，郎伟三位由法文校过以后，再由伍禅、静川两位由日译本加以参证的。对于他们，我在这里深深感谢。但是，如果还有和原文出入的地方，当由我自己负责。

译者　一九三五年五月

——录自文化生活出版社 1936 年四版

《比利时短篇小说集》 [①]

《比利时短篇小说集》小引

戴望舒 [②]

　　在比利时，主要的语言有两种：北部弗兰特尔（Frandre）是讲与荷兰文很接近的弗兰特尔文，南华隆尼（Wallonie）则讲法文。

　　一千八百三十一年比利时独立以前，在文学上，比利时也没有独立的地位。在强邻侵占之下，国事纷乱之中，文学之不振乃是一件必然之事。就是偶然有几个杰出的人才，因为比国没有一种特别的文字这关系，也不被人视在比利时作家。如福华沙（Froissart）、高米纳（Commines）、约翰·勒麦尔（John Lemaire）之只被列入法兰西文学史中，便是一个显然的例子。

　　比利时文学之取得独立的地位，她的开始兴起她的文学运动，她的渐渐地引起世界文坛的注意，只是一件很近的事。这只有短短的四五十年的历史。然而，在这个短短的时期中，比利时却产生了不少杰出的人才：西里艾·皮思、费里克思·谛麦尔芒、魏尔哈仑、梅德林克、勒穆尼等等，都已经不是一国的作家，而是世界的作家了。

　　本集中选译的，都是近六十年来最有名的作家的作品。为编译

---

① 《比利时短篇小说集》（*Belgian Short Stories*），比利时皮思（Cyriel Buysse，今译伯伊斯，1859—1932）等著，戴望舒选译。上海商务印书馆 1935 年 6 月初版，"世界文学名著"之一。

② 戴望舒（1905—1950），浙江杭州人。1923 年考入上海大学中文系，1925 年转入震旦大学特别班学习法文。后赴法留学，相继在里昂中法大学、巴黎大学旁听。曾参与编辑《现代》《新诗》月刊，在香港主编《大公报》文艺副刊、《星岛日报·星岛》副刊、《顶点》等。另译有沙多勃易盎（今译夏多布里昂）《少女之誓》、波特莱尔《恶之花掇英》等。

上的便利起见，我把这集子分为上下两编：上编是用弗兰特尔文写作的作家们，其中可分为两个系代，即"今日与明日"系代（*Van Nu en Straks*）和新系代。前者为皮思、德林克、都散、倍凯尔曼诸人，后者则选录了曷佛尔，谛麦尔芒，克尼思等三人。下编则为用法文写作的作家们。其中包含浪漫的特各司德，象征派的梅德林克及魏尔哈仑，写实派的德穆尔特，克安司等，民众派的勒穆尼，近代派的海仑思等等。

但是，把比利时作家们这样地划分为两部，却并不是说比利时文学有着一个不统一的现象。它虽则是用两种不同的文学来表现，但在精神上、气质上，却依然还是整个的，有着和别国文学不同的独特性。

一九三四年八月译者

——录自商务印书馆 1935 年再版

《孤独者》[小序]

（戴望舒）

西里艾尔·皮思（Cyriel Buysse）于一千八百五十六年九月二十日生于东部弗朗特尔之奈佛莱（Nevele），是女诗人和女小说家罗莎丽·洛佛琳（Rosalie Loveling）及维吉妮·洛佛琳（Virginie Loveling）的内侄，曾和维吉妮·洛佛琳合著长篇小说《生活的教训》（*Levensleer*，一九一二）。

他是《今日与明日》（*Van Nu en Straks*）杂志的创办人之一，又是 *Groot Nederland* 的编者。

所著长篇及短篇小说约有四十种，最著名者为穷人们（*Van arme menschen*，一九〇二），《小驴马》（*Het Ezelken*，一九一〇），《如此如此》（*Zooals het was*，一九二一），《叔母们》（*Tantes*）等。这篇《孤独者》，即从他的短篇集《穷人们》中译出。

《贝尔洛勃的歌》①［小序］
（戴望舒）

艾尔芒·德林克（Herman Terrlinck）于一千八百七十九年二月二十四日生于比京勃鲁塞尔（Bruxelles），是名小说家伊西道尔·德林克（Isidore Teirlinck）之子；卒业于勃鲁塞尔大学及刚城大学之后，他就在勃鲁塞尔行政机关办事，可是不久即从事于文学，编辑《今日与明日》（*Van Nu en Straks*）及《弗朗特尔》（*Vlaanderen*）等杂志。他是弗朗特尔王家学院及莱特学院的会员，又在勃鲁塞尔大学，勃鲁塞尔男子师范学校，盎佛尔艺术学院主讲尼柔阑文学史。此外，他还是一个书籍装饰家。

所著小说戏曲共有二十余种，均很有名。这篇小说，是从他的短篇集《贝尔洛勃的歌》（*Het Lied van Peer Loble*，一九二四）中译出。

《迟暮的牧歌》［小序］
（戴望舒）

弗囊·都散（Fernand Toussaint）一八七五生于比京。他在比京完成学业。曾任职于司法部。除在《今日与明日》（*Van Nu en Straks*），《弗朗特尔》（*Vlaanderen*）等杂志作撰稿，又为《少年弗朗特尔》（*Jong Vlaanderen*）之创办人，《作品》（*Arbeid*）之编辑人，后复选入

---

① 目录中篇名写为《贝尔洛勃之歌》。

弗朗特尔王家学院为会员。

作品以小说为多，兼写批评。主要作品如：*Landelijk minnespel*（《乡村恋爱》），*De bloeiende Verwachting*（《花的等待》），*De Zilveren vruchtenschaal*（《银篮》）。本篇即为《银篮》集中之一篇。

《溺死的姑娘》[小序]
（戴望舒）

加雷尔·房·丹·曷佛尔（Karel van den Oever）于一千八百七十九年十一月十九日生于盎佛尔（Anvers），殁于一千九百二十六年十月六日，是画家龚斯当·房·丹·曷佛尔（Constant van den Oever）的弟弟。他的教育是在盎佛尔的圣诺尔贝学院和圣约翰倍尔希曼学校受的。文学生涯则是在《弗朗特尔》（*Vlaanderen*）和《永远在前》（*Alvoorder*）开始的，以后创办了《弗朗特尔的作品》（*Vlaamsche Arbeid*）杂志。

他特别是一位诗人，诗集有《在早晨的苍茫的远方》（*In Schemergloed der Morgenverte*，一九〇一），《卑微的东西》（*Van Stille Dingen*，一九〇四），《盎佛尔颂歌》（*Lof van Antwerpen*，一九二一），《银的火炬》（*De zilveren Flambouw*，一九一八），《战时诗歌》（*Verzen uit oorlogstijd*，一九一九），《开着的窗》（*Het open Luik*，一九二二），《翼影》（*Schaduw der Vleugelen*，一九二三），《圣山》（*De heilige Berg*，一九二五），《亭轩》（*Paviljoen*，一九二七）等集。

他的短篇长篇小说一共只有五册：《冈比尼短篇集》（*Kempische Vertelsels*，一九〇五），《浪人之城》（*De Geuzenstad*，一九一一），《旧盎佛尔短篇集》（*Oud-Antwerpsche Vertellingen*，一九二〇），《赤马》（*Het roodPoard*，一九二二），《保罗的内心生活》（*Het inwendig leven van Paul*，一九二三）。这篇《溺死的姑娘》便是从他的第一部短篇集中译出来的。

《圣诞节的晚上》[小序]
（戴望舒）

洛德·倍凯尔曼（Lode Backelmans）于一千八百七十九年一月二十六日生于盎佛尔（Anvers），是当地民众图书馆的司库，盎佛尔师范学校的尼柔阑文学教授，莱特学校的会员。他创办了《永远在前》（*Alvoorder*）杂志，又是《时间》（*De Tijd*）的主编。

所著长篇小说共有二十余种，闻名于世者有《"开花的野蔷薇"的老板》（*De Waard uit den " Bloeienden Eglantin"*，一九〇三），《狼狈的腔儿》（*Dwaze Tronies*，一九〇七）等，这篇《圣诞节的晚上》是从他的短篇集《人们》（*Menschen*，一九一七）中译出。

他也写戏曲和批评，戏曲著名者有《欧罗巴旅馆》（*Europa Hotel*，一九二一），《小耶稣摇他的羽床》（*Deezeken schudt zijn beddeken uit*，一九二一）等，批评文著名者有《三个弗朗特尔的写实主义者》（一九一八），《古诗人》（一九二〇）等。

《住持的酒窖》[小序]
（戴望舒）

费里克思·谛麦尔芒（Felix Timmermans）于一千八百八十六年七月五日生于里爱尔（Lierre）。他只在那里受了中等教育。以后继续住在这个小城中。他的文学生涯是在《弗朗特尔的作品》（*Vlaamsche Arbeid*）及《果树园》（*De Boomgaard*）等杂志上开始的。除了小说家以外，他还是一位画家；他的著作，大都是他自己插画的。他是弗朗特尔王家学院和莱特学院的会员。

　　他的长篇及短篇集有：《死底微光》（*Schemeringen van de Dood*，一九一〇），《巴里爱特》（*Pallieter*，一九一六），《安娜玛丽》（*Anne Marie*，一九二〇），《开花的葡萄的住持》（*De pastoor uit den Bloeinden Wijngaard* [*De Pastoor uit den bloeyenden wijngaerdt*]，一九二二），《灯笼的蜡烛》（*'t Keerseken in den Lantern* [*Het keerseken in de lanteern*]，一九二四），《橙树开花的地方》（*Naar waar de appelsienen* [*Naar waar de appelsienen groeien*]，一九二六），《美丽的长春藤》（*Schoon Lier*，一九二七）等等。这些小说，大都已有世界各国的译本，为世人所传诵。这篇《住持的酒窖》，便是从他的《开花的葡萄的住持》一集中选译的。

　　他还写了四五种戏曲，最有名的是《星星停止的地方》（*En waar de Ster bleef stille staan* [*En waar de sterre bleef stille staan*]，一九二五）。

《乌朗司毕该尔》[小序]
（戴望舒）

　　查理·特各斯德（Charles De Coster），一八二七年生于明尼处（Munich），一九七九年殁于比京。主要作品：《弗朗特尔的传说集》（*Légendes flamandes*，1858），《巴彭松小说集》（*Conter Brabançons*，1861），《底尔·乌朗司毕该尔与拉默·戈特柴克的传说》*La Légende de Thiey Uylenspiegel et de Lamme Goedzak*，1867）。

　　查理·特各司德被认为是当代比利时文学真正的先驱者。职业是某政治机关里的一个小职员，他的生活完全供献给文学工作。他对于文学，对于民族文学有一种信仰。用了一个民间传说的人物，那无赖的乌朗司毕该尔做轮廓，他将弗拉芒民族的骄岸，独立，永远与统治的外族反抗的精神，加以不朽的塑造。荷兰人民反对斐力伯第二的大暴动的史迹，被他写成一部真正的民族诗史。以下所译的虽然只是那部大作的片段，亦足以见他的风格之一般［斑］。

《法布尔·德格朗丁之歌》［小序］
（戴望舒）

保尔·克尼思（Paul Kenis）于一千八百八十五年七月十一日生于鲍孝尔特（Bocholt）。学于冈城大学。文学生涯是在杂志《新生活》（*Nieuw Leven*）上开始的，后加入《果树园》（*Booomgaarrd*）杂志撰稿。他还是一位新闻记者。

所著小说有：《巴黎的一个失权》（*Een ondergang te Parijs*），《西艾思·施拉麦的奇遇》（*De wonderlijke avonturen van cies slameur*），《美丽的赛里才特小姐》（*De kleine Mademoiselle Cerisette*），《华筵》（*Fêtes galantes*），《列文·德·米特拿尔的日记录》（*Uit het Dagboek van Lieven de Myttenaere*），《云雀镜》（*De lokkende Wereld*），《新朝代的使徒》（*De Apostels van het nieuwe Rijk*）等等。这篇《法布尔·德格朗丁之歌》，是从短篇集《华筵》中译出。

《薇尔村的灵魂》［小序］
（戴望舒）

加弥易·勒穆尼（Camille Lemonnier，1844—1913）从他开始文

学生涯一直到他最后一部著作，永远是一个比利时生活的解释者。他的长篇小说大都描写人类的蛮性，但他以美丽的风格出之，使人觉得诗趣盎然。他也曾写过好几卷短篇小说集，大多数都是表现弗兰特诸古城镇中的忧郁情调的。本篇所选《薇尔村的灵魂》即系此中之一，从一九○○年出版的小说集《这是在夏季》中译出。

《善终旅店》[小序]
（戴望舒）

　　爱弥尔·魏尔哈仑（Emile Verhaeren，1855—1920）是近代比利时一大诗人。最初原受法国巴尔那斯派诗人及自然主义诗人的影响，但后来却自己建立了他的诗风及哲学，成为一个独立的近代诗人。

　　他的作品大都是诗。但他的少许剧本及散文，亦显然可以看得出是一个诗人的作品。他的短小说似乎是很少，本篇原系我的朋友徐霞村先生所译。兹征得他的同意，编在本集中。

《婴儿杀戮》[小序]
（戴望舒）

　　穆里思·梅德林克（Mavrice Maeterlinck）于一八六二年生于于杨德（Ghent）。初学法律，执行律师业不久，即弃职赴巴黎。在巴黎，得识著作家甚多，渐受薰陶，遂从事文学。其所作以诗与戏剧为多，童话剧《青鸟》尤为近代象征派文学之白眉。本篇小说系其早期所作，曾于一八八六年发表于某小杂志。说者谓其背景及描写颇神似弗兰特画派初期之名画也。

《朗勃兰的功课》[小序]

（戴望舒）

葛琴·德穆尔特（Eugène Demolder）于一千八百六十二年生于勃鲁塞尔（Bruxelles）。其主要著作为：《艺术印象》(*Impressions d'Art*)，《伊拜当的故事》(*Contes d'Yperdamme*)，《拿萨雷思的故事》(*Les Récits de Nazareth*)，《碧玉之路（*La route d'Emuaude* [*La route d'Émeraude*]），《荷兰王后的冰鞋》(*Les Patins de la Reine de Hollande*) 等等。本篇，即从《碧玉之路》中译出。

德穆尔特擅长于描写，他把荷兰和弗朗特尔的旧画师的手法，应用到文学上去。他所写的东西，无不绚烂夺目，使人如对画图。

《红石竹花》[小序]

（戴望舒）

写实主义者；严谨，质朴是他的作风，有时过于辛辣；描写的对象常是乡民与小资产阶级；于尔拜·克安司（Hubert Krains）以一八六二年生于比利时里日（Liège）省之华尔弗（Waleffes）城，主要作品有：《狂人故事》(一八九五)，《乡村恋爱》(一九〇四)，《黑面包》《彗》(一九〇七)，《地方素描》(一九一二) 等长短篇小说。

《公鸡》[小序]

（戴望舒）

鲁易·特拉脱（Louis Delattre）一八七〇年生于比利时之爱诺

（Hainaut）省。比国文学在大战以前，充满着象征的空气，而特拉脱是其中有才具的一个，他的纤细的观察与雍容的讽刺，使多少山川、人物皆永生在确实而生动的笔意中。特拉脱是医生，井市细民因此不至于十分与他隔膜。他喜欢用微讽的同情描绘他们，这成了他作品的特色。

　　主要作品：《故乡短篇》，《青春之镜》（一八九四），《口衔玫瑰》（一八九六），《恋爱以前》（一九一〇），《村医手札》（一九一一），《小百姓们的玩意儿》（一九〇八），下译两则，即属于《小百姓们的玩意儿》短篇集。

《冲击》[小序]
（戴望舒）

　　保尔·安特列（Paul André）一八七三年生于维佛尔（Nivelles）。炮兵军官，比京军事学校的法国文学教授。保尔·安特列是晚近比利时作家中产量最丰的一人。小说、故事、戏曲、新闻记者，他全毫不费力地担任着。

　　主要作品：《从大路上》（*Par les Chemins*，1895），《孩子们》（*Des Enfants*，1896），《亲爱的小猴儿们》（*Chers Petitssinges*，1899），《恋情教育》（*Education amoureuse*，1900），《威信》（*Le Prestige*，1908），《花带》（*La Guirlande*，1910），本篇即属于后者集中。

《魔灯》[小序]
（戴望舒）

　　白朗妤·吴素夫人（Madame Blanche Rousseau），一八七五年生

于比京，为比利时新文坛颖拔人物。虽然她所写的只是散文，而她的小说、故事，却充满着诗的情味与诗人独具的魅力。主要作品：《娜妮在窗口》（一八九七），《影与风》（一九〇二），《扇》（一九〇六），《拉巴格》（一九一二）。

《名将军》[小序]
（戴望舒）

　　奥阿士·逢·奥弗尔（Horace Van Offel）一八七八年生于昂韦（Anvers）。主要作品：《穷汉军队》（一九〇五），《被禁闭的人们》（短篇小说，一九〇六），《知识阶级的人们》（剧本，一九〇八），《机关鸟》（剧本，一九〇九），《胜利》（剧本，一九一〇），《回到光明之路》（短篇小说，一九一二），《沙士比亚之夜》（剧本，一九一二）。

　　种族与教育，全是佛兰特的纯粹系统，而奥阿士·逢·奥弗尔氏却变成了用法文著作的作家。因了他的忍耐力，他的用功与奋勇。这种情形在比利时文学上是常见的，正足以证明法国文明的魅力老是占有重要的地位，即使是在佛兰特的各外省。逢·奥弗尔当初曾在比军中充志愿兵，他的初期的小说即为兵士生活的描写。此后他成为新闻记者，在比京的报纸如同《晚报》（Le Soir），以及《每日新闻》（La Chronique）上，曾披露了他最好的短篇小说。重入行伍之后，他曾以少尉的资格参与了一九一四到一九一五的战争。这一短篇，即是他战争记录的一段。

《秋暮》[小序]
（戴望舒）

昂里·达味农（Henri Davignon）于一千八百七十九年生于勃鲁塞尔（Bruxelles）。他的重要的著作是《莫里哀和人生》(*Moliere et la vie*，批评文)，《生活的价值》(*Le Prix dela vie*，长篇小说)，《少女素描集》(*Croquis de jeunes filles*，短篇小说集)，《恋爱的勇气》(*Le Courage d'aimer*，长篇小说)，《阿尔代纳的女子》(*L' Ardennaise*，短篇小说集)，《一个比利时人》(*Un Belge*，长篇小说)。

达味农最初的几部小说都是言情之作，以阿尔代纳地方为背景，颇具风致。在他的杰作《一个比利时人》中，他研究着比利时的种族问题。

这篇小说，是从他的短篇集《阿尔代纳的女子》中译出。

《小笛》[小序]
（戴望舒）

法朗兹·海伦思（Franz Hellens），原名为法朗兹·房·艾尔曼琴（Franz van Emengen），于一千八百八十一年生于冈城（gand），为比利时现代文学之新人，主编 *Le Disque Vert*，为战后新文学运动先驱之一。

主要著作有：《在弗朗特尔的城中》(*En ville flamande*)，《潜伏的光明》(*Les Clartés latentes*)，《荒诞的现实》(*Realités fantastique*)，《欲望的少女们》(*Les filles du Désir*)，《分得的妇女》(*La femme partagée*)等等。

这篇《小笛》为其近作，自一九三四年《法兰西新评论》中译出。

——录自商务印书馆 1935 年再版

《恋爱的权利》[①]

《恋爱的权利》谈 ROMANOF

伍蠡甫 [②]

Romanof 于 1884 年生在 Tula 省一个中农的家庭。小时喜欢宴乐和自然景致。在 Tula 高等学校里，功课不好，俄文作文不及格，可是他的安慰，有哥果儿，托尔斯泰，朵斯特侬夫斯基等人的名著。在莫思科法政大学里，不去记录教授们的讲演，却注视教授同学等的特征；他也不想到未来法律生涯的计划，只打算怎样写出俄国生活的一个大展望，可以匹敌托尔斯泰的《战争与和平》。1907 到 1908 年间，他开始布置这篇历史小说的结构，定名叫 Rus'。1905 年革命和 1917 年的革命给他很多材料，他自己说"前三卷里，我要描写战事以前的老俄国；接着两卷讲到世界大战，末了两卷讲到革命。"然而直到 1933 年，才出了三卷，只写到了大战的前夜，可是 Rus' 也免不了一般俄国长篇小说的冗长，繁赘，在作者费力不少，在读者

---

① 《恋爱的权利》(*The Right to Love*)，短篇小说。苏联 P. Romanof (今译罗曼诺夫，1884—1938) 著，洪深译，上海黎明书局 1935 年 7 月初版，"英汉对照西洋文学名著译丛"之一。

② 伍蠡甫 (1900—1992)，祖籍广东新会，生于上海。1923 年毕业于复旦大学，后留学英国伦敦大学，并游学欧洲。回国后任教于复旦大学、中国公学、暨南大学等校，并任黎明书局副总编等职。另译有哥德《威廉的修业年代》、卢梭《新哀绿绮思》等。

没有兴起很多作用。反之，他的成功还在较短的制作上，如《樱花未开时节》，《三双丝袜》等。它们剪取新俄生活的断片，启示新道德的真面，所以大学男女学生的性关系，尚未结婚的母亲的地位，取消婚姻典礼的结果，二十七岁贞女的苦恼，以及已成过去的布尔乔亚如何适应新生活等等，都成为他的描写的主题。不过，从他笔下呈露得最最活泼逼真的，乃是女人。所谓"贞操是一种朱古力糖的外皮"以及"真爱是要被人认为精神的心意的"，都给他牢牢把捉，一并在没落和新兴的女性上，淋漓地写出。但是，他虽生于转形的枢纽间，却深深体味了变动中的不变，他认为在易变的思想之上，还有永恒的气质，因此苏俄批评家 S.Ingulov 非难他的角色，都含有未被革命带去的性格。好像革命环境没有影响这些人，又好像他们永远不曾听过马克斯，列宁的名字。事实上，Romanof 不曾亲身参加革命战，直到现在，他的作品还没有流露明确的左倾。他和 Leonov, Babel, Pilnyak 一样，都属于同路人的营阵，都还捉住一大群的读者。他目前虽还留在俄国，却抱着超越的态度。有人说，他多少有点像"一个穿了刺脚的鞋子的人，晓得鞋子的哪一处刺痛了他的脚。"

潜斋兄现在所译的《恋爱的权利》是《樱花未开时节》里的第五篇，是使他最负盛名的作品之一。他写那逝去中的道德，却寄以深至的同情，同时也就不置可否地介绍了苏俄的新道德。他在作风上更不见有新的意味，因为他还用着平顺易解的旧文体，并且丝毫不干抽象的呼喊。在这里，男主角萧华士说："我们住在城市里，有几百个女人在街上经过我的面前，那时候，我并没有为了想把我的一生贡献给此中任何特殊的一个，而去认识她。在生活急潮的现在，男人和女人的力的耗费，已超过他们的储藏，他们所剩余的力，仅足应付一些普通兽性力的刺激。"女主角范兰说："一个男人还不曾了解我和我所以这样孤独的意思，他便想接近我，是不会认识灵魂的珍贵的。"这两番话分别说明：在新旧两型的人心目中，什么是恋爱的权利。

1935.6.9. 于上海。

——录自黎明书局 1935 年初版

《表》①

《表》译者的话

鲁迅 ②

《表》的作者班台莱耶夫（L. Panteleev），我不知道他的事迹。所看见的记载，也不过说他原是流浪儿，后来受了教育，成为出色的作者，且是世界闻名的作者了。他的作品，德国译出的有三种：一为"Schkid"（俄语"陀斯妥也夫斯基学校"的略语），亦名《流浪儿共和国》，是和毕理克（G. Bjelych）合撰的，有五百余页之多；一为《凯普那乌黎的复仇》，我没有见过；一就是这一篇中篇童话，《表》。

现在所据的即是爱因斯坦（Maria Einstein）女士的德译本，一九三〇年在柏林出版的。卷末原有两页编辑者的后记，但因为不过是对德国孩子们说的话，在到了年纪的中国读者，是统统知道了的，而这译本的读者，恐怕倒是到了年纪的人居多，所以就不再译在后面了。

---

① 《表》，童话，苏联 L·班台莱耶夫作（L.Panteleev，1908—1987），勃鲁诺·孚克（Bruno Fuk）绘，鲁迅译。译文社印，上海生活书店 1935 年 7 月初版，"译文丛书插画本"之一。

② 鲁迅（1881—1936），浙江绍兴人。曾留学日本，就读于弘文学院、仙台医学专门学校，归国后任职于教育部，先后在北京大学、厦门大学、中山大学等校任教。另译有《桃色的云》(爱罗先珂著)，《苦闷的象征》(厨川白村著)，《毁灭》(法捷耶夫著)，《死魂灵》(果戈里著)等。

当翻译的时候，给了我极大的帮助的，是日本槇本楠郎的日译本：《金时计》。前年十二月，由东京乐浪书院印行。在那本书上，并没有说明他所据的是否原文；但看藤森成吉的话（见《文学评论》创刊号），则似乎也就是德译本的重译。这对于我是更加有利的：可以免得自己多费心机，又可以免得常翻字典。但两本也间有不同之处，这里是全照了德译本的。

《金时计》上有一篇译者的序言，虽然说的是针对着日本，但也很可以供中国读者参考的。译它在这里：

> 人说，点心和儿童书之多，有如日本的国度，世界上怕未必再有了。然而，多的是吓人的坏点心和小本子，至于富有滋养，给人益处的，却实在少得很。所以一般的人，一说起好点心，就想到了西洋的点心，一说起好书，就想到了外国的童话了。

> 然而，日本现在所读的外国的童话，几乎都是旧作品，如将褪的虹霓，如穿旧的衣服，大抵既没有新的美，也没有新的乐趣的了。为什么呢？因为大抵是长大了的阿哥阿姐的儿童时代所看过的书，甚至于还是连父母也还没有生下来，七八十年前所作的，非常之旧的作品。

> 虽是旧作品，看了就没有益，没有味，那当然也不能说的。但是，实实在在的留心读起来，旧的作品中，就只有古时候的"有益"，古时候的"有味"。这只要把先前的童谣和现在的童谣比较一下看，也就明白了。总之，旧的作品中，虽有古时候的感觉，感情，情绪和生活，而像现代的新的孩子那样，以新的眼睛和新的耳朵，来观察动物，植物和人类的世界者，却是没有的。

> 所以我想，为了新的孩子们，是一定要给他新作品，使他向着变化不停的新世界，不断的发荣滋长的。

> 由这意思，这一本书想必为许多人所喜欢。因为这样的内容

簇新，非常有趣，而且很有名声的作品，是还没有绍介一本到日本来的。然而，这原是外国的作品，所以纵使怎样出色，也总是显着外国的特色。我希望读者像游历异国一样，一面鉴赏着这特色，一面怀着涵养广博的智识，和高尚的情操的心情，来读这一本书。我想，你们的见闻就会更广，更深，精神也因此磨炼出来了。

还有一篇秋田雨雀的跋，不关什么紧要，不译它了。

译成中文时，自然也想到中国。十来年前，叶绍钧先生的《稻草人》是给中国的童话开了一条自己创作的路的。不料此后不但并无蜕变；而且也没有人追踪，倒是拼命的在向后转。看现在新印出来的儿童书，依然是司马温公敲水缸，依然是岳武穆王脊梁上刺字；甚而至于"仙人下棋"，"山中方七日，世上已千年"；还有《龙文鞭影》里的故事的白话译。这些故事的出世的时候，岂但儿童们的父母还没有出世呢，连高祖父母也没有出世，那么，那"有益"和"有味"之处，也就可想而知了。

在开译以前，自己确曾抱了不小的野心。第一，是要将这样的崭新的童话，绍介一点进中国来，以供孩子们的父母，师长，以及教育家，童话作家来参考；第二，想不用什么难字，给十岁上下的孩子们也可以看。但是，一开译，可就立刻碰到了钉子了，孩子的话，我知道得太少，不够达出原文的意思来，因此仍然译得不三不四。现在只剩了半个野心了，然而也不知道究竟怎么样。

还有，虽然不过是童话，译下去却常有很难下笔的地方。例如译作"不够格的"，原文是 defekt，是"不完全"，"有缺点"的意思。日译本将它略去了。现在倘若译作"不良"，语气未免太重，所以只得这么的充一下，然而仍然觉得欠切帖。又这里译作"堂表兄弟"的是 Olle，译作"头儿"的是 Gannove，查了几种字典，都找不到这两个字。没法想就只好头一个据西班牙语，第二个照日译本，暂时这么的敷衍着，深望读者指教，给我还有改正的大运气。

插画二十二小幅，是从德译本复制下来的。作者孚克（Bruno Fuk），并不是怎样知名的画家，但在二三年前，却常常看见他为新的作品作画的，大约还是一个青年罢。

鲁迅

——录自生活书店 1935 年再版

《俄罗斯的童话》①

《俄罗斯的童话》小引
鲁迅

这是我从去年秋天起，陆续译出，用了"邓当世"的笔名，向《译文》投稿的。

第一回有这样的几句后记：

> 高尔基这人和作品，在中国已为大家所知道，不必多说了。
>
> 这《俄罗斯的童话》，共有十六篇，每篇独立；虽说"童话"，其实是从各方面描写俄罗斯国民的种种相，并非写给孩子们看的。发表年代未详，恐怕是十月革命前之作；今从日本高桥晚成译本重译，原在改造社版《高尔基全集》第十四本中。

第二回，对于第三篇，又有这样的后记两段：

① 《俄罗斯的童话》，短篇小说集。高尔基〔Maxim Gorky，1868—1936〕著，鲁迅译。上海文化生活出版社 1935 年 8 月初版，巴金主编"文化生活丛刊"第 3 种。

《俄罗斯的童话》里面，这回的是最长的一篇，主人公们之中，这位诗人也是较好的一个，因为他终于不肯靠装活死人吃饭，仍到葬仪馆为真死人出力去了，虽然大半也许为了他的孩子们竟和帮闲"批评家"一样，个个是红头毛。我看作者对于他，是有点宽恕的，——而他真也值得宽恕。

现在的有些学者说：文言白话是有历史的。这并不错，我们能在书本子上看到；但方言土语也有历史——只不过没有人写下来。帝王卿相有家谱，的确证明着他们有祖宗；然而穷人以至奴隶没有家谱，却不能成为他并无祖宗的证据。笔只拿在或一类人里，写出来的东西总不免于蹊跷，先前的文人哲士，在记载上就高雅得古怪。高尔基出身下等，弄到会看书，会写字，会作文，而且作得好，遇见的上等人又不少，又并不站在上等人的高台上看，于是许多西洋镜就被拆穿了。如果上等诗人自己写起来，是决不会这模样的。我们看看这，算是一种参考罢。

从此到第九篇，一直没有写《后记》。

然而第九篇以后，也一直不见登出来了。记得有时也又写有《后记》，但并未留稿，自己也不再记得说了些什么。写信去问译文社，那回答总是含含糊糊，莫名其妙。不过我的译稿却有底子，所以本文是完全的。

我很不满于自己这回的重译，只因别无译本，所以姑且在空地里称雄。倘有人从原文译起来，一定会好得远远，那时我就欣然消灭。

这并非客气话，是真心希望着的。

一九三五年八月八日之夜

鲁迅

——录自文化生活出版社 1940 年四版

《浮士德》 ①

《浮士德》钟序

钟敬文 ②

一

读《浮士德》，不是一件容易的事情。给予这不朽的创作写序文，自然更是困难的重荷。

但是，我像是被派定了应该来写这部译本底序文般的，尽管怎样地明了着自己底无能，否，自己对于这个工作底感到惶恐。因为像译者在他底译序里所说，这个杰作译述工程底开始和进行，我是曾经友谊地稍尽过些怂恿的微力的。从而，由译者所发出的"写序文"的嘱托，固然不容易推辞，就是对于这部译本底一般读者，自己（我）也像感到有着一种未了的"言责"般的——虽然这也许仅是一种多余的幻觉。

踌躇！俄罗斯十九世纪伟大的作家底一人屠格涅夫氏，在他那《关于哥德底悲剧〈浮士德〉》一文中写着："当在这里，把这伟大的悲剧解剖，我们不知不觉地感到一些踌躇。"或此刻没有解剖这伟大

---

① 《浮士德》(*Faust*)，上、下册，诗剧，德国歌德（Johann Wolfgang von Goethe，1749—1832）著，周学普译述。上海商务印书馆 1935 年 8 月初版，"世界文学名著"之一。

② 钟敬文（1903—2002），原名钟谭宗，广东海丰人。1922 年毕业于海丰县陆安师范，后到广州岭南大学半工半读，1934 年赴日本早稻田大学文学部研究院研修，后任教于岭南大学、中山大学等，曾协助顾颉刚等成立民俗学会。先后任教于中山大学、浙江大学、无锡教育学院、香港达德学院等，毕生致力于民俗学、民间文学的研究和创作。另与杨成志译有《印欧民间故事型式表》。

的悲剧的雄心——或不如说还没有这种充分的能力。但是，心里所怀抱着的踌躇，却无疑是比屠格涅夫氏的更为深甚。

时间是不容许我再作自私的踌躇了，为了使这部译本快些送到读者底眼前。我只好放纵着我底拙笔，让它怎样去完成那不敢预想的结果吧。

<h2 style="text-align:center">二</h2>

时代是变动着，剧烈地变动着。

过去的一切——人类过去文化史成绩底一切，在这大时代之前，都不免受到一种新的解释和批判。在文学的领域内，正像在别的领域内一样，这种工作，也已然在泼剌地进行着了。不世出的文豪，过去文学的地平上秀出的山峰的德意志诗人哥德氏，他底思想和创作——特别是他那倾注毕生的精力而写成的《浮士德》，自然是不能从这种关系中逃开去的。他底宇宙观、社会观、人生观、创作观，以及作品底社会的、艺术的价值等，都已从新或详或略地被解释着、批判着。

关于哥德思想底解释、批判，有着种种的说词，倒像："哥德，时而是伟大，时而是微小，时而是不妥协的、嘲笑的、轻蔑现存世界的天才，时而是周慎的、满足了的、狭量的俗人。""哥德，一方被俘虏于宗教的残滓，一方有着依自然而被训练了的有机的动态的思考方法。"……

概括地说，在思想上，哥德不是极纯净地属于某一个简单的范畴的人物。他底思想，有着种种形态和矛盾。炯眼地认识了拿破仑底历史的意义的，是他，用动物叙事诗来嘲笑革命家的行动的，也是他。确信科学智识的力和它底进步的，是他，对于自然持着泛神论的宗教的倾向的，也是他。指导"疾风怒涛时代"的文艺革命儿，是他，回归到希腊古典文学领域的，也仍然是他。哥德，他是这样参差不一的、矛盾的思想底所有者。

他为什么会成为这样的一个思想家呢？关于这个问题，批评家们底答案，大都把它归因到那时候德意志底现实的社会情况，和他在那社会里的生涯底变动。

至于《浮士德》现在批评家们对她又说了些什么话呢——他们怎样给予她以一种解释和批判呢？一位批评家这样写着：

第一部，和哥德创作底疾风时代有着紧密的关系。关于陷于"杀婴孩"的失恋的少女（格莱卿）的主题，在疾风怒涛时代中广泛地可以看到。向光辉的哥特克时代的转向，有四扬音及脚韵的诗句，通俗化了的语词，向一人剧的发展——这一切，说明着向疾风怒涛时代的接近。于海猎娜（Helena），特别地看到了艺术的表现的第二部，是走入了古典时代文学领域的东西。哥特克底轮郭，让位于古代希腊底那（轮郭）。希腊，成为活动的舞台。辞书体被一扫了。有四扬音及脚韵的诗句，被古代型的诗句取代着。各形态，获得着某种的特别地雕刻的结合。哥德于《浮士德》底最后舞台中，付给年贡于罗曼主义，取入神秘的合唱，启示加梭力克教底天国于《浮士德》。

和《威廉、迈士脱底遍历时代》一样，《浮士德》第二部，是关于自然科学、政治学、美学及哲学的哥德底思想底异常的结晶。各插话，于给予某种科学的政治的或哲学的问题以"艺术的表现"的作者底努力之中，纯然看到那确证。……

别一位批评家写着："哥德从一切精神的思辨的东西离开，而探求新的根据于自然和人间性之中。……但是，哥德没有把他底意向彻底地推进，而仅求于泛神论的自然和被包容于这样的自然界的个人私生活过程的人间性之中，在这里，《浮士德》有着理念底矛盾和不彻底。"

像《浮士德》这样内容深微繁复的大作品，自然不是简略的几句话或数十句话所能够解释、批判得了的，——甚且不是很短的时间内，三数人底解释、批判的试作，便能够完全把她决定的。所以，这里所引的两三段话，只是这种论述底一点例子罢了。

在这里，似乎应得赶紧声明一句：哥德作品——特别是《浮士德》——底伟大性是无可怀疑的。

尽管现在的批评家们，怎样地在进行着那新的解释、批判哥德底文绩，总是世界文学史上同时也就是文化史上底划期的、杰出的一份！"《浮士德》是伟大的创作，那是欧罗巴决不再来的时期底最完全的表现。"（屠格涅夫氏的话）这话，在九十年前的往日，就已经被写下了的，但是，现在我们看来，并不怎样觉得它是不很适用的东西。

"哥德，是立于十八、十九世纪底优胜的写实主义底最高峰的。"今日新劲的批评家，也是不吝惜地这样称赞了。并且，这不仅是一两个人底私见而已。

三

接受过去遗产的问题，在我们文坛上，也已被相当地注意着了。在不被引入歪邪途径的范围内，这自然是很值得赞许的事。因为正像异国底一位文学者所说过的："不通晓过去伟大的文学的遗产，我们是不能造出伟大的不灭的文学吧。"

去年，世界文坛上底巨星高尔基氏，在一个盛大的文学者集会底演讲中，很慨叹着彼国底新作家们还未够创造出一个像《浮士德》、《哈姆雷特》那样的"世界典型"的人物——一个具体的小市民性底典型的人物。而这在文坛上却是必要的事。由这，我们可以晓得这位老作家是怎样佩服着哥德和莎士比亚，而热望新的文学者们学他俩去造出那能够永远纪念碑地存在的世界典型的人物来。

现在，世界各国底文坛，正像各国底商场一样，日益强度地国际化了。特别是我们中国，她二十年来所表现的现象，很证明了这种趋势底存在。这不是一种应该忧虑的事。否，倒不如说是很可欣喜的事。因为这是合理地朝向着正路进行的。我们固有的文学的遗产，虽然不是没有那伟大而可珍重的，但是，数量颇稀少，而且在现代人的我们看来，大多是过于陈旧的了——不管在形式上，或是内容上。所以，我们说到接受遗产（做为作家底修养而接受遗产），那除了很少数的本国所有的珍贵之外，是不能不把国际过去的伟大的创作品，来充当我们底"目的物"的。我们有什么理由，可以拒绝对于那"全人类的"卓绝的业绩底继承呢？（自然，对于她们，仍然是应该批判地接受着的。）

"以为伟大的作家底影响，因那作家国家底境界而停止了的，是重大的一个错误。"法兰西优秀的创作家兼批评家的纪德氏，像替我们说话般地，早就这样喊着了，在他底那篇《歌德论》之中。现在，哥德氏底这不朽的杰作（《浮士德》），已由力学的周君，全部地介绍到中国来。我以为，这不仅于国家文化的体面上，有着相当的意义而已，在我们这基础很薄弱的文坛上，她无疑是将致来了那坚实的文化之果的。

　　　　　　　　　　　　　　　　一九三五,五,一〇。

　　　　　　　　　　　　　　　　钟敬文序于东京。

　　　　　　　　　　　　——录自商务印书馆 1935 年初版

《浮士德》译者序

周学普 ①

一

在世界各文明国，都有数种乃至数十种译本的哥德的《浮士德》，但在这几年来翻译工作如此盛旺的中国，还未有过一、二两部的全译。这大概不是因为缺少介绍者或一般人对它冷淡的缘故，实际是因为其内容之深广繁复，及其形式之雄浑优美与多样，都不是平常作品那样容易翻译的罢。译者对于这样艰巨的工作，本来也不敢轻试；只因一九三二年在浙江大学任课，受了畏友钟敬文兄的热心激励，才很感奋地开始了翻译《浮士德》第二部的工作（因第一部已有郭译）。当初是用散文译的，译到那年十一月，第二部初稿是完成了。后来回头细看，觉得用那样粗杂的散文来译这样美丽的古典名著是不相宜的；但要全部改成韵文，一时又无勇气，因此搁置了七八个月。第二年夏天和敬文兄去游庐山，他又劝我继续努力。我就从头用韵文改译，到年底便译成了。其后又改了几回，费了许多功夫。

第二部译完之后，就起了译第一部的野心。但等到去年（一九三四）到青岛山东大学任课时方才实行。这次比较顺利，译完了又抄了一遍，居然于四十天之内就完成了，而译文却觉得比第二部的似乎好一点。

这是这个"全译"产生的大略情形，其中经历的种种艰苦，我想

---

① 周学普（1904—1986），生于浙江嵊县。毕业于日本京都帝国大学文科。1938年与黎烈文共同主编《改进月刊》，先后任教于浙江大学、山东大学等，后赴台。译有哥德《浮士德》《赫尔曼与陀罗特亚》《铁手骑士葛兹》、爱克尔曼《哥德对话录》、海涅《冬天的故事》等。

无庸详述。而在屡次停顿弛懈的时候，都赖敬文兄热诚不倦地加以督促，并为代改良部分的译文，乃得于再接再厉之后做成了这件工作。对于他这种深挚的友情，我欣幸得在这里表示无限的感谢！

二

这个"全译"开始翻译的那年，正是哥德逝世的百年纪念的一九三二年。这也是使我决心翻译《浮士德》的一个动机。那一年各文明国的各阶级的人都在忙着纪念哥德，即在与德国文学较疏远的我国，也出了几个杂志的专刊和《哥德的认识》一类的书籍。当时在德国本国，当然纪念得更为起劲，政府当局、国社党、德意志社会民主党等等党派及各界名人，公表了许多刊物及言论，各依自己的立场，或说哥德是"克服了内的对立"的伟人，或说他是"在现实的秩序之中求活动形式"的英杰，甚至说他是国粹思想的先觉。反之，德国和世界的反观念论的思想家，则大抵引用卡尔、恩格斯的哥德评论，主张若欲正确地批评这个"最伟大的德国人"，必须和批判任何人同样，把他由社会的观点来观察，即须认识他的伟大，同时也须认识他的伟大的制限性。他们以为哥德比释勒更伟大的特点，是在于他的积极性，向实际生活的倾向，观念论的拒否；他的伟大的制限性，是在于他受了当时经济落后的德国的市民阶级的贫弱的环境的拘束，由反抗封建社会及既成宗教的天才诗人，渐渐变为反对革命的妥协的改良主义者。这是因为哥德生在封建正在崩坏，资本主义开始兴起的时期。他对于当时的社会，有两种相反的态度：有时是叛逆的，嘲笑的；有时是温顺妥协的。所以社会上各种人批判他的时候，或注重于他的少壮时期的"狂飙"（Sturm und Drang）时代的反抗激越的巨人主义（Titanismus），或赞颂他到魏玛辅政，尤其是意大利旅行以后爱好平静调和，尊重社会秩序的古典主义。这两种相反的倾向及其变迁的过程在他的被称为"终身著作"（Lebenswerk）或"总忏悔"（Generalbeichte）的《浮士德》中最显明地可以看出。所以当哥德的遗产正应该依其对于现代社会的相对的价值被正确地"再批评"的时候，《浮士德》全译的出现，在中国也必有相当的意义的罢。

德国一位大学者说，哥德是他所爱好的诗人之一，他的创作方法是布尔乔写实主义的最大的成就之一。《浮士德》中的格莱卿，是他在文学上所最爱好的女性。文艺批评家梅林（Franz Mehring）在他的《哥德与现代》中说："在德国文化界成了伟大的一切人中未曾有如哥德那样纯粹，伟大，不朽的艺术家。……德国的艺术未曾有如在哥德那样被多方面地，纯粹而深刻地被具体化。"我们要明白由这样伟大的哥德所表现的当时新社会的时代精神及日耳曼民族的文化对于世界文化的关系，在他的各时期的许多作品之中，自然以精读《浮士德》最能得到有系统的概观。因为《浮士德》是哥德二十岁以后六十年间的长期的创作，不像他的其他著作仅表示他的思想和感情的某一方面，而反映着少壮时代的反抗的超人的热情，许多深刻的恋爱的经验，中年时代的关于政治、科学、哲学、艺术等种种学识，老年时代的高雅优美的趣味和智慧。就文化史而论，其创作时代包含着"狂飙"时代，古典主义及浪漫主义的三个时期。若把哥德的著作分为：

（一）初期的恋爱喜剧（如《情人的任性》《共犯》等。）

（二）告白剧（如《史推拉》《克拉维哥》《维特》等。）

（三）以叛逆的或富于奋斗精神的伟人（titanischer Held）为主人公的作品（如《普罗美修斯》《永远的犹太人》《凯撒》《摩汉默德》等。）

（四）古典剧（如《塔梭》《伊斐格尼》等。）

则《浮士德》实包含此等各类的诗歌。

　　这部雄伟渊博的《浮士德》，就是德国的学者们也以是最难懂的著作之一，有着无数的学者的注释和批评。但其中有许多注释或批评往往将原作曲解或神秘化，使人益不能正确地理解。被称为"瑞士的哥德"的克拉（Gottfried Keller）说："由俗学者们所为的哥德礼赞之中有一种伪信存着。"梅林说："在世界文学之中，未有如哥德那样被英雄崇拜者们所误解的。"在古典艺术的再批判被高唱着的现今，我们希望哥德的作品也被正当地理解，由少数特权者的偏见解放，而成为正当的承继人的全民众所欣赏。新渡户稻造在其所著《浮士德物语》的序文中说得好："《浮士德》这种名著，若深切地体味，有着虽哲学家也不能窥知的深度；但若浅近地解释，则虽三尺少女也能相当领会。"我这个自知不能传达原作的精彩于万一的"全译"，在作为介绍名著及推广世界文化的意义上也许有相当的价值。

　　在这简单的序文中，当然不能不对原著作精细的研究或批评，以下只略述关于原著的来历及内容形式等以供读者的参考。

三

　　浮士德式的叛逆的超人的主题在文学上的应用，渊源颇为久远。最早的是《旧约圣书》里因欲与上帝同样能辨善恶的欲望所引起的伊甸乐园的悲剧。次之，如希腊神话里的丹达鲁斯（Tantalus）因忤神而受灾，普罗美修斯因盗火而被罚。埃及、波斯等民族相信善神和恶神的对抗。在希伯来传说中，沙罗门因夺取"智石"，被恶魔亚特拉美勒希（Adramelech）放逐于沙漠。基督教里有撒丹率众背叛上帝的传说，且有用种种魔术可召恶魔或天使使助人行事，或以身心为抵押而与恶魔订约，使为人服务等民间的信仰。例如与《新约圣书使徒行传》（第八章第九节）西蒙（Simon Magus）被腓力感化的事情相关的纪元二世纪的传说，说西蒙欲行奇迹，在纳罗（Nero）之前飞升天空，因彼得的一言而跌死。又卡克斯顿（Caxton）的《黄金传说》及卡尔特隆（Caldcron）的《奇异的魔术师》中所载的安提沃契的齐伯梁（Cyprian of Antioch），因以其妖法召来的邪神们见十字架而逃遁，遂归正教。小亚细亚的阿达那（Adana）的僧正德奥斐鲁斯（Theophilus）与恶魔以血订约，但卒为圣母所救。凡与恶魔订约者，大抵堕地狱而遭惨祸，因悔过而得救者较少。

在宗教改革时代，恶魔的信仰更为盛行。游行学生之徒往往以魔术欺骗人民，浮士德传说乃应运而生。十六世纪的许多人的信札及书籍记载浮士德的种种事迹。他大约和路德同时，生于一四九五年，在德国各地试行法术，一般人民信其为恶魔的盟友而畏之，请他预言吉凶，虽僧正和贵人也有被他所欺者。一五〇四年他死时，据说被恶魔所杀害，取去了灵魂。

二三十年之后他变成了许多通俗小说（如 Spies，Widmann，Pfizer，der Christlich Meynende 等人所编的）及戏剧的主人公，许多各地旧来的传说也被其吸收了。这种浮士德传说，不久就传到外国去了；英国的天才诗［人］马罗（Christopher Marlowe）编成了戏剧《浮士博士》（*The Life and Death of Dr.Faust*，1589），将浮士德心中的善恶的斗争及梅非斯特的诡辩等巧妙地戏剧化了。英国的旅行剧团又把它输入德国，一六〇八年以后常被上演。但以后此种戏剧，渐渐变成卑俗的笑剧、木偶戏等，为上流社会所鄙夷。及至启蒙思想的权威福禄特尔及勒新方才发现这些通俗剧中含有伟大的要素（如当时所尊重的知识欲、享乐欲等），乃将浮士德从不幸的运命救起，使其成为贪求无限的知识而富于奋斗精神的超人。勒新并且亲自著了《浮士德悲剧草稿》，但未完成，现仅存其《序曲》草案及最初的四场，其中《浮士德》卒被上帝救济。

经过了这样的变迁的浮士德的题材，等到日耳曼民族的不世出的近代伟人哥德出来运用，乃被空前地发扬光大；他以其丰富的人生体验，高深的学术修养，非常的才力和神妙的技巧，将民族文化和世界文化融会贯通，对于时间上空间上被制限的题材给以普遍的意义，将人生的最重要的问题的解决以个人的发展表出之，他的《浮士德》遂成为德国文学最伟大的杰作。

四

哥德和浮士德的关系，开始于他的幼年时代。通俗小说中的浮士德，大概是他幼时在法兰克府的家乡即已熟悉的民间故事之一。他想也看过关于浮士德的笑剧和木偶戏等。他的祖父特克斯多（Textor）曾经赠了他一套木偶，他就模仿旅行剧团的样子，以此演戏而娱家人和来宾。及渐长大，见在这些似乎荒唐无稽的小说和戏剧之中，颇有和他的空想相似之点，遂有改作之以表现其思想和感情之意；但实际开始断片地著作，则在一七七二年完成了《葛兹》（Goetz）以后。

从那时起，到一七七五年他被奥古士特公爵聘到魏玛去佐政的时候，他已经写成了《浮士德》第一部的大部分了。这就是一八八七年被文学史家石密特（Schmidt）在格希好森（Luise Goeschausen）公主家里发现的所谓《浮士德初稿》（Urfaust）。其中包含第一独白、地灵出现、酒肆及格莱卿悲剧等二十一场，格莱卿悲剧占据其中的一大部分。"酒肆"及最后的"牢狱"是用散文写的。哥德少壮期和贝利希（Berisch）、海尔特尔（Herder）、梅尔克（Merck）等人交际的影响，对许多女子恋爱的体验以及卢骚所倡导的对于自然的热情及拉伐特尔（Lavater）的神秘思想等反映在这雄浑的戏曲的断片之中。

自一七七五年以后，哥德因宫廷生活，对于高雅的石坦因夫人（Frau Stein）的恋爱，斯宾诺莎哲学的研究及瑞士，意大利的旅行的影响，对于自然、社会及艺术的意见渐渐改变，"狂飙"时代的豪放的感情和空想渐被克服，他的兴趣渐渐由德国古代艺术移向典雅调和的古典艺术，由民间传说的宗教观移向泛神论的自然观，由神秘的灵感移向古典主义的澄明的形式。而与以北方情调为主的《浮士德》日渐疏远，因此《浮士德》被耽搁了十三年之久。他在意大利旅行时，因为要出全集的缘故，要想完成《浮士德》，一七八八年三月一日他致海尔特尔的信中说方才作成了关于《浮士德》的计划（Plan），自以为再寻见了线索（Faden）。他在罗马作成了"魔女的厨房"及"森林的洞窟"，以前者作为学者浮士德与享乐者浮士德的媒介，以后者作为超人（Uebermensch）与非人（Unmensch）的联络，他虽加入了这两场于旧稿，却将旧稿中的"格莱卿的门前"及与此相连的浮士德和梅非斯特的对话，"阴暗的日子""夜旷野""牢狱"等除去，将"酒肆"及后之二场改作，于一七九〇年作为《浮士德断片》（*Fragment*）而出版。

哥德从意大利回魏玛后，《浮士德》又被耽搁了好几年，到了距开始著作已经过了二十四五年的一七九六年即将近五十岁时，经诗人释勒三年间（一七九五——一七九八）的鼓励及种种关系，其创作的兴致又复勃兴，此时已能运用古典的精神和形式以表现日耳曼的本质，作成了"献词""天上序曲"和"舞台前戏"，又加入浮士德和梅非斯特辩论及缔约的两场对话，以及"市门之前"及"华尔布几斯之夜"等场。一八〇六年第一部告成，越二年出版。

在这一期再开始著作的一七九七年三月他根据已经显明的关于《浮士德》全体的"观念"（Idee）作成一个概略（Schema），将一、二两部共分为三十部分（一至十九为第一部，以下为第二部），第二部的宫廷生活，海伦、浮士德的死，神的审判及终曲等都在内。但当时已被开始的"海伦"之场，其后二十余年之间未被进行，他在这期间著了《和亲力》，《色彩论》，《诗与真实》等著作，其母亲、夫人及昔时的爱人绿蒂、莦利特列克等相继逝去。一八二三年又因对于少女乌尔列克（Ulrike）的失恋而深感了老年的悲哀，却又于其后体验了"心灵的春天"，著了《东西诗集》及《马丽恩巴特的哀歌》。他当时虽然已是七十五岁的老翁，创作力却未衰败，其后因那年来做他的书记的爱尔克曼（Eckermann）的鼓励，及被诗人拜伦在希腊逝世的消息所感动，一八三五年又开始继续《浮士德》的著作，翌年完成了包含海伦的插话的第三幕，其后第一、第二（一八二七——一八三〇）、第四，及早已写了若干的第五幕（一八三一）以及终曲（一八三二）也相继完成。在距诗人之死仅十星期的一八三二年正月大功告成，由他亲自封存。他觉得释了重负似的，说今后的生活全是天赐。第二部于他死后即被发表。

<h2 style="text-align:center">五</h2>

　　哥德的《浮士德》正如他的传记作者皮尔叔斯基（Bielschosky）所说，不是以预定的目的写成，而是由哥德的潜意识的生命的深秘中涌现的，变成的，生长而成的作品（gewordenes und gewachsenes werk）。哥德著作《浮士德初稿》的时候，并无确定的计划，只依随时的创作冲动和深刻丰富的体验而著作的。当他著作那于一七九〇年发表的《断片》时，他作成了"计划"（Plan），后来在和释勒交际的时期才有所谓"观念"（Idee）显现，但二者很不相同。其后著作第二部时，他的构想，也依他的生活的进展而时有改变。因此，即在现形本的《浮士德》里，其内容和形式也有种种矛盾不连续的地方；但就全体而论，却决非断片的接合，而是将自强不息的哥德——浮士德的生活的有机的发展象征化了的作品，是被内的辩证法的矛盾流贯着的哥德的杰作。

　　哥德用浮士德和梅非斯特的斗争的过程表现人心中的光明与黑暗，个人与社会，求真理的努力与惰性，远心力与求心力，否定与肯定的两极性的矛盾及由矛盾的克服而来的必然的不断的上进。哥德说："问题的每一解决，是一个新的问题。"《浮士德》就是象征着因主观和客观的现实之间的对立（Antithese）和综合（Synthese）而发展的人生的断片。一七九七年哥德对释勒说"《浮士德》将常为断片的全体"，正和他说"自然是全的，却常是未完成的"同一意义。《浮士德》的内容是表示：欲探究宇宙的秘密而将自己扩大于全世界的，在混沌（Chaos）中努力的超人浮士德，在求最高的真理和由享乐而体验人生的一切的探险中经历了因个人与自然及社会的冲突而生的种种痛苦，更进而参加当代的政治经济的所谓"大世界"里的实践生活，领悟了自然发展的妥当的方式，在理念世界中寻求古典的纯粹的美，终于以其实践道德的自觉，成为在社会活动中现实其理想的伟人。这就是哥德在当时的社会环境中由"狂飙"时代的热情的英雄变为魏玛时代的古典主义及稳健的改良主义者，又变为当时新兴社会的乐天的理想家的过程的象征。

我们要知道关于《浮士德》全体的哥德的腹案（Konzept），也得仔细研究他在现形本的本文之外所写了的草案（Entwuerfe）、草稿（Skizze）和遗稿（Nachlass）。他在草案中说全书的纲要是：第一部：寻求深入全自然的合作和同感的理想的努力。——形式和无形式之间的斗争。——在黑暗的热情中的从外面看的人生的享乐。第二部：行动的享乐及有自觉的享乐。美。从内面的创造的享乐。

我们藉这种线索，在富于插话的这部自我分裂的斗争史中求主人公的迂回曲折的生命进展的韵律，则可见全书中的剧情有如下的，由普罗美修斯的热烈的革命的态度和迦尼美特（Ganymed）式的乐天温柔的态度的交替所形成的六个高峰（Climax）：

（一）在第一部里，哥德谓"主观的"在"黑暗的热情中"主张"心情"（Herz）的奔放，欲突破人力的界限，藉魔术以探求宇宙的秘密，召"地灵"出现，赞叹其伟大，但不能将其留住，几欲仰毒自杀。

（二）他因听了圣诞节的颂歌而留恋人生，到郊外散步回家之后，翻译《圣书》而知"泰初有为"，乃与梅非斯特订约，欲入世界体验人生的一切苦乐。

（三）饮魔药而返老还童之后，与纯朴的中产阶级的女子格莱卿恋爱，而使因以过多的催眠药毒死母亲，阿哥被浮士德杀死和自己杀害婴儿之故被下地狱判处死刑。但他不能为恋爱和家庭问题所拘束，无意识地向大世界努力。

（四）在从哥德的思想的发展和著作的年代而论，实际是一、二两部的连锁的"天上序曲"之中，哥德取《圣书》的《约百记》里的上帝和魔鬼相赌的 Notiv，由上帝预示在迷惘中努力的浮士德必自觉而获救济。

（五）这样在第一部里，浮士德在"无形式"的内容寻求"形式"的斗争之中尽量经历了"内感和情炎"的锻炼而清醒之后，转向统制和创造的行动的世界，与梅非斯特为皇帝解决财政的困难，更在积极的努力中将主观的法则和自然界及社会的法则互相印证，而达到主观和客观互相融洽的自觉的境地。他拿了由如此修养而得的"纯粹直观"这个"钥匙"，冒险到寂寞玄妙的自然的核心"母亲们的国里"即理念世界里去，寻见了系古典艺术的象征的"鼎"，求得了"纯粹现象"或"原现象"，"永远的女性"，古典的美的象征海伦，且和她在希腊暂时幸福地结婚。在这个"两重的国度"理念世界里，浮士德竟能于梅非斯特所谓"虚无"（Nichts）之中发现了"一切"（das Alle），发现了永远的生命的泉源。这段是剧情的最重要的高峰，他的生命的发展的划期的转机。但他不能停留于这种沉静的古典世界里，乃更向积极的社会活动发展。

（六）浮士德由古典的希腊归国之后，因为替皇帝平定了内乱，被赐与了广大的海滩（象征在海外征服了的殖民地），筑堤排除海水，开掘巴拿马式的运河，从事于大规模的近代式的建设，为数百万自由的人民开辟了安乐的国土，并欲将旧式人物的地主夫妻斐莱蒙和鲍济斯除去。据此批评家弗理契说，作为商船指挥者而作建设活动的梅非斯特，违反浮士德的意思而毁灭了信神守旧的两个老人，表示浮士德所获得的资本主义的创造力有将从他脱离的趋势，所以浮士德觉得动摇惶惑了。但他仍乐观将来的胜利，而活动到他的最后的瞬间。

<h2 style="text-align:center">六</h2>

关于浮士德的灵魂的救济问题，对于哥德的思想的发展史及其文化的背景也很有意义，常为学者们所讨论。

历史上的浮士德据说最后被恶魔所惨杀，又传说及通俗小说等大抵说他要利用魔术，和恶魔订约，有二十几年的期限，到期则灵魂就归恶魔所有。马洛的戏剧里，浮士德也陷于不幸的运命。但在勒新的戏剧里，则因智识欲而被恶魔贝尔采布夫（Beelzebuch）所诱惑的浮士德终于被神所救济。这是启蒙时代的思想的表现。

哥德在"狂飙"时代的作品里的人物可分为两类：第一类如葛兹、普罗美修斯等是因积极的自我主张和环境冲突而毁灭的人物；第二类如维特、魏士林根等是富于感受性而苦于自己分裂的动摇的消极的人物（所谓 problematische Natur）。浮士德则实为此两类的综合：他和维特同样在有限界感知无限性的想象力，和以知识和体验贪求自己的享受的摄取的热望，又和普罗美修斯同样背叛上帝而有欲扩大自己于全世界，企求新生长的积极的能动的创造的热情。《浮士德初稿》也是当时的著作，其中普罗美修斯的性格的要素胜过维特的性格的要素。其中最主要的部分是地灵出现和格莱卿悲剧。在地灵的一场中，浮士德欲以感情之力获得一切，欲把握宇宙的秘密而为自然之主。但有限的人被同质而不同量的雄伟的（daemonisch）的地灵所威压，他几乎将和维特同样因绝望而自杀。又在格莱卿悲剧中，浮士德以格莱卿为自然的原形，欲因献身于含有善恶和苦乐的人生的象征或中枢的"爱"，而在体味"爱"的最高最美的刹那将自己提高而为自然的全体。但他这种积极的自我中心主义，不得不超越那满足于地上的道德的格莱卿而前进。如是在"狂飙"时代的浮士德到处和人的界限冲突，在第一部中必然地陷于道德的毁灭。所以名为"悲剧"，实在是少壮的天才诗人哥德的著作的原意。

但如前面已经说过，他到魏玛以后——尤其意大利旅行以后，对于自然和社会的态度渐渐变为平静稳健，"狂飙"时代的巨人主义被古典主义所克服了。所以在罗马所作的"魔女的厨房"和"森林和洞窟"的两场，显然表示着"狂飙"时代不同的感情和思想。在"魔女的厨房"中，本是个虽年老而雄心勃勃的学者浮士德被变成为贪图享乐的漂亮的青年；他在魔镜里所见的美人的影子已预示着第二部中的古典美的象征海伦。又在"森林和洞窟"中浮士德平静欣悦地感谢地灵给了他以庄严的自然作领地及知觉和感受自然的能力，已经和以前被地灵所威压而欲饮毒自杀的态度大不相同了。又《断片》中的一七七〇句以下已含有"我还是要干！"等浮士德欲与恶魔打赌的语气，而且《浮士德初稿》中的数场，连以"她被裁判了"这一句结束的"牢狱"都不被加入于《浮士德断片》之中，可见哥德已在考虑浮士德的救济而还未十分确定。

其后，在一七九六年再继续《浮士德》的著作的时候，哥德因释勒的劝告，并由《旧约圣书》，克洛普斯托克（Klopstock）的救世主（Messias）及勒新的《浮士德》等的暗示，乃决心给《浮士德》以自力和他力的相关的象征的宗教的救济。因此他于卷首加上了"天上的序曲"，将《浮士德初稿》中的"宇宙的行动的精灵"（Welt-Taten Genius）地灵和巨人主义的浮士德的对立，大致改为变为恶魔梅非斯特和求世间的享乐的浮士德的对立，而将浮士德的运命由地灵的手里移到上帝的手里，恶魔被作为促进人的活动的上帝的必需的臣仆，并以上帝与恶魔在天上的口头的赌和浮士德与恶魔在地上的契约的赌相对应，以表示自力和他力的救济的关系，又《浮士德初稿》的"牢狱"被改成了韵文，末尾被添上了天上的呼声"她被救了！"如同前面已经说过，又将与救济思想相关的第二部里的海伦、浮士德的死，神的审判和终曲等也已大体决定了。如是本以浮士德的悲剧的运命告终的《浮士德初稿》发展而成被救济的"浮士德戏曲"（Faust drama）。全书的精神是由作者的情意的告白剧，化为似乎以神力为背景的神秘诗剧（Mysterium）或比喻（Gleichnis）了。

传说上的浮士德和恶魔所订的契约，是以附有一定的年限的出卖灵魂（Seelenvers chreibung）为条件的单纯的契约，而哥德的浮士德则向恶魔自动地愿以因享乐而放弃努力为假想条件而订约，表示他有决不屈服于任何试炼的自信力。又作为浮士德的分身的梅非斯特也和传说上的阴森的妖怪（Kobold）不同，乃是冷静的，有理智的幽默的巨人式的恶魔，是"常欲作恶而常为善的能力的一部分"。但他只知道"已成物"（Gewordenes），而仅有常与"感官性"相连的悟性（Verstand）不能理解自强不息地求日新月异的生长（Werden）的人的理性（Vernunft）的作用，深信自己有胜过人的理性而使人堕落的能力。哥德把与这样的恶魔斗争的浮士德的运命容纳于以天上的暗示开始，以基督教的救济终结的艺术形式中，以象征"在努力的期间，总不免迷误"的永不停止向上的努力（Streben）的人"虽被黑暗的冲动所驱役，也不会将正路忘记"的生命的生长的必然的过程。浮士德这样被免除了巨人主义的悲剧的运命而得到宗教的救济。在这种变迁之中，我们可以看出哥德在数十年之间如何在可能的努力和修养之中，渐渐变更其对于自然和社会的感情和思想："天才时代"（Geniezeit）的魔性的（daemonisch）冲动所驱役的激昂动摇的超人，终于认识了"人类的界限"，领悟了乐天安命（Resignation）的必要，成为"只能在真正的改革之中认见神，而在不能在革命之中认见神"的稳健的思想家，成为主张"思惟的人的最美的幸福，是将可以探究的事物探究之，而将不可探知的事物静肃地尊敬之"的谦和的诗人了。

原来哥德受了斯宾挪莎及卢骚等人学说的影响，主张自然之中有直接求神的泛神论，对于既成宗教大抵有激烈的反感。他在他的《考虑与忍从》（*Bedenken und Ergebung*）中说："我们在最广的静观之中观察宇宙的构造时，在其最后的可分性中，不得不想见在全体之中有理念为其根柢；依着这种理念，神在自然之中，自然在神之中从永远以至永远地创作活动着。"他以为这种理念是使世界真正成为神——自然（Gott-Natur）的综合体，使其永远创造不息的根本法则。浮士德所努力追求而终于在"母亲们的国里"寻见了"极深奥地统一着宇宙"的东西也不外这个理念。哥德以为"人若欲与在原现象，即物质的及道德的原现象——神隐在它们背后，它们自神出发——之中启示自己的神，不可不有升高于最高的理性的能力"，而这种最高的理性（即根原的真理感觉或纯粹直观）不是藉仅限于现象界的悟性所能获得，却是人的内部，于某种发展段级上被启示的能力。浮士德因其以"纯粹活动"而能继续地增进其领悟真理的能力，所以在其向上的过程中，依其与恶魔的契约可认为最大的三次危机，即（一）遇见格莱卿的刹那，（二）见海伦和巴里斯的刹那，（三）建设自由的人民的国家的伟业将告成的刹那，他也能胜利，而更向前进。所以浮士德所追求，却也是包摄他的运命的神也不外乎是像神——自然（Gott-Natur）的本体的"理念"。哥德对于教会的教义的基督教虽很反对，而在精神的伦理的立场，则晚年对于基督教似乎有相当的共鸣，所以他的泛神论，正如同在《亲和力》里容许他以基督教的要素的道德的利用一般，在《浮士德》里也容许他以美的利用。

如是，在哥德晚年所改作的《浮士德》里，由第一部中的"感情人"（Gefuehl Smensch），经过在小宇宙中的种种因享乐生活而来的烦恼和罪过（Leiden und Schuld）的试炼，在大宇宙中的领悟了最高的理念，最后成为伟大的"行动人"（Tatmensch），得到了宗教的救济（Erloesung）。在第一部末尾"被救济了"的格莱卿，在第二部的终曲里，在但丁的《神曲》里的裴亚特利彩（Beatrice）一般，成为"永远在爱者"（ewig Liebender），"永远努力者"（ewig Strebender）哥德——浮士德的在天上的引导者。

七

　　《浮士德》是象征人的求心力和离心力的斗争的一切形态的诗剧，具有和一般人生同样的深广、繁复和统一。哥德将这样人格分裂的"两极性的韵律和高进"的思想容纳在象征各时代的神话的诗形之中：第一部中传说上的主人公浮士德在哥特式的书斋之中冥想及在魔女的厨房里饮药而返老还童等场是中世纪的；格莱卿悲剧是现实的市民社会的；第二部的海伦及华尔布几斯之夜等场是古典的；浮士德的殖民地是近代的；浮士德得救升天是加特列克的神秘的。

　　《浮士德》的题材，从传说等取来的，有浮士德和华格纳的对话、恶魔的契约，酒肆里的学生们的戏谑，宫廷生活，海伦还魂等，此外如在《浮士德初稿》中很重要的地灵出现，格莱卿悲剧，第二部中的殖民地经营等都是哥德所自由创造者。格莱卿悲剧为《浮士德初稿》中的重要部分。被蹂躏遗弃的少女，因杀害婴儿而被处刑是"狂飙"时代的文人们常用的题材，哥德用以表现他对于弗利特列克的罪愆的忏悔，就成了这哀婉的现实社会的悲剧。上述各种插话及两个老人被梅非斯特所杀害等，是对于剧情的发展上重要的题材；其他如浪漫的及古典的《华尔布几斯之夜》、宫中的假装会等则与剧情的关系较少。此外全书中包含着戏剧的创作的理论，圣书的神话，对于迂腐炫学的学风及文艺界的讽刺；第二部中尤多诗的幻想及对于当时的哲学及科学上的论争的种种意见，虽往往有使剧情暧昧之处，但仍可细心推寻，戏剧的全体的统一，并不因丰富的穿插而破坏。

《浮士德》是描写人生的全相的作品，且因其题材的广泛及其著作的各时期的作者的思想和感情的变迁，就是哥德自己也觉得不能也不必求其有严格的戏剧的统一整齐的结构乃至戏剧的人物的性格。所以这书与其说是戏剧，还不如说是荷马的诗一般的叙事诗，其剧情的进行也不如严格的戏剧那样单纯，如以前所述，形成着许多曲折和起伏。

第一部不分幕，而第二部则分为五幕。第一部不分幕是由支配着《浮士德初稿》的内面的形式而来的必然的结果。哥德在"狂飙"时代开始著作的时候，要想把浮现于心中的人物和事件直接显示于读者，所以采取了戏剧的形式；但又恐破坏表现的直接性，所以不采取传统的分幕的形式。至于第二部则因希望可以上演，所以分幕。第一部和第二部的形式的差异是在于第一部的形式，以读者的空想为对象，第二部的形式，是以观客的耳目为对象。

一八三〇年二月三日哥德在写"母亲们之场"时，对爱克尔曼说："《浮士德》却是一种不能比量的东西（etwas Inkommensurables），欲将悟性移近它的一切努力都是无效的。"又关于第二部说："若是因为如同世界和人的历史一样，其中终于被解决了的问题常又提出新的须被解决的问题。所以第二部还有尽多的问题含蓄着，那么，凡是因脸色、目示和轻微的暗示而能有所领悟的人，它必定会使之喜欢。他甚至会寻见比我所能给他的更多的东西。"《浮士德》作为在自然和社会中生存发展的人生的"着色的反映"，比喻或象征，诚然是在其所表现之中包含着哥德所谓"不能表现的"，"不能描写的"，"说不尽的"内容，即藉有限的形式，特殊的人物和事情以表现作者所"说不尽"的意义的象征的艺术作品。哥德这样教我们应该虚心地在这种"将常断片的作品"之中领悟他说不尽的意义。被卡尔称为"渥林比亚的宙斯"的光明伟大的哥德，在《浮士德》里开示我们要以自力修养而得的能力，即"纯粹直观"或他所谓"创造的镜子"观察一切，开示我们"不论自由或生活，天天亲自获得的人才有享受的权利"。他以自强不息的《浮士德》的生命发展的过程启示我们以积极的行动（Tat）和努力（Streben）的伟大的教义。我们要把他的《浮士德》及其他遗产与他的时代精神的积极的和消极的各方面相关地观察和鉴赏而理解他由艺术所表现的一切对于我们当前伟大的时代有什么和怎样的文化的意义。

这个"全译"，是以马耶尔（Meyer）版的《哥德著作集》第五卷及乔治·维特考斯基（Georg Witkowski）的《哥德著：浮士德》（Hesse & Beeker，Leipzig，1923，除本文外附有《浮士德初稿》，《浮士德断片》，《遗稿》，《草案》，《草稿》等）为底本，而参照戴拉（Bayard Taylor）及拉撒姆（Latham）的两种英译本，森鸥外、秦丰吉、樱井隆政等日译本而译成。第一部间也参照郭氏中译本。

戴拉的英译本，是音节、行数及韵脚都依原文译的，这在中文却不能勉强模仿。窃以为文句之长短及押韵和转韵，须依文意的自然的趋势而变化，使内容和形式浑然融洽，译文方能流畅而优美。但译者这种尝试，能得到了多少成功，非自己所敢妄自臆断。又这种幽深的古典名著，以译者的学力冒昧地翻译，自难免有谬误的地方。希望识者谅其微力和苦心，恳切地加以指正。

一九三五，四，十五。译者序于青岛

——录自商务印书馆 1935 年初版

《伊特勒共和国》[①]

《伊特勒共和国》译者前记

徐懋庸 [②]

一　从影片傀儡说起

去年秋间，当我开始翻译这本《伊特勒共和国》的时候，恰逢上海大戏院公映一部叫做《傀儡》(*Marionettes*) 的苏联影片。这影片是暴露现代国际政治的机构，其故事的梗概如左：

> 布弗利亚与苏联毗连，系一帝制小国，幼主无能，朝政由首相代摄，年来因受不景气之激荡，内乱频仍，而强邻苏联复有乘机越境之谋，此事影响世界政局甚大。众乃决意废幼主。拥王族后裔杜王子归国执政。王子有酒癖，方遨游巴黎，结识舞女米，朝夕出入于歌台舞榭，度其骄奢淫逸之生活；闻讯大喜，欣然接受此请，偕其随从理发匠苏乘飞机归国。途中因酒发呕吐，偶一不慎堕入海中。理发匠见而大惊，急呼停机，奈机声甚大，司机一无所闻，直驶布京。
>
> 抵布京，理发匠苏既为欢迎者误认王子，强挟入宫行加冕礼。

---

① 《伊特勒共和国》，长篇小说，俄国拉甫莱涅夫（B. Lavreneff，今译拉夫列尼约夫，1891—1959）著，徐懋庸据法译本转译。上海生活书店 1935 年 8 月初版。

② 徐懋庸（1911—1977），浙江上虞人，曾就读于上海劳动大学。1933 年参加"左联"，任宣传部长、书记等职。编辑过《太白》《芒种》，1938 年赴延安，任抗日军政大学政教科长、晋冀鲁豫边区文联主任、冀察热辽联大校长等职。另译有罗曼·罗兰《托尔斯太传》、巴比塞《斯太林传》等。

一时笑话百出，然而大臣皆以国事为重，不稍暇顾，理发匠遂得一尝官闱生活。未几王子杜亦平安抵京，闻王已登极，不得已乃自称理发匠，投宫中审视。见苏大怒，然苏已加冕，遂亦无可如何！

布国内政殊腐败，服官者惟知享乐搜刮而已。偶因电讯之误，盛传革命爆发，全国饱受虚惊，然未几谣风即告烟消云散。

王子恋人舞女米，旋亦来京访谒。适王外出检阅，未遇。及归，则赫然理发匠也。惊而四觅，获王子，始悉原委。然是时也，理发匠已获全国民众之拥戴，此侥幸得来之金龙宝座遂得安然保持矣。

——录上海大戏院说明书

当时有许多影评家，批评理发匠做国王这事，不近情理，有失真实。但我以为那国王既然不过是做傀儡，那么不论王子也好，理发匠也好，反正是系在别人手中提着的线上的，只要能够顺着提线动作就算胜任了。所以虽由理发匠来当，实在没有什么不近情理之处的。不过上海大戏院的说明书的末段的话有点错误，那理发匠之所以能够"安然保持"其"侥幸得来之金龙宝座"，决不是由于"已获全国民众之拥戴"，而是由于获得提线人之信任，因为他做傀儡却做得很好。

我在这里说起《傀儡》，乃是因为它和《伊特勒共和国》这本小说颇多相似之处，在内容上和技巧上。《伊特勒共和国》的故事，大略是这样的：

欧品登将军，是瑙地利王国最杰出的人物，国王很信任他，所以派他做伊特勒共和国远征队的司令。这远征队，名为帮助伊国反抗东方的甫经革命的亚索尔帝国，实则想获取伊国的富源，因为伊国产石油很富。

欧品登到了伊国之后，偶然发现亚索尔王朝的一个废王子，他就利用这位王子发动政变，将伊国大总统赶走，实行复辟。这个新王，自然是愿意替欧品登做傀儡的，但是新王下面的首相却颇有手段，和王后串通了，跟欧品登斗法。欧品登没奈何，便重新把前大总统找来，叫他弑了新王，再握政权。然而亚索尔的军队和伊国的劳动者联合起来发动革命，攻入首都来了。结果，欧品登将军完全失败，只好率着舰队，回到瑙国去了。

伊国复辟时期的那位首相，原来是一个在海边沤水乞钱的小瘪三；那王后，则本是瑙国军队里的一个舞女。

《傀儡》以国际政治的黑幕为题材，《伊特勒共和国》也是。《傀儡》中有理发匠做国王的奇闻，《伊特勒共和国》中有小瘪三做宰相，舞女做王后的喜剧。《傀儡》中的许多傀儡，结果是自相吵闹，为提线人所不喜，一齐打碎。《伊特勒共和国》中的大总统和王子，也是先后被欧品登将军利用了之后，同样的灭亡。

还有，这一部影片和这一本小说中的各个人物，都被暴露得丑态百出，十分可笑。初看似嫌过于夸张，细想才知并不失真。

这本是俄国的讽刺艺术的特色，是莱蒙托夫（Lermontoff）和果戈理（Gogol）以来一脉相传的特色。莱蒙托夫咏地主的名句道：

> "全头埋在领襟中，上衣长到踵，
> 　眼光阴郁，声音高噪，两颊髭蒙茸。"

这样的地主，去年也出现在一部叫做《循环》的苏联影片中，给我们看到，实在十分可笑。在果戈理的作品中，地主也被描写得很可笑。但他们所引起的这笑，并非徒助消化的笑，乃是一种力量，日本文学家片上伸曾论及这一层道：

> 凡可笑者，不足惧。至少在可笑者之前，并无慴伏的必要

了。凡笑者，立于那成为笑的对象的可笑者之上，凡可笑者，便
见得渺小无聊。一被果戈理所写，地主也失其怖人之力，一被果
戈理所描写，而官僚也将其愚昧暴露了。笑，使农奴制度和官僚
政治的幻影消灭了；笑，是破坏；笑，是否定的力。

虽是同样使人发笑，而《傀儡》异于《王先生》；《伊特勒共和
国》异于《官场现形记》。这不但由于表现的手段之高下，主要的还
是由于制作的动机的不同。《王先生》等的滑稽和讽刺徒以给个人开
玩笑或中伤个人为目的，别无何种艺术和社会的意义，当然不能成为
一种艺术作品了。

拉甫莱涅夫的各种作品，每富于传奇的色彩，这《伊特勒共和
国》的故事的波澜亦被写得诡谲奇幻，往往出人意表，但事实并非完
全出于虚构，其中蕴蓄着近代史的史料。譬如那几个假国名，都可以
考证出来：所以伊特勒，乃是乔治亚（Georgia），瑙地利实为英国，
亚索尔则是俄国。

二　作者传记

在德尼浦下游，在河之出口处，舒适的懒洋洋的躺着一个小小的
城市——郝尔桑，这是普希金的祖先甘尼伯修的。夏季的时候，全城
都沉没在槐树的绿荫里，当槐花盛开时，那芬芳的花香把人的心脾都
薰醉了。

一八九二年七月四日拉甫莱涅夫（Böris Lavreneff）就生在南俄的
这一个小城里。

那时拉氏的家庭是一个半破落的贵族的家庭。十九世纪六十年代
前开始发生的贵族经济的危机，到了农奴解放后就大大的崩溃起来，
好多的贵族就从此破产了，在这颓废的贵族的园庭里生长了商业资本

和少壮的俄国的资产阶级。

作者的外祖母在德尼浦上是拥有巨产的贵族，后来因为家道的零落和丈夫的饮酒打牌的无行，不得已离开了家庭，去到一位还没有输到破产的地主的家里当女管家人。

她的丈夫当家产倾荡了之后也走开了，给她留下一个唯一的女儿，这就是作者的未来的母亲。在极艰难的境遇中赚着工资，她时时的顾虑着怎样才能使自己的女儿好好的长大，怎样才能使她受点好的教育将来好改善她的生活。

作者的母亲为她母亲的这样的顾虑，所以在波尔达瓦一个贵族女子中学毕了业，取得做教员的资格，到柏利斯拉夫城里当一个小学的女教员。

那时俄国自由主义者的青年以为教员的职位是很尊荣的，因她担负着开放人民知识的任务，而且时时与人民接近，知道他们的疾苦与悲哀，在可能范围内能去帮助他们的。这是在历史上著名的"到民间去"的时代，俄国的自由主义者与革命者都极力的与农民接近，去激起他们的意志为着最后的解放而奋斗。

作者的母亲在当教员的时候认识了一位男教员，于是就做了他的妻子。拉氏就是这婚姻结合的第一而且是唯一的儿子。

未来的作者生长在家庭的爱的空气中，这不大宽裕的家庭尽力之所能及的来培养他。

作者因为双亲的教育的经验，所以在幼时受到了很好的家庭教育，到九岁就入了郝尔桑中学。

帝制时代的俄国学校办得是不大高明的。一切的教授都是官样文章，教员大半也都是无聊的官僚，不能引起学生求知的兴趣。学校里时时发生告密、惩罚、检查一切自由的思想。

这些足以使活泼愉快的中学生——拉氏在中学时代引起无限反感的。

因为他反对那官僚式的教育，领导学生起风潮，曾被学校当局开除过两次，到毕业时他的品行分数是很低的。

直到现在作者还带着恐怖的心情回想着当年的时光。

无论如何，总算在中学毕业了，毕业后就入到莫斯科大学法科里。一九一五年春毕业时考得很高，毕业后留校预备做国际法教授。

但是这时世界大战已经沸腾了。他的同辈在前线大都阵亡了，他也不能留在后方了。

他入到那时圣彼得堡的炮兵学校，受了六个月的军事训练之后就往战场上去了。他在那里直到了战事完结的时候，在战场上受了伤，中了毒气，受尽了那时俄国军队所受的一切的痛苦。

因为同士兵的接近，才使他认识了以前所不曾十分了解的旧的教育的黑暗。

因此，在革命时，他在莫斯科军医院养伤时，热烈的参与颠覆沙皇尼古拉的义举。

一九一七年秋他出发到罗门尼亚的前线上，同他的军队受尽了可怕的败溃与逃亡，但因为他同士兵有很好的关系，所以在军官们逃亡了之后，就都举他为长官，他把这炮兵营完全整顿了起来，保存着一切的大炮，开到畿辅，由那里回到莫斯科，这里十月革命已经告成了。

他离开了军队，在给养局做了一年工作，该局的任务是救济俄国饥荒的。

但是到一九一八年末，白党将军和阴谋的帝国主义者向革命进攻了，他又去到前线上。从一九一九到一九二二年他在红军中做铁甲车指挥和乌克兰炮兵司令部参谋长。

一九一九年在畿辅附近与乌克兰匪首宰林逎作战时，拉氏足受重伤，送往莫斯科医治。由莫斯科又把他派往土耳其斯坦打土匪，但是沉重的病不得不使他离开冲锋陷阵的部队而作军事教育的工作。

直到一九二三年，这两年来他任土耳其斯坦《红军报》的代理编辑。一九二四年决然退伍，来到苏联北部的京城——列宁格拉，照常的住到现在。

文学的活动，作者开始已久了。还在中学的时候，他就开始作诗和论文。

一九一二年他的诗刊在莫斯科的杂志《收获》上。此后过了一年，他加入莫斯科未来派的团体里，为旧文学方法的革新而斗争。后来他的文学的活动被战争阻止了，因为在战线上，一个战斗的官长除却日记外，是没有闲情去郑重的作文学工作的。从一九一五到一九一七年他差不多什么也没有写。

不过有一点例外，在这时他写了一篇关于战争的小说《加拉——彼得》，这篇小说当时被军事检查官禁止，没得发表，并且还受了一次的处罚。

实际上作者文学的活动是始于一九二三年。虽然在短时间战争使他抛开了文学的生涯，可是同时战争给他了无限的观察的预备和英勇的经验。当投笔从戎的时候仿佛是一个充满的幻影的孩子，归来的时候却是一个清醒的，了解人生的成人了。

在英勇的战争和伟大的革命的时代，他耳闻目见的一切，都反映在他的作品里。

在近五年来他作了六部书和几个戏曲，其中一个关于十月革命时俄国军舰的戏曲《炸毁》，得到很大的成功，苏联的各戏院已经演了两年了。

文学作品除了本书外，最风行的有：《第四十一》《风》《第七个旅伴》。

拉氏的作品，因为内容的有趣的开展和异常的效力，所以好多处都制成了电影。

其作品被制成影片的有：《第四十一》《平常东西的故事》《风》《第七个旅伴》《炸毁》和《敌人》。

拉氏在苏联文坛上是属于所谓俄国革命的"同路人"一派的。

他们在俄国文坛上是极丰饶而有力的一翼，他们的作品不但风行在自己的国度里，并且越出国界风行到整个的世界上。

拉氏的作品到现在被译成的有：法文、德文、英文、意大利文、捷克斯拉夫文，格鲁支文，鞑靼文。

被译成文中文的，除若干短篇外，长篇以曹靖华的《第四十一》为第一次，第二就是这《伊特勒共和国》了。

三 翻译的经过

我翻译这本小说，是为了世界知识社的需要。我这译文，从《世界知识》的创刊期登起，一直登到十二期，刚满一卷，恰好完毕。发表了三四章之后，由于原著的好处，就得到许多佳评和对于译者的鼓励。原来，曹靖华先生的《第四十一》的译本，是早已替原作者预约了无数的热心的读者的。

我所根据的本子，是 Mmes N. Trouhanava-Ignatieff 和 G. de Perdiguier 的法译本，原译文是登在三一四至三二八期的 *Vu* 上面的。

说起由法文重译这事来，感到很大的不安，因为，我不免不幸的是，我是个法文程度尚有问题的人。

照理，我这样的人，最好是开头就不动手翻译。然而，看看国内，万无一失的译手，似乎并不多，而这不多的几位又似乎非常的忙，不能尽量翻译出大家要看的东西来。要是我辈不来动手，那么一般读者岂非连"烂苹果"也不能吃到，究竟不知苹果是什么滋味了么？因此，我想我辈也还是来译，但为分别起见，此后的译本上应各各注明，此是名手的名译本，此是拙手的拙译本，招牌分明，任人选买，庶不致误。今年有人主张叫做"翻译年"，这一着是要紧的。

我的这译本，就得声明是拙译本。我的拙译，也有两个心愿：第一，是要尽自己所能地译得忠实。第二，译文要使读者读得懂。第一点总因法文程度尚有问题之故，明知难得做到八分，第二点却敢自信是做到了的。但有一点最深遗憾的是，书中两个小瘪三谈话的口吻，我都不能像样地译出，在现在的译文中，他们也在文绉绉地说话了。这事情，又使我想起了大众语问题。

　　感谢胡愈之先生的好意，他曾根据原译本替我大略校对过一下，使这拙译本减少了许多错误。在这本单行本付印之前，自己又详细校改了一番。但是错误之处一定还多，此后如承读者诸君随时赐教，实最欢迎。

　　书中的插画，是 Basile Schoukhaieff 所作，他也是苏联的一位大艺术家。

一九三五年三月一日徐懋庸。

——录自生活书店 1935 年初版

《母亲的故事》①

《母亲的故事》张序

张一渠②

　　匆匆地来到南国，时间悄悄地似乎溜得更快，一切"走马看花"般的所得无几；但出乎意料之外的，得见中山大学教授崔载阳先生，也许彼此志同道合——都从事于教育、文化事业——的缘故，竟一见如故，且相见恨晚。

---

① 《母亲的故事》，童话集。刘粹微编著，上海儿童书局 1935 年 8 月初版。
② 张一渠（1895—1958），浙江余姚人。毕业于浙江第五中学、肄业于浙江法政学堂。曾任泰东书局经理，后在上海创办儿童书局、《儿童杂志》。

　　临别时，承崔先生面赠崔夫人刘粹微女士遗译《母亲的故事》一册，连版权赠与儿童书局，一方面表示提倡儿童教育的热忱，一方面作为初见的礼物，我应该怎样地对崔先生致谢意，同时对于刘女士致敬意，并致悼惜！抱歉的是我的欠礼，在匆匆的旅途中，不能尽应尽的投桃报李之谊。我愿意此生尽瘁于儿童教育事业，来答谢崔先生和刘女士。这，我早已立了誓了！而且，因崔先生的美意，刘女士的遗惠，使我对于儿童教育事业，频添百倍勇气，将撒开大步向前送迈进！

　　如果，他日我对于儿童教育事业有一点成就，就得归功于今日崔先生和刘女士的指导与鼓励。

　　退而拜读刘女士的遗译，很钦佩她选材独具只眼，内容富于浓厚的教育意味，出版后，当不让莫奈德的《苦儿努力记》，亚米契斯的《爱的教育》，柏特涅夫人的《小公主》，赛居伯爵夫人的《好孩子》专美于前了。而且因为译文的忠实畅达，篇幅的长度适宜，既适合于一般儿童的修养阅读，更适宜于较低年级儿童的课外阅读，在效用上，似乎驾《爱的教育》等而上之了。

　　后又得读刘女士纪念亭的《墓亭题记》，及《纪念亭征信录缘起》，才知道刘女士是法国留学生，回国后致力于教育事业，也已经有八个年头了。平时治理家务，教书，译著，竟无须臾媮逸。不幸于今年三月十六日逝世，享年仅三十五岁，是教育界上一个重大的损失！现葬于广州东郊的粤光第三乐园，师友为之筑一纪念亭在上面。因此更进一步，认识了刘女士伟大的人格，并且的确是一位女教育家呢。我尝读《教育史》，曾憧憬于蒙特梭利女士，更及于爱伦凯女士，现在才知道中国也有一位刘粹微女士。

　　崔先生在中山大学教授八年，而刘女士对家庭则治家训子；对学校社会则教书著述，真是一个全能的女教育家。毋怪师友们有"崔先生之学术造诣，教育事业，微夫人之力不及此！"之语，其然岂其然乎！？

　　我没有惊人的笔墨，来赞美刘女士，来同情崔先生，我只有尽我的力，在最短期间，把这册可宝贵的教育童话，推行全国，一方面让崔先生获得些微的安慰；一方面使刘女士的恩泽永远地遗留在儿童们的心灵上，这或者就是所谓"精神不死"罢。

张一渠，在港星途中。二十四年七月一日

——录自儿童书局 1947 年 11 版

《母亲的故事》吴序

吴涵真 [1]

余年来觉得大事不可为，且不屑为；亦不能为。故放下一切，从事于儿童文化事业。区区苦衷，自己知道。回忆九龙两年，在洋大人势力之下，不避艰险，假商业方式，既提倡儿童教育，复鼓吹爱国运动，热忱所至，当地败类，未忍摧残。至于成绩如何，未便自述。惟至今香港九龙两处华人，上自知识分子，下至目不识丁，无不知九龙儿童书局为社会服务之商店也。此足以告慰国人，亦可说两年来努力之代价。

今春本办理九龙儿童书局之志，发展广州儿童文化事业。特于永汉路设一分局，上月，适上海总局经理张一渠先生视察全国分局来粤，约见南中国儿童教育泰斗崔载阳氏。崔先生态度神情，宛如旧友陈鹤琴先生，彼此一见如故，各怀相见恨晚之感。临别惠赠先生亡室刘女士手译《母亲的故事》一册，赠与敝总局出版。诵读一过，具见刘女士竭其毕生精力，从事于儿童教育工作有年。此译本，刘女士以故事章法，寓教育于游戏中，来启发中国数千万儿童之知慧，三十年后，吾中华民族之强盛，自皆出于刘女士之导引也。不幸刘女士赍志

---

① 吴涵真，生卒年不详。曾创办九龙和广州儿童书局，任陶行知所创办香港中华业余学校校长。编有《叱咤风云集》《救国民歌选》等。

以殁，吾侪后死者，应如何努力儿童教育之工作；发扬光大中华民族，以继其未竟之志。

　　　　吴涵真　二十四年七月十日于雪丹那舟次。

　　　　　　　　　　　　　　　——录自儿童书局 1947 年 11 版

《母亲的故事》陈序
陈伯吹 ①

　　在《母亲的故事》付印之前，我能够得到先读一遍，真是觉得先睹为快了。在这里我愿意说几句话。

　　从儿童文学史上看来，儿童文学可说是起始于法国的。虽然印度的民间故事、埃及的童话、希腊的神话，才是儿童文学的远祖；但是因获得一点古传说的启示，而为了儿童写作的，究竟不能忘却了《鹅妈妈故事》的作者贝洛尔（C. Perrault）。所以法国的童话，是值得我们注意、介绍、研究的。

　　《母亲的故事》，是出以"拟人"的童话的方式，而且每篇的主人公，百分之九十以上全用动物，这自然是能够得到儿童的喜爱了，因为在儿童的天性中，的确喜爱动物的。当代教育家推孟（Terman）和林玛（Lima），曾经把儿童课外读物的阅读兴趣作着测验的证明；盖兹（Gates）也曾经用"分析相关"去统计"儿童对于动物和阅读趣味的相关度"；著名的儿童文学家克利迪（Kready）女士，在十八个

---

① 陈伯吹（1906—1997），上海宝山人。小学毕业后辍学，后到上海半工半读，就学于大夏大学高等师范科。曾得到郑振铎的指点专攻儿童文学。1934 年后，担任儿童书局编辑部主任，主编《小学生》半月刊、《儿童杂志》《儿童常识画报》《小小画报》等。1945 年任复刊后的《小朋友》杂志主编。著有《阿丽思小姐》《一只想飞的猫》，另译有《绿野仙踪》（美国莱曼·弗·鲍姆著）、《神医杜里特在猴子国》（美国休·洛夫廷著）等。

儿童趣味中，也曾提出了"动物"趣味来。骚西（Southey）说过的："一间屋子永远不能设备得完善而使人愉快；除非室中住着一个三岁大小的小孩，和一只六星期大的小猫。"这话，同样的可以引用在儿童文学上。而在《母亲的故事》中，全是小孩与动物，它的"儿童价值"，于此可知。

　　不过美中不足的，故事的说述太趋向在消极方面了，而且黏附着一层浓重的教训，这似乎与童话的规律："童话是必须避免太浓重的教训色彩"相违反；然而我以为"教育童话"，却无碍乎浓重的教训。至于它的说述趋向消极，依我的管见，这也许是"童话寓言化"的缘故，就是著名的《伊索寓言》（Aesop's fable）也满是消极的说述呀！我想：这是有一个理由可说的：或许因为反面的诉说，较有力量，更不知不觉地出于这一种"反面说述"。何况其中若干材料，已为教科书所采用，于此也可旁证它的价值了。

　　最后，还得悼惜本书的译者，儿童文学在中国，真是荒凉满目，而今又弱了一个园丁，真是儿童们的不幸！如果假以天年，安知刘女士不成为一位柏涅特（F. H. Burnett）夫人，或是一位奥尔珂得（L. Alcott）女士呢。

陈伯吹。一九三五，七，二七，于大夏大学

——录自儿童书局 1947 年 11 版

《母亲的故事》告读者
梁冰弦 [1]

　　小朋友们，如果做妈妈的常把至有兴味的故事说给她的孩子们听

---

[1]　梁冰弦（1881—1961），广东南海人。1918 年创办大同书局、《劳动》月刊。著有《现代文化小史》，编辑出版《吴稚晖学术论著》等。

的时候，你们岂不觉得她是一个很好的妈妈吗？

可是世间还有更好的妈妈，她勤勤恳恳地，不止把许多故事说出来给自己的孩子听，而且把许多故事写出来，给远远近近无限多的孩子们看，你们对于这妈妈不更痛爱不更感谢吗？

世上像这样的妈妈是有的，本书的编者刘粹微女士，就是很值得我们敬佩的一个。

刘女士一生与儿童教育至有关系。她幼时在中山县家乡读书，自己已是一个心身美好的小孩子。后来长大了，随父母到广州，转入女子师范学校，到二十岁左右又同兄姊往法国留学，都研究着儿童教育。回国以后，应广州国民大学之聘，讲授"儿童学"，曾编《儿童学大纲》。至平时在报上发表的文字，亦多是关于外国教育状况的。她和中山大学崔载阳教授结婚后，陆续养下四个孩子，个个都很乖巧，她自然很爱护而又很尽心教导他们了。她教导孩子的方法很多，但是最引起他们的兴味的还是讲故事。所以她平时选择法国有名的童话，一段一段的讲给他们听，这些多是礼让，慈祥，勤奋，俭朴的故事，里边常充满着为而不有的精神，与协和内外的情意，那恰可衬托出她自己的为人。孩子们如果觉得哪个故事有趣，她便用中国字写出来给他们读，读不懂的再改得浅白些，直至完全明白为止，她总觉得童话是给孩子们顶好的恩物。但恩物单只给自己的小孩么？不，应该贡献给全民族的小孩子，因此，她就慷慨地答应把这些故事印出来给大家了。

啊呀！不得了，这么一个好的妈妈，终身为小孩子工作，与做小孩子最好榜样，甚至做人类最好榜样的人物，才三十五岁，在民国廿四年三月十六日那一天，竟因病离开我们去了！大家现在读着这本童话，想念着她，可不同她家骤然没了妈的小孩子们想念着她一样吗？

然而，幸得她有了这番工作，身体虽不在了，大家还得永远领受她的慈爱。

——录自儿童书局 1947 年 11 版

《一个陌生女子的来信》[①]

《一个陌生女子的来信》译序

孙寒冰 [②]

　　萨伐格（Stefan Zweig）于一八八一年生在维也纳。他的父母是犹太人。家境宽裕，受了充分的教育，还有余暇游历罗马、巴黎、伦敦、佛罗棱斯、柏林；据他自己说，这纯粹是出于好奇心。大战时，他的非战作品被政府禁止。他觉得唯一出路乃是象征主义和凭借历史的讽喻。他的剧本 *Jeremiah* 就是依此而作的。他在一九二九年美国版的序文上说："我要觅取社会所没有听见过的、看不起的和嘲笑的人做我们的象征，而这个象征我已找到了，是在我们的圣书中，在我的民族最初的原始中，在反战者中一个最为崇高的 Jeremiah 的身上"。大战后，世界顿变；亲切的友人不能立即了解新兴的一切，多

---

① 《一个陌生女子的来信》(*A Letter From an Unknown Woman*，今译《一个陌生女人的来信》)，中篇小说，奥地利萨伐格（Stefan Zweig，今译茨威格，1881—1942）著，孙寒冰译述。上海商务印书馆 1935 年 8 月初版，"世界文学名著"之一。

② 孙寒冰（1903—1940），原名孙锡琪（锡麒），生于上海。肄业于中国公学，毕业于复旦大学商科，后赴美国留学，就读于西雅图华盛顿州立大学，获经济硕士学位，继入哈佛大学研究院，除攻读经济学外选修文学。回国后，出任黎明书局总编辑，创办《文摘》旬刊，先后任教于上海复旦大学、劳动大学、暨南大学等。另译有美国迦纳（James Wilford Garner）《政治科学与政府 第二册 国家论》，与伍蠡甫合编《西洋文学鉴赏》《西洋文学名著选》等。

半消亡于疯狂的生活中；他乃从孤零和伤感悟入人生的新价。他离开维也纳，住在萨尔斯堡，安排写作的程序，调整他自己在创作和意念上的发展。他虽缺少系统的人生观念，但他幻想丰富而又不平凡；他已被列入大陆作家的前茅。作品已有多国语文的译本：法文本的有罗曼罗兰（Romain Rolland）的序；俄文的已有全集，由高尔基（Maxim Gorky）作序。

　　本文译自 Eden and Cedar Paul 的英译本（一九三三年出版）。他的其他重要作品，除短篇小说集外，有《冲突》，是性心理的研究；《三大师》，述评 Balzac，Dickens 和 Dostoevsky 的生平与著作；*Amok*，短篇小说，描写一个白种人在荷属东印度遭逢的惨剧；Paul Verlaine，Emile Verhaeren，Romain Rolland，Joseph Fouché，Marie Antoinette 等评传。

——录自商务印书馆 1935 年初版

《三个正直的制梳工人》^①

《三个正直的制梳工人》序

毛秋白 ^②

哥特夫里德·刻勒（Gottfried Keller）以一八一九年七月十九日

---

① 《三个正直的制梳工人》（*Die drei Gerechten Kammacher*），短篇小说，德国刻勒（Gottfried Keller，今译凯勒，1819—1890）著，李旦涟译。上海中华书局 1935 年 8 月初版，"现代文学丛刊"之一。

② 毛秋白（1903—?），浙江安吉人，曾赴日本留学，入东京帝国大学学习文学和电影导演，获文学学士学位，中华学艺社社员。曾任教于复旦大学、大夏大学、国立戏剧学校。另译有《德意志短篇小说集》、《浑堡王子》（克来斯特著）、《史姑娘》（霍夫曼著）、《游荡者的生活》（爱痕多夫著）等。

生于瑞士的沮利希市（Zuerich）。父亲虽是工匠却是一个极能干的人。书斋里置有席勒尔（Schiller）全集、百科辞典等书籍。对于儿女的养育，极为关心。但不幸在刻勒五岁时即逝世了。母亲是一个外科医生的女儿，对于宗教的信心很深，她以牺牲的爱情抚养了刻勒与刻勒唯一个妹妹勒姑拉（Regula）。刻勒小学毕业后即进了职业学校（Industrieschule），但为了一点小小的过失，竟被开除了学籍。他本来是一个柔和的孩子，因这事的缘故渐渐顽固起来，疏人而亲己了。母亲对他不加任何束缚，关于职业的选择，也一任无经验的刻勒自主。刻勒幼时享受的自由实是享受得太多了。他随他天性的嗜好或绘画或杂乱地耽读文学书。到了二十岁想摆脱不安的生活，进了闵行（Muenchen）的美术学校，志望成一个风景画家。但在闵行的生活，还是不能摆脱不安，技术并未十分长进却已罹了病，把母亲的心血的学资消费完了。因此，二十二岁的时候又只得回到故乡去了，回到了故乡，也没有一定的职业，只依着母亲虚度了六年。后来他把这期间，名之曰"徒然的消费"。不过在这时期他的内部，发生了大变化，由画家转变到诗人了。一八四六年他收集了他的抒情诗出了一本诗集。

一八四六年，刻勒得到了沮利希市的补助金进了海得尔堡（Heiderberg）的大学。这时他虽已是三十岁的老学生，但对于学业非常热心，想补救已往所荒废的学业。在此，他听了福易尔白哈（Feuerbach）的讲义，获得了一种宗教观念。关于德文学方面，他研究莱辛（Lessing）以后的戏剧，转瞬间一年半的光阴已逝去了。沮利希市的补助金此时已断绝了，他只得辞了海得尔堡而往柏林去。在柏林住了五年，在戏剧方面虽做了种种工作，但这方面到底不是他的领土。《断片》*Therese* 只不过是摹仿了赫伯尔（Hebbel）的《玛丽亚玛格达莱涅》（*Maria Magdalene*）而作的，既缺少热情又没有致密的结构，刻勒在柏林的生活，从外面看来，虽然失败，但从内面的发展上说，却得了极大的收获。他与困苦奋斗之中，深尝了人世的况味，练成了一个禀有深刻的人格的艺术家。小说《绿衣的哈英利希》（*Der gruene Heinrich*）和短篇集《塞尔德威拉的居民》（*Die Leute von Seldwyla*）的第一卷即是在这时期作成的，小说方面的成功，以补戏剧方面的失败而有余。

这时沮利希大学欲聘他为文学教授，但他以为自己的修养不足而辞谢了。然而留在柏林也是糊口乏术，一八五五年，他三十六岁的时候又回到故乡沮利希来了。一八六一年做了沮利希市政府的秘书官。因此，生活始告安定，他摒弃以往的放纵生活，注力于职务，在职十五年颇得市民的赞许。但这十五年间文学方面的工作殆乎中绝了。至一八七六年，他又为创作热所驱使，辞去了秘书官从事于创作。

刻勒的唯一的慰安者老母已在一八六四年去世了。刻勒年事渐高，因不能求得家庭的幸福，愈疏人而亲己了，对于什么人都觉得讨厌了。一八八六年因病而往白登白登（Baden-Baden）温泉养病，过了两年他的妹子勒姑拉又死了。自此刻勒也就失去了健康。一八八九年他七十岁的时候沮利希市为他举行了盛大的祝贺会。后来他又到白登白登去养病，但回到沮利希来不久即逝世了，时在一八九〇年七月十五日，他的财产依他的遗嘱寄赠于沮利希大学的图书馆。

读耶科泊·柏希托尔德的《刻勒传》（Jakob Baechtold：*Gottfried Kellers Leben*）对于刻勒的一生，值得我们注意的，有如下几点。

刻勒的母亲，是一个极端的节俭家，在刻勒的儿童时代，从不买玩具给他的。刻勒又没有兄弟，没有游戏的对手，只好在家里冥想或是到屋外去与"自然"接触。眺望了行云则对于云形作种种空想。或往郊外去采集植物矿物的标本以代玩具。瑞士本是风光明媚的地方，郊外有美丽的河流，有可爱的牧场，由他狭窄的灰色的家庭走出来，当然会受到一种新鲜的印象。所以在不知不识之中养成了刻勒的"自然官能（Natursinn）"。因此，他由于小儿模仿的本能，想要描"自然"，后来曾一度想成一个风景画家，母亲的节俭，促成刻勒发达了冥想的倾向与自然官能。想成一个风景画家的事，于刻勒的素质上有很重要的影响。因为要"画"，就使他多与"自然"接近，且对于自然的观察法，得益非浅。有许多作家生于都会，不和"自然"接触，连树名花名草名也不知道，鸟兽鱼虫的生活也茫无所知，但观察"人"的眼睛却十分锐敏，所以他们的眼帘上只映着"人"了。因此自然而然分为有以"自然"为对象，有以"人"为对象的两种倾向了。前者可称为抒情诗的倾向，后者可称为戏剧的倾向。因为这样的缘故，所以刻勒虽曾一度努力戏剧的工作，但终未完成了一篇剧。然而在小说方面，他把"自然"描写得和"人"一般鲜明，往往浑为一体，海才（Heyse）竟称他为"小说的莎士比亚"（Shakespeare der Novelle）。自然官能发展的结果，终而成为宗教的情操，刻勒的宗教的发展，可在《绿衣的哈因利希》中看出。一面他虽反对既成宗教，但一面仍不失一种敬虔之心，露示他的宗教情操。

　　刻勒鳏居了一世，他向女子虽求爱过几次，但一次也未成事。他初恋的女子，是一个做磁器生意的商人的女儿。这姑娘在十九岁时即病没了，在刻勒的旧画簿中注明一八三八年五月十四日的一页上，有这样一句："今天她死了。"并且用水彩画着一座被雪埋着的坟墓。在第二页题着一首题为《沮利希湖畔的坟墓》的诗：

> 目睹了这座坟墓，
> 使我心脏欲裂。
> 青春美满的希望，
> 已被死神埋没。

　　但这怕也是刻勒片面的相思，她即使不夭折，也不会接受刻勒的爱的。刻勒第二个爱人是卢伊才·梨旦尔。刻勒在二十八岁的时候，在某教授的家中常常碰到她，她这时是十八岁。刻勒对她渐渐生了爱情，后来写了这样一封情书给她：

我敬爱的梨旦尔姑娘！

请不要吃惊，我怎么竟写信给你，而且还是情书呢。请原谅我写得胡乱而失礼。此刻我心乱如麻，无论怎样，也不能写出有条理的信来，只好用像会见你谈话时的调子约略写一写吧。

我是极其无用的人，万事都是"以后再做"的人。且不过是一介寒士。对于你这样美而贵的人，其实是没有倾吐私怀的资格的。不过日后万一觉到了你并不以我为弃，而我始终未尝对你吐了一句话，那我的不幸当是万难忍受的了。所以将此事作一个结束，是我对于自己的责任。请你想想个中的道理看。我这一星期，靠了你的福，在酒馆里鬼混了全星期，因为独自一人住着觉得可怕了。

请你在出发前给我一个回音，只要两句话够了。你对我能惠以青眼否，我只冀听了你的话可镇定我的心。但希望你不要怀着将来也许加以青眼的想头。若是现在的确不爱我的话，请老老实实爽爽快快地说一个"不"字，并请笑我痴愚。因为我对你什么事都不抱怨的。而且这样爱你，我也不以为是可耻的事。近来我胸中如焚，种种意外的念头在脑海中盘旋。我这样诉相思，对于你还是第一次。我中意的少女以往虽也不少，但若是你对我不那么样的亲切，恐怕我也没有说半句话的勇气了。

敬候玉音。若是忽然能够把这样可爱的人占为己有，固然连自己也要惊异，但你若对我全无意思的话，也请不必顾虑直截地说一个不字。将来时间久了，苦痛总会忘记的。

单是想到我这样直接写信给你，两三小时后便会达到你那可爱的手中，胸中也就舒畅起来了。满腔怀着赞美你的话，写出来可成一卷书。但到了你前面，怕又会变成日常那样鲁钝，连一句话也说不出了。

柏希托尔德评说"这世界上岂有用这样的调子向女子求爱的人么。岂有这样向女人诉相思的情人么。什么靠了你的福，在酒馆里鬼混了全星期，活像是在读刻勒的滑稽小说一样。刻勒自己却是很苦痛，把这恋情缄默了一年之久。"

卢伊才接了这封信，大为狼狈，自己并不写回信，把这信交给她的母亲。她母亲就客客气气地谢绝了勒刻。二人自此遂无见面的机会了。

第三个爱人是海得尔堡的一个哲学家的女儿。刻勒和她很亲近，或交换文艺上的意见，或一块儿散步，刻勒在《新诗集》中有四首歌即是献给她的。她对于刻勒只当是通常的友人看待，可是刻勒后来卒至不能忍默，照例写了一封信给她。她吃了一惊，因为她已另有意中人了。她老老实实对刻勒言明这恋爱是不能成立的。

如上所述，刻勒的贫乏的恋爱史，与其说是悲剧的喜剧（Tragikomoedie），宁说是喜剧的悲剧（Komitragie），和歌德（Goethe）一生的艳福比起来，真有一在地狱一在天堂之慨。刻勒在作品中所以不能脱去执拗的态度，或许是由于这种失恋的痛苦，缺少女性的慰藉的缘故。

刻勒有一种脾气，每种创作，当在脑中想象的时候是快乐，但一旦下了笔即成了"事务"成了他的"负担"，使他感到苦痛。他对于创作有时竟抱着敌意。《绿衣的哈因利希》前后经过了五年始克告成。他和书店的关系也不甚圆满。几次先拿了稿费却迟迟不交稿。他往往轻率地订了出版的契约，大部分的原稿犹未写成时即命书店着手印刷。因此不但苦了书店和他自身，作品也发生了瑕疵。他为什么如此呢。因为若不把自己放在逼不得已只好去做的境遇之中，工作决不能进展，作品决无完成之望的。但由另一方面讲起来，又像是因为对人对己都忠实具有艺术的良心的缘故。《绿衣的哈因利希》的改作完成时，他曾严厉地宣言道："万一有人企图把旧作出版，这人的手烂脱它！"由此可知他的艺术的良心如何深挚了。

最后再把刻勒的作品说一说。

刻勒的作品有如下几种：

《绿衣的哈因利希》（旧作）(*Der gruene Heinrich*)（一八五四）

《塞尔德威拉的居民》(*Die Leute von Seldwyla*)（一八五六）

《传说七篇》(*Sieben Legenden*)（一八七二）

《沮利希短篇集》(*Zuericher Novellen*)（一八七六）

《绿衣的哈因利希》（改作）（一八八〇）

《讽诗》(*Das Sinngedicht*)（一八八一）

《诗集》(*Gesammelten Gedichten*)（一八八三）

《马尔丁·左兰达》(*Martin Salander*)（一八八六）

其中《绿衣的哈因利希》和收在《塞尔德威拉的居民》的短篇集中的《村上的洛美奥与尤里》(*Romeo und Julie auf dem Dorfe*)和本篇《三个正直的制梳工人》(*Drei gerechten Kammacher*)最著名。在此略把这三篇的梗概说一说罢。

《绿衣的哈因利希》，这篇小说的主人公名哈因利希·莱(Heinrich Lee)，因为他在少年时代爱穿绿色的衣服，所以绰号绿衣的哈因利希。哈因利希自小多情，易受事物感动。一切行动都以空想为基础。虽经他的慈母（寡妇）竭力教导，但全无功效。及长，正在困于选择职业——志望成诗人呢还是志望成画家——的时候，忽又牵惹了情丝，更加烦闷了。他有两个爱人，一个是无垢的少女，一个是半老徐娘，他在这两个爱人之间彷徨，不知弃哪一个娶哪一个好。因为支配他的行动的，并非是真正的热情，实是他的空想和半生不熟的审美观念。一个爱人死了，他站在她的棺傍，并不一掬伤心之泪。他看到"这样死得像诗一般的美的"爱人，反以为是荣耀的事，欢乐的事。他的感情全是空想的感情。他的母亲和教师说，他这样的少年，完全像是被荒唐无稽的小说所欺骗了的小孩。后来他到闵行（Muenchen）去学画，但因与人斗争，怨愤难平，而且知道自己没有画家的才能，大失所望，只好再回到故乡来。这少年的缺点是，奋发心不够，缺乏义务的观念与意志力。他只梦想不可为的事，却怠于可为的事。这种人能生存的世界，只有浪漫的梦幻之境，和春光和暖的绿色的草地上。

　　这篇小说极带有教育的倾向，可称为教育小说（*Bildungsroman*），这是受了歌德的《威尔赫尔谟·迈史忒的修业时代》及《游历时代》（*Wilhelm Meister Lehrjahre*，*Wilhelm Meister Wanderjahre*）的影响。在反映当时时人的病的精神的一点上，又正如歌德的《少年维特之烦恼》（*Die Leiden des jungen Werthers*）。这小说形式上虽是长篇小说，但从实质上说，实是许多短篇，由主人公接拢来的。是描写了刻勒自己从生后到闵行时代的经过的自叙传的小说。因为从大作的一点上讲，缺少相当的紧张之处，所以出版的当时，没有得到大反响。拿这篇小说的旧作与改作比较起来，可看出作者在旧作中露着他自己的世界苦及因不能悟到自己的才能空作无谓的努力而发生的烦闷。然而在改作中作者已摆脱了他的世界苦和烦闷，发现了自己应走的路，他不满意于旧作中的偏狭的主观，在改作中改为冷静的客观的观照态度。旧作本来用第三人称的形式写成的，但中间又夹着一人称的形式的幼时的历史。在改作中他完全舍弃了这拙劣的技巧，全篇都改为一人称的形式，保全了统一。不过对于睡着的主人公的观察非作者本是不可能的事，但仍用一人称的形式叙述，这里未免有点不自然。情节的大部分，改作与旧作无甚差异。只不过开头，旧作是从主人公要到闵行去研究绘画与母亲作别的场面写起。改作是从主人公的少年时代的出生写起。结尾，旧作主人公因悲悼母亲的死不数周也去了世。改作主人公并不死，得了由美国回来的爱人的慰藉，自己渐渐认识自己，得到了自信，向新的希望的路上前进。

《塞尔德威拉的居民》的第一卷共有五篇短篇小说，这五篇都是互相独立的作品。因为都是用塞尔德威拉的地方做共通的背景，故用这样的标题。塞尔德威拉是刻勒所创制的地名，并非实在的地方。但在瑞士，像这样的地方到处都找得出。《村上的洛美奥与尤里》是这短篇集中压卷的作品，最受人称赏。主题虽取自莎士比亚的同名的戏剧，但结构与描写完全是独创的。离塞尔德威拉不远的乡村有两个农夫，一个叫曼支（Manz），一个叫马狄（Marti），都有相当的财产，生活堪称富裕。有一次因为争田地的界线，双方结了仇怨，打了几年官司，大家把家产败完了。至此虽停止了诉讼，但各把自身的不幸归咎于对方，怀恨愈深。曼支破产后迁至塞尔德威拉的一条陋巷里，开一爿饮食店，以维生计。因衣食不能如意竟至忘了礼节。因为这一次争斗，曼支的妻本是性情快活的人，但一变而为饶舌的妇人，马狄的妻竟忧闷致死。马狄不堪劳作，日渐逼近饿乡。曼支有个儿子名叫沙黎（Sali），马狄有个女儿名叫芙莲馨（Vrenchen），二人自小就很相亲相爱，但因为父母的争斗，羞于相见。数年之后在双方都是容颜憔悴的时候相见之下，不禁发生了恋慕之情，遂瞒住了父母及村上的人们，在初恋的乐境中每忘去了贫穷的痛苦。可是芙莲馨的父亲因为喝酒发狂被关在疯人病院里去了。住宅作了债务的抵押品。孤儿的芙莲馨连住家也没有了。于是两个情人决意情死了。一天，二人相偕逃出村庄到邻村教堂的祭典中祈求了冥福，在夜里坐了一只船到莱因河（Rhein）的中流，拥抱着投河而死。这篇小说，虽缺乏刻勒的特色的诙谐（Humor）且结末是悲剧，或许不能算是刻勒的代表作。但处处发挥着刻勒的写实的手腕及性格描写，情景逼真。确是刻勒的短篇中的白眉。

《三个正直的制梳工人》，刻勒自己以为是《塞尔德威拉的居民》中最上的作品。在本篇中读者可看出作者如何富于浪漫的情调，如实的描写，与轻妙的诙谐。三个制梳工人表面上虽像是正直的，其实都是伪君子，各怀着野心，只怕别人成功。吹斯（Zues）表面上虽装作很有知识的人，但她的知识是半生不熟的。她虽像是博物学家一般在三个工人前大吐其动物学植物学及矿物学的知识，但一讲到三个制梳工人本职上所熟悉的象牙龟骨的话，即露出马脚来了。她想和别的两个工人的任何一个结婚，独不想和斯瓦比亚人结婚，大展狡智，结果却反被斯瓦比亚人征服了。她自己做了自己的智慧的俘虏。所以她虽"自命为具有一切智慧"实在却是全无"应付事变"的能力的人。本篇开头读者或许要觉到疲惫，但读到了萨克逊人和拜厄人赛跑的地方，空气陡觉紧张。这赛跑的场面，描写颇饶风味，使全篇生色不少。不过到二人因跑得太起劲，跑过了头，反被斯瓦比亚人坦坦地走来得了现存的江山，既得了吹斯又得了制梳店。若在这里搁了笔，实是极好的一篇喜剧的小说。这篇小说，到了"所以吹斯——是日早晨还未曾梦想到——是被这斯瓦比亚人的手术克服而羁绊起来了"的一句，实在已告终了。后面加上萨克逊人吊死在树上拜厄人流落在他乡的话，实是画蛇添足，倒反减少了结末的力点（Emphasis）的效果。这是作者不能摆脱当时的写实派的理想主义的流弊之处。

秋白

——录自中华书局 1935 年初版

《莫里哀全集（一）》[①]

《莫里哀全集（一）》例言
（王了一〔王力〕[②]）

（一）本书所根据之原本为爱米马尔登（L.Aimé-Martin）所编，原名《莫里哀全集集注》（*Oeuvres complètes de Molière，avec les notes de tous les commentateurs*），一八二四年，由巴黎勒费佛书店（Chez Lefèvre，librairie）出版。

（二）译时偶或参照黑伦华尔（Charles Heron Wall）所译之英文本（*The Dramatic Works of Molière*，London，George Bell & Sons，1901）。

（三）爱米马尔登以克利马列斯特（Grimarest）所著《莫里哀传》（*Vie de Molière*）置于卷首。克利马列斯特可称最先为莫里哀立传之人，传中可宝贵之轶事甚多，偶有缺漏，则爱米马尔登另采他人之笔记以矫正之。兹仍译成国语，置于卷首。至于爱米马尔登原序，与《莫里哀传》后所附《莫里哀剧团略史》，以其关系不大，故未移译。

（四）爱氏原书所集之注，兹或译，或不译，或节译；悉视其重

---

① 《莫里哀全集（一）》，戏剧集。法国莫里哀（Molière，1622—1673）著，王了一译述，出版者：国立编译馆，发行所：上海商务印书馆，1935 年 8 月初版。

② 王了一，王力（1900—1986），广西博白县人。曾就读于上海南方大学、国民大学，1926 年考入清华学校国学研究院。后留学法国，获巴黎大学文学博士学位。归国后历任清华大学、广西大学、西南联大、中山大学、北京大学等校教授。另译有畸德〔今译纪德〕《少女的梦》、左拉《娜娜》、乔治桑《小芳黛》等多种。

要之程度而定。此外又有译者自注之处。凡原书所有之注用〔一〕〔二〕〔三〕等字为标识；凡译者自注之处，用①②③等字为标识。原书之注，凡不署注者姓名者，即爱氏自注也。

（五）剧中说明动作之夹注，原本略而英译本较详。兹所译者，往往依英译本增加，间或擅自加注，以求便于表演。

（六）莫里哀之喜剧，本有诗剧与散文剧两种；黑氏译为英文时，一律用散文。余为此事颇费踌躇，因商之于朱孟实兄。孟实兄谓以诗译诗，必甚难传达滑稽之语气，不如用散文为佳。余韪其言，遂悉用散文；仅于剧名下注云原本为诗剧或散文剧，稍存其旧。

（七）余译书六年，此中甘苦，已于《半上流社会》卷首略言之。窃谓译文学书如临画，贵得其神；否则虽描摹不失纤毫，终无是处。黑氏以英译法，其译笔尚极自由①；吾国文字之组织与法文相去奚啻倍蓰，若必字字比传，将佶屈聱牙，不可复读。兹所译剧本，取便表演，尤贵流利，俾能上口。今举数例如下：

Et vous, filoux fieffés, ou je me trompe fort,

Mettez pour me jouer, vos flûtes mieux d'accord. (《糊涂的人》，第

---

① 黑氏译本有与原本语意大不相符之处，甚或陷于错误。例如：
　　原文：Bastel.（《糊涂的人》，第四幕，第一出。）
　　黑氏译为：We will see by and by.
　　原文：Ahil.（《糊涂的人》，第三幕，第四出。）
　　黑氏译为：Oh that's something new.
　　原文：Tu m'ose encor tenir un tel propos?（《糊涂的人》，第四幕，第八出。）
　　黑氏译为：You dare speak to me!
　　原文：Oui, va, je m'y tiendrai.（《糊涂的人》，第四幕，第八出。）
　　黑氏不译。
　　原文：J'aime enfin.（《情仇》，第二幕，第一出。）
　　黑氏不译。
　　原文：Je ne veux plus m'embarrasser de femme.（《情仇》，第四幕，第二出。）
　　黑氏译为：I am determined to vex myself no more about a wife.（按原文之femme字，在此处当译为 woman，不当译为 wife）。——原注

一幕，第四出。）

直译当为："至于你们呢，你们这两个极恶的扒手，——否则是我误会得厉害了，——为着要捉弄我，请你们把你们的两个笛子弄得更调和些罢。"

今译为："至于你们呢，你们这两个流氓，想要捉弄我，请你们预先练习好了你们的双簧再来罢。"

Malgré le froid, je sue encore de mes efforts. (《糊涂的人》，第四幕，第五出。）

直译当为："虽则天气很冷，我还因为用力而出汗呢。"

今译为："天气这样冷，我还急得出汗呢。"①

Et ne pourrai-je pas te voir être une fois sage avant mon trépas? (《情仇》，第三幕，第六出。）

直译当为："在我未死以前，不能看见你循规蹈矩一次吗？"

今译为："我在未死以前，竟不能看见你一天不闹乱子吗？"

（八）剧名之翻译，更费考虑。*L'Etourdi* 初译为《轻率的人》；全剧译完后，始觉当译《糊涂的人》为妥。*Les Contretemps*，直译当为《功败垂成》（若依中国所出版之法华字典译为《不虞之事故》，则更不妥），今体会剧情，译为《误事》。*Le Dépit amoureux*，直译当为《爱的悲愤》，今亦依剧情译为《情仇》。凡剧名似与原文不甚相符者，皆仿此。

——录自商务印书局 1935 年初版

---

① 因细玩原文无"用力"的意思，故黑氏亦译为：not with standing the cold, I feel even now all in a perspiration.——原注

《文艺家之岛》①

《文艺家之岛》译者序

杨云慧②

　　莫洛怀（ANDRE MAUROIS）是法国现代第一流的作家，生于一八八五年，他的真姓名是赫初格（EMILE HERZOG），莫洛怀是他的笔名。一九一〇年在 *L'EFFORT* 杂志上发表文章时还是用的真姓名。他长于用小说的方式写传记，和英国的斯瑞琪、德国的鲁德维希亚称为当今的三大名家。他的著作约有二十种，其中《歌德之创造》《王尔德》《雪莱传》等等都已译成中文，颇受读者们的爱好。这本《文艺家之岛》即名 *VOYAGE AU PAYS DES ARTICOLES*，虽然在莫氏的著作中是比较短的一本，但不是不重要的。

　　三年前完成了初次译稿，当时是照了英文本译的，二十一年冬天得到莫洛怀赠的法文原本，又经过一次校正。译这本书的动机，原是个人作第一次翻译的尝试，错误恐怕难免，不能把莫氏原文的美妙译出半点来，犹觉抱愧。倘若不是有热心的出版家，这本小书是永远不会到读者面前求正的。

译者、二十三年十二月、南京。

——录自第一出版社 1935 年初版

---

① 《文艺家之岛》（*Voyage au Pays des Articoles*），中篇小说。法国莫洛怀（André Maurois，今译莫洛亚，1885—1967）著，杨云慧译。上海第一出版社 1935 年 8 月初版。

② 杨云慧（1913—1998），湖南湘潭人。"筹安六君子"杨度长女。曾就读于上海光华大学。抗战时期，为中华剧艺社社员，担任过文协成都分会理事。抗战胜利后，随出任联合国科教文组织的丈夫郭有守去巴黎，后留学于美国耶鲁大学戏剧系。回国后，先后在"八一"电影制片厂和上海科教片厂担任编导。著有《小事情》剧作集。

《德意志短篇小说集》[1]

《德意志短篇小说集》序

毛秋白

哈因利希·封·克莱斯特（Heinrich von Kleist，1777—1811）是浪漫派最大的剧作家，但是他在叙事的方面，也发挥了伟大的能力。他的小说，完全可以与他的戏剧相媲美。由正规的形式说来，他是德国创制短篇小说的始祖。他的文体，有一种特异的魄力，压缩得非常简洁的文句，强劲有如能把大理石刻为人像的凿子一般。他向着目的短刀直入，像数学的公式一样展开情节。他用与在戏剧上所用的同一方法，描写小说中人物的性格，不像普通的小说家一般，对于人物的性格作详尽细致的描写，只随着事件的展开，显露出各个人物的性格来。本集所收的《智利的地震》（Das Erdbeben in Chili）是他最初的一篇举示了短篇小说的一种模范的作品。

忒奥多尔·许笃谟（Theodor Storm，1817—1888）由于他的《茵梦湖》（Immensee）、《白马的骑者》（Der Schimmelreiter）等作品，当已为读者所共知的了。他生前对于读书界把他当为小说家看待，感到不满，却以最大的抒情诗人自任。的确，他的小说，与其说是小说，宁说是散文诗抒情诗。"欲理解诗人，非往诗人的乡土去不可。"这话最适用于许笃谟。他的作品中，随处散着他的乡土许勒斯威希·荷尔许坦（Schleswig-Holstein）的风景：在微风中漂浮着的北海的潮水的香气，点缀在褐色的旷野的寂寞的湖沼与幽暗的针叶的密林。生长

---

[1] 《德意志短篇小说集》，毛秋白选译。内收《智利的地震》《杏革莉筎》《欧格娆》《沉默的议员》《俏皮姑娘》《管栅门的第尔》五篇小说。上海商务印书馆1935 年 9 月初版，"万有文库"第二集。

在这样的环境中，在沉默的静寂中，抱着幽暗的热情的北国人的内面的生活，即是许笃谟的作品的主要的内容。凡是他的作品中的主人公，都是悲观与忧郁的人物，虽具有高雅而忠实的性格，却容易因人生的争斗而疲劳，绝望，死灭；或是只在追忆的梦中度着残生。所以他的作品，不免有太偏于感伤主义之讥。本集所收的《杏革莉筘》，(*Angelika*) 是与《茵梦湖》同为初期的作品。

哥特夫里特·开拉（Gottfried Keller，1819—1890）是与前述的许笃谟及后述的海才在十九世纪中叶德国的小说界，同为鼎足而立的三大写实主义的作家。他把"自然"与"人"同样鲜明地描写出来往往使它们融浑而为一体，被海才评为"短篇小说的莎士比亚"(Shakespeare der Novelle)。他的作品中浪漫的情调与如写的描写，深刻的悲剧性与丰富的幽默性，浑然结合在一起。浪漫派的身体穿上了自然派的衣裳。这就是开拉的特色。不过他的作品中，时或带有几分教训的气味。本集所收的《欧格娆》(*Eugenia*) 是《七个传说》(*Sieben Legenden*) 之中的一篇。这篇小说最后的一句，因为也只带着无谓的教训的气味，与全篇的情节毫不相干，所以被译者略去了。

威尔赫尔谟·李尔（Wilhelm von Riehl，1823—1897）是文化史小说历史小说的作家，他的作品中富于幽默，读者由本篇所收的《沉默的议员》(*Der Stumme Ratsherr*) 当可窥见他的面目。

保尔·海才（Paul Heyse，1830—1914）是德国近世短篇小说界第一个多才多作的作家。他的短篇的特色，是形式的完整。捉住人生的一片段，加以鲜明的轮廓，纵横地驱使了尖锐的心理描写与多彩的形色美，使读者为之心醉神迷，这是海才所特有的艺术的才能。一九一〇年，他得到了诺贝尔的文艺赏金。德国的文学家得到此项赏金的，以海才为嚆矢。本集所收的《俏皮姑娘》(*L'Arrabiata*) 是他的处女作，同时也是他的杰作。

革哈特·霍普特曼（Gerhart Hauptmann，1862—　）今年已年逾

七十了。他的作品，已有多种介绍在国内，所以不待我说，读者已知道他是剧本《寂寞的人们》(*Eisame Menschen*)、《织工》(*Die Weber*)等及小说《珊拿的邪教徒》(*Der Ketzer von Soana*) 的著者了。本集所收的《管栅门的第尔》(*Bahnwarter Thiel*)，他自己称为是短篇小说的习作，但是正如汉斯·封·休尔善 (Hans von Huelsen) 所说：这里已隐藏着一切霍普特曼式的人生观及霍普特曼式的风格的根本要素。在此我们已可以窥见他对于精致深刻的心理解剖，详尽细密的环境描写所秉有的才能与手腕了。

最后，译者还得要在此略微声明几句话。这篇《德意志短篇小说集》是在作品须选择尚未经人译出的，总共字数以六万为限的两个条件下集成的。

许笃谟的作品本来想选《茵梦湖》，开拉的作品，本来想选 *Remeo und Julia auf dem Dorfe* 或是 *Die drei gerechten Kammacher* 的，但是因为都已经人译过，所以只得放弃了。

对于现犹生存的作家，本来想选一篇托马斯·曼 (Thomas Mann) 的作品。但是他的 *Der Tod in Venedig*, *Tristan*, *Tonio Kroeger* 都嫌太长，译出来字数要占到本集全定限的一半。他的短篇集 *Der pleine Herr Friedemann* 中，倒有几篇长短恰与本集的要求相吻合的作品，可恨译者手头没有这部书，所以只得放弃了托马斯·曼，代以革哈特·霍普特曼。

再本集诸短篇，是依了原作者出生年代的先后而排列的。

一九三五·五·三一·秋白

——录自商务印书馆 1935 年初版

《四骑士》 [①]

《四骑士》译者的序
李青崖 [②]

　　这部小说，是我在九年前头，花了四五个月的光阴译完的，而到今年，我又另外花了三个月的光阴，彻底再译过一回；因此在旁观者的心目中，总以为译者对于第一次的译本，初译本，有甚么很不满意的地方，所以就有这种类乎在事实上表示忏悔的举动。这种揣度诚然是对的，可是译者的忏悔的对象，旁观者似乎不大会充分地晓得。

　　因为我的忏悔的对象，是现在文坛上很少有人屑于注意的"字句简洁"的问题，所以换句话说，我这次再译《启示录的四骑士》的动机，是由于初译本的字句不令我本人满意。

　　根据个人的笔记，初译本的工作，起于民国十四年十月下旬——成于十五年六月初旬，其间因过年一次，躲避军事行动两次，约共停止五六十天——那时候，我正译完弗罗贝尔的《波华荔夫人》；对于译书正主张逐字对译，并且主张在可能范围之内，务求译文的字句的位置构造，应和原文的字句的位置构造相近，以为如此才可以使读者领略原书的风格，所以当时不仅于字眼的挑选和句子的冗长生硬不甚注意，并且希望由这种新的努力，渐渐造成一种由

---

① 《四骑士》(*Los Cuatro jinetes del Apocalipsis*)，长篇小说，上中下册，西班牙伊巴桑兹（Vicente Blasco Ibáñez，今译伊巴涅斯，1867—1928）著，李青崖译。上海商务印书馆 1935 年 9 月初版，"万有文库"第二集。

② 李青崖（1884—1969），湖南湘阴人。肄业于复旦大学，毕业于比利时列日大学理工学院，兼修法国国文学。曾任教于湖南高等师范学校、复旦大学、湖南大学、中央大学、大夏大学等。另译有法国弗罗贝尔（今译福楼拜）《波华荔夫人传》（今译《包法利夫人》）、《莫泊桑全集》九种等。

原文和译文的并立而成的新的白话来；所以充其努力之所至，于是《波华荔夫人》里面，竟有了五六十字以上的长句子！这种观念，当时纵然也有许多朋友赞成，但是到现在想起来，真不免叫我有点儿感到了毛戴的意味。

初译本既然是在我当时那种主张之下完成的，当然同样也免不了那种可以"原译并列"式的长句子，所以今年，我趁了万有文库第二集征求伊巴臬兹这部小说的汉文译本的机会，仍旧拿海垒尔（G. Hérelle）的法文译本；毅然根据这四五年个人由译书和创作的新经验，彻底变更九年前头的译书主张，再来译过一回，并且更正了初译本的几个错误，完成了这个再译本。

这两个译本的字句上的根本不同之处，就是初译本的字句固然可以入目，但是不能全部上口，而其中可以上口的一部分，又不能通通入耳；至于再译本，大概有十之八九是可以入耳的，当然更不会有不能入目和不能上口的弊病。到了这里，所以我们不妨对于字句简洁，下一个有层次的结论：字句的第一步的品格，是要人看过去立刻有明白晓畅的感觉，第二步的品格，是要人念过去立刻有明白晓畅的感觉，第三步的品格，是要人听过去立刻有明白晓畅的感觉。简而言之，就是入目，上口，入耳三件事都能做到，才算是合得字句简洁的条件，而一段一篇以至于一部书的明白晓畅，在基本上也全赖乎此了。然而要了然于这三层境界，却非实地经验不可。欧洲人在友谊聚会的时候，每每全体静听一个人念剧本或者小说，来消磨一点半点钟的饭后光阴，要是被选的作品，连字句都没有达到上口和入耳的境界，又怎样会有人肯念和有人肯听呢！

这段自白的话，是否能够名实相符，不妨付之读者的审度。现在我暂时只举出一两个例来。臂如海垒尔法译本第二十面第十五行起，有这样一句：

Jules, descendu sur un remorqueur que les ondulations de la mer faisait dancer，ce trouva en bas du transatlantique，...

　　这句第一个摄入我们眼帘里的字，就是"Jules"这个人名，第二个字是"descendu"这个和上列人名相配合的过去分词，这种次序上先后给我们的连想，是因这个人名而及这个人名的动作；又如第五个字，是"remorqueur"这个物名，第六个字"que"，是这个物名的宾格接续代名词，而次序上先后给我们的连想，是因这个物名而及这个物名的代名词：这种先先后后的位置，于读者的心理上帮助甚强。再以文法上的眼光去看，则由第二个字起至第十三字"dancer"止，组成一个形式比较复杂的形容性子句，来形容第一个字，而第十四十五两个字才是第一个字的主要动词。这算是有心理上的和文法上的两种组织——当然文法是由心理而取得体系的——然而要想把汉文的这两种组织同时都和法文的，用一样的形式并列出来，当然是无法可想的，或者竟可以说是不必想这种可笑的方法。所以初译本那种主张不变原文风格的译法，每每迁就文法上的近似的并列式组织，而丢开心理那一层不谈，例如初译本第二十二面对于上列一句的译文是：

　　"身在那受着海波摇荡的小轮船中的舒尔，正朝着邮船仰视……"

　　这样的译文，和原文的风格可以说是近似的，和原文的文法上的组织也是近似的，但是这句话的第一个字的"身"，直要看到，念到或者听到第十六十七两个字，才晓得这"身"是属于舒尔的，并且同时还要明白晓畅于第三个至第十五个字所成的那个子句——幸而这子句不过比较复杂——才晓得"舒尔"的"身"究竟在哪里；以后才又晓得"正朝着邮船仰视"这个意译的动作的主人是谁。原文风格和原文文法上的组织，这样诚然都没有多大走漏，可是读者的思维，在这里总要多转折几回，才能够有明白晓畅的感觉，而尤其是在念的和听的！因为在这里，我忽略了心理。至于那子句，也有心理上的问题，譬如原文，"remorqueur"一字在先，而"que"一字在后，换句话说，名词在先，代名词在后，所以一望即能了然；而汉译中的"小轮船"和"的"，他们的先后刚好颠倒过来，幸而这里的"的"字上头，只顶着"受着海波摇荡"六个字，所以尽管也忽略了心理，还不很感累赘，否则读者的思维更得多转折几回。因此我在再译本中力求易于上口和入耳，在第二十面第四行把这句话改成：

"许尔跳上了一只被海波动荡的小轮船，抬头再向邮船仰视……"

这样，至少可以叫读者的思维，省却了一半的转折。

又如法译本第一百十六面，第二十五行起，有这样一句：

Réueillées par l'agréable bruit des armes et par l'aigre odeur du sang, ces divinités, qu, on croyait défuntes, allaient reparaitre au milieŭ des homes.

这一句的文法上的和心理上的诸点，为免除读者的枯燥感觉起见，暂时不必去谈；我们只须看看初译本第一百三十六面的译文罢。当时，我要在可能范围之内保存法译本的风格，译作：

"这些被兵器的铿锵和血肉的腥恶所唤醒，而我们久以为死了的神道，将在人丛中重行出现。"

以组织而论，法译本这句话的组织，的确只是一句，初译本的译文也的确只是一句，然而字数竟有三十七个了，这就是因为"神道"的形容词，有"这些被兵器……所唤醒"和"而我们久以为死了"这样两个子句。所以在再译本的第一百二十一面第三行起，改成：

"这些古神，已被兵器的铮鏦悦耳之音和血液的腥膻刺鼻之臭弄醒，所以大众以为他们久已因馁而死，而现在又将要在人丛之中出现了。"

这样，把一句拆成三句，字数尽管比初译本将近多到一倍，然而明白晓畅得多。

以上所举的，虽然只有两个例，但是这样性质的修正，只须拿初再两种译本互相比较一两章，已经可以看见是不在少数了：将来有旁的机会再来多举几个。不过我还得附带声明，初译本之不叫我满意者，完全是个人的见解起了变化，所以赞成欧化语体文的，不妨仍旧去看初译本；或者这两个译本有"相得益彰"之趣！

　　再译的动机和实际，到这里也说得够明白晓畅了，现在，我再来谈一谈我个人对于这部小说的内容上的一点感想。

　　我之晓得这部小说最初是从周作人先生的随笔里见到的，那时候大概是民国十一二年，也正是我醉心于畅读新兴作家的欧战小说时代；可是我不懂西班牙文，所以只得去找英文或法文的译本。后来先得到了海垒尔（G. Hérelle）的法文译本第四十三版本，直到十五年春间，才得到了卓尔丹女士（Ch. Brewster Jordan）的英文译本第一百四十六版本，当时在长沙购买西洋书籍之不便，真是令人发笑的。海垒尔的法译本（以下简称海本）和卓尔丹的英译本（以下简称卓本）异点很多：海本分十二章，卓本分十六章；海本共三百七十四面，面各二十八行，卓本共四百八百二十面，面各三十五行。就理论上而论，当然应当是卓本完全而海本简略，因此似乎卓本可以包括海本；然而实际上并不如此：这两本的详略是互相出入的！并且同样一个情节，有时候海本用作者的口吻叙述，而卓本却用小说中人物的口吻叙述；有时候或者彼此竟又恰巧反过来。本来我们根据海垒尔的声明，已经晓得海本是得了伊巴臬兹的同意加过一番修饰和删削的，卓尔丹虽没有甚么声明，而她的译本在事实上却有较海本转为简略之处，可见得她对于原书或者大概至少也有所删削，不过没有海本那样多而已。这样，两氏之本可见均非伊巴臬兹的原书的本来面目，而且等到我明白了这种种的时候，已经根据海本译了大半，所以爽性专以海本为根据，这是初译时候的情形。

　　至于再译时候，我还仍旧专据海本，也有另一番理由。

　　伊巴臬兹之著作这部小说，在公历一千九百十六年，那时候，正是欧洲人极感大战痛苦的初期时代，尤其是弱小的民族中的眼光远大之士，无不看到非急起自卫之不能自存，而当时西班牙的政治暗弱和实力萎靡，殆为无可讳言的事，且地理上和经济上之位置，又都在大战旋涡的最近之区；因此伊巴桌兹就抓住了这个因自卫而死战的法兰西的民族做题材，引用了《启示录》上那段关乎四骑士的预言，来唤醒国人对于战祸的记忆力。我们想想罢，马尔塞尔在少壮时代既已受过临难苟免的"心刑"，晚年虽竟拥有千万家资，然而遇着那种国破家亡之祸急在眉睫的时候，他自己的儿子，又是一个年富力强的男儿，可是因为国籍不同以致这儿子对于法国并不必负担"血税"的义务，人生而有这种遗憾，难道是可以赎的吗！作者于是创造了一个因救国自救的关系而剪断情丝的玛尔葛荔德，去激动许尔的从军救国的决心，以解救马尔塞尔的痛苦，结果这三个人的连带动作，就组成了那部巨丽文学作品的《四骑士》的核心了。作者意匠的最妙处所，就是许尔刚好是一个由法国和西班牙两个民族的血液结合而成的男儿，这就是作者始终不肯丢开自己的祖国和自己的民族的明证，这就是作者故意创造这个由法西两民族的混血勇士来激起国人自卫心的明证。这也就是作者的民族意义。

　　然而伊巴桌兹是个西班牙人，海垒尔是个法兰西人，海垒尔之译这部小说，也正是想来激起法兰西民族加紧自卫的工作，可是我们细读卓尔丹女士的英译本，才晓得这位西班牙名作家，不仅把许尔完全写成一个西班牙少年，而且连这位年过半百的富翁马尔塞尔也过度地加以西班牙化。旁的例不必多举，即如关于这两父子的大名，卓译本大概全根据原本，所以小台诺乙的大名，不作"Jules 许尔"而作"Julio 巨里渥"，老台诺乙的大名，不作"Marcel 马尔塞尔"而作"Marcelo 马尔塞洛"：有时或竟称他做"Don Marcelo"，于是这个法国富翁竟化为西班牙的贵族了。这都可以窥见作者原本对于书中主要人物所加西班牙化的程度，并非没有明证的；当然，这些"笔头儿"从一个富于民族意识的作家手里，画进了另一个富于民族意识的译者眼里，是可以被认为不妥的，或者至少是被认为效率不充分的。此外，卓本里的玛尔葛荔德，在前期较海本里的风流得多，当然，这于民族意识也是没有益处的。所以海垒尔就在得了伊巴枭兹的同意之后，加了种种的修饰和删削，于是书里面的民族意识，就更充分地增强了。

我之仍取海本再译一回，为的正是这个原故。

倘若今后有人取卓本或者西班牙文原本——尤其是西班牙文原本——译成汉文，我预料定有许多读者，赞成我对于这部小说的这点儿感想。

民国二十四年七月在江湾写成——李青崖

——录自商务印书馆 1935 年初版

《弥盖朗琪罗传》[①]

《弥盖朗琪罗传》译者弁言

傅雷 [②]

本书之前，有《贝多芬传》；本书之后，有《托尔斯泰传》：合

---

① 《弥盖朗琪罗传》(*La Vie de Michel-Angelo*，今译《米开朗琪罗传》)，传记，法国罗曼·罗兰（Romain Rolland，1866—1944）著，傅雷译。上海商务印书馆 1935 年 9 月初版，"汉译世界名著"丛书之一。

② 傅雷（1906—1966），上海南汇人。早年就读于上海天主教创办的徐汇中学，考入上海持志大学，后赴法留学，入巴黎大学文科学习。回国后任教于上海美术专科学校，与刘海粟等合编《文艺旬刊》，创刊《时事汇报》周刊并任总编辑。另译有罗曼·罗兰《托尔斯泰传》《贝多芬传》《约翰·克利斯朵夫》、巴尔扎克《欧也妮·葛朗台》《高老头》等。

起来便是罗曼罗兰底不朽的"巨人三传"。移译本书的意念是和移译《贝多芬传》的意念一致的，在此不必多说。在一部不朽的原作之前，冠上不伦的序文是件亵渎的行为。因此，我只申说下列几点：

一、本书是依据原本第十一版全译的。但附录底弥氏诗选因其为意大利文原文（译者无能）且在本文中已引用甚多，故擅为删去。

一、附录之后尚有详细参考书目（英、德、美、意四国书目），因非目下国内读书界需要，故亦从略。

一、原文注解除删去最不重要的十余则外，余皆全译，所以示西人治学之严，为我人作一榜样耳。

一九三四年一月五日

——录自商务印书馆 1935 年初版

《娜娜》[①]

《娜娜》前言

胡思铭[②]

左拉在一八四〇年生于巴黎，一九〇二年为煤气所毒死，死于巴黎，一九〇八年春，改葬于班迪安国葬院。

他的母亲是法国人，父亲意大利人，祖母是希腊人。他的童年和青年期，是在勃罗旺斯省度过的。因了他学校成绩的恶劣，没有取得

---

① 《娜娜》，小说缩写。法国左拉（1840—1902）著，胡思铭编述，上海中学生书局 1935 年 9 月初版，"通俗本文学名著丛刊"之一。

② 胡思铭，生平不详。另编述有英国哈代《苔丝姑娘》、日本菊池宽《第二接吻》、法国莫奈德（Hector Malot）《苦儿努力记》等。

学位，所以在他踏进社会的开始，仅仅做了些细小的事。

他曾写过浪漫派和风俗的小说，但自他完成了他的大著，《罗贡玛嘉尔家史》后，才惊动了巴黎的文坛，而做了法国自然主义的创始者。

本书是《罗贡玛嘉尔家史》的二十卷之一。内容是写述一个女优娜娜的淫佚生活。她似金蝇一般的，把许多有地位有家产的男子们，弄的破了产，失了声望。像王多弗尔伯爵的火焚于马厩，费理伯的亏欠入狱，乔治的自杀，其他如摩法伯爵，福加孟，史丹奈，爱克多，福歇利的破产，甚至家翻宅乱，无一不受了她的传毒。

左拉的作品，大部分是无情地暴露社会各阶层的丑恶；因此法国的士大夫与道学先生们，一直到现在是他的对头；他们责左拉把法国的坏象，揭告外国人，却不怪自己社会里的病态。

不管左拉的小说，是好和坏，但一切的光荣，都归了左拉是实在的。现在谈法国文学的人，往往从一八七一年左拉的《小酒店》（即商务出版的《屠槌》）出版后，作为近代和现代文学的交替期。

《娜娜》不但早已给世界有文字一位的人们所传诵，而且娜娜的一举一动，最近已映演在世界各大都市的戏院里。那末它是不是一般人所谓失掉了灵魂的一部淫诲的书，这里可请《娜娜》电影的观者，以及《娜娜》小说的读者，自去评定吧！

思铭于缩写前

——录自中学生书局 1935 年初版

《狱中记》^①

《狱中记》后记
巴金 ^②

　　柏克曼还是一个勇敢的活人。六年前我曾到过巴黎郊外 St.
Cloud 他的寓所，拜访过他。他给我写信时用的那柏林办事处的信
纸上鲜明地印着"没有神，没有主人"的字样。这个人已经过了
六十岁，他还常常说"到死都是年青"的话，那么他到死也会相信
神是不存在的罢。这是无疑的。这又是怎样的一个人呵！这样想
着，那个身材短小结实的，秃头的柏克曼的坚定的风姿就在我的眼
前出现了。十四年的监狱生活都不能改变他的信仰，却反而使他写
出叫远在英国的老加本特也惊叹赞扬的"人类心灵之记录"了。神
不存在的事实成了那全书的要旨，而且那生活的事实就是有一次当
他的生命在美国濒于危险的时候连远在克龙士达特的水手也举起了
援救的旗帜。这样他已经显示着比神还更伟大的存在了。

　　这是我的小说《神》里面的一段话。所说的"人类心灵之记录"
便是他的《狱中记》。我在这里译出的只有原书的三分之一。我几年
前就发了宏愿，想把这书完全译出来，然而到了现在开始来翻译这

---

① 《狱中记》（ *Prison Memoirs of an Anarchist*)，回忆录。柏克曼（Alexander
　　Berkman，1870—1936）作，巴金节译。上海文化生活出版社 1935 年 9 月初
　　版，巴金主编"文化生活丛刊"第四种。
② 巴金（1904—2005），原名李芾甘，四川成都人。曾就读于成都外语专门学
　　校、上海南洋中学，毕业于南京国立东南大学附中，后赴法国留学。回国后
　　从事文学创作，创办文化生活出版社，任总编辑。另译有克鲁泡特金《自
　　传》、屠格涅夫《父与子》《处女地》、高尔基《草原故事》等。

书，却又因了种种的原因，不得不采"节译"的办法。广告上说这是精选的节译本，但广告上的话不见得可靠，这节译只是不得已的，并非精选的，虽然我也不是胡乱地节译几篇就算了事。

全书共含四个部分。第一篇有七章，完全译出了，不过每章里略有删节。第二篇四十八章，我只译了十四章。第三篇一章是全译的。第四篇只有一章《复活》，却全删了。附录是从爱玛·高德曼的自传 *Living My Life* 里译出来的。

关于伯克曼的生平，虽然可说的话很多。但我也不想再说什么，不过关于他写这书时的情形，我想让读者知道一点，那么我就借用高德曼的话罢：

我和沙夏便到那小小的田庄上去住。我们爱那地方的美丽和安静。他在一匹最高的小山上面搭了帐幕，从那里可以望见赫贞江的壮丽的全景。我忙着料理家事。这时沙夏便开始写他的书。

自从沙夏一八九二年去到披次堡以后，我的住处不知被警察搜查了多少次，然而我却设法把沙夏在牢里秘密出版的《牢狱的花》保存了几本。诺尔德，包尔和其他的朋友们也留得有几份。这刊物对沙夏很有帮助，然而和他在那"活葬墓"里面所身经的一切的记忆比起来，它们简直算不得什么了。他所知道的一切的恐怖，肉体和心灵两方面的痛楚，他的同囚的犯人的受苦，他现在不得不把这一切从他的深心挖出，使它们再活起来。于是十四年来的鬼影又不分昼夜地萦绕他的心灵了。

每天他不是坐在书桌前面眼睁睁地呆望着空虚，就是狂热地动着笔仿佛被什么冤鬼驱使着一般。他时时想把他写好的东西毁掉，我须得和他挣扎许久才能够把稿子保存下来，这就像我奋斗了那许多年把他从坟墓里救出来一样。过后又有一些时候他会逃进树林里面去。怕和人间接触，他躲开我，而且特别躲开他自己和那些在他的笔下活起来的鬼魂。我不知费了若干的苦心才找到适当的方法和适当的话语来抚慰他的被迫害的灵魂。我每天毅然地进行着这种苦斗，并不单是因为我爱沙夏；而且也因为我只从他的著作的第一章里面就看出来他是在生产一部伟大的作品了。要帮助这婴儿活起来，在我这方面任何代价都不算太高。

我现在介绍给读者的就是这样的一个人在这样的环境下面写出来的这样的一本书。

一九三五年九月一日巴金记

——录自文化生活出版社 1935 年初版

《托尔斯泰小传》①

《托尔斯泰小传》序

陈德明② 谢颂羔③

托尔斯泰去世至今恰恰二十五年。他是一个理想家，但是他的目

---

① 《托尔斯泰小传》(*Leo Tolstoi*)，传记，清洁理 (Katharine R. Green，通译凯瑟琳·格林) 著，陈德明译述。上海广学会 1935 年 9 月初版，"一角丛书"之一。

② 陈德明，生平不详。基督教内地会传道士，曾于 1908 年被差派至河南鄢陵。与谢颂羔合译《托尔斯泰短篇杰作全集》、约翰·班扬 (John Bunyan) 著《蒙恩回忆录》、威尔斯 (H. G. Wells) 著《世界史要》等。

③ 谢颂羔 (1896—1972)，浙江杭州人。东吴大学毕业，后留学美国，获奥朋大学 (Auburn University) 神学学士学位、波士顿大学硕士学位。曾任南京神学院教员、上海沪江大学教授、上海广学会编辑等。除与陈德明合译多部作品外，另译有《圣游记》(《天路历程》)，编译《世界著名小说选》、《苏联名小说选》、E. D. Baker (贝克)《儿童教育学》等。

的是要实行他的理想。他因为环境和背境的缘故，以致有许多理想未能见诸实行。可是他的小说和其他著作里面，却充分发挥了他的理想。

在我们看来，托氏所以伟大的缘故，是因为有浓厚的宗教观念。而且他非但有宗教观念，更有实在的宗教经验。凡是研究托氏著作的人，不可不知道他的宗教思想。他的宗教思想不是一种传统的宗教思想，而是由自己体验出来的，富于创作的精神。

托氏的宗教精神在两个地方表现得最为显著：（一）对平民表示同情。他对于当时一般贵族大地主压迫剥削平民农民，表示极大的反感；同时，他看到耶稣是爱平民和接近平民的；因此，他无论在著作里面或是在行为方面，都极力和平民表示同情，反对贵族阶级。他不赞成莎士比亚，因为莎氏的戏剧都是描写帝王和贵族的生活，与平民们毫不相关。托氏的著作里面常常描写平民生活，把农民们朴实可爱之处完全表显了出来。（二）他因为喜欢与平民为伍，所以多数的时间住在乡间，在简单的乡村生活里面找到了乐趣，所以他反对近世的物质文明和都会生活。

他的人生观可以说全部受着宗教的支配，他的著作里面充满着宗教色彩，这是一般读者所不能忽视的。托氏是基督教的最好的说教者（虽然他并不受教会的钱），把基督教的观念深植人心之中。现在一般教徒大都能说而不能行，读了托氏的传记，可以知道他如何把宗教实行出来。

陈德明　谢颂羔

仝识

一九三五，八，二九

——录自广学会 1935 年初版

《孤女飘零记》①

《孤女飘零记》译者序

君朔（伍光建②）

　　布纶忒（Bronte）氏有才女三人。长曰夏罗德（Charlotte），次曰某，又次曰某，皆能文。夏罗德最有名之作曰《孤女飘零记》（原名《真亚尔》[*Jane Eyre*] 书中简称柘晤），即今所译者是也。初姊妹三人曾刊行诗集，而不见赏于时，仅售出二册。于是改撰小说，夏罗德最初所撰者曰《教授》（*The Professor*）投稿屡矣，而皆不售，最后则投稿某书肆，某君读之，知其必传，告以太短，不便刊行。时夏罗德已著《孤女飘雾记》，属稿将半，及书成，仍投稿于此书店，某君更为赞赏，穷一日一夜之力，几废寝食，毕读其稿，毅然刊行之，果震动一时。世人始知有向不出名之大小说家出现，莫不争以先读为快。美国人尤好其书，书肆且有乐出重赀，争先恐后预购其陆续所出之作，此作不依傍前人，独出心裁，描写女子性情，其写女子之爱情，尤为深透，非男著作家所可及。盖男人写女人爱情，虽淋漓尽致，似能鞭辟入里，其实不过得其粗浅，往往为女著作家所窃笑。且其写爱情，仍不免落前人窠臼，此书于描写女子爱情之中，同时并写其富贵不能

---

①　《孤女飘零记》（*Jane Eyre*，今译《简·爱》），长篇小说，夏罗德·布纶忒（Charlotte Brontë，今译夏洛蒂·勃朗特，1816—1855）著，伍光建译述。上海商务印书馆 1935 年 9 月初版，"万有文库"第二集。

②　君朔，伍光建（1867—1943），广东新会人。毕业于天津北洋水师学堂，后奉派赴英国，入格林威治海军学院，后转入伦敦大学。回国后，任中国教育会副会长。后定居上海，专事翻译。另译有大仲马《侠隐记》（今译《三个火枪手》）、狄金生《劳苦世界》（今译《艰难时世》）、厄密力·布纶忒《狭路冤家》（即艾米莉·勃朗特的《呼啸山庄》）等。一生译著甚多，共 130 余种，近千万字。

淫，贫贱不能移，威武不能屈气概，为女子立最高人格。是故此书一出，识者皆视为得未曾有，不胫而走，及知名之后，文人名士贵族，无不甘拜下风，争欲一识其面。惜乎文名既显，享年不永。嫁后未及一年而死。时年三十九岁，死后文人争为之作传，又立会以搜辑其遗文，片纸只字，皆视同至宝，其为世所敬仰，有如此者。

民国十六年立夏日君朔序。

——录自商务印书馆 1935 年初版

《瑞典短篇小说集》 [①]

《瑞典短篇小说集》译者序

伍蠡甫

瑞典小说在十九世纪末，是由 Strindberg 代表自然主义，Heidenstam 代表象征主义，而呈对峙的局面。到了二十世纪，自然主义渐具新写实主义的精神，成为瑞典文学最最前进的一派。急于了解社会真相，以及客观地限制个人要求，便是这一派作家的使命，内中更以 E. Wägner 为主要人物。余如 H. Bergman 也善于描写现实，他的作品中没有抒情诗的气味，却只是些狰狞的社会相，以及深刻的人性剖解。那些比较地属于旧派的，也就是富有个人主义的情趣和想象的，有 M. Stiernstedt 与 S.Siwertz 等人。

本编所选，大抵是他们的代表作品，可从认识北欧现代文学的一

---

① 《瑞典短篇小说集》(*Modern Swedish Short Stories*)，柏格曼（B. H. Bergman）等著，伍蠡甫选译。内收伯格曼《裘蒂丝》《医生你能医得好我吗》《新袍子》及其他作家作品共计 9 篇小说。上海商务印书馆 1935 年 9 月初版，"万有文库"第二集。

个面目。内中 Wägner 的《只有一只手》系黄维荣兄所译,曾载我所主编的《世界文学》第一卷第二期中。

一九三五,六,八,蠡甫记于上海。

——录自商务印书馆 1936 年初版

《法国名剧四种》 [①]

《法国名剧四种》总序

王维克 [②]

作 家	剧 本	开演年代	派别
一、拉辛（Racine）	《费特尔》（*Phèdre*）	一六七七	古典
二、维尼（Vigny）	《查太顿》（*Chatterton*）	一八三五	浪漫
三、倍克（Becque）	《群鸦》（*Les Corbeaux*）	一八八二	写实
四、罗斯当（Rostand）	《远方公主》（*La Princesse Lointaine*）	一八九五	象征

法国文学的系统,特别显明。以戏剧而论:古典派,浪漫派,写实派,象征派蝉联而下,文学演进的步骤可说十分整齐。不过,种种派别的名字,是治文学史者的制造品,要了解文学,还在欣赏作品,

---

① 《法国名剧四种》(*Phèdre and Other Plays*),戏剧集。法国拉辛（Jean Racine, 1639—1699）等著,王维克译述。上海商务印书馆 1935 年 10 月初版,"世界文学名著"之一。

② 王维克（1900—1952）,原名王兆祥,江苏金坛人。曾就读于南京河海工程专门学校、上海大同大学、震旦大学,后留学法国巴黎大学。回国后任教于湖南大学,任职于上海世界书局、商务印书馆等。另译有但丁《神曲:天堂》、迦梨陀娑《沙恭达罗》、郭乃意（今译高乃依）《希德》等。

烹饪学是教不出好厨娘的。现在我同时移译这四种剧本，并没有多么大的目的，只是要供给研究文学者一些实际的材料，只是要把酸甜苦辣拌在一起，叫一般食客们尝尝而已。至于选择原本的标准，一方面固然参考文学批评家的意见，而大部分则还是依照我自己的胃口。这四种剧本，表面上虽没有多么大的连带关系，但是在精神上却是一贯的。《费特儿》是人性的悲剧，其为文高雅；《查太顿》则以性格为因，以社会为缘，因缘相会，悲剧乃成，其为文则雅俗恰到好处；《群鸦》为社会的悲剧，其主角不是前二剧中的王后和诗人了，是我们日常所见的平民，其为文无彩色，纯以白描见长。读完这三种剧本以后，我们的心已经受着高度的压力；悲哀，痛苦，抑郁之余，希望得着一点轻微的安慰，一块诗意的境界，一种美妙的影子，那么只有《远方公主》可以供给这些。至于我的译文方面，在每种剧本的开始，大概有一篇"译序"来说明。总而言之，我主张译文应当流利畅达，若字对字，句对句，佶屈聱牙，而自鸣其翻译忠实，这是我宁死不敢赞同的。

一九三四，六，二二，王维克作于金坛。

——录自商务印书馆 1935 年初版

《费特儿》译序

〔王维克〕

　　法国十七世纪之戏剧家，以郭乃意 ① 莫利爱 ② 拉辛 ③ 为巨擘。郭乃意称悲剧之父，其悲剧之意境高则高矣，——以人类之行为受支配

---

① Corneille（1606—1684）。——原注

② Molière（1622—1673）。——原注

③ Jean Racine（1639—1699）生于 La Ferté-Milon，十七岁至十九岁学于"王门教士"（Jansénistes de Port-Royal），遂引起研究古希腊之浓厚（转下页）

于其高尚之意志，——其角色为人世所希有，而未免造作。莫利爱讥评当时人情风尚，其喜剧有足多者，降至今日，则未免有隔世之感焉。拉辛以人类之行为受支配于其感情，因而发生种种内心之悲剧，如爱慕，如怨恨，如恐怖，如嫉妒，如后悔等，凡此均为古今中外人类之所共具，不因时地而异也。拉辛以精微之笔，写曲折之情，悲天悯人，溢于言表，观其剧或读其书者，无不嘘唏叹息，不能自禁，其动人之深可知矣。[①] 昔有人请伏尔太为拉辛剧作注，伏氏曰："此举何益？ 每页之下，均加以美、妙、谐诸字可耳！"[②] 观此可见余独赞拉辛悲剧之非妄。拉辛著名之悲剧凡七种：《昂特禄马格》，《柏烈答尼古》，《贝勒尼斯》，《巴雅才》，《密梯达德》，《意菲谢尼》，《费特儿》是。《费特儿》既出，仇家反对之甚烈，拉辛愤世人之不公也，遂辍笔不再写。十余年后，始允孟德龙夫人之请，作女学生排演用之宗教剧二种：《爱斯太》，《亚答利》是。此九种剧本，固难一一定其轩轾，惟文学批评家则一致推崇《费特儿》为其悲剧之冠。[③] 即拉辛本

（接上页）兴味。因此其所作悲剧: *Andromaque*（1667），*Britannicus*（1669），*Bérénice*（1670），*Bajazet*（1672），*Mithridate*（1673），*Iphigénie*（1674），*Phèdre*（1677），概取材希腊故事。一六七七年以后，停笔不写剧本，至一六八九年，允 Mme. de Maintenon 之请，写宗教剧 *Esther*，又二年，写 *Athalie*。悲剧以外，有喜剧一种: *Les Plaideurs*。——原注

① A. Bailly 著《法国古典派文学》一书，在其拉辛一章之结论中有言："欲深入一个作家，感觉着他的精微，了解他最细腻的美点，并无二法，只须把他的著作不断地读了再读，使我们浸染着他的人格，使我们和他混合，最后就觉得他的灵魂是邻近我们的了。无论何人，照这法子去读拉辛，那么他每读一次，就觉得他的美点更深一层，而且是常新；又觉得他的观察和思想是无比的丰富；一种诗意的想象力，我们愈了解他，愈觉得他一天一天地长大起来。"——原注

② Voltaire（1694—1778）: "A quoi bon? il faudrait mettre au bas de chaque page: beau! sublime! Harmonieux!"——原注

③ 文学批评家 J.Lemaître（1853—1914）说："《费特儿》为拉辛悲剧中最使人沉醉之一种。在别种，彼从未同时放入如许之异数与耶教思想；在别种，彼从未包罗如许之人类与如许之世纪；在别种，彼从未散布更精微更动人之媚力；在别种，即以形式而论，彼从未显示更诗人更艺术家之手段。"——原注

人，似亦抱此意。① 余译《费特儿》，执笔而复止者再，盖所遇困难
之点不少也。第一，是剧中包含希腊神话多处，非普通人所熟悉，译
时苟一一加注，则琐碎孰甚；第二，原本为高雅之十二言诗句，译以
汉语，颇难吻合，或失之太文，或失之破碎；第三，中外习俗与道德
观念，颇有歧异，苟无解释，则难于明了。余经多次之考虑，始下决
心如次：非必要之神话则删略之，以无注自明为原则；译文主流利清
快，不惜移动原诗句之地位，删节或拆开其复句与长句，增补诗句所
含蓄未吐之意义；加简单必要之注释于每幕之末，以助读者之了解。
余意拉辛既改变希腊古剧以就十七世纪之法国，今余译拉辛剧而稍加
删易，以就二十世纪之中国，如读者尚觉有几许美色，几许妙味，几
许谐音，则译者可告无罪矣。书末"费特儿之罪恶问题"一篇，为余
之臆说，聊示译者幼稚之见解而已，非定论也。

《费特儿》费特儿之罪恶问题
（王维克）

费特儿以后母地位，恋爱其夫与前妻所生之子，不成则诬害之
以至于此，其为罪大恶极似不成问题。然世人莫不怜惜费特儿，欲
成立一说，以解脱其罪恶焉。由里比德则谓易卜利不信仰爱神，爱
神怒，遂使费特儿伤之，使知爱神之威力，故费特儿即爱神之替身
也。神话上则谓费特儿之外祖父为太阳神，曾洞烛爱神与战神之奸
情，因此爱神怀恨，使费特儿之母爱及白牛，使费特儿爱及其名分
上之子，皆由于爱神之力，非费特儿之意志也。拉辛则亦推为命运
所弄，神不加助，费特儿非全然罪恶。拉辛更进而言曰："爱情为人
类之弱点。"是言也，颇类耶稣向法利赛人所说："你们中间谁没有

---

① 拉辛原序："余尚不敢言定，此剧是否为余所作悲剧中最佳之一种，余愿观
　　客与时间估定其真价值。"——原注

罪的，谁就可以先拿石头打她。"（见《约翰福音》第八章）余意爱情为人类之本性，言其为人类之弱点可也，言其为爱神之怀恨可也，言其为爱神之威力亦可也，其初本无善恶之可言。及乎人类日繁，不能任其盲目追逐，于是有法律规定，有道德观念。法律与道德则因地因时而不同。费特儿闻其夫太叟之死，乃敢流露其热情于易卜利之前，盖在欧洲，寡妇与处女之地位同，可以自由恋爱也。绳之以中国"贞女不嫁二夫"之旧道德，或"一抔之土未干"，或"三年无改"等观念，或母子之名分，则费特儿仍罪恶昭彰。又，易卜利爱亚丽西，在剧中犹言此乃纯洁之爱，然以名分言，则亚丽西为易卜利之姑母，在中国亦视为逆伦大罪，当其时，处其地，一人之行为，为社会所制裁，甚至一人之思想亦受束缚，此悲剧之所由生也。费特儿苟能有今日之新观念，如骗婚（太叟风流，其始也诱之，其终也弃之，在费特儿之前已有许多情人），如离婚，如自由恋爱，如恋爱神圣，如年龄之相差太远（太叟已老，而费特儿与易卜利则年相近也），如太叟失踪半年，如费特儿与易卜利无血统关系等，则费特儿亦不必如此锥心泣血，饮鸩自杀，而成此旷世之悲剧也。由此而论，罪恶实非绝对的规定。费特儿所处之时与地，使伊自觉其行为为罪孽深重，受不住社会舆论和法律之制裁，与自己良心上之压迫，而不得不忏悔自尽以谢天下，是可悲也。费特儿身为王后，实则天地间一普通弱女子也，再广而言之，人类之一分子也，其内心所受之痛苦，如热情，如恐怖，如嫉妒，如悔恨等，读此剧者如身受；故曰：《费特儿》为人类心理之悲剧，而费特儿不过人类之一代表耳。

《查太顿》关于查太顿的话

王维克

一

《查太顿》（*Chatterton*）三幕剧，维尼（Vigny）作于一八三四年（到现在正是一百年），一八三五年二月十二日开演于法兰西剧院，为浪漫派文学在舞台上一个最大胜利。当时诗人缪色（Musset）和音乐家贝利华（Berliot）拍手赞美，十分热烈；女著作家乔治沙（George Sand）为之饮泣不已；旅行家兼文学家段冈（Maxime du Camp）为之昏倒；艺术家和诗人，都同声称许而感动。画家兼诗人戈田爱（Gautier）写道："这种赞扬是出于真诚的。"

　　　　　　　　——见 J.Giraud：*L'École Romantique Francaise*

（《法国浪漫派文学》）

二

浪漫派戏剧，真有戏剧趣味的只有二种，一是维尼的《查太顿》，一是缪色的《罗伦若却》（*Lorenzaccio*）。此二种戏剧中的角色，都有人道上的价值。查太顿是英国一个浪漫诗人，有幻想，有感情，有天才，但是不能治生产，不能对付一个专门敬重金钱和势力的社会；他的不幸和失望，一个少妇（季蒂）之不自觉的，纯洁的爱情，还有一个老人（圭哥儿教徒）的慈悲，都描写得动人而有力。

　　　　——见 D.Mornet：*Histoire de la Littérature et de la Penssée*
Françaises（《法国文学和思想史》）

三

　　维尼在浪漫派戏剧中，占有相当地位。他的名著《查太顿》，剧情虽极简单，而对于心理的解剖，及人物的真切性方面，作者却能兼顾，较之嚣俄、大仲马专以尚奇取悦于观众，更为高尚。他有戏剧家的天才，知道怎样舒展剧情以表现人物；所有嚣俄、大仲马种种不真不切的流弊，都被他校正了。

　　　　　　　　　　　　——见黄仲苏《近代法兰西文学大纲》

四

　　【维尼小传】 维尼（Alfred de Vigny）以一七九七年生于法国 Indre-et-Loire 省之 Loches。世袭军职。一八一四年充王家侍卫。以余暇习作诗。后厌弃军人生活，一八二八年乃辞去，结婚，以后专门于文学工作矣。其诗如《古今集》（*Poemes anciens et modernes*，1822—1837），《命运集》（*Les Destinées*，1864）所含哲学思想，卓绝一时。其小说有《三五》（*Cinq-Mars*，1826），《斯推诺》（*Stello*，1832），《军人义务及其伟大》（*Servitude et Grandeur militaire*，1835），其名剧《查太顿》（*Chatterton*）即取材于《斯推诺》中之一部。其剧本于《查太顿》外曾译英国莎士比亚剧二种：《骇陆克》（*Shylock*，1828），《俄德罗》（*Othello*，1829）。此外有历史剧一种：《昂克尔将军夫人》（*La Maréchale d'Ancre*，1831）；独幕喜剧一种：《惧而逃》（*Quitte pour la peur*，1833）。杂著后人编集者有《诗人日记》（*Journal d'un poète*，1867），《书信集》（*Correspondance*，1906）。维尼以一八四五年入法国学士院。后曾两度思作国会议员，均未成。遂退隐于 Charente 省之别墅内，如圣伯夫（Sainte-Beuve）所说，进象牙之塔，不再出矣。

晚年身心颇痛苦，卒于一八六三年。

五

维尼虽属浪漫派之一巨头，然而他却孤傲超群，不屑谈派别和师承。他说："怯兽结队行，雄狮独步荒郊；诗人行径，亦当如是。"（见其《诗人日记》中。）又说："避免一切偏见，我没有偶像。我读，我看，我思，我写，一人而已，独立不群。"（见其《诗人日记》中。）又说："诗坛无大师，无派别；唯能使人心中流露优美之感情，使人脑中发生卓绝之理想者，就是大师。"（见其《工作之最后一夜》一文中。）（此处所言工作，即指著《查太顿》，维尼于十七个夜里作成。）

六

我不知道我为什么写。——死后光荣何必虑；生前富贵亦区区。——何况专心一意的著作，每不为世人所赏识。——然而，我有对社会说明我的理想之需要，理想在我胸中，不得不吐出来。

——见其《诗人日记》中

七

《查太顿》里面有二桩事情。一是维尼替诗人所谓"知识界的剩余者"（Paria intelligent）鸣不平。他说："我要把精神生活的人，受物质化的社会所压迫这件事情指出来，在这种社会里面，会打算盘的守财虏，榨取别人的智慧和工作，毫无怜惜心。"（见其《工作之最后一夜》中。）二是维尼所描写的"爱情剧"（le drame d'Amour）；前面是表现维尼的思想，故可以叫做"思想剧"（Le drame de la pensée）。关于爱情剧,他说:"这桩爱情,只在互相会意之中,从没有说出口,他们不敢对话,不敢单单两个在一起,除非在临死之一刻,他们只是胆小地注视,只靠一本《圣经》传达意思,只靠两个孩子做使者,只靠孩子的额角做嘴唇和眼泪的媒介物。"(见其《查太顿之表演》一文中)。在百年后之今日,关于思想方面,未免陈腐一点了,(这是法国批评家的话,在中国现在的社会,他的思想并未陈腐。)但关于爱情方面,则终古常新,仍是一样摇憾人心的。

八

《查太顿》虽属浪漫派文学,但是材料方面之真切,则是写实派。在艺术方面,如以剧情之单纯,和"三一律"之遵守言,则逼近古典派。他说:"这是一个人的历史,他早晨写了一封信,等着晚上的答复,答复到了,杀死他了。"(见其《工作之最后一夜》中。)

九

《查太顿》中之季蒂一女角,拿她和嚣俄剧中的女角相比,那么嚣俄的未免粗野而不足谈了。季蒂之姊妹,应在法国拉辛(Racine)和英国莎士比亚的剧中去找。

十

《查太顿》剧出,世人颇有病其赞成自杀者,有议员名叫Charlemagne 的,提议禁止排演。因事有凑巧,《查太顿》开演数日后,有一少年名叫 Roullaud 的,自杀了。然而在两年之前,也有两个少年编剧家,名叫 Escousse 和 Lebas 的窒息而死,然而和《查太顿》

没有关系呀！

十一

不必说，维尼在《查太顿》中创造的成分很多，我今从 J. Drinkwater 的《文学大纲》（*The Outline of Literature*）中摘译一节，以资参照：

〔英国文学史中的查太顿〕查太顿（Thomas Chatterton）为英国诗史上 Pope 与 Burns 时代中间一个极令人怜惜而哄动一时的角色。一七五二年他生于 Bristol。他的家属，保管 St. Mary Redcliffe 教堂已有好几代。他的父亲是乐师，有时也写一点诗，在他出生之前就死了，他的叔父养育他。查太顿把他的幼年期耗费在教堂的四周，从他叔父那里，知道些武士和牧师（他们的坟墓在教堂里）的故事，又在文件库里旧手迹当中学了些古文字。

他是一个早熟的古怪孩子，十二岁时便能写聪明的讽刺诗。当他在学校的时候，他就假造出一个路娄（Thomas Rowley）来，说他是一个十五世纪的诗僧，他的主人是 Bristol 的富户，名叫 William Canynge。查太顿的专心古文字，特别明了中世纪的英国，因此他便会用古文字做诗。这个孩子想，假使他用真名字发表古怪东西，一定没有人理他。于是他说，这是路娄的手迹，是他在教堂中一只箱子里找着的。他想把这手迹印出来，他写信给 Horace Walpole，请他帮忙，Horace 也是欢喜中世纪文字的，开头很表示赞同。但是，当查太顿写信请他在伦敦代谋一个适当位置的时候，Horace 已发现他的诗是假古董，于是冷淡地劝告他，叫他保持原有律师室里的位置，一直等到发了财再写诗。

在一七七〇年的春天，他到了伦敦，为生活的缘故，只好向报馆卖文了。他的论文一篇一先令，诗一首不足十八便士。失望和失业，他的傲骨又不肯受人怜惜，又无颜面回家，于是，在八月二十四日，他吃砒霜自杀在一个制袋女人 Mrs. Angel 家里（在 Holborn 区的 Brooks Street），他那时不过十七岁又九月的年纪。

查太顿的成绩虽少，但是他的天才是无疑问的。假使他的生活愉快些，活得长久些，则他的成绩就难限量了。

十二

"诗人查太顿之死"一画片是我于一九二七年夏购于伦敦国家美术院的，现在把他印在前面。

一九三四年三月王维克作于金坛。

《群鸦》译序
王维克

我们看惯美人的画片，也会想到拿镜子照照自己么？现在有一面镜子，就是倍克 ① 的《群鸦》②。

巴黎大学文学教授莫奈 ③ 说："就是在华奇侯 ④ 和小仲马 ⑤ 最好的

---

① 亨利·倍克（Henry Becque）（1837—1899）巴黎人。——原注
② 《群鸦》（ Les Corbeaux ）作于一八七七年，直至一八八二年始开演于法国喜剧院。传说倍克作此剧后，亲自对镜演读，有不合者，即改削之，可见倍克对于创作之刻苦与慎重。——原注
③ 莫奈（D. Mornet）他的话见其所著《法国当代文学与思想史》中。——原注
④ 华奇侯（E. Augier 1820—1889），法国著名戏剧家。——原注
⑤ 小仲马（A. Dumas fils 1824—1895），法国著名戏剧家。——原注

剧本里面，也不过给我们一点文学的印象，至于在倍克的呢，却是人生的印象。"

　　倍克作了《群鸦》和《巴黎女人》①博得写实派戏剧大师的称号，创立了写实派戏剧的美学。但在当时，他的戏剧非特不为多数人所欢迎，且为多数人所憎恶，这是什么缘故呢？没有别的，只因为那些民众习惯于乐观的，有趣的，新奇的，典雅的，英雄的……戏剧，而没有习惯于悲观的，严肃的，平淡的，日常的，庸人的……戏剧。然而，现实的人生究竟是怎样呢？请看《群鸦》。

　　《群鸦》首次开演于一八八二年于巴黎，剧中事实，自然切合当时当地的社会；不过，《群鸦》究竟是普遍社会的悲剧，只是在风尚方面各地方略有不同，各时代有相当的变迁罢了。

　　这个剧本，毫无文彩可言，就是布局也无出奇制胜之点，然而译者却不时搁笔为他嘘唏流泪，这又是什么缘故呢？没有别的，只因为他是真，是家常便饭而已。

　　　　　　　　　一九三四年，六月十六日，王维克作于金坛。

《远方公主》译序
王维克

　　爱特蒙·罗斯当（一八六八——一九一八）为法国著名的诗剧家，他的剧本《西哈诺》（一八九七），在中国近年已有方于女士的译本。以舞台上的效果说，《远方公主》（一八九五）不及《西哈诺》来得大。但是，以我个人说，我爱读《西哈诺》，更爱读《远方公主》。此剧在表面上写的是爱情，实在是一种象征；表明理想之美丽，理想之伟大；他把一种英雄的美梦，描写在动作里面。根据中世纪的传说，加以诗

———————————

　　① 《巴黎女人》（*La Parisienne*）（1885）。——原注

人的想象；以博雅的诗句，达高贵的思想——他的值得爱读就在此。法国文学批评家法格说："他给我们一种快感，就是透过那巧妙故事的面幕，可以把那伟大的哲理叫我们看得清清楚楚；哲理既美，而面幕亦富丽可观。"（见《罗斯当全集》中《罗斯当之生平及其著作》一文内）。这句话正是我所要说的。我因爱读他，所以译他；译时，我自信很努力了，但原本是诗句，现在译本是散文，把音调失去了，这个诚是一件无可奈何的恨事！关于罗斯当之生平，我没有心绪写一个字，寓言家拉风登说："工匠以手艺而出名。"我们就在他著作里认识一位著作家罢！关于《远方公主》在传说上之考证，我认为在中国远不需要。

一九三四，二，三，王维克作于金坛。

附注：

（一）罗斯当之著作：诗集：*Musardises*（1890）；戏剧：*Les Romanesques*（1894），*La Princesse lointaine*（1895，即《远方公主》），*La Samaritaine*（1897），*Cyrano de Bergerac*（1897，即《西哈诺》），*L'Aiglon*（1900），*Chantecler*（1910）。

（二）译序中所引法格（Faguet）原文如下：

Il nous donne le plaisir de voir très clairement une grande idée philosophique à travers le voile d'une fiction ingénieuse；et l'idée est belle et le voile est d'une richesse admirable.

（三）拉风登（La Fontaine，1621—1695）的话原文如下：A l'œuvre on connaît l'artisan。

（四）关于行吟诗人路台尔（Joffroy Rudel）的传说，兹录旧译一则如下：

霞夫雷·路台尔为中世纪法国南部白来耶地王子。当时有朝山进香者，自巴勒斯坦来，盛言脱利巴立地女伯爵之美，王子闻

而悦之。彼乃练辞琢句，为诗多篇，以歌咏之。冀获一见，遂怀
十字架，航海以求之。不幸患病舟中，及抵脱利巴立旅寓，已频
于死矣。人以其情走告女伯爵，女哀之，观至其枕旁，以臂挽其
项。王子知女来，目能再视，鼻能再嗅，深感上帝护持其生命，
使得见其心爱之美人，遂死于女之臂内。女乃厚葬之于大庙中，
即日女亦白纱覆面，入修道院中，盖心已碎矣。

　　观此简单的事实，再和剧本比较，便知罗斯当创造力，想象力的
伟大。

（五）译文中偶加注释，不免挂一漏百之讥，译者聊尽绵力而已。

（六）译文中关于地名，人名等之原文，另作一对照表列全书之末。

——录自商务印书馆 1935 年初版

《邮王》^①

《邮王》前序

周今觉 ^②

　　《邮王》一书，西名 *The Stamp King*，为邮林中唯一之名小说，当时
曾分期附载于《吉本司周刊》中。传诵遐迩，能使读者回肠荡气，油
然生集邮之决心。海音得者，美利坚人之豪于资者也。初集邮，不甚

---

① 　《邮王》(*The Stamp King*)，长篇小说。法国 G. de Beauregard 和 H. De Gorsse
　　合著，秦理斋译述，中华邮票会 1935 年 10 月初版。扉页署："中华邮票会
　　十周纪念刊行"。

② 　周今觉（1879—1949），安徽至德人。早年留学日本，精通英文。1923 年开
　　始集邮，1925 年任中华邮票会会长，曾获 1926 年纽约国际集邮展览会"特
　　别铜牌奖"，被誉为中国"邮王"。主编《邮乘》杂志，著有《华邮图鉴》等。

踊跃，亦无赫赫名。旋读此书，则投袂而起曰：男儿当自强，安知我不能为惠廉葛宜士及蓓德司考惕耶。由是遍历欧陆，搜觅名邮，脱手万金，略无吝色。斐拉立珍品，什九皆入其手。卒占得美洲第一流集邮家之地位，胥此书刺激之力也。夫以一书之微，而能使人牺牲其血汗之金钱，至百万以上而不悔，则其魔力之巨，亦可惊矣。故欧人有戏谓此书为邮界之吗啡针者，非无故也。原书为法人 G. De Beauregard and H. De Gorsse 所合著。经英国 Miss. Edith C.Phillips 女士译为英文。余复倩秦君理斋重译为华文，分期揭之《邮乘》，以饷我邮界同志。庶几有海音得其人闻风而起者乎，企予望之矣。丙寅首夏，周今觉识。

——录自中华邮票会 1935 年版

《邮王》后序
周今觉

《邮王》一书，初分期刊载于《邮乘》。其崖略已见前序。嗣《邮乘》停刊，而余稿未经登出者，尚有十之七八，海内邮学家颇引领企望窥其全豹。因循一搁，遂至六年。兹值中华邮票会十周纪念之期，特将全稿印行，公诸同好。一则不忍此名著佚而弗传，一则不欲埋没译者秦君理斋一片心血也。余与理斋，初不相识，以赵君叔雍介绍，托译此书。书成四年，理斋下世。其夫人及其二子一女，并自杀以殉。事至惨痛，一时报纸宣传，沪人士莫不哀之。理斋本任申报馆译事有年，不图其垂尽之春蚕，尚与本会结此一段翰墨因缘也，特略记其梗概于此。时维乙亥仲秋，距作前序时已十易寒暑矣。周今觉。

——录自中华邮票会 1935 年版

《虚心的人》①

《虚心的人》译者序言
（周尧②）

布尔修士（H. J. Bulthuis），一八六五年生于荷兰北部之Groringen，为北欧著名之文豪，亦为荷兰世界语运动之先驱。译著等身，亡虑数十种，其中最享盛名而为世所熟知者，则推 *Idoj de Orfeo*，*Jozefo Kaj la edzino de Pontifar* 等，皆志趣高超，布局紧奇，观察深刻，文笔畅雅者也。

此《虚心的人》一书，系德国"尤氏国际世界语书店"出版，落在译者手中，已经二年，虽其文字之优美早引起译者移译之兴趣，卒因人事匆忙，一再迁延，至今才偿宿愿。

当译者译此书时，正是"暮春三月，江南草长"，译者因研究植物之故，白日时间全被采制标本等工作所占据；每晚闲暇，信笔译若干，积两星期遂告成功。

译者虽从事世界语运动五六年，但自愧造诣不深，此书又草草译成，自虑错误必多，故曾请钟宪民先生校阅一遍，译者并在此敬致谢意。

——录自中华书局 1935 年初版

---

① 《虚心的人》（*Malriĉa en Spirito*），三幕剧。荷兰布尔修士（H.J. Bulthuis，1865—1945）著，周尧译，上海中华书局 1935 年 11 月初版，"新中华丛书·文艺汇刊"之一。

② 周尧（1911—2008），浙江鄞县人。1934 年考入江苏南通大学农学院，1936年留学意大利那波里大学昆虫学博士研究班。编有《普通昆虫学》。

《怒吼吧中国！》 ①

《怒吼吧中国！》欧阳予倩序
欧阳予倩 ②

潘子农先生译《怒吼吧中国！》既脱稿，叫我作序，译文我没有来得及细读，不便贸然加以评量。不过这个戏以前有过两个译本，潘先生的再译必有其自信之处，读者自能比较得之。

这个戏世界各国都演过，在中国反而上演最迟。——一九三〇年在广州第一次上演，一九三一年正月广州教育会的戏剧比赛，又有怒吼社上演过。在上海，是一九三三年演出的。一九三四年秋天在广州民众教育馆，又由各剧社联合演过，听说内容改得很多。

当这个戏在美国上演的时候，苏联早已不演这个戏了，在苏联以为不是演这个戏的时代了。不过在中国，由于帝国主义者之侵略日亟，直到目下还是珍品。

这戏以万县惨案为背景，描写被压逼民族的哀史——在中国人看来是国耻纪念。演演这个戏，很可以刺激一下民众的民族意识，使大家都有奋发兴起，抵御强暴，以图自存的觉悟，用意似乎是很不错的。可是在东京有些朝鲜人要演，警察不许用"怒吼吧

---

① 《怒吼吧中国！》（书名页题《怒吼罢中国！》），戏剧，苏联特来却可夫（今译特列季亚科夫，1892—1939）著，潘子农重译。上海良友图书印刷公司1935 年 11 月初版，"良友文库 11"。

② 欧阳予倩（1889—1962），原名欧阳立袁，湖南浏阳人，15 岁留学日本，先后就读于日本成城中学、明治大学商科、早稻田大学文科，曾加入话剧团体春柳社。回国后一直从事戏剧及电影编、导、演工作。曾组织戏剧民众社，担任过南国艺术学院戏剧系主任，加入中国左翼戏剧家联盟。抗战时期，组织上海戏剧界救亡协会等。著有五幕剧《潘金莲》、话剧《回家以后》《忠王李秀成》等。

中国"这个名字，他们很痛快地说：在此非常时期，万不能让中国"怒吼"。

有人说：演这个戏恐怕英国人要多心。正好比今年正月间，上海舞台协会演出《回春之曲》，有人怕引起某国人的误会是一样的。最近国立音专开演奏会，节目中有"五卅惨案"一曲，奏序单全印好了，临时又全部印过，改为"一个惨案"。我只知道在香港是不许提及"五卅"这两个字的，想不到在上海和内地也会不许！在报上有时不许，想不到在文艺作品里也不许！因此我觉得帝国主义的威胁已经要使我们非停止不可了。

帝国主义侵略中国以来，所演的惨案也真不少了。因为我们无力而造成的国耻也指不胜屈了。可是以此为题材的作品何其罕见？难道说我们不能立起雪耻，便连常常说说，自己警醒一下的勇气都没有了吗！

万县惨案离现在已经好几十年了。继万县惨案而发生的惨案，是更加几倍的残酷。老实说，《怒吼吧中国！》这个戏描写得还不够。据原作者自己说，虽是一部分的描写，可以概见一般侵略者及被侵略者的情况。他怕还没有知道今日的中国，因为处处受帝国主义者之控制，有些地方竟连演他这样的戏都有困难啊！

原作者特里查可夫氏写创作的方法，一个是"长期观察"，就是用同样几个或一大群的人物作题材，先后写几本小说或戏剧，看他们心理行动和工作力之如何演进；一个就是"长期谈话"（Bio-interview）就是和一个人长时期的谈话，仔细察看他的经历和心理，用来写成创作。在我会见他的时候，他说："这是我个人的方法，我并不说除了这个方法，人家就没有更好的方法。倘使你能够把我的方法介绍到中国去，中国的青年若有人用我的方法写创作，我便希望他们能把试验的经过详细告诉我，以供参考。"

当此国难严重的时期，使我深感到潘先生把《怒吼吧中国！》重新再译，颇为难能可贵，并希望他的工作不是徒劳。

欧阳予倩　廿四年五月九日

——录自良友图书印刷公司 1935 年初版

《怒吼吧中国！》译后记

潘子农 ①

译苏俄特里查可夫氏之《怒吼吧中国》既竟，对于这个在国际剧坛上占有重要地位的剧作，颇有若干琐碎的感想，因略记如后。

一般从异国作家笔触下产生出来的，以中国事件为题材的作品，往往因为作者对于中国民间生活情况的了解力之薄弱，很容易将事实歪曲得非常可笑。有的因为作者本身对于中国人抱了一种轻视的成见，便恶意地把故事中人物描写成十分的愚蠢或凶暴，借此对中国人刻毒地侮辱一番。例如：日本前田河广一郎的《马粪之街》，美国康悌莱顿的《上海进行曲》等作，其中所描写的人物与事件，几乎没有丝毫能够接近我们的生活状态的？即以久居中国的女作家布克夫人而论，虽说她未必会有蓄意污辱中国人的念头，但在不知不觉之间，有时仍免不了曲解中国农村的特殊习俗，给中国读者们一种不很好的影响，然而这已经是很可以原恕的了。

本剧取材于一九二六年发生在四川省的万县事变（惟据作者自序所述，则此剧似乎又是描写万县事变以前的事情了。也许是一种有意的避讳吧？）作者特里查可夫氏以纯粹第三者的立场，忠实地纪载了

---

① 潘子农（1909—1993），浙江湖州人。毕业于东北大学中文系，曾参与主编《矛盾》《戏剧月报》等，任教于上海实验戏剧专科学校，长期从事话剧、电影编导工作。抗战时期创作了抗日名曲《长城谣》、编导了《街头巷尾》等。著有短篇小说集《干柴与烈火》、《没有果酱的面包》、话剧《春到人间》等。

这一幕弱小民族的反帝斗争。特氏在我国西南一带，曾有过若干时间的居留，所以对于这些地域的风俗习惯，也有局部的接触。本剧的题材，起初他是用诗的形式纪录下来的，其后回俄，接受了政府方面的示意，始以《怒吼吧中国！》这题名改成剧本。

站在纯意识意义的立场来批判，《怒吼吧中国！》无疑地是一出良好的煽动剧，然而如果一定要用艺术的尺度来估计，则缺憾的地方当然也是难免的，单就故事的发展速率之不平衡这一点，便是明证。不过近代写实剧的形式，原不必用什么三一律来绳制的：只要剧作家在某件复杂蔓延的故事之发展进程中，能够以极经济的场面，严密地组织起来，使观众于类似 Sketch 的一瞥中，立即承认定事实而留下深刻的印象就已经是良好的舞台剧了。本剧作者在最末两景中，是很认真地注意到这种手法的运用，只是二，五，七等数景，因为多化费一些不必要的时间，以致使紧张的剧情有松懈下来的情势。

在人物方面的描写，有几点我以为是很值得提出商榷的。譬如老费这个角色，他本身是码头船夫工会的领袖，也就是全剧中劳苦群众的代表人，无论如何，他是应该最适宜于挺身去为他们同伴替死的人物，可是作者却放弃了这点情感的核心，轻轻地让他在妻子的劝阻之下，就很懦弱的退缩了下来。同样，作者安置在全剧重要场面中的那个怕杀而终于逃不了死的第二苦力，也由于运用手法上之错误，不免损害了舞台上紧张的空气。即以常情而论，站在工会领袖地位的老费既可应妻子之劝阻而退缩，则第二苦力又有什么理由一定要去替死呢？不过，作者对此也并非完全没有观察到，所以又很聪敏的将这个替死的责任付诸各人的命运，使怕死的第二苦力只好无可奈何的去替死。这自然也是一种反映出帝国主义者之狰狞面目的描写方法，可是作者却忽略了这种方法是否能在舞台上，得到完美的效果！

此外更因特氏对于中国社会的特种人物，尚少准确的了解，因之本剧中就出现了一个义和团型与少林寺型混合体的圆净和尚。虽然我们在事实上明知作者的本意是利用这个角色来攻击宗教的荒唐无稽，然而全剧的严肃性却被破坏了，所以当日本筑地剧场和上海戏剧协社演出本剧的时候，同样把这个和尚删去了，惟本篇因欲保持原文状态，未加改动。

　　本剧在中国，过去曾有陈勺水和叶沉两先生的译文，所惜两篇似乎都是依据日译的"舞台本"译出的，删改与脱漏之处颇多，而当时发表的两种杂志，又均因某称关系，流传未能普遍。我这一回是用 Ruth Langer 氏的英译本译出的，但为慎重起见，另请冯忌先生参照日译本校阅一过，旋在《矛盾》月刊载出后，又承一位治德文的读者从 Leo Lania 氏的德译本里纠正了几处错误。虽说如此经过几次修正，然而疵疵自知还是很多？此次大胆印行，不过想在没有人依据俄文原本译出之前，作一个代用品而已。

　　再：我们对于英译本称为道尹（Daoyin）这个名词，颇有若干怀疑之存在。因为四川是比较鼎革最早的一个省份，当一九二一至二二之际，新的政治组织已推行全国各县，难道在一九二六年的一个相当繁盛的万县，尚有道尹这种制度的存在吗？所以再四商讨的结果，决计改译为县长。其余如李泰，刘谊雅，圆净这几个人名，都采取了一种"中国化"的译法，好在这些角色原是中国人，想来不会有什么问题吧！

　　末了，谨向为这个译本写序文的欧阳予倩先生致谢！

译者：潘子农记
——录自良友图书印刷公司 1935 年初版

《未名剧本》①

《未名剧本》介言
何妨 ②

一九二〇年，苏俄中央文艺原稿保存馆，在柴霍甫的原稿里，发现了一部无题的四幕剧。

这个封锁着的宝库一经打开，就归保存馆的编辑部去负责整理，一直到一九二三年，才第一次在世界上公开出来。

保存馆将这部稿子和柴霍甫的各种文艺原稿以及他的生平手迹（日记通讯等）作了比较的观察以后，知道这是柴霍甫从事文艺著作的时候第一次着手描写而又几经易稿几经修改过的一部伟大的富有历史性的作品。

柴霍甫的弟弟，关于这剧本的初期历史，曾有一段叙述。他在柴霍甫的传记上这样写着说：

> 未来的大学生（柴霍甫），曾经写好了一部剧本想拿到莫斯科的"小剧院"里去排演，他为了这件事情，特地跑到莫斯科去请教当时的名伶叶木花。剧本的内容是很广大的，有火车里面的情节，有强盗在法庭上自首的情节。可是所有这些在当时都不过成为一场春梦而已。（见柴霍甫的书信传记合集第二卷）

---

① 《未名剧本》，四幕剧，俄国柴霍甫（Anton Chekhov，今译契诃夫，1860—1904）著，何妨译。南京正中书局 1935 年 11 月初版。
② 何妨，生平不详，另译有高尔基《忏悔》。

在另一处他又这样写着：

> 他（柴霍甫）在莫斯科又写了一部剧本，里面包括马贼、射手和在铁路上面等死的女人。这个剧本是安东（柴霍甫的名）进了大学第二年级的时候写的。同样地，他又拿给叶木花去看，他希望她能够把它排演，但结果仍被拒绝了退回来，当时著者就把它撕成小片丢到字纸篓里去了，留着一个"魏尼茨基"的姓氏。后来把他放在《文舅舅》的剧本里面。

柴霍甫这两次尝试虽然都遭打击，但他却没有因此灰心。恰恰相反，他的艺术的天才经过这两次磨练，越发滋长与发展起来，很快地就得到了伟大的成功。

我们知道柴霍甫在大学里读书的时期正是十九世纪的八十年代——1882 年——，差不多他的著名著作如《伊凡诺夫》《海鸥》《三姊妹》《樱桃园》等等，都是他在大学毕业以后不久的产物。这一部无题的四幕剧，大概也是在这时期内着手重编的。

原稿用蓝墨水写在十一开的本子上面，共计二百六十一页。第一次改的用紫铅笔，第二次改的用黑铅笔，第三次改的用紫墨水；有的地方用紫铅笔涂去又用黑铅笔圈转来，有的地方用铅笔涂去又用紫墨水圈转来。苏俄中央文艺原稿保存馆在将这部稿子付印的时候，经过了严密的考虑，决定把原文尽量地揭载出来，甚至有几个地方，认为成问题的也不便除外，为的是使读者有机会用自己的眼光去评判一种真实的价值。在柴霍甫的一切著作中，这一部无题的四幕剧，确是特别值得注意的作品。

译文根据苏俄中央文艺原稿出版部一九二三年出版的第一版，译成以后，复勘原文，尚觉忠实。但译笔艰涩，或许有些地方不能十分显现作者生动灵活的描写天才，尚望读者诸君不吝赐教为幸！

译者 一九三三年六月

——录自正中书局1947年沪一版

《桃园》[①]

《桃园》前记
茅盾 [②]

日子真快，说起来是已经十年了，文学周报社计划要出丛书的时候，派定了我得供给一个弱小民族的短篇小说的集子；这就是在开明书店出版的《雪人》。

后来我的生活几经变故，一些可用的材料，散失的既经散失，剩下的也无意再去翻译；不去翻译，倒不是因为我看不起"媒婆"这顶吃力不讨好的差使，实在因为我愈译愈觉得不行，一经停搁就再也鼓不起勇气。

是在前年，《文学》忽然要出"翻译专号"和"弱小民族文学专号"了，文学社的主持者派稿派到了我；而且特别是"弱小民族文学专号"集稿的结果不似预计之多时，又拉我共"抱箩底"。于是我不

---

① 《桃园》，短篇小说集，收录土耳其哈理德等著短篇小说15篇，茅盾译，上海文化生活出版社1935年11月初版，黄源编"译文丛书"之一。再版本扉页及版权页又署"桃园 弱小民族短篇集（一）"。

② 茅盾（1896—1981），原名沈德鸿，字雁冰，浙江桐乡人。北京大学预科毕业，后入上海商务印书馆编译所工作。1920年加入上海共产主义小组，曾参与共产党的筹建工作。与郑振铎、叶圣陶等发起文学研究会，1928年逃亡日本，1930年回国加入左联。主编、主笔《小说月报》《汉口民国日报》《文艺阵地》等。另译有《倍那文德戏曲集》、铁霍诺夫《战争》、格罗斯曼《人民是不朽的》、卡泰耶夫《团的儿子》等。

得不从从前剩余的材料中勉强再找出些来凑数。

去年，《译文》出版，我又凑上一脚，又是靠"弱小民族"来塞责。

转瞬三年之中，不知不觉我又译了十多篇了。现在译文社要出丛书，我这十多篇译品就又以"弱小民族文学"之故而占居一册。

这是这本小书所以能成就的经过。

《译文丛书》颇有大规模的介绍，例如果戈理选集。这才是叫人吃的饱，吃得有益处的"整桌"。至于这本《桃园》，只能算是花生米香瓜子类罢了；至多也不过是一道点心而已。我所希望者，是这一道点心或者不至于叫人吃坏了肚子。

论原料，虽然未必"十全大补"，我敢信"维他命"决不缺乏；不过经我这蹩脚"媒婆"一转手，无非只剩了糟粕。而况先我者尚有一道转手。照英美人那种一贯的不大看得起弱小民族文学的态度而言，我这里所有的一些材料的英文译者大抵不是怎样出名的"专家"，——例如 C. Garnett 之于托而［尔］斯泰；然而也并不乏值得赞美的专心介绍弱小民族文学的译手，例如 Underwood，只可惜这本集子里所收的，从他那边转译过来的非常之少。

这里的十来篇译述的时候，我虽则尽了我的全力，仍然很糟。其中有几篇是因为原作的风韵特佳而被我选中的，译后一看，觉得尤其糟。例如罗马尼亚作家 M. Sadoveann 的《春》，短短一篇，我化的时间可不少，然而读者也许觉得不及读了《桃园》《改变》《在公安局》，以及《皇帝的衣服》之类，那样的如有所得罢？不过我仍然爱惜我的失败的努力，将他编进去了。

此集中《旅行到别一个世界》和《马额的羽饰》两篇还是十年前的旧译，在《小说月报》上发表过；编《雪人》的时候未曾收入，现在也取以充数。本想找出原文来再校改一遍，但后者记得是从杂志上采译来的，那本杂志早已失落了，前者呢，即见于 Underwood

的书，不幸此书此时又因我的不规则的生活而丢得不知去向，只好作罢。

一九三五年十一月　茅盾

——录自文化生活出版社 1936 年再版

《桃园》[小序]
（茅盾）

此篇原载 *The Best Continental Short Stories of 1923—24*，不记英译者姓名；原作者 Resik Halid[①] 当然为土耳其现代作家，但亦不详其身世。

《改变》[小序]
（茅盾）

Ina Boudier-Bakker[②]，荷人，曾在荷京当过小学教师。一九〇二年，她的短篇小说集 *Macten* 出版后，她始有名于荷兰文艺界。一九〇三年，她发表了长篇《有希望的地》。她的最好的作品是二卷的长篇小说《小镜子》以及许多描写儿童生活的短篇。在这篇《改变》里，就看得出她对于儿童的心理体贴入微，特别是那些懂人事的大几岁的孩子。此篇由 Anges Rix 的英译本转译出来，英译曾载一九二二年八月美国出版的 *World Fiction* 创刊号中。这刊物专门翻译全世界的不很被人注意的小民族的文艺作品，只出了四期就停刊了。

---

① 土耳其奈西克·哈理德（Refik Halit Karay，1888—1965）。
② 荷兰茵娜·包地·巴克尔（Ina Boudier-Bakker，1875—1966）。

《皇帝的衣服》[小序]
（茅盾）

《皇帝的衣服》作者柯龙曼·密克萨斯（Koloman Mikszáth）[①] 在一八四九年生于斯克莱蓬尼亚（Sklebonya）。他算是一位"幽默"作家，在匈牙利是受人欢迎的。他的笔下有布尔乔亚氾，有小贵族，有教士和农民。他写得很多，比得上他同国的老前辈育珂·摩尔。

他的作品中有名的，是长篇小说《伟大的玛歇克》（*Macsike the Mighty*），描写上匈牙利的小贵族的生活的。短篇小说集《聋铁匠》却是谈神说怪的近乎幻想的东西。

此篇《皇帝的衣服》据英译的 *Famous Stories from Foreign Countries* 重译出来的。英译者为 Edna Worthley Underwood，另译有 *Short Stories from the Balkans* 中间也收了密克萨斯的二篇。Underwood 君说："诗人与诙谐讽刺家，浪漫的梦想者与朴质而苦味的人生批评者，——连合此四者在一处的，是匈牙利及其邻近诸民族对于世界文学的一种贡献。"这句话自然也包括《皇帝的衣服》的作者在内。

又，密克萨斯在一八八七年热心政治起来了，曾为国会议员，属自由党。

Famous Stories from Foreign Countries 一书，一九二一年出版，美国 Boston，The Four Seas Company.

---

① 匈牙利柯龙曼·密克萨斯（Kálmán Mikszáth，1847—1910）。

《娜耶》[小序]

（茅盾）

X. 桑陀·蘗里斯基（Xaver Šander-Gjalski），生世不详，但一定是现代人。此篇《娜耶》（*Naja*）的背景大概是大战前在奥匈帝国统治下的克罗地许多次农民暴动的一幕。克罗地民族在一九〇三年曾有一次很大规模的民族革命斗争。一九〇八年也有一次。此外，十九世纪末了的二十年内，还有过无数次的大大小小的斗争，或者是在农村，或者是在议会。那许多斗争中，塞尔维亚人和克罗地人常常离合不定。《娜耶》中所写则是克罗地人单独的斗争，虽然好像是只写一个小村里的局部事变，但意义是全般的。译者手头没有详备的南斯拉夫民族的历史，所以不能给这篇小说加以比较详细的"考证"。猜想起来，也许是一九〇三年左右的事。篇中的彼罗大概是匈牙利军官。又在抽换地皮，村长和 pope 出卖农民这些地方看来，可知这小小的事变还不尽是"民族的"意义了。

克罗地的近代作家还有玛吐塞（Antun Gustav Matoš，1873—1914），对于克罗地的小说发展贡献得最大；还有育尔克支（Mirko Jurkić）和奥格列曹维支（Milan Ogrizović）现在都还活着。后者是幽默讽刺家，短篇集《秘密的门》在他同族中很有名。他这集中有一篇《两个教堂》就描写住在山顶的塞尔维亚人奉希腊正教，住在山下的克罗地人奉罗马天主教，——这同在一村的两种信仰的民族实在只有信仰的形式，但那形式他们却看得很重，几乎使一对青年男女的恋爱不能成功。

《娜耶》有 Edna Worthley Underwood 的英译，载于"Short Stories from the Balkans"。现在便是依这英译本转译的。

《两个教堂》[小序]
（茅盾）

奥格列曹维支（Milan Ogrizović）①生年不详，是克罗地现代的小说家，有短篇集《秘密的门》。他的"幽默"很为他的同种人所爱。此篇《两个教堂》从一九二二年四月二十二日的 *The Living Age* 所载英译转译。

《春》[小序]
（茅盾）

Michail Sadoveanu②是近代罗马尼亚最有名的作家。他是摩尔达伐省的人，曾为国家剧院的监督。在罗马尼亚近代的文学运动——要从民俗风土去汲取题材的文学运动，萨杜浮奴就是一个主角。他曾办过多种文学杂志，其中最有名的就是《罗马尼亚生活》。他的作品大都是"罗马尼亚的"，热情，善感，抒情的美。

此篇依英文 *World Fiction* 第一号（一九二二年八月）所载 Adrio Val 的英译文转译，小注亦是英文原有的。

《耶稣和强盗》[小序]
（茅盾）

Kazimiere Tetmajer③一八六五年生于塔特洛（Tatra）山地。波兰

---

① 克罗地亚奥格列曹维支（Milan Ogrizović，1877—1923）。
② 罗马尼亚密哈尔·萨杜浮奴（Mihail Sadoveanu，1880—1961）。
③ 波兰 K·特德马耶（Kazimiere Tetmajer，今译泰特马耶尔，1865—1940）。

的天才诗人。曾在克拉科（Cracow）大学毕业。著作有抒情诗及戏曲，小说及小品文，各多种。《在山麓》是短篇小说集，都为塔特洛的故事。塔特洛的方言引入波兰文学，此为第一次。

《门的内哥罗之寡妇》[小序]
（茅盾）

　　门的内哥罗是小小的山国，可耕种的土地极少；民族和塞尔维亚相同，属于南方的斯拉夫族，所谓斯拉伐尼是也。上次世界大战的时候，这小小的民族也卷入战涡。但此篇所写却是一九一三年的第二次巴尔干战争。

　　作者 Zofka Kveder[①] 是女流小说家，又是南斯拉夫的著名妇女运动者。她的小说大都用斯罗伐尼文字写的，但也用捷克，塞尔维·哥罗地亚，以及德文。此篇是她的短篇集《巴尔干战争小说》中的一篇。

《催命太岁》[小序]
（茅盾）

　　Enrique Lopez Albujar[②] 曾为华奴哥（Huanuco）地方的审判官；对于那古代印加国的后裔的生活是熟悉的。此篇所写的背景也就是华奴哥。自然这是白种人眼光下的印第安人生活，可是印加土人的复仇观念以及复仇方法之巧妙和残忍，从此也可以见一斑。同时，又可知

---

① 斯洛文尼亚淑芙卡·克伐特尔（Zofka Kveder，1878—1926）。
② 秘鲁 L·阿布耶尔（Enrique López Albújar，1872—1966）。

印第安人在文明人的统治下并没有享受法律的保护，所以老托克托要替女儿报仇不得不用祖传的老方法。

此篇从英文转译，原题为"The Knight of Death"——"死的骑士"。

《凯尔凯勃》[小序]
（茅盾）

E·吕海司（Elissa Rhais）[①] 是摩尔族，在回教的家庭里长大，但曾在法国受过"文明教育"。在现代的摩尔族中，她是唯一的"成功"的作家。她是阿尔及尔（Algeria）土著的望族，他的祖母和母亲早就以能说故事著名的，所以她是生长在"故事的家庭"中的。她的最早的小说发表于一个摩洛哥的日报。后来带了三个孩子和一束原稿到了巴黎，进见了《两世界》的编辑。几天后，她知道她的稿子被接受了。现在她的作品很有许多被译成了欧洲各国的文字。

这篇从英文译本转译。原来是用法文写的。摩尔族酋长的生活在这里是写的很有声色的，但也许作者出身于摩尔"望族"，又受了法国教育之故罢，殖民地人民的辛酸却在这里一点也找不到的。

——录自文化生活出版社 1936 年再版

[①]　阿尔及利亚 E·吕海司（Elissa Rhaïs，1876—1940）。

《狒拉西》①

《狒拉西》序
（石璞②）

　　西洋现代的小说既非复斐尔丁（Fielding）式或斯惠夫特（Swift）式之小说，也非复迭更斯（Dickens）式之社会小说或奥斯丁（Jane Austin）式之家庭小说甚至托尔斯泰之宗教小说了。小说在西洋，十八世纪总才算开始发达，十九世纪乃大昌盛，但在这差不多两百年间，中间已经过不少的变化和潮流，在十八世纪后半的小说，大都很讲求形式方面的布局与穿插。一部书全是各种凑巧的事相合而成的，合于中国古时小说家的话："无巧不成书。"凑巧的事或偶然的事愈多愈好，愈惊人愈奇特愈为人所料不到的愈妙。所以在斐尔丁底《约瑟夫安朱斯冒险记》（*The Adventure of Joseph Andrews*）中，同在一条到伦敦的道上竟会发生如此多的奇奇怪怪的事；强盗，英雄，美人，都同时遇着许多磨难，在一条道上颠去倒来地走不出，然后又得力重重叠叠的意想不到的事情把主人公们生拉活扯地来个巧团圆。这种小说并不是描写的真实的生活，真实的生活绝对不会有如此多的巧事。它所表现的生活乃是涂饰过色彩的，经过幻想力所雕塑过的，即是由作者加以改造夸张过的。至于描写个性，则凭依于人物底衣冠笑貌和言谈举动。全书充满着动作，好似演剧，生旦丑贴，打扮上场，不断地

---

① 《狒拉西》（*Flush: A Biography*，今译《阿弗小传》），长篇小说，英国渥尔芙（Virginia Woolf，今译伍尔夫，1882—1941）著，石璞译述，上海商务印书馆 1935 年 12 月初版，"世界文学名著"之一。

② 石璞（1907—2008），出生于四川成都。曾就读于国立成都高等女子师范学校（四川大学前身）外语系、清华大学西洋文学系，毕业后长期执教于四川大学外文系。另译有《希腊三大悲剧》。

走着台步或翻着筋斗，直到锣声一响方始下台完事。我们读者之了解人物，也就只根据其家谱，貌容，衣履，动作，得到轮廓的图形，于其内心方面毫无清楚的印象。所得知的并不是整个的人物，只有其半而已。到了迭更斯，乃有所改进。布局不十分注重穿插造作了，力求写来近似实际生活，如他底《加勃尔斐德传》（*David Copperfield*）和《比克威克》（*Pickwick papers*）等等，或写个人史略，或写社会现象。比较近乎真，然而也究竟不能算作整个真正生活的表现。盖其描写人物亦只图其外形而已。真正的生活并不止于外表的情形，还有许多很复杂的内心的生活，内心的原因，作者却未曾想到。直到科学有了很大的进步和势力时，各种学问都自然地受了科学影响的时候，文学也不能例外。于是小说家才开始有意的采取心理分析的方法。又加近代各种政治潮流的变化，生活底变化，遂使现代的小说内容与外形皆与从前迥异。受了十九世纪底写实主义与自然主义的影响，现代小说因取绝对不注重形式布局的态度。受了政治上平民主义的影响，现代小说所取题材便不如前此之偏重于中贵族阶级，而乃极力向平民大众或无产阶级发展。因为实际的生活并无布局，并无多少穿插，也并没有多少凑巧的事，所以我们并不需要去捏造些出来，反失了真。世界上并非都是贵族，大多数的人乃系平民或劳动者，所以我们要写生活应该趋重这等人的生活。可是，若照这样写小说，一味描写这些平淡无奇的生活，小说岂不就成了索然寡味的东西，失掉其引人入胜的戏剧性，不能抓住读者的兴趣了吗？然而不然，现代的小说家是受过科学底洗礼的，从科学里而他们找着了一种人类生活里最有戏剧性的一部分——即是内心的生活。人类生活的外形虽平凡呆板，而内心的生活却总是活跃的，不断地冲突的。他们便抓住了这种富有戏剧性的不断的冲突去描写人性，去推论事实；这一来，真正的生活才显然呈露于纸上了，乃不是从前旧式小说所表现那种幻想的，夸张的轮廓的生活了。人物也非复前此的傀儡式的，徒具外形的人物，而乃是真正的，有生气的，有思想的，有感情的动物了。

　　这种从内心方面描写人物的方法并不自现代始，不过到了现代始成了一种潮流或趋向而已。在古希腊时代，大戏剧家如尤里比底斯（Euripides）等底戏剧就有许多是用这种方法描写的，如他底《米狄亚》（Medea）一剧，描写恨与爱底冲突，《希波利七斯》（Hippolytus）一剧描写爱与伦常道德观念底冲突。他抓住了这种最有戏剧性最动人的冲突来表现，以此尤氏最得观众的赞赏，到了现在也还深得读者的同情，以为尤氏虽生于二千余年以前，他底艺术方法却是现代的。小说到了十八世纪的瑞恰德生（Richardson）才开始运用这种方法。他底《巴美娜》一书完全是用内省法寻求出在一位美貌年轻的男主人权力之下的一位美丽而有道德的婢女的心情，那种不断的理智与感情底冲突。但后来他底影响不及斐尔丁底影响大，所以十九世纪前半期还让迭更斯式的小说盛行。后来到了十九世纪后半，这种趋势才忽然显露出来。英国的夏洛蒂氏姊妹（Charlotte），乔治伊利亚特（George Eliot），俄国的杜思退益夫斯基（Dostoevsky）等都趋重于从心理方面表现个性的方法。到了法国的普鲁斯特，则完全以此法为中心，他底小说如《斯旺之路》（Swanne's Way）等，完全无一点布局，书中故事完全根据书中主人公之思路而发展，想到那里说到那里，打消时间，地域与形式底限制，创造出一种二十世纪的小说底新体裁。继其后者有英国的威尔士（G.H.Wells）。他底《儿子与爱人》描写一种性爱与母爱底杂糅冲突。而此派作家中之最新而且最伟大的则要算魏琪丽亚渥尔芙夫人了。她以高颖的天才，巧妙的笔法，达到比诸前辈更伟大的成功。尤其是她最近的杰作《狒拉西》是一个可惊的新奇的成功。把心理分析的方法用到狗身上去，描写这位女诗人巴雷特勃朗宁的小狗狒拉西底爱与恨之冲突，表现出动物亦与人类一样有它的理智聪慧和情感，寻求出异类中间的连系与隔膜，是一部最奇妙有趣而合于科学的书。科学告诉我们，人与动物之不同只不过是构造上多一双骈姆枝指的手而已，则以小说写动物又何尝不可？可是前此的小说家很少从这方面去想的，关于动物之有长篇的故事与活跃的心理描写，恐怕还要算头一位呢。尤其是从这小狗的眼睛里所见的暗示出十九世纪英国这两位大诗人的恋爱故事和当时伦敦文明以及意大利革命乃至当时盛极一时之桌子神迷信等等，尤为新鲜有趣。所以谈到二十世纪的小说，最重要的开国元勋便不得不提到渥尔芙夫人了。无论以后的小说有无转变或怎样转变，渥尔芙夫人的位置之重要是固定了的。现在她还正自不息地努力在世界文坛上给我们二十世纪大刀阔斧地开辟新的园地呢。

我国现代作家虽然正在努力新文学，也曾有极少数作家倾向于用心理描写的方法作小说，然而对于现代这位伟大的女先锋底作品，除了短篇的东西而外，尚无整部杰作的译品。所以自己大胆地来做这步介绍的工作，希望能够引起对于她的更大的注意，介绍出她更多的作品，为本国努力的作者作一参考。因为《狒拉西》是她最近的杰作，而又最新鲜有趣，是以选择了它作一个初步的介绍。译的时间短促，旅中又无充分的参考书参考，疏漏之处，在所不免，尚希读者诚意指正为幸。

此序。

——录自商务印书馆 1935 年初版

《狒拉西》作者渥尔芙夫人传
（石璞）

浮士特尔（Foster）先生说，魏琪丽亚渥尔芙（Virginia Woolf）夫人不但是一位小说家而且是当代文坛上的急先锋。真的，在现代的英国文坛上，甚至在现代的世界文坛上，还有谁能比她更会用新的材料，新的想象和新的方法来表现现实，宇宙，人生和个性的呢？西洋小说到了十九世纪已经受了科学影响；好些作家如乔治伊丽亚

（George Eliot）和杜斯退益夫斯基（Dostoevsky）等等，都已知道用心理分析的方法来描写人物，使他们底人物不是以外表的容貌，衣着和言谈，举止来使人了解，而乃是以内心的性格，情绪，思想和各种冲突，杂糅来取信于人，使读者对于他们更有深切的了解，确实的印象。用这种方法纯粹显露者要算法国的普鲁司特（Proust）了，可是他底作品过于沉闷呆板，尚没有渥尔芙夫人底描写来得生动有趣。浮士特尔说她是在原子和秒的宇宙中工作，她底最高的快乐就是"人生；伦敦；这六月的一刹那"，而她底最深的奥妙是她知道世界有不同的万事万物，她都与她们以适当的安置，她又知道在一刹那间变化万端的情绪，和那若接实离的事实之奇妙的关系。

　　渥尔芙夫人底生活环境很好，这也不能不说是她成功的原因之一。当她在一八八二年生于海德公园南门十三号住宅时，她底名字叫亚德琳魏琪丽亚（Adeline Virginia）。后来不知怎么亚德琳三字无形中从她底签名里面消失了。她底父亲是勒斯奈司蒂芬（Sir Leslie Stephen）爵士，一位著名的传志家文学批评家，兼自由思想家。她底母亲是司蒂芬底后妻，结婚时她是一个有了三个孩子的寡妇。魏琪丽亚是他们婚后的第三个孩子。她和她姐姐娃丽莎（Vanessa）小的时候都很害羞、沉默，"穿着普通的黑衣服镶着白色领袖"，看起来简直像从名画上走下来的。魏琪丽亚底教育完全是在家里受的。她从没进过学校，但在家里学的功课很多，除普通的而外还有希腊文。加以她父亲所往来的朋友都是一时名士，每礼拜天下午他屋子里都挤满着大诗人，小说家，艺术家，音乐家等等。因此这位承继着"父亲底聪慧"，如詹姆士（James Russell Lowell）所说的小女孩，受着遗传和环境两方面的帮助力，再加上她自己底努力，便渐渐走上了文学的道路。她在一九一二年和里昂纳德渥尔芙（Leonard Woolf）结婚也算是一桩鼓励她的事；因为渥尔芙先生也是一位作家而且很有思想。他们不久便开了个荷加斯（Hogarth）书馆，他们自己的书就在里面印行。生意很好，不几年便成了一爿很大的书店。

她底第一本小说《出航》(*The Voyage Out*) 据锐芒莫蒂默
(Raymond Mortimer) 说，是她在不过二十四岁时写的，但后经几年到
一九一九年才修改发行，这还是一本很传统的讲技术小说。但已含蓄
着后日的花枝之萌芽了。有奔逸的想象力和对于人生的热情。第二本
《夜与日》(*Night and Day*) 莫蒂默以为是一个失败。第三部是一部杂记
《礼拜一或礼拜二》(*Monday or Tuesday*) 写得很活跃而有美丽的体裁。
一九二二年出版《贾可伯底房间》(*Jacob's Room*)，才算是一部成功
之作。叙述一个侦探故事，以雪上的足迹作引，全用对面和侧面的推
测写出一个人底一生。没有布局。一九二五年出《达尔威太太》(*Mrs.
Dalloway*)，是更好的成功。打破了叙事上底时间问题，以钟为线索，
描写四十个钟头以内的事；然而循着内心的思路竟追述至前三十年的
事。可见时间之不可限，思想之自由。没有布局。完全以人物之思路
为线索，想到哪里写到哪里，开从来未有之新方法。至于一九二七年
所出的《灯塔》(*The Light house*) 则更表现其艺术之成熟，莫蒂默说，
在这本书里，人物个性才初次有了实体，特别是那老人，使人会想到
她那位高贵伟大的父亲。一九二八年出的《阿兰多》(*Orlando*)，在她
底作品里好像是个篡位的朝代。《波涛》(*The Waves*) 出于一九三一年，
也是一部很活跃生动的小说。其余还有其他论著批评等如《普通读物》
(*The Common Readers*) 和《一个人自己底屋子》(*The Room of One's
Own*) 乃是一些短篇论文集，这些建立了她批评家的名誉。在后者里
面她论到了女人和小说的题目。她说女人因有前此之被压迫与卑屈，
她们也有她们后此的创造生活——但她们必得先把到自由之路的两把
钥匙寻着——就是她们一定的入款和一定的住室。她最近的出版物便
是一九三三年出版的下面所译这部小说体传记《狒拉西》(*Flush*) 了。
这位女作家竟愈出愈奇，从描写人底心理更推广到揣度狗底心理，而
写来恰是狗，恰合小可克尔狒拉西的性格，使你觉得非此不足以表现

狒拉西，非狒拉西之聪明不足有此。每种心理状态的揣度都是可能的，甚或是必然的。使你时而要为狒拉西而忧，时而要为狒拉西而喜。文学作品写到此境则它底职责已尽了；何况更有清楚的条理，幽默的笔锋呢？说它比《达尔威太太》更进一步我以为完全是确切的。

——录自商务印书馆 1935 年初版

《狒拉西》勃朗宁夫人小传
（石璞）

这部小说体裁的传记《狒拉西》完全是以十九世纪的一位英国女诗人勃朗宁夫人和她底小狗作材料的。事实差不多都合于史实，并不如其他小说或外传之虚构杜撰，除了关于心理方面描写乃系由科学的方法推论而外。故于勃朗宁夫人本人之传略，有须要知道之必要，兹介绍如下：

伊丽萨白巴雷特勃朗宁（Elizabeth Barrett Browning）这位伟大的女诗人生于一八〇六年三月六日在杜尔汗（Durham）郡可克司荷（Coxhoe）地方。她底童年是在黑瑞福特州（Herefordshire）荷布极（Hope End）度过的。自幼羸病，大部分原因系由于她偶然患得一种慢性脊柱病，使她终年感觉不安。直到她三十六岁时遭遇了一件使她最为痛心的事，即是她底唯一的亲兄弟溺死于多尔癸的变故，她底病更加剧，神经衰弱达于极点，日伏处于斗室中，与药物亲近，直到后来遇见罗伯尔特勃朗宁诗人，接谈之下，志同道合，精神方面大为慰藉，病始渐痊。一八四六年九月十二日违反她父亲底意思与罗伯尔特秘密结婚，逃往意大利，卜居弗洛闰斯。在一八四九年他们底第一个孩子出世之后，她底健康始得复原。勃朗宁一家久住弗洛闰斯，间或旅行于伦敦巴黎等处，后来又到过罗马。她因为喜欢弗洛闰斯，喜欢他们所住的加萨格邸，所以她一直住在那里，直到她那微弱的生命借了爱和快乐的力量，竟延长到了五十七年之久，乃寿终于她所最爱的地方。

她底最著名的作品都认为是她底《晨曦之歌》(*Aurora Leigh*) 这部诗体的小说，要说是怎样普遍固不可能，可是真能欣赏诗底内美者却很喜欢读它。她底十四行诗是很著名。她底诗的大部分都是秀丽可喜的，表现出她一种稀有可爱的天才。可惜限于身体与其他关系，不能使她有更大的成就，她虽先于她丈夫罗伯尔特而有诗名，但不及罗伯尔特勃朗宁底诗名之大。

—— 录自商务印书馆 1935 年初版

《甘地特》^①

《甘地特》作者传略

伍光建

福耳特耳是一六九四年至一七七八年间人。他上几代居多是中等生意人家。他十岁入大路易学校。其后他奉父命读律，其实他偏好文学。一七一六年，他作文讥刺摄政，被逐。赦后，他撰两篇更激烈的讥刺文章，一七一七年，他被拘入巴斯狄 (Bastile) 大监，明年出狱。当时贵族横行，骑士罗罕 (Rohan) 因口角衔福耳特耳；一日在一位公爵席上，拖他出来，亲自监视其所雇的恶棍在大街上当众杖他足跖。三个月后，福耳特耳约罗罕决斗，罗罕愿如约，及期，福耳特耳被拘，又幽禁于巴斯狄大监。二星期后他往英国，结交其文

---

① 《甘地特》(*Candide*)，小说。法国福耳特耳 (de Voltaire，今译伏尔泰，1694—1778) 著，伍光建选译，上海商务印书馆 1935 年 12 月初版，"英汉对照名家小说选" 之一。

人；一七二九年回国。一七三三年他住在西利（Cirey）地方查特礼
（Châtelet）侯爵夫人的堡里，从此得更专心于文学。一七五一年，他
应普鲁斯王大腓特烈函聘，赴柏林。大王好诗，左右常多诗人，大王
却好侮辱人，好取笑人，诗人皆能甘受，惟福耳特耳不能。他此来专
为润饰大王的诗，后来他对人说，不愿再"洗脏衣服"，大王亦厌他
不逊，曾对人说"吮干了橘子就摔橘子皮"。他与大王的大臣作文互
相诟詈，大王监禁他，不久两人又言归于好。一七五三年，福耳特耳
力求归国，大王允准，他行至佛兰福特（Frankfurt），与其侄女被拘，
受严密监禁。他被释后，住在日内瓦（Geneva）。那时候法国闹教祸，
他见义勇为；多所救护。官吏诬一个耶稣教徒卡拉斯（Calas）杀子以
阻其奉天主教，车裂以殉；其亲族逃依福耳特耳，才得免受酷刑。耶
稣教徒西尔文（Sirwen）亦被人诬告杀女，亦依福耳特耳得免。拉巴
尔（La Barre）被诬侮圣与毁坏十字架，监督示意，要先割其舌，断其
右臂，随后架火活活烧死；一七六六年，巴黎法院治以死罪。福耳特
耳费好几年工夫，为此数人伸冤，要恢复他们的名誉；他用叙事文，
剖辨文，长文，短文，动人的文章，论理的文章，惊动全个世界，大
臣，贵妇，律师，文人，都不能不为所动。有一个法官恐负永远洗刷
不清的恶名，说许多话恐赫他。他引用中国历史答称：昔日中国有一
个暴君对史官说，我不许你再记我的事。史官执笔疾书。暴君问，你
写什么，史官答称，我记陛下刚才所发的禁令。福耳特耳由是义声震
天下。他的著作极多，有五六十种剧本，虽以诙谐胜，颇有极能感人
的惨剧。其中有一种名《中国孤儿》，演中国元曲的《赵氏孤儿》事，
以一七五五年初次在巴黎公演。他撰有长短诗歌；他撰有物理学，哲
学，百科全书里头有他的好几篇撰述；他有历史著作；他有许多书牍；
他的散文著作，以今所选译的《甘地特》（Candide）为最出名。他在这
部书里头，攻击哲学的及宗教的乐观主义，用极显明文字，很庄严的
说讥刺话。法兰西（Anatole France）说，福耳特耳作讥刺文章，一面

写一面大笑。立特尔（Philip Littel）说，近年发生许多"主义"，日新月异，《甘地特》或者能够激发后起之秀（惟有他们能被激发）执笔试作第十八世纪轻松文章，讨论这许多新主义。其实福耳特耳的文学艺术包孕既多，且臻完善，既无胜过他的人，亦无敌手。

民国二十三年甲戌寒露日伍光建记。

——录自商务印书馆 1935 年初版

《蒙提喀列斯突伯爵》[①]

《蒙提喀列斯突伯爵》传略
伍光建

大仲马是一八〇二与一八七〇年间人，他的祖父是一个法兰西伯爵，他的祖母是一个西印度的本地黑人。他的父亲当法国大革命初起时，投军当兵，升官却升得很快，征西班牙时当陆军大统领；后来因为同拿破仑闹意见，死后很萧条。大仲马家贫，受教育于一个慈爱的教士。他随后学法律。他因为酷好著作，到巴黎写小剧本为生。他写了几年剧本，以他的《显理第三》为最出名。他随后撰短篇小说，又其后才撰长篇小说，以《侠隐记》三种及这部《蒙提喀列斯突》为最有名。从此以后相继刊行的小说多且快；他的著作总共有二百七十五册。他曾告诉拿破仑第三，说他写了一千二百本书。据说他的小说，自然有许多是他自己著的，亦有许多是与他人合作的，又有许多全是他人作的，却出他的名；人家常以此批评他，他却毫不理会。他不吸

① 《蒙提喀列斯突伯爵》(*The Count of Monte Cristo*)，小说，法国大仲马（Alexandre Dumas，1802—1970）著，伍光建选译。上海商务印书馆 1935 年 12 月初版，"英汉对照名家小说选"之一。

烟，不吃酒，不赌博，卖文的收入很丰，他却往往入不敷出，常时欠债。这是因为他好吃，好客，座上食客常满，很像中国小说的小孟尝，常有不知姓名的人，走来同他坐下饮食；他又无条理，同是一笔债，还过之后，失了收条，又得再还，往往还五六次之多。这部《蒙提喀列斯突》与《侠隐记》齐名，欧美人几乎无不读过；可惜太长，译出中文约有八十万字。书分上下两册，以上册最好，有几篇极好的文章，如唐提出狱及报恩等回皆是。《侠隐记》要依附历史事实，未免受拘束，这一部却不然，他丝毫不受羁勒，任意幻造境地与人物，写得尤淋漓尽致；其所以不及《侠隐记》，只在缺少谐趣，但是其独到的地方，却是《侠隐记》所无的。

民国廿四年十月　伍光建记

——录自商务印书馆 1935 年初版

《热恋》①

《热恋》译者的话

钱歌川②

最近五年来，我为应各刊物的要求，随时选译了一些欧美作家的短篇小说，总数将近三十篇，现将就其中再精选了十四篇，刊行此集。

---

① 《热恋》(*In Love*)，短篇小说集。英国罗稜斯 (D.H.Lawrence，今译劳伦斯，1885—1930) 等著，钱歌川译，上海中华书局 1935 年 12 月初版，"现代文学丛刊" 之一。

② 钱歌川 (1903—1990)，湖南湘潭人。1920 年公费留学日本，入读东京高等师范学校英文科，回国后任中华书局编辑，参与主编《新中华》杂志。1936 年入英国伦敦大学研究英美语言文学。回国后任武汉大学、东吴大学等校教授。另译有《缪伦童话集》、《青春之恋》(赫克胥黎等著) 等。

　　这些小说既是这样陆续翻译出来的，当然无所谓系统的介绍，不过选译时，也未尝没有标准，过于高深难懂的作品，当然不译，即过于通俗平庸的东西，也没有选，选的都是趣味永隽而有文学价值的作品，任何一篇，只要我们仔细去吟味，都有它的特色，可供消闲读者之娱乐，文学青年之模范的。

　　我译东西的动机，并不一律，有时是为自己的趣味，有时是为编者的需求，有时甚至是为朋友的告贷，自从农村破产，经济偏枯以后，失业和失学的人，一天多似一天，我虽没有钱但总算是有一个业，所以每当至好来通融一点小款时，简直没有拒绝的理由，但自己家用颇大，薪水只够薪水之需用，并无多余的钱，无已，只得卖力，于是乎翻译，这是一种机械的工作，可以拼命的赶，用不着什么灵感也可以写出那末多字来，而卖到相当的钱的。这文章既是为别人而写，当然也用不着自己出名，所以常常是用受用者的名字发表，现在归到这个集子里，算是都回到了劳力者的名下。

民国二十四年九月　　译者序
——录自中华书局 1935 年初版

《失业者》[①] 附注
（钱歌川）

　　这篇东西是从 Modern Library 的 *Best Russian Short Stories* 一书中译出来的。原名叫做 *The Servant*，作者 Semyonov 是俄国文学中的一个 unique character，他写他第一篇小说的时候，还是一个连写东西的初步的技巧都不大晓得的农夫。但是他那篇东西，被 Tolstoy 所赏识，

---

① 《失业者》，俄国 S. T. Semyonov（1868—1922）著，为《热恋》小说集中第二篇。

因而得了许多鼓励。他的作品都是写乡村和城市中的农民生活，朴素天真，活跃纸上。

《御夫术》[①] 译者附注
（钱歌川）

这篇小说是从 Shanghai Short Story Club 初版的 *Between Tides and Other Stories*（1934）上译下来的。原名叫做 *The Wisdom of Eve*（《夏娃的智慧》），作者是一个怎样的人，我一点也不晓得，也许是住在上海的一位美国太太吧。

《苹果》[②] 附记
（钱歌川）

这篇小说的原文，见 *The London Mercury*，Jan. 1934。

《母亲》[③] ［附记］
（钱歌川）

安徒生（Sherwood Anderson）以一八七六年生于美国之 Camden

---

① 《御夫术》，Anne Finkelstein（生卒年不详）著，为《热恋》小说集中第八篇。
② 《苹果》，英国 H. A. Manhood（1904—1991）著，为《热恋》小说集中第十一篇。
③ 《母亲》，美国安徒生〔Sherwood Anderson，今译安德森，1876—1941〕，为《热恋》小说集中第十二篇。

Ohio，他是个劳动者出身，只经过小学教育，直到一九一九年出了一本 *Winesburg, Ohio* 的小说集，才一跃而为美国的代表作家。温芝堡是美国一个小镇，他的这部名作，就专门描写这小镇上的事，我现译的这篇《母亲》便是此书中之一篇。此外他的名作有 *Poor White*（1920）；*The Triumph of the Egg*（1921），*A Story-Teller's Story*（1924）。最后的一部，是他的自传。叙他现在还健在，美国的杂志上常常可看见他的作品。一九三一年三月，译后记。

《苍蝇》^① 译者附注
（钱歌川）

K Mikszath（1849—1922）中国似乎还没有人介绍过。他是一个世界驰名的匈牙利的作家。同时又是一个热心的爱国者，一生拥护着他国家的独立。他的作品都是国家观念很强的。短篇小说尤其是他本国生活的写照。我现在译出的这篇《苍蝇》，对于农民心理是一种很好的研究，故事也很有趣味。英译载 B. Clark and Lieber 合编的 *Great Short Stories of the World* 集中。我不懂匈牙利文，不消说，是从英文转译的。

——录自中华书局 1935 年初版

---

① 《苍蝇》，匈牙利 Kálmán Mikszáth（今译米克沙特，1847—1910）著，为《热恋》小说集中第十四篇。

《浑堡王子》^①

《浑堡王子》序
毛秋白

　　克来斯特（Bernd Heinrich Wilhelm von Kleist）是一七七六年十月十八日生于德国奥得（Oder）河畔的法兰克福（Frankfurt）地方。他是继母所生的第三子。他的亲戚中虽也有诗人 Eward von Kleist，但家系上历来都是军人。因此他起初也曾领略过军人的生活。但在一七九九年因对于以服从为天职的军人感到了烦闷，辞去少尉的位置，进了故乡法兰克福的大学。研究数学物理神学哲学，一时因用功过度而致罹病。并且因为研究康德（Kant）的哲学的结果，发觉人类凭了理性决不能认识事物的本体，遂陷于悲观绝望之境。

　　一七八八年，慈父见背，一七九三年母亲又相继而亡。在大学时代和他常在一块的只有他几个姊妹及姊妹的女友。他本人全无亲交，所以一时生活极为岑寂，直到后来他和近邻的赠哥将军（General von Zenge）的长女威廉米涅（Wilhelmine Von Zenge）结了不解之缘，才将生活改变过来。据奥斯加厄发尔特（Oscar Ewald）之说，丹第（Dante）对于贝亚特里采（Beatrice）的爱是无我的爱，但克来斯特的爱适与丹第相反，是非把对方全部占有不可的以自我为中心的爱。在爱人的身心上不愿使有丝毫自我以外的成分渗入。克来斯特以细心的注意严格的态度教育他的未婚妻，务使她合于他的理想。威廉米涅实是个柔顺的女子，颇具有克来斯特对女性所要求的第一要件的服从精神。

---

① 《浑堡王子》(*Prinz Friedrich von Homburg*，今译《洪堡亲王》)，五幕剧。德国克来斯特（Heinrich von Kleist，今译克莱斯特，1777—1811）著，毛秋白译，中华书局 1935 年 9 月初版，"现代文学丛刊"之一。

一八○一年克来斯特与异母姊乌尔立刻（Ulrike）去巴黎旅行，但法国的文明，激起了他极端的反感，他受了卢梭（Rousseau）的思想的熏染，隐居瑞士决意过田园生活。他致书于威廉米涅叫她来同居，大概因他常有的突发的行动，已使她感到不安，她以身体不好的理由未答应他的要求。这在向对方要求绝对的服从的克来斯特，是致命的答复。他以为他这样的热望着她，而她之所以不能允许他，无非是对于他的爱不足的缘故。第二年他便到吞湖（Thun）中的得罗则阿岛（Delosea-Insel）去叫了一个渔夫的女儿来同过欢乐的生活。这一年五月二十日写了一封绝交书，与威廉米涅绝交。本来是孤零寂寞的他，因此连唯一的爱人也失去了。

从吞湖中过岛上生活的时代起，他怀着极大的抱负，钩心斗角地写一篇悲剧叫《罗伯基斯卡》（*Robert Guiskard*）。因为他愤恨当时的文坛，一例专讴歌只求形式美的古典主义，忘却了日耳曼民族特有的个性的内容美，想使两者调和，他遂著了一篇融合希腊的运命剧与莎士比亚（Shakespeare）的性格剧的大作，一举而从歌德（Goethe）的头上把诗坛的桂冠夺下。老诗人薇兰（Martin Wieland）曾听他朗读这篇稿本的一节，惊叹着说道："若是能照这样的成绩，完成全剧，那末可补充歌德席勒（Schiller）所未能填补的德国文学的缺陷，堪称旷世的大杰作。"可惜他废寝忘食一连写了五百天，三次改作自己都不能满意，把三次的稿子统统都烧弃了。因此在悲欢之余，竟罹了半年的重疾。这篇剧始终未完成，后来只在 *Phoebus* 杂志上登载了追忆他创作时的记忆的零散的短篇而已。

《许洛分许坦家》（*Die Familie Schroffenstein*）是他在《基斯卡》以前着手著作的一篇五幕的悲剧。但因为他全副精神都注射在《基斯卡》之上，对于这篇悲剧不甚关心。他在与瑞士的文士们纵谈文艺的席上，把这篇尚未完成的稿子朗读给他们听，很博得了他们的赞赏。因为受了他们的怂恿决心先把这个剧本完成，但他的魂魄已为《基斯卡》夺去，没有余裕可用全力从事于这剧，使之达到完璧。最后的部分与夫出版上的一切都委托了友人担任。因此剧中的事件前后发生矛盾，前四幕写得很好，到了第五幕便成为狗尾续貂了。

一八〇四年他到哥尼斯堡（Koenigsberg），因远亲玛丽（Marie von Kleist）是一个在普鲁士宫廷中有势力的妇人，由她的说项，从卢伊则女王（Koenigin Luise）每年赐他六十金路易（Louisdor）的文学奖金。他在哥尼斯堡心里比较安宁了。他一生只创作了一篇，而且在缺少喜剧的德国文学中要算最大的杰作的喜剧《破壶》（*Zerbrochenen Krug*）便是这时完成的。他又改作了摩利尔（Molière）的《安菲特利温》（*Amphitryon*）。

小说《米哈厄尔科尔哈斯》（*Michael Kohlhaas*），《奥侯爵夫人》（*Die Marquise von O*），《圣多明谷岛的婚约》（*Die Verlobung in St. Domingo*），《智利的地震》（*Das Erdbeben in Chili*）等都是一八〇四年至一八〇六年间的作品，这些作品情节像戏剧一般的发展，叙述遒劲，实可称为德国散文界的宝玉，不能单作剧作家的余技看待。

一幕二十四场的浪漫的悲剧《盆忒息利亚》（*Pentheselea*）是和他的内面生活交涉最深的作品。主人公盆忒息利亚的苦闷即是他为要夺取歌德的荣冠苦心著作《基斯卡》，而壮志难酬的苦闷的象征。

一八〇七年到德勒斯登（Dresden）住在席勒的友人刻尔涅尔（Theodor Koerner）的家里和刻尔涅尔的养女攸理阿涅孔则（Juliane Kunze）发生了恋爱，但因为他的专制的要求又使两人的关系破裂。据说五幕剧《海尔布琅的刻特亨》（*Kaetchen von Heilbronn*）里所描写的绝对服从的理想的女性，便是他藉此以消遣其失恋的烦恼，兼以教训攸理阿涅的。

名誉的桂冠既已绝望，在情场中又复失意的他，把全身的精神都移注在为拿破仑而濒于危亡的祖国的运命上，或是献诗于带领奥国军的卡尔（Karl）大公，或是发刊爱国主义的杂志《日耳曼

（*Germania*）上。他极端憎恶拿破仑。五幕剧《赫尔曼战争》便是把对于拿破仑的敌忾心与对祖国的爱国心加以戏剧化的作品。

最后的最圆熟的剧本便是现在所译出的五幕剧《浑堡王子》，这也是以武士气概为题材，鼓吹爱国精神的一部作品。

一八〇九年七月刚刚要恢复势力了的奥军又在瓦格拉木（Wagram）大败后，克来斯特也就意气沮丧，翌年在柏林发行晚报，攻击政府优柔不决的政策，但后来又陷于不得不停刊的窘境。他对于自己一身既已绝望，他最爱的祖国，其运命又日趋险恶，因此他所冀求的只有一死了。他一见友人的面，便要求他们和他一块儿自杀。正在这时经友人的介绍认识了一个会计官福吉尔（Vogel）的夫人亨利厄忒（Henriette Vogel）。因为音乐的趣味增厚了两人的友谊。但亨利厄忒因罹着不治之病，抱着厌世的观念。有一天在福吉尔家里，二人合奏了一曲音乐，正奏到美妙之境，克来斯特忽然放出奇矫的话说道：“这真好得使人恨不得要用枪打死你。”（Das ist zum Totschiessen schoen.）亨利厄忒默默地只把他的脸凝视了一回。等奏好了曲子，对他说道：“若是此刻你说的话是真实的，那末就请你用枪打死我，不过现在的男子，已不管什么一言既出驷马难追的了，想你不肯打死我的罢！”“哪里话，我是堂堂的男子汉，会打死你的。”

一八一一年十一月二十日他两人到柏林的近郊汪则湖（Wannsee）畔的一家旅馆里，各在各的房间里，大概写了一夜的遗书罢。第二天早晨，唤人把这些信送往柏林，二人谈笑自若在晚秋的湖畔闲步。唤女茶房拿两杯咖啡到一个绿茵满地的小丘上，二人怡然欣赏附近的明媚风光。不一会女茶房到湖边去洗杯子，大吃一惊，亨利厄忒两手放在胸上仰着天倒在地上了，一粒子弹从她比心脏略高一分的地方穿过。她的前面，克来斯特像跪的姿势伏着。一粒子弹，从他口里进去一直穿到脑里。大概是他先打死了她，再把手枪衔在口内攀了机头的罢。两人都没有苦痛的表情。薄倖的天才戏剧家克来斯特的三十四年的短促的生涯就此闭幕了。在湖畔寂寂立着的他的墓石上，刻着这样的文句：

> 他曾在黑暗的厌恶的世上
> 生活过，歌咏过，苦闷过，
> 他在此求死
> 发现了不死。

　　菲塞（Vischer）把艺术家的天禀分作三种。第一种，自然流出的东西不必苦功夫即成艺术的，这是"天才"（Genie）。第二种，能以自己的力量开拓自己的进路的，这是"能才"（Talent）。第三种，虽有优秀的天分却无圆满的表现手腕的，心有余而力不足的艺术家，这是"部分的天才"（Das Paielle Genie）。举例来说，像歌德即是第一种，席勒、赫伯尔（Hebbel）即是第二种，克来斯特即是第三种。部分的天才的艺术家是艺术家中最悲惨的艺术家。而且艺术家之中这样的艺术家很多。若是给他生了一双不锐敏的眼睛，那末他只看了事物的表面便满足了，把表面的现象写出来便自鸣得意了，没有什么怀疑没有什么不安。可是部分的天才的艺术家观察事物时非穿心入体以窥其极决不能自制的，非把这些事物的根底的现象描写出来决不能自满的。但是他的手脚却没有眼能干。他因此焦躁，苦闷。不过在焦躁苦闷的时候还是自己对自己没有绝望的时候。一到了他的锐敏的眼睛，不留情的看破了他自己。他自己看得自己分外的弱小无能。到这时候他已完结了。对于外界一切都抱不平，对于内心又痛感到自己的无力。生的烦恼不堪忍受。所以论克来斯特自杀的动机，固然有体质性格、人情世故、祖国的运命、生活的困难种种原因，但这看破了自己的悲哀，也是不可漏去的一种动机罢。

　　关于克来斯特在德国文学中的地位，许多批评家意见各殊。卡尔济根（Karl Siegen）在他著的《海因利希·奉·克来斯特》（*Heinrich* von Kleist）中断说"克来斯特是歌德席勒以后的德国最大的诗人"。考斯道夫卫得力（Gustav Wethly）在《戏剧家海因利希·奉·克来斯特》(*Heinrich von Kleist der Dramatiker*) 的序言上说"这小册子是对于德国最大的戏剧家海因利希·奉·克来斯特的崇拜"。断定克来斯特是德国最大的戏剧家。在已略能认识戏剧家克来斯特的真价的今日，像济根所见，认克来斯特是歌德席勒以后德国最大的诗人，固无人再有异议。虽有异常的天禀的才能然因被天生的性癖与四围的事情所碍，不能作成像席勒一般完成的戏剧的克来斯特，若像卫得力一般，把他抬在席勒之上，这也未免崇拜得过分了。对于克来斯特评价得最适当的是厄勒塞尔（Arthur Eloesser）、海格勒尔及康拉德（Hermann Conrad）三个人。厄勒塞尔在他的《海因利希·奉·克来斯特》的第五页上说"克来斯特是我们戏剧家中最戏剧化的戏剧家"。海格勒尔在他的《克来斯特》的第七页上说克来斯特是"普鲁士的最大诗人，德国人中最直截的戏剧的天才。"康拉德在他的《人及诗人的海因利希·奉·克来斯特》(*Heinrich von Kleist als Mensch und Dichter*) 的第四页上断说"克来斯特是往古来今的最大诗人之一，至少在天禀的才能上，是德国最大的戏剧家"。总之看破了克来斯特的戏剧家的真价的批评家都一致承认他是德国的最彻底的戏剧家最雄伟的戏剧家。克来斯特的作品，不特限于戏剧，连小说书函抒情诗等一切都是用了戏剧的笔法写的。

本篇《浑堡王子》是克来斯特的第一杰作。这是他看见了某画家画的大选帝侯与浑堡公会见的画，由此得了暗示而执笔的。完成的时候是一八一〇年三月。起初他想献于卢伊则女王的。但卢伊则在这年的七月便逝世了。于是他想以黑森浑堡家（Hessen-Homburg）的公女威廉（Wilhelm）为其新保护者，但计画终于失败，连担任出版的书店也找不到。当时因为正是普鲁士复兴热最旺的时代，像本篇以军人为材料，描写富有人情的如浑堡一样的主人公的作品，不为一般人所欢迎也是当然的事。

　　本篇的动机和情节，确有若干不备之点。但全篇的堂堂的姿容与美丽的血肉堪称无比。人物以简素的笔致描写得极其生动。内心的微妙的移动，历历如画。全篇都漂流着像高原的湖水一般的翀澹的感情，这是从尊敬普遍性的诗人的心坎里渗透出来的。在绚烂的魅力底下却有使人感到一种沉寂的冷冰冰的心情的地方。这是克来斯特所独有的性质，这种静寂的观照、客观性，正是他虽在外面的生活上不绝地感到动摇失望，而在内面的生活上却已营了魂灵的净化的结果。这作品一般有这样一个批评，说浑堡对于死的恐怖到一转而下了愿服法的决心，其间的径路很不自然。但海格勒尔说道："若是平凡的有勇气的将校，那末谁也能以更从容的态度就死了。这是我们所承认的。不过这并非从更伟大的真勇而来的，是从感受性的穷乏而来的。一瞬间的自失不足以表示懦弱，却足以表示倒后再起的真的力量。"

毛秋白
——录自中华书局 1940 年再版

《圣游记》[①]

《圣游记》译者序言

谢颂羔

　　《圣游记》（原名《天路历程》）的作者，是一位英国平民，姓本仁，名叫约翰，生在一六二八年十一月，死于一六八八年八月卅一

[①]　《圣游记（原名天路历程）》（*The Pilgrim's Progress*），长篇小说。英国本仁约翰（John Bunyan，今译约翰·班扬，1628—1688）著，谢颂羔新译。上海广学会 1935 年 12 月初版。该版为上册，1938 年 5 月广学会又出版了《圣游记续集》，1939 年 1 月出版了上下合集《圣游记全集》。

日。幼时，二次险遭没顶之祸，均被救起。十七岁曾被招为英国内战时的兵士。

年青时，本仁先生对于宗教不十分感到兴趣，但在梦中常受到良心的谴责，以为要在上帝前受审判。同时，他的妻子是一位虔诚的基督徒。一六五三年，他进了教，后来又做了牧师。

为了信仰不同，被当时的政府所拘，第一次被禁在牢中十二年，第二次又被拘禁了六个月。

《圣游记》最精彩的上册，便是他在狱中时所写，以后还写了下册。他生平又做了许多关于宗教经验的书，如《圣战》等，但是，都不及《圣游记》的动人。

《圣游记》第一次写成在一六七六年，后来经过数次的修改与增加，于一六七九年始成完璧，可见作书的不易。《圣游记》在一八八五年已被译到七十五种文字，一九〇二年有九十五种译文，最近至少有一百廿四种方言。据说，除出《圣经》之外，这书是最盛行于世了。

鄙人觉得这本书有重译的必要，因为中国最初的译本是在六十余年前，它的译本当然很忠实，但是文字却陈旧，不合现代的读者们。同时，我自己也经过如本仁所经过的宗教经验，所以更觉得重译此书是一件有价值的事。在翻译本书的时候，有原译本在旁，作为借镜，而且书中的人名与地名差不多完全根据旧译本。书中的诗，也有一些是根据旧译本，但是大半是新译的，而且新译的那些诗差不多是我的朋友冯雪冰先生代译，因为我对于诗，全然是外行，故趁此机会特别的感谢冯雪冰先生。

本书的校样由杜少衡先生负责，替本书生色不少，也得在此特别伸谢。

主仆谢颂羔敬撰，于上海广学会九楼

民国廿四年，十一月，廿二日。

——录自广学会 1935 年初版

《圣游记续集》贾序

贾立言 ①

本会谢颂羔先生把《圣游记》（原名《天路历程》）上部译完了，颇受一般读者的欢迎，自从出版以来（一九三六年）已重版数次。如今谢君又重译《圣游记》下部，这是描写基督女徒如何与她的四个孩子们走天路的过程，在路上所遇见的危险不亚于基督徒。

本仁是位英国文豪，他的文笔富于生气，而且不易翻译，如今谢君得其精华，很忠实的移译到流利的国语，这是我们认为可喜的一件事，同时，我们也希望他会把本仁其余的大作陆续译出，因为本仁的作品有全部译成华文的价值。

贾立言于上海广学会

一九三七年夏

——录自广学会 1938 年初版《圣游记续集》

《圣游记续集》写完以后

谢颂羔

我于一九三七年五月一日（劳动节）下午四时译完了《圣游记续集》，同时，这部《圣游记》全集总算告了一个段落。这一部书可以说是我于"一二八"以后的一种安慰，因为内里所叙述的事情有不少也是我自己的宗教经验。为了这书的精神与我吻合，所以我虽然累次要中止翻译下去，我的内心催迫我去完成它，结果，全书于五月一日

---

① 贾立言（Albert J. Garnier），生卒年不详。英国浸礼会来华传教士，曾任上海广学会总干事。著有《汉文圣经译本小史》，编有《基督教史纲》，与人另合译有英国密立根《新约圣经流传史》、曼苏尼《约婚夫妇》、摩尔登《圣经之文学研究》等。

完成，不久即可出版。

我在这里不得不感谢广学会同人，鼓励我，叫我不半途中止，也要感谢本会西国友人，如薄玉珍女士，贾立言先生，林辅华先生，在我对于原文不明了时给我帮助。

《圣游记续集》虽然是描写女徒的地方很多，然而也有不少地方是叙述男子的，如智仁勇，如坚忍，如固立等，都是基督徒的化身，足为吾人取法的。不过女徒的四个儿子在本书中没有十分形容尽至。这是本书的弱点，作者自己也知道，所以在书末特别提起，希望日后再作一本书来叙述这四个人。可惜，本仁约翰先生自己没有写，听说别人曾经出版过论这四个人的事，但不十分著名罢了。

我在翻本书时，常有一种冲动，就是如蒙上帝允许，也许能写同样的书，同时，我愿再翻些本仁的书，如《圣战》及《上帝如何救了我》等等。希望读者们会指示我应走的途径，使我不会把最要紧的工作放弃，而去做一些不关重要的事。

民国廿六年五月三日上午译者于广学会九楼。

——录自广学会 1938 年初版《圣游记续集》

《圣游记全集》关于本仁约翰及其名著

谢颂羔

《天路历程》译作华文，已有八十余年的历史。最近又译成国语，名为《圣游记》，语意更觉明朗，这本名著除出《圣经》外，可说是一本最盛行的杰作，已译成百余种文字。这书的作者便是本仁约翰。

本仁曾下过狱；死过妻子，后又续弦；生过盲目的女儿，未长成，早死。一生经过许多磨炼，然后方使成为《圣游记》的作者，这本书虽然是从想象中得来，然而在每人的灵程中确乎有这种境界。这就是这本书的价值所在。

　　昨 天 读 到 一 本 书 名 叫 *The Romance of Great Books and their authors*，内有一章论及本仁及《圣游记》，颇有所得，故节述一二在此。

　　《圣游记》最早出版是在一六七八年，不是一六七九年。于一六七八年出版过二次，因为那书一出就成名，受人们的欢迎。一六七九年第三次出版。一六八〇年出版二次。到一六八一年则为第六版矣。在一六八一年时已有人偷印。到一六八五年已出过十版。当本仁去世时（一六八八年）已出到十一版。

　　一九二八年，美国纽约城市图书馆陈列《圣游记》至五百多版。而最值钱者为初版。美国银行大家莫根氏于一九〇七年购进一本，值价为五百二十金镑，因第一版之《圣游记》流行于世者只有十一本。其中又有一本值价二千五百金镑，书本还是有残缺处，不然可值一万金镑。

　　《圣游记》最早的译本是荷兰文，时在一六八二年。以后法国译本出，时在一六八五年。德国之译本从荷兰文译成，时在一七〇三年。

　　《圣游记》也有非洲译本，以及希伯来等译本。中文本大约在八十多年前译成，最近则由记者译成国语（民国廿四年十二月初版），上卷于三年前出版，已印过三次，下卷陆续在《明灯》上发表，早已登完，两卷均由广学会出版。此外，广学会又出一种纪念版（上册），系古装精印，定价较昂，但字体较大，适于作礼品之用。

民国廿七年三月

——录自广学会 1941 年《圣游记全集》四版

《罪恶与刑罚》 [①]

《罪恶与刑罚》作者传略
伍光建

杜退夫斯基是一个外科医生的儿子，以一八二一年生于他父亲所住在的莫斯科医院里。当他十八岁的时候他父亲被受虐待的田奴杀死，他从此得了痫病。一八四四年他撰他的第一部小说名《贫民》。他曾办了一个社会主义讨论会，一八四九年四月他与其他会友四十三人同时被捕，定了死罪；是年十二月他与其他二十一被绑赴市曹，登了杀人台，第一批三个人已经被捆在柱，用巾遮眼，正要枪毙，忽然有军官驰来宣读赦书，改为发往西比利亚作苦工，三人中有一人已经失了本性变作疯子；他在第二批，与其余被赦的人多少都得了神经病。他在西比利亚四年多，常在想象中构造一部小说，以一八六六年刊行，就是所选译的《罪恶与刑罚》，销路甚广；此外，他还撰了几部很有名的小说。他虽以著作闻名，却常贫窘，有时捱饿，有时连外衣也当了，后来曾因欠债逃走。他出狱后当过军官，娶过妻，妻死再娶。他死于一八八一年，送葬的有四万俄罗斯人。他相信现在的九千万俄罗斯人及此后所生长的将来有一天全会受教育，全会进化，全会享受欢乐；他更坚信世人全变作文明是绝不会有害的。托尔斯泰与他殊途同归，两人素未谋面，向来亦无直接关系；托尔听泰却引他为同志，他一死，托尔斯泰如失左右手。据称尼采亦颇受此书的潜力

---

① 《罪恶与刑罚》(*Crime and Punishment*，今译《罪与罚》)，小说。俄国 Fedor Dostoevsky〔Fyodor Dostoyevsky，今译陀思妥耶夫斯基，1821—1881 〕著，伍光建选译，上海商务印书馆 1935 年 12 月初版，"英汉对照名家小说选"之一。

所移。这部小说包孕甚富，可怕的，可怜的，及人道主义，与高超思想都散布书中。本书的英雄拉柯尼柯（Raskolnikov）是个杀人凶手，并不是出于妒忌、报仇，或谋财，全是出于悲愤，后来毅然自首，不害他人。他这部书最能动人怜悯，令人恐怖，非他书所能及。Poe 的短篇小说与此相比，未免太吃力；Hoffman 的著作与此相比未免太过矫揉造作；Stevenson 的变作烛光放在阳光里；杜退夫斯基真不愧为俄国文界三大巨头之一。

民国二十四年　伍光建记

——录自商务印书馆 1935 年初版

1936 年

《福楼拜短篇小说集》 [①]

《福楼拜短篇小说集》序
李健吾 [②]

十九世纪的法兰西，在文学方面，几乎没有一个大作家像居斯达夫·福楼拜（Gustave Flaubert）那样发表少而造诣高的。一八二一年腊月十二日，他生在路昂（Rouen）市立医院大门南首的一座小楼。他父亲，亚世勒·克莱奥法司（Achille-Cléophas），好久就在这里任职院长。这是一个世代业医的著名的外科医生。包法利（Bovary）夫人病榻一旁的拉瑞维耶（Larivière）大夫正是他的写照。一八四六年春天，他去了世，遗下相当的资产，做为寡妻孤儿的日常用度。福氏侍奉母亲，离开路昂，移到西郊赛茵河北岸的克洼塞（Croisset）居

---

① 《福楼拜小说集》（ *Gustave Flaubert*，*Trois Contes* ），内收福楼拜（ Gustave Flaubert，1821—1880 ）《一颗简单的心》《圣朱莲外传》《希罗底》3 篇。李健吾译述，中华教育文化基金董事会编译委员会编辑，上海商务印书馆 1936年 1 月初版。

② 李健吾（1906—1982），山西运城人，笔名刘西渭，毕业于清华大学西洋文学系。1931 年赴法国巴黎现代语言专修学校学习，并开始研究福楼拜。回国后，任教于暨南大学、上海实验戏剧学校，任职于中华文化教育基金董事会编辑委员会。另译有福楼拜《圣安东的诱惑》《包法利夫人》《情感教育》等几乎全部作品，罗曼·罗兰《爱与死的搏斗》，《契诃夫独幕剧集》《高尔基戏剧集》等。

住。除去近东的旅行，偶尔的出游，足有三十四年，他埋首田园，从事文学的刈获。每隔五六年，他发表一部创作，而每部创作，全是不朽的杰作。然而他第一部长篇小说的荣誉，掩住他其后的成就。布雷地耶（Brunetière），学院派的批评家，反对福氏和他的文友，特别是左拉（Zola），始终把《包法利夫人》用作武器，攻斥福氏其后艺术的制作，以为福氏只是一部《包法利夫人》的作者，"《包法利》——好像我没有写过别的东西"。福氏的忿怒不言而喻。他甚至于要收回这部书，如若不是晚年贫困的话。和他第二部长篇小说《萨郎宝》（*Salammbô*）比较，《情感教育》（*L'Education Sentimentale*）和《圣安东的诱惑》（*La Tentation de St. Antoine*）的失败最伤作者的心情。一八七四年，《圣安东的诱惑》出版之后，他向屠格涅甫（Tourgueneff）写信抱怨道：

> 你向我谈《圣安东》，你说广大的读众不属于它。我早就明白，然而我还以为少数读者总该多多了解。不是坠孟（Drumont）和小白莱当（Pelletan），我就不用梦想有人作文章恭维。……好在只要你爱这部作品，我就得到报酬了。从《萨郎宝》以来，大的胜利离开了我。我心上最难受的是，《情感教育》的失败；人家不明白这本书，我真奇怪。

实际不仅著作方面失意，便是人事方面，福氏同样遭遇接二连三的不幸。一八六九年，眼看《情感教育》就要问世，他的挚友布耶（Bouilhet）病故，"一个老朋友，失掉他就无从补救！"他向圣佩夫（Sainte-Beuve）报告布耶去世，临尾道："嘻！文笔的可怜的情人，他们全去了！"同年十月，圣佩夫病故。而《情感教育》还要一个月成书。所以福氏向他外甥女诉苦道：

　　我并不快活！圣佩夫昨天下午一点半钟死掉。我走进他家，他正好咽气。他虽说不算知己，他的去世极其令我痛苦。我可以谈话的人们越来越少了。……我写《情感教育》，一部分还是为了圣佩夫。然而他死了，一行没有看到！布耶没有听到末后两章。这就是我们的计划，一八六九年对我苦极了！

　　一八七〇年并没有给他带来安慰。半年之中，就死掉两位朋友，杜蒲朗（Duplan）和贡古的兄弟虞勒（Jules de Goncourt），不由福氏不叹息道："我理智的友谊全完了。我觉得自己孤零零的，和在大沙漠一样。"于是普法之战起来，他被选做国民义勇军的军官，随后辞了职，逃开乡居，侍奉母亲住在路昂城中避难。而母亲是"一天比一天老、弱、唧哝！和她把话谈的稍微严重一点都不可能。"普鲁士的军队好容易退出克洼塞，他母亲却在一八七二年四月去世。克洼塞遗给他的甥女，条件是他可以住下去。就在这千愁万苦之际，他避进《圣安东的诱惑》，完成了他二十五年以来未了的心愿。上天仿佛嫉妒他早年的安乐，六个月以后，更让他失去他的师友高地耶（Gautier）。福氏自悼道：

　　呵！死的太多了，一个一个死的太多了！我从来没有多所持著于人生，然而把我连在上面的线却一条跟着一条全折了。不久就要什么也没有了。

　　他绝不因为悲伤有所消极。他开始收集《布法与白居谢》（Bouvard et Pécuchet）的繁重的材料。"这要压杀我的"，但是他鼓勇干下去，因为他要在这里报复人世的酷虐。然而人世，仿佛没有苦够他，不断给他寂寞的晚年添加烦恼。一八七五年，福氏视如己出的唯一的甥女的丈夫，因为商业失败，濒于破产的危险。为了挽救甥女

的幸福，他缩小生活范围，辞退巴黎赁居的住宅，最后出售他豆镇
（Deauville）的田产，来维持他甥婿的信用。他保全下了克洼塞；但
是他不得不牺牲他的骄傲，卖文糊口。《布法与白居谢》的工作太繁
重，也太浩大了，他缺乏绥静的心情支持。一八七五年七月十四日，
他给甥女写信道：

> 昨天，我强迫自己来工作；然而不可能，一阵发疯的头痛拦
> 住了我，最后还是流泪完事。
>
> 我还寻的见我可怜的头脑吗？
>
> 我的上帝，这一切如何地苦我！苦我！我变的如何地痴呆！

　　他需要休息。他接受生物学者浦晒（Pouchet）的邀请。来到孔喀
奴（Concarneau）海滨。他暂时放下《布法与白居谢》。同年十二月，
回到巴黎，他向桑乔治（George Sand）报告他的近况道：

> 你知道，我已经撇下我的大小说，来写一个不到三十页的中
> 世纪小东西。这比现世叫我好受多了。

　　这"中世纪的小东西"，不是别的，正是一八七七年四月二十四
日问世的《短篇小说集》（*Trois Coutes*）的第二篇：《圣朱莲外传》
（*La Légende de Saint-Julien l'Hospitalier*）。这用了差不多六个月功夫。
一八七六年二月，他接着计划《短篇小说集》的第一篇：《一颗简单
的心》（*Un Coeur Simple*）。同年八月，回到克洼塞，他开始预备第三
篇：《希罗底》（*Hérodias*）。一八七七年二月，他完成这最后一篇。《一
颗简单的心》先在《正报》（*Le Moniteur*）披载；随即《圣朱莲外传》
在《益世报》（*Le Bieu Publique*）揭露。这样一来，他可以多得三千佛
朗。这是他第一次卖文为生，然而也是末一次，因为《短篇小说集》

成为他生时出版的最后一部书。一八八〇年，《布法与白居谢》还欠两章完成，他骤然死掉，猛的连邻近大夫都来不及诊治。

现在我们先从《圣朱莲外传》看起。根据杜刚（Du Camp）的《回忆录》（*Souvenirs littéraires*），一八四六年，福氏开始想到圣朱莲的故事；延到一八五六年，完成《包法利夫人》，在一封写给布耶的信里，福氏说他"读些关于中世纪的家庭生活与行猎的书籍"，预备写《圣朱莲外传》。但是他正式提笔，却在将近二十年以后。

一八七九年二月，书局打算刊印《短篇小说集》的精本，福氏要求在《圣朱莲外传》后面，附上路昂礼拜堂的窗画，"正因为这不是一种插图，而是一种史料"。这幅玻璃窗画就在礼拜堂后身北墙，对着乐堂的第四圆拱。共总十二层，除去顶尖一层为救主赐福，下余每层分做三圆。这是十三世纪末叶路昂渔商捐赠的，所以底层三图绘着鱼贩。朱莲的故事从第二层开始，依照高塞（Gossez）的解释。应理是：

> 朱莲在父母家里，援救贫弱；有一天，他告别远游。犹如十三世纪的贵胄子弟，他投依了一个领袖，后者收留下他。然而领袖病故。朱莲和他女儿缔婚，从事十字之役的远征。有一夜，朱莲的女人，看见她丈夫老年的父母寻来；第二早晨，她走出府邸。正当她不在，朱莲回来。他进去。以为妻室不贞，杀死他的双亲。他认了罪。他离开府邸，远行赎罪，他女人随着他。他们看护病人；朱莲做了舟子。有一夜，他们听见一个旅客呼唤；不顾乌云四起，朱莲摇他渡河，他女人在岸边打着灯亮。他们把救主耶稣迎进家。然而试探来了：魔鬼同样在对岸呼唤朱莲；朱莲把魔鬼接上岸。他们拒绝魔鬼的诱惑。不久两个人全死了，天使捧着他们赤裸裸的灵魂升空，来在救主脚下。

　　这幅窗画是最先引起福氏的灵感，却不是他写作唯一的根据。他参考种种关于圣朱莲的宗教典籍，在这些十三世纪的传记里面，他特别向他甥女介绍佛辣吉迺（Jacques de Voragine）的《先圣外传》（*La Légende dorée*）。现在我们译出全篇如下——第二十八章第四节：

　　　　这里还有一位圣朱莲。他生于高贵的门第，年轻时候，有一天在打猎，追赶一只公鹿，但是公鹿，神明附体，忽然回身朝他问道：“你怎么敢追赶我，你命里注定是你父母的凶手？”听见这话，年轻人骇坏了，唯恐公鹿的预言灵验，他悄悄逃开，走过广大的地土，终于来在一个国王手下做事。无论战争和平，他全应付的非常得体，所以国王封他男爵，把一个极其富裕的宰辅的寡妇赏他为妻。然而，朱莲的父母，不见了他，十分伤心，流浪各地，寻找他们的儿子，直到有一天，他们来到朱莲现住的堡子。不过，他凑巧不在，由他女人接待两位旅客。听完了他们的故事，她明白他们就是她丈夫的父母：因为，不用说，他时常对她说到他们。于是因为爱她丈夫的关系，她热诚欢迎他们；她让他们睡在她自己的床上。第二天清早，她正在教堂，朱莲却回来了。他走到床边要叫醒他女人；看见被下面睡着两个人，他以为是他女人和他情夫。一言不发，他拔出剑，杀掉两个睡觉的人。随后，走出家门，他遇见他女人从教堂回来，于是吓傻了，他问睡在她床上的两个人是谁。他女人回答他道：“是你父母，他们寻你寻了好久！我让他们睡在我们的床上。”一听这话，朱莲难受的要死。他哭着说：“我应当怎么办，我这该死的东西？我杀了我亲亲的父母！原要躲避公鹿的预言，如今反而应验了公鹿的预言！那么再见罢，我多情的小妹；因为将来我再也不会安宁了，除非我晓得上帝允了我的忏悔！”不过她道：“我亲爱的哥哥，不要以为我会叫你不带我，一个人走！我既然分到你的喜悦，我也就要分到你的痛苦！"于是，一同逃开，他们走来住在一条大河的岸边；过渡十分危险；他们一壁忏悔，一壁从河这边把愿意过河的人们渡到河那边。他们盖了一座医院款待旅客。过了许久，有一冻冰的夜晚，朱莲累坏了，躺在床上，听见一个生人呼吁的声音，求他把他渡过河。他马上起来，跑向冻了半死的生人；他把他驮进屋子，点起一个大火来暖和他。随后，见他总是冷，他把他扶进自己的床，小心把他盖好。于是这全身癞疮，令人作呕的生人，忽然变成一位明光焕照的天使。一壁向空升起，一壁向他的居停道："朱莲，主差我下来告诉你，你的忏悔业已见允，你女人和你指日就要升天。"天使不见了；过了不久，朱莲和他女人，行了无数施舍和善事，睡到主的胸怀。

我们晓得福氏怎样利用这些质朴的民间传说，渲染成功他的小说，而又不失其神话的性质。他把所有的材料聚拢，经过他白炽的想象，或去或取，将一堆不合理的初民的事实，溶成一个合理的艺术的谐和。在他小说的临尾，福氏妙笔生花，一语收住他的想象，点定而且唤醒读者的梦魇道：

> 这就是慈悲圣朱莲的故事，在我的故乡，在教堂一张玻璃上，大致你可以寻见的。

实际福氏的改造，如若不是创造，正是我们今日想象不到的神异。窗画和《先圣外传》所表现的故事是质朴而且残缺的，仿佛出于口授，遗漏的关节不知该要多少。福氏遇见应当补的全补了起来，应当删的全删了下去，而一补一删，又那样准情近理，不露一丝痕迹。这是一个近代科学的心灵和中世纪初民的观感的美妙的合作，现实与梦魇在这里手牵手地进行。在古代命运的统治之下，近代科学得到完美的应用。古代将不可知者叫做命运；近代分之为二：一个是遗传；一个是环境。我们不晓得圣朱莲确实的年月与乡土，但是总应该在中世纪的黑暗时代：一方面是宗教高潮，一方面是武士流血；一方面是耶稣，一方面是穆罕默德；一方面是民族的混乱，一方面是基督教的全盛。看圣朱莲的一生，我们可以截然分为武士与教士的前后两期。一方面嗜杀如命，一方面慈悲成性。这两种并行不背的矛盾的本能，从小就带在他深厚的心性上面。同时他自己，又是环境与遗传的产物。只要一比较前人的故事和福氏的写作，我们便会承认散慈玻瑞（Saintsbury）的见解："就我所知，在文学上，在这一类，我总觉得圣朱莲近于完美，而且是使用近代手法，调理《圣者行传》（*Acta Sanctorum*）的最好的例子之一，如若不是那极其最好的例子。"

下面是《圣朱莲外传》故事的缩要：

上帝垂怜他们虔诚，赐了他们一个儿子，就是朱莲。母亲梦见一位老人，说他来日要做圣者；父亲遇见一个乞丐，说他儿子前程远大，流血成名。因为双亲钟爱，他受有圣者武士的全部教育。他从小残忍。他用棍击死一个小白老鼠，辫死一只鸽子。他酷嗜打猎。有一次，他一个人，在树林里面，射杀无数的禽兽。天黑，他遇见一对大鹿，带着一只小鹿。他射杀了这一家大小。公鹿临危诅咒他道："有一天，残忍的心肠，你杀你的父母！"他惊病下来。复元之后，他拾梯搬取一柄重剑，失了手，险些砍伤他父亲。有一次，他一镖投向一只仙鹤，确是他母亲的帽子。唯恐恶咒应验，他逃出堡子。

从流浪的风尘，渐渐他受众人拥戴，成为一军首领，东征西讨，解救各国的危急。西班牙的回教教主囚起奥克西达尼的皇帝，他率兵救出后者，恢复他的帝国。皇帝招他做驸马。他和公主退居在她的堡子。想着公鹿的预言，他禁不住抑郁，不过有一黄昏，听见四野禽兽的嗥叫，他却动了猎兴。他出去不久，来了一对老夫妻，求见公主。这正是他父母，抛家离井，寻访朱莲。公主请他们安息在自己床上。

朱莲一夜行猎，不唯无成，而且饱受禽兽的欺虐，狼狈逃回，却见床上躺着一对男女。以为是公主和她情夫，他一刀杀死。事后忏悔也迟了。他抛下富贵妻室，来在人间行乞。

他用心洗渡他的罪孽。受尽世俗的冷落、苦难、折磨，出水入火，终于百死一生，有一天他来到一条波涛汹涌的河边。他做了一只渡船，迎送过往的旅客。有一夜已经睡下，他听见对岸有人呼唤，起来把船撑过去。这是个奇丑绝恶的老乞，一身癞疮。到了朱莲的茅屋，他要吃要喝，睡在床上又嫌冷，叫朱莲陪他躺在一起。这原是耶稣，亲自接他上天。

在福氏三篇短篇小说之中，布雷地耶仅仅推重《一颗简单的心》。他以为这里依然是"对于人类愚蠢的行为，和对于中产阶级的道德的无理的激忿；对于小说家的人物和对于人的同样深厚的憎恨；同样的取笑，同样的粗鲁，同样属于喜剧的蛮横，有时引起一种比眼泪还要忧郁的笑——"这位学院派的批评家，因为成见太深，这次一丝不假，输给了印象派的批评家勒麦屯（Lemaître）。勒麦屯一眼看出福氏"这篇小说，非常短，绝不反驳他以往的小说，而且有所安慰"。这里活着一种永久的赤裸裸的德性，是低能的，是本能的，然而象征着我们一切无名的女德，为了爱而爱，为了工作而工作，为了生存而生存。没有力量，没有智慧，然而道德；生来良善，然而不自知其良善：一种璞玉浑金的美丽。

她叫做全福，自幼无父无母，为人放牛。蒙了冤，被人赶走，她另换一家，管理鸡鸭。十八岁的时候，她发生了一段爱史。情人是一个懦夫，为了避免兵役，娶了一个有钱的老寡妇。她哭了一夜，离开她主人，来到主教桥，正好逢着欧班太太寻找一个女厨子，说妥了停下。欧班太太很早守了寡，膝下一儿一女：男的七岁，叫做保罗；女的不到四岁，叫做维尔吉妮。全福早晚忙于理家，得暇哄哄少爷小姐，日子过的倒也悠适。有一年，秋天的黄昏，一家人穿过牧场回去，雾里奔出一只公牛，向他们发怒撞了过来。全福掩护着主妇三口，竟然侥幸生还。小姐因此受惊，神经衰弱下来。

为了女儿恢复健康，欧班太太带着一家人，来到海滨的土镇。全福在这里遇见一个姐姐，嫁给水手，带着好几个儿女。从海滨回来，保罗打发在学校寄宿。全福每天陪伴着小姐，到教堂学习教理问答。随即她也领了洗礼。不久小姐送在学校寄宿，家里益发冷清。幸而全福的外甥维克道，每星期过来看她一次。她把他看作亲生儿子。不过他随船去了美洲，染上了黄热病死掉。祸不单行，小姐因为肺痨，也死在学校。从此一年复一年，平安无事，直到一八三〇年，七月革命。一位新区长，去过美洲，送了欧班太太一只鹦鹉；嫌淘神，她又赏给全福。

鹦鹉叫做琭琭，给她添了不少麻烦，不过她总算有事占住心。过了好些年，她聋了，仅仅听见鹦鹉的嘈杂。一八三七年冬天，冻死了她的鹦鹉。她亲自托人送去，好把鹦鹉做成标本，半路遇见邮车，吃亏耳聋，回避不及，撞伤了她的腿。半年以后，鹦鹉装成送了来，安置在屋里小架子上。她把这当作圣灵，因为她在教堂看见的鸽子，花里胡梢，倒像她的鹦鹉。

保罗如今成了亲，另自立家。亲友越来越冷落。一八五三年，欧班太太去世。少奶奶把家具一移而空，只有房子卖不出去，落的全福一个人，住在她的鸽子窝。她的眼睛起了矇，不久她又吐血。圣体瞻礼节到了。没有礼物可献，她送上她的鹦鹉。当天行礼的地点，正好选定欧班太太房前的空场。于是钟声抑扬，牧师颂扬圣德，而这一颗简单的心，随着一只硕大无比的鹦鹉，上了天堂。

这篇小说充满福氏过去的岁月，发生在他脑尔芒第（Normandie）的故乡。主教桥和土镇全是他儿时嬉戏的地方。人物，甚至于琐碎的节目，几乎无一不是回忆的出产。所以他甥女特别告诉我们：

住在海滨，好些格别的人物，深深嵌入他的记忆，其中有一个老水手，巴尔拜（Barbet）船长……写《一颗简单的心》，他想起这些年月。欧班太太，她的一双儿女，她的住宅，这简单的故事所有的枝节，如此真实，如此明洁，具有一种惊人的正确。欧班太太是我外祖母的一个长辈亲戚；全福和她的鹦鹉也真有其人其物。

在他晚年，我舅父非常喜好温习他的儿时。他母亲逝世以后，他写《一颗简单的心》。描写她生长的镇邑，她嬉戏的家园，她儿时的伴侣，是重新寻见她，同时这种柔和的心情，助成他的笔墨，写出他最动人的篇幅，或许最易使人觉出作者私人气息的篇幅。我们只要记一记这一景：欧班太太和她女仆一同整理那些属于维尔吉妮的小物件。我外祖母一顶大黑草帽兜起我舅父一种同样的情绪；他从钉子上摘下遗物，静静地看着它，眼睛湿了，恭恭敬敬地重新把它挂上。

参看杜买尼（Dumesnil）和翟辣·喀利（Gérad-Gailly）的索隐，我们直可以把《一颗简单的心》当作福氏童年亲切的综合。但是他绝不出面，破坏全篇的一致。他用艺术藏起自己。布雷地耶错以为作者在这里表示的是憎恨，正是不了解他艺术的观念和手法的错误。福氏自己剖析道：

《一颗简单的心》的故事，质直地叙述一个隐微的生命，一个乡间的穷女孩子，虔笃而神秘，忠诚而不激扬，而且是新出屉的馒头一样地柔和。她先爱一个男子，其后她主妇的儿女，其后一个外甥，其后一个经她收养的老汉，其后她的鹦鹉；鹦鹉死了，她叫人装成标本，临到她死，也分不清鹦鹉和圣灵。你以为这有所反嘲，一点也不，而且正相反，非常严重，非常忧郁。我想打动慈心的人们，令其唏嘘不已，犹如我自己，便是其中的一个。是的，上星期六，安葬桑乔治，我失声痛哭了起来，……

福氏写作《一颗简单的心》，几乎完全由于桑乔治的劝勉。这"可怜的亲爱的伟大的女子"，体会福氏的寂寞，从一八七二年就藉口布耶去世，谏正他道：

> 现在我看清为什么他死的那样年轻；他死由于过分重视精神生活。我求你，别那么太专心文学，致志学问。换换地方，活动活动，弄些情妇或者女人，随便你，只要在这时光，你不工作：因为蜡烛不应两头全点，然而却要换换点的那头。

她劝他走出"象牙之塔"，回到实际的人生。福氏接受下来，但是立即宣告，他不感到兴趣。"不用说，只有神圣的文学引起我的兴趣。"桑乔治用她自己的幸福做例道："你所谓的'神圣的文学'，我却看的次于人生。我爱谁总比爱文学厉害，爱我的家庭更比谁都厉害。"于是福氏不再倔强，或者不再辞费，进一步分析自己道：

> 不！文学不是人世我所最爱的，我前信没有解释明白。我和你所说仅仅限于娱乐，不算其他在内。我并不那么学究，把字句看的比人还重。

无论如何，他绝不像桑乔治那样利用文学，发泄一己的私欲。他有坚定的艺术理论做根据，而且对于他，文学，是神圣的。所以三年之后，正当福氏陷于深沉的痛苦，她苦口劝解，委婉其辞道：

> 我们写什么呢？你，不用说，你要写些令人伤心的东西，我

哪，写些令人慰心的东西。我不知道我们的命运持著在什么上面；你看它过去，你批评，你根据你文学的立场，不肯近前欣赏，你限制自己于描写，一面用心，而且执意于掩藏你私人的情绪。然而看完你的故事，人家一样看穿你的情绪，可怜是你的读者更加忧郁。我哪，我愿意减轻他们的愁苦。……艺术不仅仅属于批评和讽刺：批评和讽刺只写到真实的一面。人是什么样子，我愿意看他什么样子。他不是好或坏，他是好和坏。而且这里还有一种……——细微的差异！对于我，艺术的鹄的就是差异，——既是好和坏，他便具有一种内在的力量，引他走向极坏和"差好"（还有一点点好的意思，）——或者极好和"差坏"（还有一点点坏的意思。）我觉得你的学派不大留心事物的本质，而过分止于表面。因为寻找形式，你不免轻视本质，你的读者仅仅限于文人。然而根本无所谓文人。大家都是人。

她的恳挚一直沁进福氏强韧的灵魂。于是五内为动，他不由请示道："你愿意我做什么呢？"见她沉默不作声，他情急道："我宁候你的意见。不是你，那么谁给我劝告，那么谁有意见可说？"于是这七十来岁的泛爱为怀的女子，情不可却，进而指示困于生活的福氏道：

　　在一种恶运，一种深深激动你的恶运以后，你应该写一部成功的著作；我告诉你那里是这种成功的、确然的条件。维护你形式的信仰；不过你要多多留心于本质。不要把真实的道德看做文学的百宝箱。给它来一个代表；让你所爱嘲笑的那群愚痴，也有一个忠实，也有一个强壮。精神残缺也罢，中途而废也罢，指出它应有的坚固的品德。总之，离开现实主义者的信条，返回真实的真实，所谓真实的真实，即是丑与美，明与暗的混合，同时这里，行善的意志，也有它的地位，也有它的职司。

福氏遵循她的情意，用他动情的过去，雕出这真实而且太真实的《一颗简单的心》。他要拿这篇小说讨她欢喜。但是小说没有写到一半，她便不及欣赏去了世。

依照通常的分类，《希罗底》应当归入历史小说。但是福氏，好古敏以求之，把历史看的和现实一样来写。他吸收过往所有可能的材料，仿佛他生命的一部分，融化在他的想象，成为一种永生的现实，供他完成艺术的使命。他有历史的癖嗜，然而历史的真实不是他最后的目的，对于他历史也不是间断的。所谓历史的真实，好些读者因以苛责福氏，实际仅只形成他艺术的完美。这里不徒是一个充实，一种学问的炫耀。唯其不把学问当学问，学问反而容易为人口实，做成普通读者理解的扞格。这也正是泰尼（Taine），那样推重《希罗底》，并没有体会到作者创造问题的锥心。他向福氏写信道：

> 我以为杰作是《希罗底》。《朱莲》非常真实，然而这是因中世纪而想象的世界，却不就是中世纪；这是你所希望的，因为你想产生玻璃窗画的效果；你得到这个效果；走兽追逐朱莲，癫者，全属于一千二百年的纯粹的理想。然而《希罗底》是纪元后三十年的犹太，现实的犹太，而且更其难于写出，唯其这里有关另一个种族，另一个文化，另一个气候。你对我讲，如今历史不能和小说分开，算你有理。——是的，不过小说要你那样写法。

但是泰尼，历史学者，忽略了正因为"是由中世纪而想象的世界"，《圣朱莲外传》的艺术价值才显的更大，唯其不仅只属于一种历史的真实，而属于一种理想的真实。这是一个传说，需要历史的空气；然而《希罗底》，见于史书，本身就是一段历史。这不像《萨朗宝》的迦太基一火无余；因为材料的限制，物质的不自由，《希罗底》不得不受相当的亏损，但是马上我们就会看出，福氏的手法弥补了无数的空当，成为泰尼赞美的理由。

福氏这里抓住人类文明的一个中心锁键。一方面是信仰基督开始，一方面是罗马权势鼎盛，活动的舞台正是毗连东西的耶路撒冷。在犹太的本身，一方面是外力的统治，一方面是内心的崩溃；一方面是贵族的骄淫，一方面是贫民的觉醒；一方面是教派纷争，渐渐失去羁縻的能力，一方面是耶稣创教，渐渐获有一般的同情，旧时代嬗递于新时代，耶和华禅让于耶稣。介乎其间的先觉，便是热狂的圣约翰，或者犹如福氏小说的称呼，伊奥喀南。所有当时复杂的光色，矛盾的心情，利害的冲突，精神（伊奥喀南）与物质（希律）的析离，因果的层次，环境的窘迫，福氏一丝不漏，交织在小说进行的经纬上。

圣约翰的故事，几乎尽人皆知，出于《新约》的四《福音》书。然而福氏的灵感，犹如《圣朱莲外传》，来自一件十三世纪的艺术品。在路昂礼拜堂北门的圆拱下面，有一横排浮雕，叙述圣约翰殉难的情景，半幅是莎乐美当着藩王希律跳舞："两只手扶地，两脚在空，她这样走遍了讲坛，仿佛一只大金螳螂；她忽然停住。她的头颈和她的脊椎形成一个直角。她腿上的色鞘，垂过她的肩膀，仿佛一道虹，伴同她的脸，离地一尺远。"半幅是圣约翰探首狱窗，伫候刽子手执刑；不远便是莎乐美捧着头，献给她的母后希罗底。

从这里图画的提示，福氏的想象扩展成一个富有戏剧性的故事：

有一早晨，希律倚在阑干，向四山瞭望。远远是围城的亚剌伯军队。他盼望罗马的援军，但是叙里亚总督维特里屋斯，姗姗来迟。先知伊奥喀南，辱骂他的妻室希罗底，虽说拘禁起来，究竟难以处置。希罗底走到他身边，告诉他：他们的心腹之患，她兄弟亚格瑞巴，已然被罗马皇帝下了狱。不过她思念她前夫的女儿莎乐美，自从离开罗

马京城，再也未曾得见。今天是希律的生日，山道上行人熙攘，多是
预备当夕的宴会。希罗底怂恿他杀掉伊奥喀南。希律却望着迎面一
家平台，上面有一个老妇和一位绝代少女。希罗底也灼见了，立刻走
开。法女哀勒过来，恳求他释放伊奥喀南，话没有讲完，叙里亚总督
却驾到了。

　　维特里屋斯父子一同来的。接见犹太各派教长各色人等以后，总
督开始检阅砦堡的窨库。无意之间，他发现了伊奥喀南的囚牢，伊奥
喀南咒骂希律夫妇。希罗底控他鼓动人民，抗不缴税，总督下令严加
看守。责任卸在罗马人身上，希律叫住法女哀勒，说他自今爱莫能
助。法女哀勒十分忧愁，他从月初观星，主定今晚贵人殒亡。希律以
为死的必是自己，分外忧惧。他去看望希罗底，在她的寝宫，他见到
一个老妇，却记不起什么地方遇过。

　　宴会开始。总督的公子只是吞咽。来宾只是纷哎。有的演述耶稣
的奇迹，有的不相信伊奥喀南即是先知以利亚的后身。民众得知伊奥
喀南被拘，围住寨堡，要求释放。正值宾主喧闹，便见希罗底带着一
位少女，盛装而入。她跳着舞。这是莎乐美。希罗底特意暗地接来
她，蛊惑希律。希律果然坠入圈套，应下她的请求。于是伊奥喀南的
头，放在铜盘上，沿着酒席传观。宴会告终，黎明的时光，法女哀勒
会同两位师弟，捧住先知的头，走出寨堡安葬。

　　这篇小说真正的特点，在它布局的开展，本身组织的绵密。这是
一篇匠心之作。《一颗简单的心》富有同情，《圣朱莲外传》极其优美，
然而《希罗底》，呈出一种坚定的伟大的气息。前两篇从生写到死，
关于一生的事迹；《希罗底》从早写到晚，关于一日的事迹：正如一
出戏，富有紧张的转折。不见丝毫突兀，一切出于自然的顺序，一切
全预先埋伏下一个根苗。我们起首就灼见一个少女，直到最后，我们
才知道是莎乐美。法女哀勒有重要的消息告诉希律，经过一节的篇
幅，中间又是层层波澜，这才轮到他星象的观察。圣约翰派出两个弟

子，最早出现于希律的耳目，也最后赶来收拾残局。太巧，太人工，然而一切组成一个紧严自然的结构。

《短篇小说集》为福氏争来盛大的成功，及身的荣誉。批评方面几乎交口称赞。便是素常毁谤他的人们，如今也幡然改悔，站在颂扬的立场。萨尔塞（Sarcey）不了解《希罗底》，却以为"作者不仅以一个画家而自满，他还是一个音乐家"。毕高（Bigot）觉得作者把这三篇叫做短篇小说，未免谦抑，"然而这三篇小说为作者获得的光荣，怕是好些长篇作品所弄不来的"。圣法瑞（Saint-Valry）对于这本小说的印象是"理想的现实主义"，犹如若干古人的著作，福氏的著作如若不幸汩丧，"在未来的文学史上，仅仅余下他的名姓，圣佩夫的零星论评，和这本小书，这本《短篇小说集》。这二百五十页，对于未来的批评家，关乎遗失的部分，足够形成一个完整的观念的。"福尔考（Fourcaud）有句话最妥切："认识福氏的，在这里寻见他；不认识的，在这里认识他。"正如今人狄保戴（Thibaudet）所谓："《短篇小说集》代表三种不同的情态，三种仅有的情态，不是写历史，而是利用历史做成艺术的三种情态。"《一颗简单的心》分析"最真实地'简单的'现实"，全福不属于历史，然而她本身却是一段历史。《圣朱莲外传》是用历史做成的宗教传说；《希罗底》却是人类最伟大的一段传说变成历史。同样有散慈玻瑞，把《短篇小说集》当作使福氏成名的所有风格的小例子，非常完美的例子。有人甚至于抱怨福氏不多写那样二十多篇。一九三三年，巴黎大学教授米修特（Michaut）开《短篇小说集》一科，做为学生全年的课程。

原本消愁解闷的"小东西"，便是福楼拜，怕也想不到会为自己成就下如此意外的名声。

译者　民国十四年八月三十日

——录自商务印书馆 1936 年初版

《福楼拜短篇小说集》跋
李健吾

　　散慈玻瑞以为小说家的福楼拜"是一个不仅值得，而且要求读两回三回，才能全然为人欣赏的作家"。他用最大的耐心和兴趣锤炼他的字句。临到晚年，渐渐失去相当的丰润，他的文章变的有些朴实、遒劲、干枯。有时假定读者自会领悟，他就不再浪费笔墨。例如在《希罗底》的临尾，他形容莎乐美跳舞将毕，头垂在地上，身腿耸在半空，"她腿上的色鞡，垂过她的肩膀，仿佛一道虹，伴同她的脸，离地一尺远。"紧接着他描写"她的唇是画的，她的眉黑极了，……"全是面对面，希律的眼睛就近看出，延到如今，作者才实写一笔。所以中间他应当插上一句她站了起来。他却交给读者去意会。莎乐美绝不会始终倒竖在那里的。有位英译者没有弄清楚这略而不述的动作，便猜错了意思。有位英译者高明了，活生生替作者添了几句正文。

　　有时福氏直接叙述人物内心的生活，全盘原样托出。他假定读者明白这种自然的进行。例如在《一颗简单的心》，他描写全福夜间送她外甥放洋，说："两点钟响了。"紧接着他就来一句："天不亮，会客室不会开开"，意思是说全福想就近探望一下她的小姐，因为我们记得，维尔吉尼原在翁花镇寄学的。《一颗简单的心》有许多这种情例，需要读者特别用心体会：哪些是间接的描写，哪些事直接的披露。

　　有时福氏用一个简单而具体的辞句，代表复杂的内心的变迁。例如在《圣朱莲外传》的第三节，他叙述朱莲决心寻死，"有一天，他站在泉水旁边，俯在上面"，看见一个白胡长者，"没有认出自己的影子，朱莲胡乱想起一个相似的面孔。他叫了一声这是他父亲；他不再想自杀了"。朱莲想不到在外漂泊，自己上了年纪，所以才错把自己的面影当作他杀死的父亲出现。他吃了一惊，好像父亲在警告他，他因而取消了自杀的念头。

　　这只是三个实例，读者务必记住散慈玻瑞的指示，否则对于欣赏福氏的小说，容易自生障碍。

　　关于人名地名的中译，有时参加意思，例如《一颗简单的心》：Félicité，我译做全福；Pont-l'Évêque，我译做主教桥；Honfleur，我译做翁花镇；Deauville，我译做豆镇。《希罗底》的人名地名的中译，我尽量采纳上海美华圣经会的官话《新旧约全书》或圣书公会的文理《新旧约圣书》，如若读者原系教徒，或有意参阅《圣经》，查对自然方便许多。

　　为便利读者起见，我绘了两张简明的地图，各附在《一颗简单的心》与《希罗底》之后。

　　我用的原本属于高纳书店（Louis Conard）出版的《福楼拜全集》。原本有一个很好的附录。

　　关于《一颗简单的心》，第一等的参考书有：

1. Mme Commanville：*Souvenirs intimes*（A. Ferroud）

2. Gérard-Gailly：*Les Fantomes de Trouville*（La Renaissance du Livre）

　　关于《圣朱莲外传》，有：

1. Marcel Schwod：*Spicilège*（Mercure de France）

2. A.-M. Gossez：*Le Saint Julien de Flaubert*（Lille，Edition du Beffroi）

　　关于《希罗底》，有：

1. Anatole France：*Préface de Hérodias*，*composition de Georges Rochegrosse*（A. Ferroud）

2. E.-L. Ferrère：*Herodias*，*commentaire historique et archeologique*，*dans L'Esthétique de Gustave Flaubert*（A. Ferroud）

　　关于《短篇小说集》整个的参考书，重要的有：

1. *La Correspondance de George Sand et Gustave Flaubert*（Calmann Lévy）

2. *La Correspondance de Gustave Flaubert*（Louis Conard）

3. Ducamp：*Souvenirs littéraires*（Hachette）

4. *Réne Descharmes et Réne Dumesnil*：*Autour de Flaubert*（Mercure de France）

5. Réne Dumesnil：*Gustave Flaubert*（Desclée de Brouwer et Cie）

　　中文方面，请参阅译者的《福楼拜评传》（商务印书馆）。

译者（民国二十四年，八月四日）

——录自商务印书馆 1936 年初版

《黑水手》①

《黑水手》译者序

袁家骅②

一

　　康拉德是近代英国文学史里一个不易解说而近似奇迹的人物。他二十岁开始学习英文，四十岁左右认真地从事创作，六十岁成了欧美文坛上声名赫赫的伟大作家。他不是从跳板或舷梯缓步登上英国文坛的，旁人发觉并注意他时他已经来到水手舱里，甚且爬到桅桁上去

---

①　《黑水手》（*The Nigger of the Narcissus*，今译《"水仙号"的黑水手》），中篇小说，康拉德（Joseph Conrad，1857—1924）著，袁家骅译，中华教育文化基金董事会编译委员会编辑，上海商务印书馆 1936 年 1 月初版。

②　袁家骅（1903—1980），江苏省沙洲县人。毕业于北京大学英文系，后考取中英庚款文化协会留英公费生，赴牛津大学学习古英语、古日耳曼语和印欧语比较语言学等。回国后任教于西南联大，后长期在北大任教。另译有康拉德《吉姆爷》《台风及其他》等。

了。他是个波兰人，最早最深的气质是斯拉夫种的，童时受的法国（拉丁民族）文化底教养，青年以后采取了英国（条顿民族或盎格鲁撒克逊民族）底信仰和生活，二十年的海员生涯使他足迹遍及美洲，东亚，尤其是南洋群岛，他可谓以四海为家，因而这造成了他有独无偶的国际地位。他是个文化侵略者，同时也被旁的民族同化了。

　　在生活和性格上是如此奇特，在英国近代小说底发达上他底供献倒也是相称的对照哩。许多大小说家，（Meredith 与 Hardy，Henry James 与 Stevenson，Galsworthy 与 Bennett）都跟康拉德有同样的倾向，把小说当作艺术看待。他们里面尤以杰姆斯与康拉德最为鲜明显著。他们二人在每篇小说前头写的序文便是自觉的经验底告白和信仰底宣言。小说不是单供消遣的娱乐品，不能单作道德的教训，也不是记录报告的文件。小说家自有崇高的信仰，自有永恒的真理，他底使命便是探发宇宙与人生所蕴涵的这个真理，将他用最有效力的巧妙方法宣示给一般人。这儿所谓真理，与科学家或思想家底观点当然不同，宁可说是感情的。同是一根草，一只鸟，一块石头，一回人事的变动，每因观察者注意与兴趣底差异，其所揭发的真理不同，给予旁人的功效也便不同了。

　　康拉德对于小说艺术的理论或主张，在《娜仙瑟使号底黑水手》底序和它底《经历谈》（又名回忆录，*A Personal Record: Some Reminiscences*）里，说得很明白。照他底意思，任何艺术无非是一种尝试或努力，"是要从宇宙底形，色，光，影里，从物质底表象里，从生活底事实里，探寻各个的根本，永恒的元素——它们所共有的一个既能启发灵智又能坚定信仰的性质——就是它们生存底真理"。这是艺术家底目的和雄心，是他尝试底起点，也正是他努力底终点，因为永恒的元素——生存底真理，不就是供人们"一瞥，一叹，一笑"的资料么？至于这艺术工作底程序，第一步是呈诉于感觉。"一切艺术最初无不诉诸感觉，而艺术目的，倘以文字自己表示时，也必须通过感觉以为呈诉的凭藉，假使这目的底最高愿望是要达到易起反应的感情底泉源。"

通过感觉达到感情底泉源！通过感觉是"借文字底力量，使你听见，使你感得——尤为首要的是，使你看见"。这个"看见"，在肉眼与心眼是一致的。心眼可以说是想象，是感情底泉源，是"我们由于天赋而非由于学习——因此更能耐久不变的性质"。所以在某方面，感觉与想象是一体的，只有表里之不同。写实主义，或狭义的自然主义，因此还嫌不够。一九〇二年他给 Bennett 写信说："我并不反对你底主张，只是反对你所主张的写实主义。你还够不上绝对的写实，因为你太泥守写实主义底信条了。你在艺术上的写实主义永远不会达到真实呢。你底艺术，你底才能，该尽忠于更博大更自由的信仰才对。"这更博大更自由的信仰是从想象里产生的，它底渊源。

> 是我们欢愉与惊奇底能量，是我们对于生活周遭的神秘意识；是我们所具有的怜悯与美丽与苦痛的意识；是一切生命息息相通的情谊——是纤细巧妙而颠扑不破的休戚相关底信念，这信念使无数寂寞的心相投相契地交织在幻梦，欢乐，忧愁，志愿，空想，希望，恐怖里，使人与人互相联络，使人类——死的同活的，活的同未生的，都团结成一体。

呈诉于想象，呈诉于普遍的感情，干脆说，就是呈诉于气质。小说艺术，跟雕刻，绘画，音乐一样，以感觉与想象为媒介，使个人底经验受过气质底冶铸传达给旁人，激引起普遍的感情来，这普遍的感情里便含有道德或伦理的意味与使命了。

气质底冶铸能决定一个作家底倾向。康拉德在他底《经历谈》里明白承认，浪漫的意识或感觉是他天生的才能。海员生涯实际上是够平淡的了，永远是单调的水与天，永远是艰苦的劳工，有时惊险的风涛叫你没有宁静吟味的瞬息余暇。可是这种生涯表现在他底小说里便带有红红的热烈的火焰，尽管是平凡的人物与情景，但是经他一煊染，读者仿佛来到童话或神话底世界里了，这作用全由于他底浪漫的情调和浪漫的氛围。是以有些批评家送给他一个尊号，叫作"浪漫的写实主义"。

写实主义，或更狭义的自然主义底宇宙是纯客观的，纯科学的。康拉德则于自然底存在以外还承认人类自己的意识。他同赫胥黎（Huxley）一样，主张宇宙底演变是双重的，一是自然本身，一是伦理的意识。他同哈代一样，认为这双重的演变是二元的，各不相通，结果伦理的意识往往造成崇高的悲剧。自然于人原无恩无怨，人在自然里的地位原不足喜也不足悲，可是等到你知道你自己是自然底一部分，发现你无法违抗自然底命运时，悲剧就开始了，挣扎，愤怒，苦痛，就相继而来了。这近似 Pascal 把人喻为有思想的芦苇，芦苇假使被整个宇宙压碎了，自己却比宇宙高，因为芦苇知道自己被宇宙压碎，宇宙却并不知道。这个知道，正是悲剧底种子。康拉德不能像梅雷迪斯相信人类意识也是自然演变底一部分，可是他也承认艺术能启示这永久的悲剧，能于人以慰解，鼓励，和超度。他不像哈代隐隐地觉得悲剧会叫人灰心绝望。自然是千变万化的洋洋大观，令人崇慕，令人爱好，或者令人痛惜！我们底观感，温甜也好，酸苦也好，自身成为一种道德目的。命运激发我们底良心；笑和泪，恬静和好奇，恐怖和热情，都是我们派定的能事。艺术家底使命和职务是忠实地显示这幅人人赏鉴的景象，这出人人参预的戏剧，这个使人与人互相连结的感情渊源。艺术家所专致的尝试努力，只是"把一种最高的品评加于眼见的宇宙，揭发宇宙一切形相所蕴藏的，多样而单纯的真理"。这种真理是人类永远共有的遗产。康拉德在《经历谈》里说得很明白，人类社会只建筑在很少几个简单的观念上，而其中最崇高的一个观念便是"忠"。忠于自己，忠于旁人，忠于工作，忠于生活，忠于信仰，忠于你底一瞥，一叹，一笑。伟大与渺小，崇高与低微，全凭你行为底忠底程度。尤其是到了困苦颠连的逆境，"忠"底最后最高的表现形色便是悲剧。你对于人类所能有的贡献全赖你尽忠的力量。康拉德底浪漫气质就在他底这个信仰里。悲剧以忠为生命才得到和平的解脱，才能不叫人灰心绝望。所以吉姆爷底俯首就命，《胜利》（*Victory*）里 Heyst 与 Lena 底牺牲，都是在这崇高的境界里收场的。悲剧正是道德的胜利。这同希腊人底悲剧观念倒有几分相似。

《娜仙瑟使号底黑水手》底序，可以说是康拉德作家生涯底宣言。一八九七年八月至十二月，W.E.Henley 主编的《新评论》（*New Review*）上逐期刊载这篇小说底一章，最后把这篇短文当作"作者跋言"附在末尾，可是一八九八年单行本出版时，这篇短文却被抽掉了。一九一四年他底朋友 Richard Curle 请求康翁将它收入单行本，康翁意似活动，终未首肯。他为什么这样犹豫呢？是不是深怕引起读者底误会？难怪有些人说，这篇序文里，新颖的部分还不够明白精确，而明白精确的部分还不够新颖。但是现在我们细玩康翁踌躇不决的态度和字里行间流露的情意，他底慎重，严肃和真挚，是值得景仰，颇耐寻味的。这样清明的艺术良心，堪与 Flaubert 相匹配。我们感谢他替后来的批评家解除了许多麻烦。从这篇优美的短文里，我们能窥见康翁底思想体系，和他对于宇宙，人生，艺术，小说的见解。他这种明晰的爱好论理的态度，许是受了法国文化底影响罢。"Il y a toujours la manière."

二

《娜仙瑟使号底黑水手》，假使不是康拉德最伟大的，至少是他最优美的，也许是他最得意的一篇杰作。为帮助读者底亲切了解，关于康拉德自己底意见，倒是值得知道的。这篇小说是康拉德天才底创作，也是他许多年航海生涯底结晶。康翁晚年向他底传记作者 G.Jean-Aubry 说明小说里所含事实底成分，道：

> 我所描写的是娜仙瑟使号从孟买到伦敦的一路航海情形。事实上娜仙瑟使号上那黑人底名字并不是吉姆斯·惠特，那是色什兰公爵号（Duke Of Sutherland）上另一个黑人底名字，书里开章第一幕底最初印象是在格雷夫孙（Gravesend）时色什兰公爵号底水手班子上船的情节，那是我最初加入的一条船底水手班子。我已经忘却娜仙瑟使号底黑人底真姓名了。你知道，我是写小说，不是写历史，所以我尽可随意选择，但求于人物事节最为贴切，能帮助我制造我所愿望的整个印象。我所描写的人物大部分确是属于真的娜仙瑟使号底水手班子，这里面有可敬的辛格尔敦（他底真名是苏立凡 Sullivan），阿吉，白耳发，和唐庚。那两个斯干的那维亚人是我从另一条船上的伙伴里找来的。这一切现在是陈旧了，可是当我写那本书时，都还活楞活现地在我眼前呢。我记得我看见那黑汉的最后一次，恍惚像昨天发生的事。那天早晨我是后甲板值班的职员，五点钟光景我走进那间双层铺的房舱，他正直挺挺地躺在那里。下铺上面放了些绳索，栓钉，零碎的布料，预备需要时好随手拿到帆工室里去。我问他觉得怎样，他几乎没有回答我。俄顷，有人给他端来一杯咖啡，杯子上装了个钩子，预备挂在床沿边。六点钟光景，负责值班的职员来告诉我说他死了。不久以前我们在海角迤南尼突矶（The Needles）附近遇到可怕的飓风，那飓风底印象是我在书里竭力描写过的……
>
> 至于全书底结尾，是从我在同样情景之下所经历的几次航海里采取来的。事实上是在邓可克（Dunkirk），我得替娜仙瑟使号卸一批货，终于舍舟登陆了。

这段谈话是康翁底回忆。这本书大概是他一八八四年里六个月航海生涯底写真罢。

一八九六年秋天，康拉德致全力于这书底写作。他原拟完成一个短篇，命名为"水手舱：船与海员们底故事"。但是在康翁著作生涯里，一件作品往往于制作时生长繁荣，直到次年二月十九日全书才脱稿。据说他刚读完 Flaubert 底 *Salammbo* 便动手写这书，所以娜仙瑟使号水手舱里的海员们同 Hamilcar 底花园里的蛮人们颇带有相似的情致。当年十月二十九日他们给 Edward Garnett 信上说：

> 不消说，什么也不能变更《黑水手》底程序。由它去不受众人欢迎罢，这是没办法的。可是我觉得这东西——在我无论如何可贵——在局外人有多少点诱力，表面上究无足重轻。至于缺少情节，不错——人生原来如此。不完全的欢乐，不完全的悲哀，不完全的无赖下流或英雄气概——不完全的苦难。事变纷至沓来，结果却一无所有。你该懂得我底意思。许多机会继续得还不够长久。除非是在一本小孩底冒险里。我所说的那些机会，从没有完过，却像虎头蛇尾，旋即烟消云散，叫我来不及比旁人多造就些。……

康拉德用一面透视的镜子，直看到人生底核心，然后逼真地一幅幅呈现在我们眼前。高明的写实不是刻板的记录，而是生命与心理底表现，因为宇宙一切都有存在，有生命，有心理的状态。康拉德谈到娜仙瑟使底黑水手，道：

> 我想写的是一群人底心理和自然底某些方面。可是他们面前的问题并不是海底问题。这只是船上发生的一个问题；因为陆地上的纷纭骚扰远远地隔离了，孤独寂寞的况味使这问题格外显

著，带有特殊的力量和色调。

　　为要探发心理底深处，那生命底核心，康拉德采用一种斜曲的叙述法（Oblique methods of narration），旁敲侧击，若即若离，几使读者陷于迷离惝恍的异境，末后，蓦地里电光一闪，人物底轮廓和姿态映照得毕清，意外的一瞥给你留下永远不可磨灭的印象。这种侧面透视法，康拉德运用得比梅雷迪斯和杰姆斯还纯熟，是康翁艺术底精髓。长期的虚悬与黑暗正所以增加霎时的证实与光明底效力。黑炭吉密是真病还是装病？船友们为他底病（猜情是肺痨）变得心猿意马，手忙脚乱，是由于妒忌，怜悯，好奇，还是爱开玩笑？我们仿佛也是船友之一，混进混出，去探望吉密，去同他聊天，有时不禁嫌恶他，有时又觉得他怪可怜。船友们底情趣，正是作者或故事叙述者底情趣，也变作我们读者或旁观者底情趣了。这种普遍的同情心理，关切也好，淡漠也好，不知不觉地越往后越深刻，越往后越强烈。结局呢，吉密死了，嘴角挂下一条红红的血丝，那惨怕的情状同梦魔似的叫你没法融释。

三

　　《娜仙瑟使号底黑水手》是一篇航海记，从孟买到伦敦，历时约五六月。小说底主题是许多淳朴的水手对于"死"的感情挣扎。死好像个只可感觉而不可捉摸的阴影。随着黑汉吉密上了船，盘据了娜仙瑟使底甲板和舱室，盘踞在人人底心头。娜仙瑟使是个漂浮颠簸的小世界，水手们是一群天真野蛮的孩子，吉密原是个零余者，却成了团体感情或心理底焦点。并无所谓故事，结构，情节，只是生命底片段。被康拉德点化了，仿佛成为 Keats 所歌咏的希腊古瓶。生与死是个伟大永远的象征。幻变的意境，神秘的氛围，离奇的情调；使一个个舟子变作一星星火焰般的灵魂。在绝无宁息的现实里那不可解释而又无法摆脱的死底幻影仿佛是一切现象底种子，仿佛是整个动机和效果底线索。

一篇单纯而又丰富的散文小说，热烈浓艳却好像一首长抒情诗，迂曲紧张又好像一出戏剧。全书分为五章，无异于一个悲剧底五幕：这悲剧就是生命自身。第一幕开场是大副白克君与脑尔士底对话，把黄昏时分娜仙瑟使号停泊在孟买港的光景连声带色地和盘托出。一个个角色，尤其是辛格耳敦，唐庚，和吉姆斯惠特，挨次登场。各个角色底性格在动作和姿态里活现了。第二幕是航程开始的头一个月，风和天清，吉密迁入了病室。第三幕是好望角海面上遇见风暴，海员们奋勇挣扎，救他们所托身的可爱的船儿，拯救他们所厌恶而不能忘情的吉密。船身倾侧得异常厉害，桅樯同水面平行了，从浪峰栽下浪谷，又从浪谷翻上浪峰，那一片骚扰混沌的情景仿佛透过了显微镜呈现在我们眼前，叫我们提心吊胆，却又神往不已。第四幕航程转向了，已经绕过风暴发源的海角，折往西北。吉密患难余生，想作最后的挣扎，要求出外工作，却没有获得船长底允许。水手们愤愤不平，蠢蠢欲动；一天黄昏，唐庚——被迫害的可怜虫啊！——用栓钉扔击长官，可是终于被严峻的船长惩治了。最后一幕，遇见大西洋里的群岛以后，吉密死了，只有敌意的下流的唐庚守在他旁边。吉密遗体被海葬了。娜仙瑟使号驶入英吉利海峡，驶入泰姆士河，到达伦敦。那些海底孩子们领了工钱各奔前程——那永远等待着他们的共同的命运。这就算是小说底故事，结构，情节，反正并不怎么太关紧要。

全部人物里，那严峻沉默的阿里斯笃船长，和那耽于幻想的芬兰人王密保，似乎带了点康拉德自己的性格。至于故事叙述者，常在书里用第一人称，明明是船员们之一，事实上彼此却不生关系，时隐时现，出没无定，宛似个神明的超然旁观者。许是马罗底童年罢。这个旁观者，是透视镜底本身，是艺术家底气质和感情和理解底总代表，是康拉德自己；不过这部小说是康拉德早年的第一篇杰作，所以这种技巧还不十分鲜明。

海员底性格与生活往往是苛刻而又温柔，残酷而又宽洪。诙谐与讽刺只是个假面具，隐藏在后面的是深厚的同情。舍己从人，听天由命，或宽大容纵，并非是漠不关心。淡漠只是种温雅的脸色，只是种高贵的态度，里面依然有同情，尽可深浅不同。同情是灵魂与灵魂底休戚相关的感应。灵魂底孤寂愈深刻，休戚相关的同情也愈尖锐。同情在伦理的意义上就是"忠"。艺术家并不必说教宣道，但是比说教宣道者底力量更强大，功绩也更久远。

四

谈到康拉德底风格，最要惊叹的是他蕴酿，渲染，扩大，和延长"氛围"的诗才。他底想象，他底诗人的幻觉，在氛围底创造上表现得最深刻也最高，就是梅雷迪斯和哈代也不得不居下风。所谓氛围，原是心理的状态，同时又是弥漫在空间的色调，不知不觉间使我们浸润，渗透，迷醉在一种精神的气体里。海上的黄昏，深夜，清晨，海上的霞彩，星辰，云影，不是些活图画么？呼呼尖叫的暴风，洪洞雷鸣的浪涛，托落托落的滑车，不是些惊心动魄的音乐么？水手们爬上索梯，调整帆桁，拉转绳索，或旋转舵轮，是多么神圣又多无意味的生活啊。生命自身就是带有诙谐和讽刺的东西！神秘！我们读时只觉字字灿烂浓烈，字字颤震铿锵，同时词句底配搭和体态都那么匀称优美。文字竟有这般魔力，文字自身变作生命底象征了。

以这样奇特美妙的风格，从事移译的人能不随时兴望洋之叹！大家知道诗歌是不能译的，那么这样诗的散文至少也是不易译的了。保留风格诚谈何容易！自然，翻译也是一种诚实的工作，可是在我，不求有功，但求寡过！我于移译《娜仙瑟使号底黑水手》一书时，除对于原文风格感得最大困难外，余如水手俗语，造船工程，气象与航海知识，无不尽力考据斟酌，然而仍不免有不放心和不惬意处。

　　我译这书，开始在一九三三年底秋天，直到现在——一九三五年底夏天了，才告完成，中间屡经折磨，原文底艰难和自己身心底不宁使工作不能如意进行。一九三四年夏，我底詠儿被庸医所误而夭殇，影响这工作竟搁置了半年多。现在幸而译成，这部译稿权算作我夫妇痛悼詠儿的小小纪念品罢。我爱这书，不但爱康拉德艺术的成功，并爱书里所含哲学的意味。我想起佛家所说"哀愍众生长溺生死海中"。我想起孔子所说"逝者如斯夫，不舍昼夜"。我想起 Heracleto ［Heráclito］所说"一切都逝，无物长住"。我想起 Montaigne 引申 Cicero 所说的"穷究哲理是就死的准备"。我又想起 Novalis 所说"穷究哲理可以消除惰性，添增活力"。但是我更景慕"苦痛和劳工底无边沉寂"，"那些微渺，健忘，而坚忍的人们底哑默的恐怖和哑默的胆量"。

一九三五年七月袁家骅于北平

　　本文参考书：

1. Joseph Conrad：*A Personal Record.*

2. Lovett and Hughes：*The History of the Novel in England.*

3. G. Jean-Aubry：*Joseph Conrad，Life And Letters.*

4. Abel Chevalley：*The Modern English Novel*，tr. Ben Ray Redman.

5. Elizabeth A. Drew：*The Modern Novel*（*Some Aspects of Contemporary Fiction*）.

6. R.L. Mégroz：*Joseph Conrad's Mind and Methods.*

7. Liam O'Flaherty：*Joseph Conrad，An Appreciation.*

8. Arthur Symons：*Notes on Joseph Conrad with Some Unpublished Letters.*

9. F. M. Ford：*Joseph Conrad，A Personal Remembrance.*

10. Hugh Walpole：*Joseph Conrad.*

11. *Conrad to a Friend，150 Selected Letters From Joseph Conrad To Richard Curle.*

12. Gustav Morf：*The Polish Heritage of Joseph Conrad.*

以上参考书以首列三种为主要，上文第一节多依据第二种，第二节多依据第三种，而参以己见，第三第四节则多系己见云。

——录自商务印书馆 1936 年初版

《红百合花》①

《红百合花》作者传略
伍光建

安那图勒·法兰西（Anatole France）是法国人，生于一八四四年。他的真名姓是查克·安那图勒·狄坡特（Jacques Anatole Thibault）。他是一个精于版本开书店人的独子。他的父亲当过查理第十的侍卫，是一个热心的王党与天主教徒。法兰西在一个贵族化的耶稣耶军教士的学校读书。他自己说他得益于辛纳河边的旧书铺，多过于大学的教授们。一八六七年他刊行两篇诗于一个杂志上，发挥他的政治见解，拖累这个杂志被封。一八七○年他投军，以读味吉尔（Virgil）及吹箫消遣。一八八一年他的第一部小说 *The Crime of Sylvestre Bonnard* 得了学院的奖赏。后来他却不喜欢这部著作，说是"最烦冗无味"。他赋性懒

---

① 《红百合花》（*The Red Lily*），小说，法国 Anatole France（今译法朗士，1844—1924）著，伍光建选译，上海商务印书馆 1936 年 1 月初版，"英汉对照名家小说选"之一。

惰，一八八三年遇见玛当开拉维（Madame Caillavet），她鞭策他著书，还替他撰过一篇短小说。他撰《红百合花》及《求乐派的花园》，对于人生与世界发表他的怀疑反省。自一八九〇年至一九〇一年他写了许多无关目的记事与谈话，以讥刺陆军，教士，贵族，及政客等等，成为"并世历史"。自一九〇六年起，他的著作译成英文，销路很畅。他陆续撰贞德（Joan of Arc）传，前后费了二十年工夫，以一九〇八年出版。一九一〇年玛当开拉维死，他觉得孤寂，一病数月，不能动笔。一九一四年欧战发生，他写一封长信，力劝同胞们以人道主义为先。他很自由的发表他的非战见解，颇指斥克利曼苏与普安卡利。一九一九年他赴南美洲演讲。一九二〇年，他七十六岁，才与爱玛拉普利和（Emma Laprevotte）行结婚礼，两人同作他的孙子的保护人。一九二一年他得诺毕勒（Nobel）文学奖金，亲往瑞典都城领奖。他领奖的时候有一篇演说辞，指斥瓦塞和约，说"这不是和约，其实是拖长大战"。一九二二年教王政府禁他的著作；有几处图书馆排斥他的几种著作好几年。他不自认为哲学家，以为自己是一个改革家。他奉蒙唐（Montaigne），福耳特耳（Voltaire），及雷能（Renan）为师，善作讥刺文章，笔墨极其朗润。他晚年好谈美术与宗教，不相信历史的基督，又不相信人死会复活。他死于一九二四年，年八十岁。出殡日法大总统与政府诸人为之执绋。他死后有人解剖他的脑，却是异常的小。他是欧洲文学界一个巨子，法国后起之秀却不以他为然，以为他是一个可厌的老头子。今所译的小说中曾叙吃冰吉林用的一把作红百合花形的小匙，故以名书。

　　　　　　　　　民国二十三年甲戌立秋日伍光建记

　　　　　　　　　　——录自商务印书馆 1936 年初版

《杨柳风》①

《杨柳风》题记
知堂（周作人②）

平白兄：

每接读手书，就想到《杨柳风》译本的序，觉到这不能再拖延了，应该赶紧写才是。可是每想到后却又随即搁下，为什么呢？第一，我写小序总想等到最后截止的那一天再看，而此书出版的消息杳然，似乎还不妨暂且偷懒几天。第二，——实在是写不出，想了一回只好搁笔。但是前日承令夫人光临面催，又得来信说书快印成了，这回觉得真是非写不可了。然而怎么写呢？

五年前在《骆驼草》上我曾写过一篇介绍《杨柳风》的小文，后来收在《看云集》里。我所想说的话差不多写在那里了，就是现在也还没有什么新的意思要说。我将所藏的西巴特（Shepard）插画本《杨柳风》，兄所借给我的查麦士（Chalmers）著《格来亨传》，都拿了出来翻阅一阵，可是不相干，材料虽有而我想写的意思却没有。庄子云："日月出矣而爝火不息，其为光也不亦微乎。"《杨柳风》的全部译本已经出来了，而且译文又是那么流丽，只待人家直接去享受，于此

---

① 《杨柳风》(*The Windinthe Willows*)，童话，英国格莱亨（Kenneth Grahame，今译格雷厄姆，1859—1932）作，尤炳圻译述，上海开明书店 1936 年 1 月初版，"世界少年文学丛刊：童话 30"。

② 知堂，周作人（1885—1967），浙江绍兴人。曾就读于江南水师学堂，1906—1911 年留学日本，就读于东京法政大学预科、东京立教大学文科。归国后先后任教于北京大学、燕京大学等。抗战时期，出任华北政务委员会委员兼教育总署督办，及东亚文化协会会长等伪职。与鲁迅合译《域外小说集》《现代日本小说集》，另译有《炭画》（波兰显克微支著）、《点滴》（短篇小说集）、《狂言十番》（日本古代小喜剧集）、《希腊拟曲》等多种。

而有何言说，是犹在俱胝和尚说法后去竖指头，其不被棒喝撵出去者盖非是今年真好运气不可也。

这里我只想说一句话，便是关于那土拨鼠的。据传中说此书原名《芦中风》，后来才改今名。于一九〇八年出版。第七章"黎明的门前之吹箫者"仿佛是其中心部分，不过如我前回说过这写得很美，却也就太玄一点了，于我不大有缘分。他的别一个题目是"土拨鼠与他的伙伴"，这我便很喜欢。密伦（Milne）所编剧本名曰《癞施堂的癞施先生》，我疑心这是因为演戏的关系所以请出这位癞虾蟆来做主人翁。若在全书里最有趣味的恐怕倒要算土拨鼠先生。密伦序中有云：

> 有时候我们该把他想作真的土拨鼠，有时候是穿着人的衣服，有时候是同人一样的大，有时候用两只脚走路，有时候是四只脚。他是一个土拨鼠，他不是一个土拨鼠。他是什么？我不知道。而且，因为不是认真的人，我并不介意。

这话说得很好，这不但可以见他对于土拨鼠的了解，也可以见他的爱好。我们可以同样地爱好土拨鼠，可是了解稍不容易，而不了解也就难得爱好。我们固然可以像密伦那样当他不是一个土拨鼠，然而我们必须先知道什么是一个土拨鼠，然后才能够当他不是。那么什么是土拨鼠呢？据原文曰 mole，《牛津简明字典》注云：

"小兽穿地而居，微黑的绒毛，很小的眼睛。"中国普通称云鼹鼠，不过与那饮河满腹的似又不是一样，《本草纲目》卷五十一下列举各家之说云：

"弘景曰，此即鼢鼠也，又名隐鼠，形如鼠而大，无尾，黑色，尖鼻甚强，常穿地中行，讨掘即得。

"藏器曰，隐鼠阴穿地中而行，见日月光则死，于深山林木下土中有之。

"宗奭曰，鼹脚绝短，仅能行，尾长寸许，目极小，项尤短，最易取，或安竹弓射取饲鹰。"

"时珍曰，田鼠偃行地中，能壅土成垄，故得诸名。"寺岛良安编《和汉三才图会》卷三十五引《本纲》后云：

"案鼢状似鼠而肥，毛带赤褐色，颈短似野猪，其鼻硬白，长五六分，而下嘴短，眼无眶，耳无珥而聪，手掘土，用鼻拨行，复还旧路，时仰食蚯蚓，柱础为之倾，树根为之枯焉。闻人音则逃去，早朝窥拨土处，从后掘开，从前穿追，则穷迫出外，见日光即不敢动，竟死。"这所说最为详尽，土拨鼠这小鼠的情状大抵可以明白了，如此我们对于"土拨鼠先生"也才能发生兴趣，欢迎他出台来。但是很不幸平常我们和他缺少亲近，虽然韦门道氏著的《百兽图说》第二十八项云，"寻常田鼠举世皆有"，实际上大家少看见他，无论少年至老年提起鼹鼠、鼢鼠、隐鼠、田鼠，或是土龙的雅号，恐怕不免都有点茫然，总之没有英国人听到摩耳（Mole），或日本人听到摩悟拉（mogura）时的那种感觉罢。英国少见蝼蛄，称之曰 mole-cricket（土拨鼠蟋蟀），若中国似乎应该呼土拨鼠为蝼蛄老鼠才行，准照以熟习形容生疏之例。那好些名称实在多只在书本上活动，土龙一名或是俗称，我却不明了，其中田鼠曾经尊译初稿采用，似最可取，但又怕与真的田鼠相混，在原书中也本有"田鼠"出现，所以只好用土拨鼠的名称了。这个名词大约是西人所定，查《百兽图说》中有几种的土拨鼠，却是别的鼠类，在什么书中把他对译"摩耳"，我记不清了，到得爱罗先珂的《桃色的云》出版，土拨鼠才为世所知，而这却正是对译"摩悟拉"的，现在的译语也就衍袭这条系统，他的好处是一个新名词，还有点表现力，字面上也略能说出他的特性。然而当然也有缺点，这表示中国国语的——也即是人的缺少对于"自然"之亲密的接触，对于这样有趣的寻常小动物竟这么冷淡，没有给他一个好名字，可以用到国语文章里去，不能不说是一件大大的不名誉。人家给小孩讲土拨鼠的故事，"小耗子"（原书作者的小儿子的诨名）高高兴兴地听了去安安静静地睡，我们和那土拨鼠却是如此生疏，在听故事之先还要来考究其名号脚色，如此则听故事的乐趣究有几何可得乎，此不佞所不能不念之惘然者也。

　　兄命我写小序，而不佞大谈其土拨鼠，此正是文不对题也。既然不能做切题的文章，则不切题亦复佳。孔子论诗云可以兴观群怨，末曰多识于草木鸟兽之名，我不知道《杨柳风》可以兴观群怨否，即有之亦非我思存，若其草木鸟兽则我甚喜欢者也。有人想引导儿童到杨柳中之风里去找教训，或者是正路也未可知，我总不赞一辞，但不佞之意却希望他们于军训会考之暇去稍与癞虾蟆水老鼠一游耳，故不辞词费而略谈土拨鼠，若然，吾此文虽不合义法，亦尚在自己的题目范围内也。

　　　　中华民国二十四年十一月廿三日，在北平，知堂书记。

　　　　　　　　　　　　　　　　——录自开明书店 1936 年初版

《杨柳风》译者序

尤炳圻 [1]

先介绍几位书里的人物：

　　土拨鼠永远是一个心与物冲突的角色。一开场他便被弥满在空中地底和他的四周的"春"诱出了家园，弃掷了正在粉墙的手中的刷子。其后，他满心想钻进癞施的新奇的淡黄马车，然而又不愿叛逆他

---

[1]　尤炳圻（1912—1984），江苏无锡人。毕业于北平师范大学国文系、清华大学外文系，后留学日本东京帝国大学研究院主攻英国文学、日本文学。回国后曾任教于北京大学日本文学系。另译有日本内山完造杂文集《一个日本人的中国观》、夏目漱石《我是猫》等。

的好友——水耗子。明明知道自己的家破旧不堪，羞对故人，却又舍不得离开。跟土獾等玩了一上午，回来见了受罪中的癞施，却惟有他忐忑不安。敌不过外界的物质的诱惑，却又没有勇气跳出自己的圈子。结果永远是在十字路口徘徊，悲哀，苦恼。永远显得低能脆弱。

癞施，这是最能吸引读者兴味的一位。能够毅然摆脱一切，去追求每一种新的官能的刺激。是一个个人主义的象征。他的信仰是快乐，他的幻境是美。他的兴味永远是流动的。在强迫人家都到他的"船屋"里去住，而且宣言将在船上渡其余生之后不久，便把废船堆齐了屋顶，玩起黄色马车来了。这会他以为实在是自从开天辟地造车以来，一辆顶顶精致的车了，连一个例外也没有！不料又在一个紧张的场面里爱上了欺负他的汽车。然而他虽然随时随地想求热情的奔放，却随时随地都要受到意外的阻遏。虽说是意外，却自然也便在"我们的"情理之中。像做梦一样，他开动了汽车，然而马上来了"窃盗""妨害公安"和"违警"，因为有法律。他以为看监的女儿对他种种的好意，便是爱上了他，哪里明白社会地位和身份的迥然不同！他在收回故居、逐出敌人的欢欣之余，本可以对来宾唱歌赋诗，然而跳出了绅士制度和传统习惯。结果，他不能不长叹一声"冷酷"，而伏倒在那些重缠叠架的铁链索之下了。

这一些心物的斗争，人我的冲突，实在是希腊悲剧的最高题材，而被格莱亨氏用十九世纪末的背景，和致密锐利的心理分析的手法写出来了。

对于书里每一个动物，原作者均赋与一种同情了，甚至于强占癞施堂的黄鼠狼和黄鼬子。然而只有对土獾不是如此。从文字表面上看，似乎土獾在众兽中最清高慈爱，最值得敬重。然而实际上却无处不写他的卑鄙、虚伪、自私和阴险。他绝没有癞施的质实和热情，也没有土拨鼠的婉和及谦让，更缺乏耗子的勤作。却兼有他们的固执、懒惰、贪馋，再加上他自己特有的沽名钓誉的劣点，成功一个到处沾便宜，到处受尊崇的臭绅士，然而他自己却还总自居于真隐士之流。一天到晚打听人家的阴私事情，却偏又卜居于幽迹林的正中心，妙在写得一点痕迹都没有。过于老实或不小心的读者也许始终还认土獾做好人。正如大部分的人，不能辨别一个真正生活在我们周围的"伪君子"一样。能写一个曹操，或者一个秦桧，那算不得什么成功。

除此之外，书里每一个动物，都各自有他的不可磨灭的生命。而且和我们是那么亲切。根据格莱亨的书而作《癞施堂的癞施》的密伦在他的书序中提到了土拨鼠说："有时候我们该把他想作真的土拨鼠。有时候是穿着人的衣服。有时候是同人一样的大。有时候用两只脚走路。有时候是四只脚。他是一个土拨鼠。他不是一个土拨鼠。他是什么！我不知道。而且，因为不是一个认真的人，我并不介意。"

我们分析了半天书里的人物，其实在原作者，也许根本没有象征的心。自然创造我们这些"各如其面"的不同的人类，何尝具半点成见呢。所以有些批评家，正赞誉《杨柳风》为一部最不加雕琢的妙书。这种不雕琢，便是指着炉火纯青的渐近自然了。书里面所描写的，一样有友情，有智慧，有嫉妒，有欺骗，有骄妄，有夸大，有冷酷，有自负。然而却又是写实而不是写实，是讽刺而不是讽刺，是幽默而不是幽默。正如我们鉴赏罗丹的画，是力而不是力，是筋肉而不是筋肉。

最使我们读了不忍放下的，是因为这本小书不独是篇有趣的童话，而且是篇顶曲折的小说，而且是篇极美丽的散文——尤其因为它是，一首最和谐的长诗。古河，水闸，杨柳堤这一些是不待说了，即使一片荒林旷野，半湾残月疏星，也写得那么绮丽动人。甚至于一杆烟袋，一盏牛角灯，也都带了舒情的趣致。童心本来是诗国，童话本应似诗境。然而真能将童话化成诗境者，除格莱亨外，能有几人耳？

《杨柳风》和《阿丽斯漫游奇境记》，同成一种古典了。然而，格莱亨实在在《杨柳风》里，展开了一个与史蒂文森（R. L. Stevenson）所创造者不同的理想的"宝岛"，又发现了一个与嘉禄儿（Lewis

Carroll）所描写不同的"奇境"。关于格莱亨和嘉禄儿，曾经有不少人评较过。然而他们两个的差异很是显然。《杨柳风》里所写的河岸之美，尤其是第七章水耗子和土拨鼠去寻觅小水獭，听得仙乐那种优丽无比的地方，决为《奇境记》所无。然而后者的"不通"的趣味，却又自然远胜于前者的。说到了解儿童的心情，格莱亨却比嘉禄儿深。所以，今日引《奇境记》者日少，而谈《杨柳风》者日多。

格莱亨，一八五九年生于英国的 Edinburgh，我们不会忘掉，这正是印象主义和唯美主义抬头的时候。一八七八年，他入英国银行供职。一八九八至一九〇八这十年间，充银行秘书。于一九三二年七月突然逝世。享年七十三。逝世后，*London Times* 特为出专页追悼。各大文学杂志如 *Bookman*，*Literary Digest* 也发表文字纪念评介。

在他逝世后一周年 P. Chalmers 的《格莱亨传》（*Kenneth Grahame—Life*，*Letters*，*Unpublished Work*）出版。传记的作者在引言中说："我只见过格莱亨一次。为了和他并没有关系的事务，夏季的某日，到他的潘坡城的寓所去，在花园的一角的玫瑰丛中走过来的他，发现了一位去拜访他的生客（就是我），立刻请客人宽恕，说他正要到河上去，说他要去看船，'可爱的船'，说完就又向花园一角走去了。这样的人，我们实在觉得有趣。不是这样的人，也怕绝写不出这样可爱的《杨柳风》来罢。"

写《杨柳风》时，格莱亨正任银行秘书。是为了他的爱子阿剌丝台（小名唤做老鼠）而作的。然而，银行秘书者，时刻须陪坐在行长先生的席边，离开文学，离开童心，离开诗境是很远很远的人也。《杨柳风》偏偏于是焉完成。不能不说是桩奇迹了。

一九〇八年，格莱亨有一封信致当时的美国总统罗斯福，这么写的：

　　总统——去年你很慈惠地说过你极爱我的书的标题，所以我想你也许乐意收一册最近印出的英国版本罢。便冒然奉上了。这书的性质，假使有，也是十分否定——意思是说：没有问题，没有性，没有第二个意义——这不过是你所熟谙而不至误解的最简单的生物的最简单的生活的一类描绘而已。

罗斯福的复函是：

　　　　书还没有寄到，可是我从来没有读过你的任何作品。没有十分享受到，当然是后日再向你衷诚道谢的妥当。不待说，最好是"没有问题，没有性，没有第二个意义"，这正是我喜欢他的原因。

罗斯福不久又有一封信给格莱亨，说他和他的夫人，和他的两个孩子，如何爱这一本书，说："我已经把它一读再读，书里的角色，都已经成了我的老朋友。"说："我仿佛和水耗子想摆脱一切，开始漫游的海鼠一样，已经深入酷热的非洲了。"

总统而有这样的风趣，倒颇使我们这些未白先老者惭愧了。

《杨柳风》是格莱亨四部书中最后产出的一部，也是我们最爱读的一部了。即使到了他其余的作品，如《黄金时代》被大家忘却的时候，《杨柳风》也仍旧新鲜地存在人间。我们这样深信不疑。格莱亨对于这一部书也特别钟爱。曾有选出若干章，或将全书缩编，以采入儿童教科书的宿愿。这愿望已经成为事实。《杨柳风》现由英美两大书店印行。英国的 Methum 书店，共有六种不同的版本，内一种即系专作教科本用者也。

一九三五年三月译者于东京。

——录自开明书店 1936 年初版

《杨柳风》释例

（尤炳圻）

（一）译书难，谁都知道了。而译儿童文学较纯文学尤难，或非经验过不能深信。本书有若干地方，不得不废译为述。实出于万不得已。

（二）原文的描写，形容，有时虽极美。但经一道翻译，太忠实的翻译，我们的小读者也许就读不明白。因之，译者不得不稍稍妄加改动，或易以稍具体的字句。这种场合，原也知道万分审慎。但总觉是译者不胜任之过。

（三）译者以课业纷忙、人事匆草、心情不定等关系，工作时进时辍。自动手至译毕，几亘一年，编校又几半载。这样的一本小册子，都未能一口呵成，结局尚不免许多疏陋，对己是恨，对读者及关心本书的诸师友是愧。

（四）本年一月中，劭西师以所著《建设的大众语文学》寄赐，惊动南北的"大众语"笔仗，将成尾声时也。该书十八页有："'大众语'者，是一种有建设性而不具阶级性的标准方言，……随时代而演进，依交通而扩大，应文化而充实，藉文艺而优美：这都是自然而然的。"此原为不易的至言。但译者现在则在试做一点实践而又非自然的"旧瓶装新酒"的工作。凡方言或语音处，均附以注音。卷末另编"特别辞汇"，俾供检阅。

（五）二十三年十月，劭西师等编《佩文新韵》（一名《国音分韵常用字表》）出版。这实为我国第一部最合声学，"足以打倒爱新觉罗玄烨的《佩文诗韵》而为现代适用的辞书"（原书目的尚不仅此）。本书所有诗歌，悉系遵照《新韵》而译。并在每韵下附以注音，以示其功能。据译者所知，这书还是根据《新韵》，正式作诗或译"诗"的第一声。

（六）这一册小书，自始至终，受知堂师的鼓励与指导而译成。关于这书的通讯达十余函。最后师并赐校正全书及写序，题封面，题地图等，爱护本书，可谓无微不至。读者如爱本书，不能不感激知堂老人。

（七）原书出版于一九〇八年。一九一三年第八版有 P. Branson 插画。一九二二年十三版，一九二五年十六版，均有 N. Barnhart 插画。一九二七年二十五版，一九三〇年三十三版，均有 W. Payne 插画。最后，一九三一年三十八版，有 E. H. Shepard 插画。本译本除地图系借周作人先生所藏之 Shepard 绘本模录之外，余均蒙子恺先生"翻译"Barnhart 氏的插画，共十二幅。所以都题"改作"，是表示取景选材均照原画；所以不将画面改为中国式的生活者，丰先生的意思是，书中以西洋人生活为背景，插画似亦宜取西洋风也。然即此，已经较之原画，更能使我们中国读者容易了解欣赏万倍了。虽是改作，一经子恺先生的笔，便是创作了。从此，格莱亨的《杨柳风》，又多了一种插画本。而本文及插画同时并"译"，这小小的册子也总是首创哩。

此外格莱亨氏和他的宠儿的照片，则均系取自 *The Life and Unfinished Works of K. Grahame* 一书。

（八）本书承至友健吾、宏告、长之、绮昌、文玑等赐助不少，谨此致谢。

（九）本书承叶圣陶先生赐以种种印刷上的便宜与指示，使本书早日得在开明书店出版，译者尤觉十分荣幸与感激。

——录自开明书店 1936 年初版

《朝鲜现代儿童故事集》 [①]

《朝鲜现代儿童故事集》前记

邵霖生 [②]

屈指算来，我在上海韩侨仁成学校担任中国语教课，已经是第三年了。在这些过去的时日中，我和一般漂流海外的天真烂漫的异国儿童接触着，自然有许多特别的风趣。

当我在教课之暇，常常把朝鲜出版的儿童读物，如儿歌、故事、童话等，翻译成本国语，来做这些儿童的课外读物，而谋增进他们中国语的程度。

统计一下，这些翻译的作品已很不少了。多年前同在东吴肄业的一位老同学，要我把它整理出来给我国的儿童们看看，我觉得这话很对，便在半年前选辑了短短的二十余篇童话，定名为《朝鲜现代童话集》（因为内容都是现代朝鲜儿童文学家的创作，并非古代的传说）交由中华书局编入《世界童话丛书》中单行。

最近，好多位朋友得知了这事，都更鼓励着我继续再做这个工作。他们说"这个工作很有意义，因为朝鲜和我国在历史上地理上的关系特多。他们的儿童文学，除了多年前刘半农先生的女公子曾经从法文里重译了几篇故事，在北平某报附刊上发表过外，没有第二个人介绍过，你在你的地位上做这工作，是最配没有的。"我觉得他们的话更是有理，所以再抽暇继续做这整理工作，在这里又选辑了几篇故

---

① 《朝鲜现代儿童故事集》，童话集，邵霖生编译，南京正中书局 1936 年 1 月初版，"儿童之友丛书"之一。

② 邵霖生（1913—2005），江苏宜兴人。曾就读于上海南通学院农科、福建协和大学农学院。1947 年与郑广华、余松烈创办新农出版社，并主编《新农》双月刊。另编译有《朝鲜现代童话集》等。

事，也是现代的创作，定名为《朝鲜现代儿童故事集》，贡献在我国的儿童之前。

　　本集的内容，各个故事中，大都没有什么普通的表面兴趣，而却在横剖面流露出一般朝鲜儿童的生活实情。——这种实情所给我们看见的，便是"贫苦的普遍性"。但其所以会如此贫苦的原因，并未有表明的地方，我国聪明的儿童看了，一定会明白的。

邵霖生记于上海康悌路

二四，二，二二。

——录自正中书局 1936 年初版

《炎荒情血》[①]

《炎荒情血》卷首语

刘勋卓[②]　刘勋欧[③]

　　本书作者裴利·绿蒂（Pierre Loti），闻名世界文坛，为法国第一流作家之一，实在不是偶然的事。绿蒂原名 L. M. J. Viand，一八五〇年诞生于法国立畿福地方劳领德一个小海港，童年是在另一海港鲁欠福消磨的。绿蒂的祖先，多业航海，所以绿蒂本人日后漂泊大海，漫

----

①　《炎荒情血》（ Le Roman d'un Spahi ），长篇小说，法国 Pierre Loti（今译皮埃尔·洛蒂，1850—1923）原著，刘勋卓、刘勋欧译述，上海商务印书馆1936 年 1 月初版，"世界文学名著"之一。

②　刘勋卓，生平不详。曾于 1934 年《求实月刊》第 1 卷第 10 期译有英国乔治基新（1857—1908）著《一个穷绅士》，于《矛盾月刊》第 3 卷第 1 期译有皮·渥尔作《歌德戏剧中文艺复兴与 Baroque 文风之影响》。

③　刘勋欧（1911—？），字百修，江苏人。中国公学 1930 级商学系学生，曾于该校大学部庚午级商学会创办的《商学》上，发表《贸易的分析》一文。

游世界，那种喜好，也由来已久了。

绿蒂在孩童时期，过的是娇生惯养的生活，为人聪明而富冥想，因与大海为伴，遂有追逐不可思议世界的梦想。十七岁时，不顾一切，投入法国海军为学员，终为海军军官。

因为他在漫游中，见到各地美丽的景物，变动过甚，于是悲感丛生，死的一念，永远不能离开他的脑中，基于这样心情，就形成了他全部作品的主旨。据有人批评，绿蒂的作品，弱点在于缺乏动作的真实性，和组织松懈，不过结构却有它独到之处，永是变化无穷，轻快而饶有暗示的画意，使人得着各种新鲜的印象，或有一种无形力量的存在。所以绿蒂在近代文学中，是所谓"异国情调"的代表作者，兼伟大的印象主义者。（上述种种参考《世界文库》第一本第三〇一页）

这里叙述的，是一个法国驻非骑兵的事迹。主角杰因·斐雷据说于一八七三年在塞捏戛（Senegal 法国殖民地，位于非西），曾与作者相遇，内容即系杰因同一土著黑女妃塔的恋爱始末，因种族不同，杰因就起了两种相互矛盾的心理，永远冲突着，直到死而后已。此外故事的用意是同情着一般被放逐大海蛮荒的人们，因为他到过塞捏戛，并对于书中情节，有所根据，所以他一切的描写，并不是完全虚构的。

原文是英文版，题名叫作 *The Romance of A Spahi*，译名《炎荒情血》，是根据另一题名 *Love in the Desert* 而拟撰的。小说是散文的体裁，像这样长篇散文的译述，在中国目前的荒芜的文坛，虽不能说没有，但亦并不多见。文章因为背景在非洲，充满了"异国情调"（这本是作者特有的作风），处处流露出"热的美丽"，是以有了这样的体裁，有了这样的背景，哪能不动人心灵呢！单就译者而论，在一章一章地移译下去时，看到的虽然满纸荒炎，沙漠，太阳，黑人等等，但所得的印象竟是如此深刻，心里永远冲动着"只要我能到那里去一趟！"

译者　二十四年七月五日

——录自商务印书馆 1936 年初版

《白夜》^①

《白夜》妥斯退益夫斯基略传

　　费多尔·妥斯退益夫斯基（Feodor Mikhalovich Dostoievsky），一八二二年十月三十日生于莫斯科的公立贫民病院，父亲是医师米埃尔·妥斯退益夫斯基，母亲是玛利亚费多罗维娜。妥斯退益夫斯基从父系来说，是属于与普式庚同样的旧贵族，但他比普式庚有更多的权利，在"新人们"（杂阶级者）之中看出自己。有说妥斯退益夫斯基是"衰落了的旧世家的一片"；又有说是"被虐待的家门的一碎片"。但不论有如上的二种传说，他是属于利多利亚 LithuZnia［Lithuania］贵族的家门，是的确的。这个家门名为古鲁蒂西节夫，然而后年因为有功绩，由皇上下赐的宾斯基郡（波兰）的妥斯退益夫村同时受了妥斯退益夫斯基这个姓。这一族在十八世纪开始的时候，即陷于不如意的状态，家运陷于衰败的境地。妥氏的父亲还年轻的时候已把自身和一切关系隔断。儿子费多尔·妥斯退益夫斯基，与其说是在贵族之中，不如说是在杂阶级的境遇之下受教育的。妥斯退益夫斯基的家族，就在病院的官舍极狭小的住宅中住着。妥斯退益夫斯基在那幼年时代，便是与他的哥哥米埃尔一齐在这薄暗的小房子中过去的。这房子的门与临舍的相隔，仅仅是一个站身的距离。但是，一八三一年时，妥斯退益夫斯基的父亲因为在多拉县得到小小的一个村庄，从此这位医生的家族，每年到了夏天就骑着马到这村庄去旅行。这时候，当时还极轻漂的诙谐的少年妥斯退益夫斯基，亲近了各种各色的原野。然而同

---

　　① 《白夜》，长篇小说，俄国妥斯退益夫斯基（F. Dostoevsky，今译陀思妥耶夫斯基，1821—1881）著，斐琴、陈达人合译，日本东京东流文艺社 1936 年 2 月初版，"东流文库 5"。

时他在那里也亲眼看到了惨酷的农奴生活。根据他的弟弟安特列的证言，妥斯退益夫斯基很喜欢和农民们谈话，"他由于那活泼的性格，什么都要动手。有时自动牵着挂锄的马，有时追赶拖犁的马……"

妥斯退益夫斯基底热情的性格，敏锐的感觉，美好的智力，早就现出了锋芒。他的父亲时时叱责他说："喂！费卡，听话些吧！否则，你是坏东西，……把你送去当兵啦！……"

妥斯退益夫斯基十三岁止，是在家庭里养育的。其间他听了许多的童话。那些童话是常常到妥斯退益夫斯基家里来的女草鞋匠鲁克利亚对小孩们讲的故事。在家庭里，每天晚上，摆着茶桌。在蜡烛的灯光下朗读加拉谟津的《俄罗斯帝国史》，当时有名的安娜·拉枯利夫的凄怆的冒险小说，或暗诵老诗人登尔嗟温的抒情诗。

一八三四年秋，妥斯退益夫斯基与其兄米埃尔进了莫斯科的朱尔玛古寄宿学校，在那里得到当时的良好的教师们的教授。妥斯退益夫斯基对于普式庚的诗最初感到喜欢，就是在这个时候。一八三七年母亲玛利亚·费多罗维娜死了。这家庭的不幸，恰恰和大诗人普式庚的死同时发生了。弟弟安特列说："哥哥们，听到了这大诗人的死及其详细的情形的时候，差不多快要发狂了。二哥费多尔与大哥的谈话中，不知重复过几多次下面的话：若是我们没有家庭的丧，我将向父亲要求允许来服普式庚的丧。"

同一八三七年的春天，费多尔（妥斯退益夫斯基）与其兄被送到彼得堡的可司特马罗夫寄学校去。在那里必须准备陆军技术学校的入学考试。后年妥斯退益夫斯基自己有说："当时，我们醉心着新生活。我们热烈的信仰着什么。因我们都很知道在入学考试的准备上，不能不拼命的学数学，但只是空想着诗与诗人的事……"

这年的秋天，妥斯退益夫斯基进了陆军技术学校的本科。这个学校就是在巴维尔皇帝被近卫兵绞杀了的阴郁的米海尔城内。在那里妥斯退益夫斯基居住了六年。从那时堕入于幻想中的哥哥米埃尔的信中，可以明白这两兄弟的一切兴趣都集中在文学上。妥斯退益夫斯基醉心于荷马与莎士比亚。普式庚依旧是他的偶像。他差不多可以把果戈里暗记着。关于巴尔扎克，妥斯退益夫斯基说他的伟大，而且说："他作品中的人物性格是世界底天才的创造。"他被霍甫曼（Hoffmann）魅惑，对于乔治桑特也很有兴味。他这样的写着："我暗诵了释勒，我用释勒的语言说话，我醉心于释勒。在我的生涯那样的时代中，我想命运不能再次把那知道这位伟大诗人的好机会，赐给我的生涯……"

　　这时候妥斯退益夫斯基的家庭有着极痛苦的事情，因为妻的死受着重大打击的父亲，开始沉溺在饮酒里。他狂醉起来的时候，就成了残酷的人了。这残忍性把他导进于可怕的死。激怒了的村民们，把他惨杀了。这件事是一八三九年发生的。有些人就肯定妥斯退益夫斯基的癫狂的最初的发作，是由于听到他父亲的死时起的。

　　一八四三年秋，杜斯退益夫斯基在陆军技术学校本科毕业，被派为彼得堡工兵队的将校。可是妥斯退益夫斯基在军队勤务上没有一点儿兴味。一八四四年末，他被升为中尉，同时因为患病退职了。他把这一年献给文学的实践，其中特别是翻译巴尔扎克的小说，热心地写自己的处女作《穷人》。一八四五年春，完成了这小说，妥斯退益夫斯基忽然地成名了。倍林斯基将这个新进作家祝福之为"社会小说"的作者。倍林斯基的朋友们争相介绍这个青年作家加入他们的会。当时他给哥哥的信，充满着真的喜欢。他在自己的声名里陶醉着，一点都不隐讳它。他将屠格涅夫，倍林斯基，尼可拉索夫及其他新的知己叫做"我党"。可是不久妥斯退益夫斯基便明了那些"我党"是和我们完全不同典型的人物了。最先，是比林斯基对妥斯退益夫斯基感到了幻灭。在一八七三年的《作家日记》中，妥斯退益夫斯基描写着自己与倍林斯基的关系："我把他看做热烈的社会主义者，从最初就谈到无神论……"最初的"社会小说"的作者（妥斯退益夫斯基）与

"狂暴的维芝莎利安"（比林斯基）之间有不少的相差。从妥斯退益夫斯基自身的回想，我们可以明白他虽然接受当时比林斯基宣传的社会主义的一切真实，另一方面却不能离开所谓人类的历史上基督的人格占着某种特殊地位的信仰。妥斯退益夫斯基的这种信仰，在倍林斯基想来是野蛮的迷信。这论争，在其本质上是决定了妥斯退益夫斯基的将来的命运。

一八四六年二月，第二篇小说《二重人格》刊载于《祖国杂纂》上。但这篇作品是没有成功的。一八四七年发表了《女主人》。一八四八年发表了《白夜》等。倍林斯基写给 B·安宁可夫的信中，批评《女主人》说："糊说的愚劣的低级的东西"。妥斯退益夫斯基的新朋友中也是这样，最先就有尼可拉索夫与屠格涅夫嘲笑他。这时候他是不能不感到自己是被侮辱被挑战的了。

然而，妥斯退益夫斯基因为与他们论争，与倍林斯基破裂，于是开始找别的朋友。他显明着希望着由说话转变到实行去。那正是二月革命的前夜。"空想的社会主义"的思想使欧罗巴波涛澎湃，也在俄罗斯找到了这思想的地盘。在彼得堡集合着许多由各地方来的贵族。他们是在许多的场合，没有物质的保证的人们，不能不由当时的奉职中，或当时发达的新闻界来寻求他们的收入。那些阶级脱落者们，对于当时的尼古拉一世的政治，是站在反对的立场的。他们是苦恼于政治底无权利，常常空想着自由。政治与社会性的发达，就可以理解，维持农奴制度已经是不可能了。因为这些大多数的智识阶级的经济状态是薄弱的，自然他们对于福利埃，加比，康特西兰，列尔及其他多种多样的形式中提倡社会生活的改善的，空想的思想，抱着不小的兴趣在研究。彼得堡以及其他地方，研究政治，经济及社会问题的学会，组织了起来。一八四〇年代末这种学会之中，最著名的是百多秀夫斯基的学会。在那里主要的集中了福利爱派。妥斯退益夫斯基也是这个集会的很热心的出席者。他大抵是沉默着，有时他的眼睛燃烧着，他的声名提得很高的时候也有。所有的人都静听着"像有权威的人"说话似的这个人的说话。有时，谈农奴制谈得兴奋的时候，杜思退益夫斯基就表明自己的思想说："皇帝是必须解放农民的，皇帝在不久的将来会把解放实现吧？"有些人们怀疑着问。"如果最高权力者搁着这个问题不解决的时候将怎么样呢？"谁对着妥斯退益夫斯基这样质问时，妥斯退益夫斯基就愤怒的叫着："哪怕是起了造反还是必须解放的！"在这百多秀夫斯基会上，妥斯退益夫斯基朗读过当时已经死了的倍林斯基（死于一八四八年春）给果戈里的信。在这集会中，他认识了诗人又是"近于滑稽的宗教人"S·托罗夫。这托罗夫不久就组织了别的会，这是专集中文学者们的。在这个会里，妥斯退益夫斯基和彻底的无神论者，也是"共产主义者"的西百尼夫做了朋友。西百尼夫这个人物，因为那沉着冷静的性格，欧罗巴风的教养与非凡的智力，而获得周围的人们的特殊尊敬。西百尼夫的组织就在设立秘密出版，组织秘密结社的。这结社已有五人乃至七人的少数者参加了。其间妥斯退益夫斯基也在的。最近发表的玛珂夫给维斯可哇托夫的信中，描写着妥斯退益夫斯基向他劝告过关系于这事业以及住在自己家里的事。"我觉得"，玛珂夫写着，"杜思退益夫斯基像临死的苏格拉底（Socrates）似的，寝衣的衫襟也没有结，在朋友们面前坐着，就把关于这事业的神圣发挥其雄辩……"在一八四九年四月二十三日百多拉秀夫斯会员被逮捕，妥斯退益夫斯基也被逮捕了。他在比多罗巴维罗夫司古要塞监狱拘禁了八个月。妥斯退益夫斯基在预审的询问中，他是勇敢的而且尊敬的坚持的，他是已不明了那是谁的名，又谁是作伪的。很聪明的，注意很深的供述。他不立誓转向来卑下自己。

　　一八四九年十二月二十二日，妥斯退益夫斯基在比多罗巴维罗夫司古要塞的独房中，写了如下的悽切的信给他的哥哥米埃尔："哥哥啊！我亲爱的朋友啊！一切都决定了。我被宣告了四年的惩役（大部分在阿林布尔克监狱），以及相继而来的军队勤务。在今天——十二月二十二日，我们被带出到沙秀诺夫练兵场去。在那里，对我们的死刑宣告宣读了，叫我们吻过十字架。在我们的头上挂着刀，我们临死的丧服（白的上衣）也穿好了。并且最初的三人已经为了执行死刑上断头台了。因为一次叫三个人，第二次便轮到了我。所以，我的生命是仅有一分钟了。"……"最后，中止的警钟响了。缚在断头台上的人也拖回来了。接着皇帝陛下赐给我们生命的宣告被朗读了。"……"哥哥啊！我不悲伤，不害怕，生活到什么地方都是生活。生活是在我们自身之内的，不是在外部的。人们来到我的旁边吧。于是在人们之中，变成为人的事，永久当做人留下于人世间了。不论怎样不幸的时候还是不悲观，不丧气，——这就是生活。生活的意义就在这里。我意识了这件事。这种思想灌入于我的血肉之中……"十二月二十四日的夜里，加上了桔梏的妥斯退益夫斯基，被送到西伯利亚的阿谟司克监狱（不是他所预想的阿列堡监狱）。他在那里从一八五○年监禁到五四年。关于这件事，他描写在《死人之家的记录》里。一八五四年的二月二十二日，妥斯退益夫斯基从监狱里释放了，转到细米哈拉精司克的守卫队去当兵。这时他将四年间的囚徒生活写信给他的哥哥："我的精神是明朗的。我的将来，我将做的一切，像我目前见到似的。我对自己的生活是满足了。……""在我伴着强盗过了的四年的徒刑生活中，完全明白了人性。你相信吗？他们之中，有着深的，强的，美的性格。荒凉的稻谷之下探求黄金，这是多么愉快的事！……"

　　在沙米巴拉精司克，妥斯退益夫斯基认识了地方官的妻衣莎爱夫及他的女儿玛利亚多美托利埃维娜。他爱上了她。但这是火一般苦痛的爱。一八五五春，衣莎爱夫转任到托谟司克县的克芝尼智克市去了，然而不料竟病死了。一八五五年末，妥斯退益夫斯基写给他妹妹的信："我早就爱这个女子了，在梦里也爱着，比爱我的生命还要强

烈地……"。于是一八五七年的二月他和她结婚了。然而这结婚没有
使妥斯退益夫斯基得到心的安静与和平。给沙米巴拉精司克的朋友
A·维廉克利的封信里，妥斯退益夫斯基写着："与玛利亚·多米托利
爱维娜的关系，最近二年之中，占有了我的全身。至少我是在活着。
纵使有痛苦，但到底是在活着。"

　　一八五七年秋，妥斯退益夫斯基被调任为将校，但是翌年春因病
又辞退那军务，得到允许居住在多维利。一八五七年已经在《祖国杂
纂》上匿名发表了他的短篇《小英雄》，一八五九年前发表《伯父之
梦》于《鲁斯可埃·司罗温》。这年的秋天，妥斯退益夫斯基被送到
德质里去，在那里继续的写《死人之家的记录》。冬天在《祖国杂纂》
上发表了小说《司德班即康村及其住民》。到了十一月末，妥斯退益
夫斯基终于得到许可移住于彼得堡。他复归文坛的事，发行了两卷他
自己的文集来纪念（一八六〇于莫斯科）。妥斯退益夫斯基虽然与其
妻的痛苦的复杂的关系，加上了他自身的苦恼的病，还是抱着非常的
热情去从事文学。他在这时候，写有小说《被虐待的人们》，与其兄
米埃尔发行《时代》杂志（一八六一年——六三年）。杂志的同人除
妥斯退益夫斯基兄弟以外，有关系的有爱怒司托拉荷夫与A·古利果
利爱夫。这杂志标榜的新倾向，被称为"国粹派"即"国民性与国民
正义的醉心家"。这杂志的编辑方面，认为斯拉夫派与西欧派的论争，
已经完结了。在他的纲领上□明综合的活的创造时代已经到来。在三
月号上，揭载着二月十九日（一八六一年）的关于农奴解放的敕令。
但是这改革，很明显的是过了时机的东西。一八六一年末，学生运动
已经开始了。第二年，彼得堡散发了凄切的宣言。一八六三年波兰起
了叛乱。《时代》杂志不能不活动的政治底氛围气，是这样□，这杂
志虽然与当时的虚无主义者论战，政府却用怀疑的眼光，去对付这自
［由］主义的"国粹派"。结果因为载了关于波兰问题的论说，紧急的
把这危险性的杂志禁止发行了。这时候妥斯退益夫斯基又得到了发行

新的杂志《时代》的许可，但没有继续了好久。一八六四年春，妻玛利亚多米托利爱维娜因为肺病死了，两个月后《时代》杂志发行人兄米埃尔也死了。妥斯退益夫斯基便只［身］的承受了哥哥的一切义务和借债。杂志已经因为陷于破产状态而停刊了。被债权者所苦恼的妥斯退益夫斯基，抱着用文学劳动所得的收入，以汇兑的方式和债权者清算的希望到国外去了。

妥斯退益夫斯基编辑杂志的几年间，在数杂志上发表了《被虐待的人们》，《死之家的记录》，《污秽的逸事》，《关于夏天的印象的冬天的记事》（一八六二年六月及七月最初的欧洲旅行的印象），《地下室手记》（一八六四年），《异常的事件》（一八六五年）等。其他假名发表的杂志论文，批评，社会评论也很多。

一八六三年以前，玛利亚·多米托利爱维娜还在的时候，妥斯退益夫斯基再到外国去了。这时候，他与妻的夫妇关系像是断绝了。至少他在兄弟们之前，表明他不是一个人旅行，而同伴的不是妻而是斯斯罗华。这外国旅行的同伴与妥斯退益夫斯基的关系是怎样，可以从他给哥哥米埃尔的信中判明。在那里这样的写着："各形各样的事很多，然而非常的无聊。虽然和阿白斯斯罗华在一块也非常地无聊。在这里，虽然浸在幸福里也是苦痛的。因为离开了今天以前爱着的人们，有几分痛苦的人们。呀，放弃一切，连有益的也放弃，而去求得幸福，是利己主义。现在，这样的念头，防［妨］害了我的幸福（如果在实际这是可能的话）。"妥斯退益夫斯基在一八六五年作了三次的国外旅行。那个夏天，在外国开始写他的《罪与罚》。十一月回到俄罗斯。因为钱用完了，把三卷的全集的发行权在极其不利的条件下让渡给司蒂罗夫斯基了。结果是以这全集要有一篇新小说为条件，这小说就是《赌徒》。

妥斯退益夫斯基挂念着这个契约的苦痛的条件，为写这期限着的小说焦急着。他为这工作，傭用了女速记员安娜·枯利高利爱娜·斯义托其娜。不久，一八六七年二月十五日便与女速记员结婚（此时妥斯退益夫斯基已有四十六岁），同年他逃脱了债鬼，与年轻的妻一齐到外国去过了四年。这期间，妥斯退益夫斯基写了《白痴》，发表在一八六八年的《俄罗斯报知》上，此外还写有《永久的良人》（一八七〇年发表于《曙光》）与《恶灵》的最初数章。《恶灵》是一八七一年至七二年写的，也是发表在《俄罗斯报知》上。一八七一年七月八日，妥斯退益夫斯基回到了彼得堡。其间，他的作品已经好几次的翻版了（《罪与罚》已出了四版），因此他渐次得与债主清算完了。年轻的妻是极善于料理事务、理智清醒的人。一切物质上的照料，都是她一人担当着。妥斯退益夫斯基在这晚年写了小说《未成年》，揭载于一八七五年的《祖国杂纂》，最后的作品《加拉马左夫兄弟》，从一八七九年至八〇年发表于《俄罗斯报知》。

妥斯退益夫斯基那不断的漂泊欧罗巴以后，有二次做过独特的哲学的政论家。第一回在一八七三年《市民》杂志上发表《作家的日记》的时候，第二回是由一八七六年至七七年，这回是用独立的月刊单行本的形式，同样的是发表《作家的日记》的时候。

一八八〇年六月八日，俄罗斯文学同好会发起普式庚的纪念祭上，妥斯退益夫斯基关于这诗人有过有名的演讲。这演讲给与听众强烈的感动。这演讲中，他预言着俄罗斯的命运，俄罗斯国民是应该担当着与普式庚相同的洞察别的国民的像貌的使命。而且因此：不得关在自己的民族的特殊性中，而来预定致力于世界的原理。

妥斯退益夫斯基在最后的五年间，虽然差不多所有的杂志都敌视他，但在那多数的读者与崇拜者之间，见到不少的成功。并且到了最后的生涯上，艺术家的他，到底征服了世界文学上的最高地位了。而且，他的作品从伦敦起直到东京止，在世界的各方，一切文化的国民，感动于他的速写的文稿的每一句，热心地把他的作品翻译了。他的小说有如但丁的《神曲》，赛文蒂斯（Saavedra Cervantes）《唐吉诺德先生》（*Don Quijote*）般，要受到千次的注释也未可预知。

妥斯退益夫斯基的生涯，苦痛于癫痫（"预言者的病态"）的发作，遂于一八八一年一月二十八日的晚上，在家族的人们围绕中，因肺动脉的破裂而逝世了。因为在前一天有着利害的咯血，所以他自己是明白地意识到死已经走近了而死的。

他的葬仪，对于他的家族，对于他少数的亲友，都是完全没有预期到的大众葬。他的传记作者写着："这时为止，俄罗斯还没有过这样的葬仪，是可以断言的。"结成了大集团的民众，无数的花圈与吊问的代表，一切这些事实，曾惊倒当时的人们。突然的就死了吗，或者说还不是吧？在这一瞬间，这天才的容颜开始不能与所有的人们再见了。

——录自东流文艺社 1936 年初版

《关着的门》①

《关着的门》译者的话

李万居 ②

一八八五年浪漫派巨子雨果（V. Hugo）死后不久，法国文坛发生了一种新的运动：这种运动即高蹈派（École parnassienne）中的

---

① 《关着的门》，短篇小说集，法国亨利·列尼耶（Henri de Régnier，今译雷尼耶，1864—1936）等著，李万居译，南京正中书局 1936 年 2 月初版。

② 李万居（1901/02—1966），生于中国台湾，曾求学于上海文治大学、国民大学，1926 年赴法国留学，后入巴黎大学研究社会学。1932 年回国后受聘为中山文化教育馆编译。抗战时期，任职于国民政府军事委员会国际问题研究所，后为驻港澳办事处少将主任。抗战胜利后，随台湾行政长官公署返台，接收新闻机构，任台湾《新生报》社长。另译有法国义特里（Sacha Guitry）《诗人栢兰若》，编译有《现代英吉利政治》等。

几位作家马拉梅（Stéphane Mallarmé）、魏尔仑（P. Verlaine）等脱离了该派，而独树一帜，创立象征派的运动。那时候正是亨利·列尼耶（Henri de Régnier）刚满二十岁，开始发表他的文学作品的时期。列尼耶氏以一八六四年十二月生于法国西北部雍佛列（Honfleur）地方，小时便来巴黎，起初在斯达尼斯拉中学肄业，后来专攻法律。但他很早就熏陶于文学的环境里，因时常与马拉梅辈相往还，所以受象征派的影响甚深：如马拉梅，里尔（Charles Leconte de Lisle），迪也尔（Léon Dierx）、魏尔仑，玮里耶（Villiers de L'Isle-Adam）均为他生平最服膺的人，后来他卒成为象征派的巨擘。他不仅是法兰西现代的大诗人，而且是个很著名的小说家。他被选为法兰西文学院（Académie française）会员是一九一一年的事。他的诗，小说，戏剧和文艺论文集有三十种以上；他已达七十高龄，然仍写作不倦，现在还时常有作品发表。我国文艺界对于这位伟大的作家迄今似乎还没有人介绍过。

耶洛（Ernest Hello, 1828—1885）是个哲学家兼小说家，他的作品充满着怀疑，冷酷，讽刺和神秘的色彩；所以法国人称他做神秘的著作家。他的文艺作品不多，但用笔却非常深刻。拉赛尔（H. Lasserre）曾这样批评他的作品："试一读莫里哀或普洛特（Plaute）所描写的《守财奴》，便觉得他们两人好像小孩一般，因为他们所描写的《守财奴》，只是粉壁上的一个影像，至于耶洛所描写的守财奴则确确实实是个活生生的守财奴，绘声绘色，无论举止动作无一不逼真毕肖……"这几句话并非过分的称赞，凡读过耶洛的作品的人大概都会有这样的同感吧。按法国文坛自波多莱介绍美国 Edgared Poe［Edgar Allen Poe］的作品之后，曾有一个时期（一八五六——一八六五）流行着一种世人称为"架空小说"（Conte fantastique）；耶洛就是属于这一派的。

玮里耶和普勒夫斯特（M. Prévost），国内已有人介绍过，这里恕不多赘。

这几篇小说，大半是几年前旅居巴黎时的译作，现特编集问世，如蒙方家指正，竭诚欢迎。

中华民国廿四年六月中旬，译者识于首都旅次

——录自正中书局 1947 年沪一版

《酒场》[①]

《酒场》译者序

沈起予 [②]

一　左拉的一生

左拉（Emile Zola）生于一八四〇年。其父佛兰梭瓦·左拉（F. Zola）本系意大利人，为炮兵士官出身，后来因为充当了法国的军职，遂住于南部法兰西的 Aix，而与一巴黎的女子结婚，左拉便是在巴黎的母家生的。父亲死时，左拉已被带到 Aix 来，八岁进小学，十三岁进了 Aix 的中学。在学校时的左拉，即异常勤勉，对于自然科学的成绩尤为优良。少年时代的朋友，有后来的名画家塞让

---

① 《酒场》(*L'Assommoir*，今译《小酒店》或《小酒馆》)，长篇小说，法国左拉（Émile Zola，1840—1902）著，沈起予译，上海中华书局 1936 年 2 月初版，"世界文学全集"之一。

② 沈起予（1903—1970），四川巴县人。1920 年留学日本，后入京都帝国大学专攻文学，1927 年回国。曾参加创造社、"左联"。任教于上海艺术大学、光华大学等。主编过《光明》半月刊、重庆《新蜀报》《新民晚报》副刊等。另译有法国泰勒《艺术哲学》，罗曼·罗兰《狼群》，日本鹿地亘《叛逆者之歌》《我们七个人》等多种。

（Cézanne）等。

　　一八五一年，第二共和制改为帝政，路易·拿破仑宣言即位的时候，南部法兰西也暴发了反帝政的骚动，Aix 尤为其中心，因之青年左拉，也被这种悲壮的潮流所卷入了。《鲁公·马加尔一族》中的第一部《鲁公家的财产》（*La Fortune des Rougon*）便系描写当时暴动的情形，而其中的一位主人公，显然有左拉的面影。

　　到了十五六岁时的左拉，已经懂得恋爱了。这时他曾恋慕着一位少女，可是他不敢向她告白出来，只在暗中给她一个 Ninon 的爱称。因之他的最初的短篇集也命名为《给与 Ninon 的短篇集》（*Contes à Ninon*）。

　　到十八岁时，左拉即到巴黎来准备进大学；这时他便热烈地爱着雨果（V. Hugo）的作品，也爱读巴尔扎克（H. de Balzac），孟特尼（Montaigne）及莎士比亚诸人的著作。可是到了巴黎不久，左拉遂感觉到生活上的困难，不得已，他才托人介绍到一家书店中去当一位店员，他的《给与 Ninon 的短篇集》复得店主介绍到《青年新闻》上去登载，于是左拉的文学生活便得了基础。

　　到一八六五年时，左拉才写了他的最初的长篇《克罗德的忏悔》（*La Confession de Claude*）。到次年他即辞去了将近两年的店员生活，专在《费加洛新闻》（*Le Figaro*）上写文艺评论，不久又写了第二部小说《死者之誓言》（*Le Voeu d'une Morte*）和其初期的杰作 *Thérèse Raquin*。

　　到一八七〇年，左拉结了婚到南方去旅行的时候，巴黎便被德国军队包围，不久第二帝政即随之而倒，而左拉之自然主义的确立，亦系在这个时期中开始。

　　从一八七一年到一八九三年的二十二年中，左拉写了有互相关联的二十部小说，这便是那有名的丛书《鲁公·马加尔一族》。当他写这部大长篇的时候，他即到巴黎附近的麦丹（Médan）去营一个别庄，常与友人及后辈等在此作文艺上的会谈，所谓"麦丹之夕"（Les Soirées de Médan）者，便是这个会合，莫泊桑（G. de Maupassant），雨斯曼斯（Huysmans），亚历克西斯（Paul Alexis）等等都是席上的主要人物，而莫泊桑之最初的处女作，也便是在这席上朗读的。这时，左拉复出版了《实验小说论》（Le Roman Experimental），《自然主义小说家》（Les Romanciers Naturalistes），《文艺评论集》（Documents Littéraires）等书，以主张其文艺上的理论，自然其中大部分都是关于自然主义的论争的。

写完了《鲁公·马加尔一族》后，左拉复立下了第二个大计划，这便是他的三都故事，即《鲁德》（Lourdes，1894），《罗马》（Rome，1896），《巴黎》（Paris，1898）。在第一部中，他深刻地描写了迷信，在第二部中描写着历史和美术的交错，在第三部中，则描写了世界之首都的政治文艺等的运动。

左拉正在写《巴黎》的时候，法国便发生了军官德莱福斯（Dreyfus）的卖国事件。德莱福斯为一犹太人，因为在战争中有泄漏军机的嫌疑，遂被捕投狱，可是实际上他并不曾犯罪。后来真犯人也出现了，然而法国的怀有人种偏见的人及军国主义者们，仍然不肯取消德莱福斯的裁判，而且公然将他处了流刑。在这种非正义的行为下面，左拉便愤然地起来纠弹，在《曙报》（L'Aurore）上向法国大总统写了一篇《我告发！》（J'Accuse...！）的公开状，以弹劾军事当局的不法行为，复发了许多小册子以唤起大众的舆论。这样，法国人遂大为冲动起来了。与左拉同意见的，有文豪法郎士（A. France），有后来反对欧洲大战而被暗杀了的约翰·若列斯（Jean Jaurès），以及米尔波（Mirbeau），克列曼梭等，然而，右派的人们却因此而加左拉以恶骂，称左拉为卖国奴，并且诉之以诬告罪，法国的舆论，遂截然地分为左右两派了。这样，于一八九八年二月十二日，左拉竟不得不受法庭的裁判。到了法庭的左拉，仍愤然地说他敢以生命和名誉来担保德莱福斯的无罪，他可以拿他的四十年间的劳作以及由他的著述而得的名声来作赌，如果德莱福斯真系有罪，则他所获得一切纵然流失，他的全部著作纵归消灭，他也是情愿的。

然而，根本谈不上什么正义的法庭，终于对左拉宣布了一年的监禁，和三千佛郎的罚款，使左拉不得不逃到英国去过活一年。

写完了三都故事的左拉，又开始写他的第三个大计划的四福音书：《肥沃》（*Fécondité*），《劳动》（*Travail*），《真理》（*Vérité*），《正义》（*Justice*）。而《肥沃》一部，便是他流亡于英国时代所写成的。

一九〇二年九月尾上，左拉从麦丹回到巴黎来，于九月二十九日，因为寝室内煤气管发漏，左拉遂遭了横死，致其四福音书也仅完成其第三部，第四篇终于不曾出版，时年已六十二岁了。一九〇八年一月四日，左拉在严肃的形式中，国葬于先贤祠（Panthéon）。

二　左拉的文艺倾向

左拉是写实主义（réalisme）的代表作家，所以写实主义的倾向，便是左拉的文艺上的倾向，写实主义中的美点和缺陷，都在左拉的作品中表现出来。简单地说来，写实主义的倾向，是与浪漫主义文艺的幻想性，回顾性，抽象性等恰恰相对立，它是注意现实，求描写的精确，而且是与科学同样地注重实验的。至于写实主义发生的社会的基础，我们可以简单地据卢拉却尔斯基的话语便可以知道。卢氏说："资本主义要求物理学，化学，生物学等的发达，……知识阶级之显著的大众，因之遂被牵引到科学的工作上去，而且它遂成了作家们的嫡亲弟兄。在十年——二十年前，我们几乎见不着埋头于自然科学及精密科学的知识分子，但每隔十年，我们便见有愈多知识阶级出身的人，把自己的劳力献给科学的知识。这种现象马上反映到艺术家身上来了。现在艺术家所重要的是现实；非观察现实不可，非认识现实不可；他们呼吸如下的确信之氛围气了。只要正当地认识了现实，便有克服现实的可能。一面广泛的大众（更精确地说来，资产阶级的广泛层），开始从自己的环境中产出世态描写（并非飞行天上的）的自身的作家，另一面，观察的精神，更精确地说来，——事实的研究，开始发达了。从这两种原理上，便生出了那想把艺术转化为现实认识的工具的努力，而写实主义也便这样地展开了。"

这样，左拉便是如上所述的写实主义倾向的第一人，他注重观察的精神，注重事实的研究。据他在自著的理论书《实验小说》中所云，则以为：作家应当以学者的良心去研究他所欲再现的一切现象，应先委身于想象力以搜集必要的材料和"文书"（document），而且非努力地使自己的作品成为"实验的研究"不可。如上的态度，左拉曾力行过来。他不特以艺术家的资格去涉猎自己所欲描写的经济的或文化生活的部门之许多书籍，而且也亲身去观察过那些被描写到小说中去的生活方面。例如他描写《僧院长穆莱的罪过》（La Faute de l'Abbé Mouret）时，他便先到寺院中去整整的住几天，以观察加特力克（Catholique）僧的生活，以窥见其祈祷式，以观察宣教师们的容貌和态度。当他要描写《巴黎之腹》（Le Ventre de Paris）时，他不特在白昼间去研究市场：而且也在夜间去研究。如果要描写炭矿夫的生活，他便先计划旅行北部法兰西和比利时，到炭井下面去讯问技师和坑夫，迴视劳动者们的小屋，或去参观酒店。如果非现出卖淫妇的风俗不可时，他便花费许多时间去听游浪子们的谈话，而与卖淫妇们成为朋友，去细细地观察她们的房间等等。所以当他描写他的名小说《娜娜》（Nana）时，他便先从一位知己，询明了娜娜病死时的巴黎某病院的情形，把病室的状况，价目，窗外的风景，以及外来的市声等一一先为明白，然后再去用了那些详细的材料，去着笔描写这个场面。

　　左拉除了在文艺上努力求其精确性而外，复把同时代的生物学者及病理学者的关于遗传及环境的学说等应用到作品中来了。他爱读克罗德·伯尔拿尔（Claude Bernard）的"实验医学研究序说"，他亲自去访问文艺上的环境学说者泰因（Taine）。因之，左拉在自己的创作中的人物上，加上了不少的来自遗传方面的性质，和由环境，阶级，职业等所得来的性质。这种人物上的病理学的征候，在本书——《酒场》——中也表示出来，例如主人公之一的古波，因工作从屋上跌下受伤，遂终日饮酒，以致后来发狂而死，作者竟由一位医生的口中，证明出这种现象，乃是由于遗传所致，因为古波的父亲也是酷嗜酒精而死的。又如本书中的女主人公瑟尔绯丝（也是酒精中毒者）与古波间所生的女孩娜娜后来竟成了娼妇，与游荡者蓝恬间所生的儿子——克罗德与爱弟勒——则一个也当了美术家而终于发狂而死（左拉的《鲁公·马加尔一族》丛书中的创作（l'Oeuvre）便是以克罗德为主人公），另一个则成了革命家而且成了暴动的领袖者（上述丛书中的《芽月》（Germinal），便是以爱弟勒为主人公。）盖据左拉看来，凡革命性及破坏性等的倾向都完全是与杀人狂（Mania homicidalis）同属于病质的。

　　因为注重观察的精神和事实的研究等的原故，左拉竟能将文艺从主观性，抽象性，神秘性的浪漫主义中解放出来，以使文艺趋向于表现客观的现实，然而他也不能够与浪漫派的手法，与浪漫派的观念论完全绝缘，而在许多地方，也是陷于主观主义的泥沼中的。这是左拉的缺点，同时也是旧写实主义的缺点。事物，自然，人类等之在左拉的时候，往往多转化为"观念"的体现，转化为"象征"了。例如在本书中所描的酒场，在左拉看来，已经不单是一个酒场，而恰是消灭着巴黎的工人的一种恶魔。在浪漫派的健将雨果的小说《九十三年》（Quatre-vingt Treize）中，有从炮床拖下来的大炮，像活着的恶魔一样，在帆行战舰的甲板上旋跑；同样在左拉的小说《兽人》（La Bête *humaine*）中，也有机关手及伙夫已亡失了的车头，由此火车站向彼火车站疾走；这不外是从人类的力量脱出，在后面运行着死和灭亡的破坏力的"象征"罢了。

三　左拉的《鲁公·马加尔一族》丛书

左拉的《鲁公·马加尔一族》丛书，系描写法国第二帝政时代下的一个家族之自然的和社会的历史的（Histoire naturelle et sociale d'une famille sous le Second Empire）。全书共有二十部。左拉之这个庞大的计画，系由巴尔扎克之《人间喜剧》（*La Comédie humaine*）的影响而成。巴尔扎克以九十七部的小说组成为《人间喜剧》，这九十七部小说中的人物，都是互相关联，在这一部中的人物，复出现于他一部小说中。同样，左拉则将巨大的二十部小说，统一在《鲁公·马加尔一族》的总标题之下，以每一部小说，各献给这分为枝叶的一个家族成员。这家族，系由一位农夫菜园主的女儿与一位贫穷的日佣人鲁公的结婚开始。这两人间所生的儿子名皮尔·鲁公，后来与一位小店的女儿结婚，遂成为鲁公系之远源，而左拉的第一部小说《鲁公家的财产》便成立了。皮尔·鲁公共生三男两女。长子名耶热勒，成了政治家，也成了左拉的第二部小说《耶热勒·鲁公阁下》（*Son Excellence Eugène Rougon*）的主人公；次子名亚里斯蒂德成了一位投机业者，也便是左拉的第三部小说《获物》（*La Curée*）及第四部小说《金钱》（*l'Argent*）的主人公；三子名巴斯开尔做了医生，使左拉写成第五部《医生巴斯开尔》（*Le Docteur Pascal*）；第一位女儿为马尔塔，左拉用之写成《布拉散的获得》（*La Conquête de Plassans*）；第二位女儿名西德尼，左拉用之写成了《空想》（*Le Rêve*）。第一位女儿马尔塔复与乌尔斯拉·穆来的儿子结婚而生阿克达夫（为小公司的主人），左拉用之写成《沸腾的锅》（*Pot Bouille*）及《贵妇人的幸福》（*Au Bonheur des Dames*），又生一位名塞尔纪者（后来为宣教师），左拉用之写成了《僧院长穆来之罪过》。以上是属于皮尔·鲁公的血统的子孙，是渐向着上层，向着资产阶级攀登的。其次，皮尔·鲁公死后，他的未亡人复与造酒家秘密输入者马加尔结婚，而生出马加尔的血统的子孙，这是向下的，向着无产阶级零落的。马加尔生了许多儿子，其中有嫁与商人的女儿叶莱娜，左拉以之写成《恋爱的一页》（*Une Page d'Amour*），复有一位儿子名安多昂者，于结婚后又生了一男两女，男的名甲克，为农夫，左拉以之写成《土地》（*La Terre*）与《溃灭》（*La Débâcle*），女的则一名丽扎，左拉以之写成《巴黎之腹》，一名瑟尔绯丝，为洗衣妇，这便是本处所译出的《酒场》（*L'Assommoir*）的女主人公。瑟尔绯丝复生三子一女，长子名甲克，为机械工，左拉用之写成《兽人》（*La Bête humaine*），次子名克罗德，为美术家，左拉以之写成《创作》（*l'Oeuvre*），三子名爱弟勒，为炭矿夫，左拉以之写成《芽月》（*Germinal*）。女儿名安娜，为娼妇，左拉以之写成有名的《娜娜》（*Nana*）。

《鲁公·马加尔一族》丛书的构成，大约如上所述，自然每部小说都是能够独立的。左拉的这部丛书，可说是从路易拿破仑之国体变革时起，至拿破仑帝政之由德国军队的溃灭时止——五十年代至七十年代——的第二帝政时代的法国社会的风俗画。他在这丛书中描尽了商业资本之向着产业资本的转化，及在商业资本领域中的小商业之被大规模商业的吞并。他描写机械，也描写劳动；描写农民，也描写政治家和艺术家。对于无产阶级的逐渐抬头，也在他的《酒场》《芽月》《劳动》等中表现出来了。

四　关于《酒场》

《酒场》是《鲁公·马加尔一族》丛书中的第九部，从文艺的价值上说来，则可说是本丛书之冠。其中关于无产者的描写，关于大众化的用语和形式等，都为我们留下了"取之不尽"的遗产。这样宏大的著作，我想它定能给中国文艺界以不少的资范的，虽然我的译本是那般的拙劣。

《酒场》是 L'Assommoir 的译名。L'Assommoir 一字虽然有下等酒铺的意思，可是左拉在此，并不一定是指的这个意思，而实是以此字来兼示出"灭亡"的意思，以"酒场"来象征着巴黎工人们的灭亡的。L'Assommoir 除了"酒场"的意义而外，复有"扑杀兽类用的大头槌"之意，而动词 assommer 一字，也正是扑杀的意思，所以左拉之用此语，实是两意双关。

我的翻译，系依据巴黎 Bibliothèque Charpentier 社的一九三〇年所印行之第二百二十五版，同时也参照 New York, Alfred. A. Knopf 社出版之英文译本，和日本新潮社出版之日译本。不过这日译本实为我所稀见的错译，内中几乎每页都有错，甚至一页要错到三四个地方。至于英译本虽渐有几处脱漏，然全体则比较完善，对于原本的难解之处，实在得它的帮助不少。

不过，这种完全描写下层社会的生活，而复加上无数的隐语(l'argot) 和俗字的著作，实在较难翻译。在我的 Larousse Universel 字典上也查不出来的地方，只好参照英译本翻译下去，可是我却不能担保完全无错。关于此点，只好待博学者们的指教而已。

不过，在翻译上，我确是尽了最上的力量的。翻完了这部三十余万字的巨著以后，我的字典几乎已经破损大半了！

一九三三年，六月二十一日。沈起予于上海。

——录自中华书局 1936 年初版

《洛士柴尔特的提琴》[①]

《洛士柴尔特的提琴》作者传略

伍光建

　　吉柯甫是一八六〇至一九〇四年间人。他的父亲是一个田奴的儿子，是个作小生意的人。吉柯甫以一八七九年入莫斯科大学学医，一八八四年领文凭，他却很少得挂牌行医。当他做学生的时候就起首研究文学，不久就变作几家谐报的投稿人。一八八六年他曾刊行一本短篇小说，销路很广。一八八七年他的第一本戏剧出版。一八九〇年他旅行到囚禁罪犯的沙克林（Sagkalin），结果就是他所写的一本书名《沙克林》，颇有力量使罪犯所受的痛苦得以减轻。在一八九一与一八九七年间他同母亲住在莫斯科郊外他所置的房屋。一八九七年后他犯肺病，几乎要大半年住在 Crimea 及国外。一八九六至一九〇四年他撰了好几本戏。一九〇一年他曾娶一个女戏子。他以一九〇四年死于德国。他较早的著作，至一八八六年止，居多都是富于谐趣之作，并无什么特别目的，不过要读者大笑罢了。此后他才有余暇，才能独立，给他的想象的阅历以有定的发表，所以他的腔调变作严肃得多，他的谐趣都含有深意。有人说他的美术是心理的，不过他的心理是不管个人的。他最好写人的心境，写世人受了许多无形的与无穷的小不如意事，心境怎样逐渐随之而变。他所写的人物是神经很灵敏的，受了许多不如意事的痛苦，以作煽动读者的同情。他的短篇小说是流动的，又是确切的；大多数都是富于弦外音，用低调作结局的，

---

① 《洛士柴尔特的提琴》(*Rothschild's Fiddle*，今译《罗特希尔德的小提琴》)，小说，俄国 A. P. Chekhov（今译契诃夫，1860—1904）著，伍光建选译，上海商务印书馆 1936 年 2 月初版，"英汉对照名家小说选" 之一。

是呜咽，不是扑咚一声的大响。他的著作在本国无甚效力，在英国却很有潜力，批评家几乎众口一词说他是近代的最伟大的俄国作者、最伟大的小说家及制剧家。

民国二十五年一月伍光建记

——录自商务印书馆 1936 年初版

《冰岛渔夫》①

《冰岛渔夫》小引

（黎烈文②）

本书的作者 Pierre Loti，在中国已不算完全陌生的名字，好几年前，徐霞村先生便译过他的 *Madame Chrysanthème*（《菊子夫人》）。

Pierre Loti 原名 Julien Viaud，以一八五〇年诞生于法国西北部的一个小海港 Lorient，而在另一海港 Rochefort 度过他的童年。他的先人也多以航海为业。Loti 可说是生来便与海有缘的。

Loti 小时过着非常娇养的生活，他聪明而多空想，尤其是眼前的

---

① 《冰岛渔夫》(*Pêcheur d'Islande*)，长篇小说，法国罗逖（Pierre Loti，今译皮埃尔·洛蒂，1850—1923）著，黎烈文译，上海生活书店 1936 年 3 月初版，"世界文库"之一。

② 黎烈文（1904—1972），湖南湘潭人。1926 年赴日本就读于东京帝国大学，后转赴法国地雄大学文学院和巴黎大学研究院攻读法国文学和比较文学，获文学硕士学位。回国后，任法国哈瓦斯通讯社上海分社法文编辑，后任《申报·自由谈》主编。1934 年与鲁迅、茅盾组织译文社，创办《译文》，主编"译文丛书"。抗战时期在福建永安任改进出版社社长，创办了《改进》《现代文艺》《现代青年》等多种刊物，出版"改进文库""现代文艺丛刊""世界名著译丛"等丛刊。后到台湾，任教于台湾大学文学院。另译有佛郎士（今译法朗士）《企鹅岛》、莫泊桑《笔尔和哲安》（后改为《两兄弟》）、巴尔扎克《乡下医生》等多种。

海，那一碧无际、终日澎湃的海，给了他以恐怖、神秘、寂寞、凄凉之感，并引起他对于梦的不可思议的世界的追求。

虽有家庭的反对，但他随后终于作了海军军官，挟着彷徨不安的灵魂，开始无尽的飘泊。

在海上，他虽像艺术家似的享受着各地不同的美丽的景物，但同时却痛切地感到世事无常，死的念头时时萦绕他的脑中。在这种心情底下产生的他的作品，一面有着强烈的异国情调，一面还含着浓厚的厌世思想。据他自己告白，他写作的最大理由是想要固定他的飘忽的印象，并将他的生命的最好部分从虚无中夺取下来。实际，Loti 的大部分作品都可说是他的自传和日记。他的小说大都缺乏真实的动作、严密的组织，可是那种永远变化着的结构，却在我们眼前展露出许多轻快而又饶有暗示的图画。我们不单从这种作品得着种种新鲜的印象，并还在这些印象里面感到某种不可见的力。因此，Loti 在近代文学中，不仅是所谓"异国情调"的代表作者，并还是一个伟大的 impressionniste。

《冰岛渔夫》(*Pêcheur d'Islande*) 是一八八六年当他三十六岁时出版的。在这以前，他已有过 *Aziyadé*, *Rarahu*, *Le roman d'un spahi*, *Le Mariage de Loti*, *Fleurs d'ennui*, *Mon Frère Yves* 等许多著作，所以《冰岛渔夫》可以算得 Loti 艺术和思想最成熟时的产物。并且《冰岛渔夫》和 Loti 的其他著作不同的是：这不是作者的自传和日记，而是一本注重情节的客观描写的真的小说。这里面有着以生命来争取生活的壮烈的战斗，有着青年男女的天真的恋情，有着被命运压坏了的妇女的悲欢。故事展开的地方也变化不定：忽而在愁云惨雾的北极，忽而在炎暑逼人的热带，忽而又回到了荒凉的冷落的北法兰西的海岸。

但读《冰岛渔夫》时，使人最受感动的还是海，那伟大而又神秘的海。Loti 在这里把他从小所见到的海，最具体且最明了地人格化了。古今来描写海洋的作家虽多，但像 Loti 一样把海描写得这么雄奇，这么瑰丽，而又这么飘渺不可捉摸的，实在没有第二个。Loti 笔下的海，简直具有不可抗拒的诱惑，人们明明知道它是吞噬人的怪物，但还像飞蛾扑火似的投在它的怀中。在这一点，后来爱尔兰的剧作家约翰沁孤（John Synge，1871—1909）的名作《到海去的骑者》（*Riders to the Seas*，1904）似乎很受了《冰岛渔夫》的影响。Synge 作中那瞧着自己的儿子一个一个被海夺去了的老妇人，不是和《冰岛渔夫》中的 grand'mère Yvonne 有着类似的命运吗？

　　Loti 的笔调本来以轻快、细腻见称，而《冰岛渔夫》的文章尤其饶有绘画与音乐的魅力。这样的书，要译得像样，实在不是易事。我这译本，只求少有重大的错误，漂亮二字自然是完全谈不到的。但倘有细心的读者，仍能从这样拙劣的译本中，找到一点新鲜的东西，那真是译者最大的安慰了。

——录自生活书店 1936 年初版

《杨柳风》^①

《杨柳风》序言
薛琪瑛 ^②

　　我译完这本《杨柳风》，使我联想起几件事要告诉我们小朋友作

---

① 《杨柳风》，童话，英国格来亨〔Kenneth Grahame，今译格雷厄姆，1859—1932〕著，朱琪英译，《序言》署名薛琪瑛。上海北新书局 1936 年 3 月初版。

② 薛琪瑛，即朱琪英，无锡人，出生于清末的官宦家庭，薛福成孙女，其母是桐城派大师吴汝纶的女儿。结婚后加夫姓，又名朱薛琪英，或朱薛琪瑛等。毕业于苏州景海女学英文高等专科，后留学法国。朱湘二嫂。另译有王尔德《意中人》（今译《理想的丈夫》）、英国祁恩史屈顿卜士〔J. S. Porter〕《哥哥》、美国清洁理〔Katharine R. Green〕《女教育家蓝梅侣小传》（Biography of Mary Lyon）、英国意达〔Quida〕小说《爱美的童子》等。

为殷鉴。去年我在松江，一位美国女士对我摇头太息，讲到美国的坏现象，就是青年的汽车迷。她的侄子在大学毕业，要求他父亲买一辆汽车，他父亲说没有钱，除非把住房卖去，她侄子竟回答，"卖去住房吧，我只要有一辆汽车。"像他这类不事生产，沉醉于汽车的青年，不可胜数，美国自从出了一位汽车大王福特，销货很广，国内差不多大半人有自备的汽车，对于交通事业上固然帮助不少，但是另一方面消耗重，冒险大，往往有得不偿失的恐慌，似乎社会种种罪恶也跟着汽车多起来。凡事有利必有弊，这也是一定的道理。

我记得一位自费留学生因汽车肇祸的事。他在美国四五年，除了开汽车外，一些没有学到什么。他一到美国，感受物质的诱惑没有进学堂，买了一辆汽车学开，他简直像这本书上的青蛙那样废寝忘食的喜欢汽车；他很灵敏，不多几时得到凭照，准他在各处驶行。一次晚上宴会之后，他负醉乘车归寓，在路偶一不慎，把人家店面撞坏，被关入警察局，要求惩戒，赔偿损失，警察局判罚数千金。他身在异乡，当然没有这许多现款，便拍电报到家请父亲速即照数电汇，才得释放。领事知道他不读书，专事游荡，饬令回国。他父亲费了巨款，使他留学，盼望他学成归国，造福家庭，有功社会，不料钱都被他冤枉花在无益的事上，而在外国留下一个被人轻视的坏名誉。

他回国后，不是像青蛙那样勇于改过，恐怕他也没有像青蛙所有的，那样忠直的朋友规劝他，勉励他，他依旧纵情声色，日夜不归，母亲妻子相继被他气死，他的铁石心肠还是不知感动，但是"多行不义必自毙"，这是天然的果报，不久他和一般酒肉朋友在上海热闹的马路上乘着汽车兜风，对面来了一辆更大而有力的汽车，向他们连发警告，教他们让路；他们得意忘形，不顾一切地冲上去，以致砰然一声被前车撞倒，说也奇怪，车里四五个人独有那崇拜汽车的留学生头部受伤，医治不及，竟死于他心爱的汽车底下。

我又记得一个不务正业的纨绔子弟，家里养了好几匹马，他整天骑马出外游荡，对于家庭不负责任，因此接连遇到不顺利的事，家产荡然，马都卖出去，但是他恶习不改，常向马行借马骑行。最后他借得一匹不驯服的强马，他自恃老练，用力按住马头，那马动怒，举起前是把他一踢，适巧踢中他的笑腰，他哈哈大笑几声，便倒地气绝了。他年纪还不满四十岁，因为染有不良的恶习，以致死于非命。

汽车和马用来得当，原是有益于人的，然而一个人若不知节制，专为放纵一己的私欲，那就终于要受到危害。所以古人说："欲不可纵，乐不可极"。我们应当学知怎样利用这类东西，帮助我们的事业，不可以反被束缚，做它们的奴隶。

薛琪瑛　五月十二日

——录自北新书局 1936 年初版

《杨柳风》代序
周作人

去年冬天在一个朋友那里见到英国密伦（A. A. Milne）的著作，论文和儿歌，觉得喜欢，便也去定购了一本论文集，名叫《这没有关系》（*Not That it Matters*，1928 九版），其中有一篇《金鱼》，我拟作了一篇，几乎闯了祸，这固然是晦气，但是从这里得来的益处却也并不是没有。集里又有一篇文章，《名家常书》，乃是介绍格来亨（Kenneth Grahame）所作的《杨柳风》（*The Wind in the Willows*，1908）的。关于格来亨，我简直无所知，除了华克（Hugh Walker）教授在《英国论文及其作者》中说及，"密特耳顿（Richard Middleton）的论文自有它的地位，在那里是差不多没有敌手的，除了格来亨君的几本书之外。"密特耳顿著有论文集《前天》是讲儿童生活的，所以这里所引的格莱亨大约也是他的这一类的书，如《黄金时代》等，但总不是我所想要知道的《杨柳风》，结果还只得回来听密伦的话才能明白。可是，他也不肯说得怎么明白，他说"我不来形容这书，形容是无用的，我只说这句话，这是我所谓家常书的便是。"他在上边又说，"近十年来我在保荐它。我初次和生客会见常谈到这书。这是我的开场白，正如你的是关于天气的什么空话。我如起头没有说到，我就把它挤在末尾。"我听了介绍者的话，就信用了他，又去托书店定购一本格来亨的《杨柳风》。

但是我没有信用他到底，我只定了一本三先令半的，虽然明知道有沛恩（Wyndham Payne）的插画本，因为要贵三先令，所以没有要，自己也觉得很小气似的，到了上月中旬，这本书寄来了，我不禁大呼愚人不止，——我真懊悔，不该吝惜这三九两块七的钱，不买那插画本的《杨柳风》，平常或者有人觉得买洋书总是一件奢侈的事，其实我也不能常买，买了也未必全读，有些买了只是备参考用，有些实在并不怎么好，好听不中吃，但也有些是懒——懒于把它读完，这本《杨柳风》我却是一拿来便从头至尾读完了，这是平常不常有的事，虽然忘记了共花了几天工夫，书里边的事情我也不能细说，只记得所讲的是土拨鼠，水老鼠，獾，獭，黄鼠狼，以及《癞施堂的癞施先生》（*Mr. Toad of Toad Hall*），和他老先生驾汽车，闹事，越狱等事的。无论这给别位看了觉得怎样，在我总是很满意，只可惜没有能够见到插画，那想必也是很好的了。据书页上广告说明这本书，我觉得很是适切，虽然普通广告都是不大可靠："这是一本少年之书，所以因此或者专是给少年看，以及心里还有少年精神活着的人们看的。这是生命，日光，流水，树林，尘土飞扬的路，和冬天的炉边之书。这与《爱丽思漫游奇境记》相并，成为一种古典。"

《杨柳风》于一九〇八年出版，我得到的是一九二九年本，已是三十一版了，卷首广告密伦的新著剧本《癞施堂的癞施》，注明即是根据《杨柳风》改编的。恰巧天津有一位小朋友知道我爱那《杨柳风》，便买了这本剧本来送我，省得我再花钱去定，使我非常感激。我得到这剧本后，又把它从头至尾读完了，这是根据格来亨的，却仍满是密伦，所以觉得很有意思，序文上有些话说得很好，抄录一点在这里："有好些随便的事，只肯让我们自己去做。你的手和我的手都不见得比别人的手更干净，但是我们所愿要的那捏过一捏的牛油面包还是放过我们自己的大拇指的那几片。把格来亨先生变成剧本，或者会使得他遍身都印上不大漂亮的指痕，可是我那样地爱他的书，所以我不愿意别人把它来弄糟了。因此我接受了那提示，便是我来改编《杨柳风》为剧本，假如这是别一种书我就以为太难，只好辞谢了。"关于书中的土拨鼠，他说，"有时候我们该把他想作真的土拨鼠，有时候是穿着人的衣服，有时候是同人一样的大，有时候用两只脚走路，有时候是四只脚。他是一个土拨鼠，他不是一个土拨鼠，他是什么？我不知道。而且，因为不是一个认真的人，我并不介意。"这些话我都很佩服，所以乐为介绍，至于剧本（及故事原本）的内容，只好请它自己来说明，我觉得别无办法了，除非来整篇地翻译。

《杨柳风》与《癞施堂的癞施》的确是二十世纪的儿童（一岁到二十五岁！）文学的佳作，值得把它译述出来，只是很不容易罢了。它没有同爱丽思那样好玩，但是另有一种诗趣，如《杨柳风》第七章"黎明的门前之吹箫者"写得很美，却也就太玄一点了，这个我怀疑是否系西方文人的通病，不过，我们自己既然来不成，那么剩下的可走的路只有翻译了，这个实在难，然而也顾不得它难，——到底还是难，我声明不敢尝试，虽然觉得应当尝试，从前曾说过这样的话，"我们没有迎合社会心理去给群众做应制的诗文的义务，但是迎合儿童心理供给他们文艺作品的义务，我们却是有的，正如我们应该拒绝老辈的鸦片烟的供应而不得不供给小孩的乳汁。"这是民国十二年三月里的事，七月二十日在《土之盘筵》一篇后记里说，"即使我们已尽了对于一切的义务然而其中最大的——对于儿童的义务还未曾尽，我们不能不担受了人世一切的苦辛，来给小孩们讲笑话”，也是同样的意思。实行到底不大容易，所以至今还是空话介绍，实在很是惭愧，而儿童文学“这个年头儿”已经似乎就要毕命了。在河南的友人来信说，“在中国什么东西都会旧废的，如关税和政治学说都印在初级小学一二年级课本上，那注重儿童个性，切近儿童生活，引起儿童兴趣的话，便是废旧了。”这有什么法子吧？中国的儿童教育法恐怕始终不能跳出“读经”，民国以来实在不读经的日子没有多少。我介绍这两种小书，也只好给有闲的朋友随便读了消遣长夏吧？

八月四日周作人于北平

——录自北新书局印行 1936 年初版

《法国短篇小说集》^①

《法国短篇小说集》序

黎烈文

　　这里结集起来的十五篇法国短篇小说，是五年来零零碎碎译出，先后在《现代》，《文学》，《译文》，《文学季刊》，《申报月刊》，《自由谈》等刊物发表过的。因为每一篇后面都有着短略的“附记”，这“序”原是可以省略了的，但有几点不得不在这里简单地声明一下：

　　（一）这里面《未婚夫》，《晚风》，《堇色的辰光》，《他们的路》，《一个大师的出处》，《热情的小孩》等六篇，都是亡妻严冰之选的材料，由她译过头道，再由我根据原文加以详细的订正，然后发表了

---

① 《法国短篇小说集》，黎烈文选译，内收梅里美、左拉、罗曼罗兰、纪德等所著小说 15 篇。上海商务印书馆 1936 年 3 月初版，“文学研究会世界文学名著丛书”之一。

的。发表时的署名，因为当时的便利，有的写着她的名字，有的写着我的名字，有的则随便写着一个笔名。

（二）《田园交响乐》和《反抗》两篇，在这《短篇小说集》里要算特殊的例外。因为这两篇原作并非短篇，而是从长著里面截取的一段。我记得这是因为《文学》编者在出"翻译专号"之前，指定请我翻译罗曼罗兰和纪德两人的著作。我当时因这两位的短文非常难找，便取巧在他们的长著里面找着一个自成段落的插话译了，聊以塞责。我觉得在翻译人手不多，宏篇巨制，一时无法介绍的今日，为使一般读者领略一点大作家的作风起见，这办法是可以尝试的。即在现今，欧美出版界在编辑杂志及 Anthologie，manuel 一类东西时，也仍然采用这办法。

（三）这短篇集只是许多陆续发表过的译文的集合，事先并无任何计划，也不曾根据什么标准加以选择。这大致是译者偶然读到什么，觉得还感兴趣，便译了出来。但也有例外，譬如《故事十篇》在《译文》发表时，就是因为要给爱伦堡（I. Ehrenburg）的一篇论莫洛亚的文章助兴，而《信》在初次发表时，曾有过如下的附记："幽灵之说，今之识者每以为妄，然晚近泰西 symbolisme，mysticisme 一派文人如 M. Maeterlinck，P. Claudel 等，多以怪诞荒唐之物，寄其幽玄飘渺之怀，说鬼谈神，屡见不鲜。译者近罹巨痛，颇涉遐思。日来读象征派诗人奈尼叶著作，偶见斯篇，益增奇想……"云云，这即是说：那时我正悼亡，万分无奈时，也真希望有着灵魂一类的东西的存在。看了这篇小说，觉有意思，便译了。

至于翻译技术方面，我向来奉以自勉的是：第一明白，第二忠实，第三漂亮，但频年用力译事的结果，觉得第一项或许做到了；第二项自己也以为或许做到了，然仍恐有些注意不到的地方；第三项则当然差得很远，还有待于高明的读者的指教。是为序。

黎烈文　一九三五年十月二十二日

——录自商务印书馆 1936 年初版

《埃特律利花瓶》附记
（黎烈文）

　　梅里美（Prosper Mérimée，1803—1870）是法国浪漫主义时期的一位极和写实主义相近的小说家。少时习法律，曾任亚尔果侯（Comte d'Argont）的秘书，海军部司长，史料监督等职。从事文学之初，以戏曲问世，但不甚为人注意；直至一八二九年开始发表短篇小说时，方崭露头角。梅氏写作极其慎重，四十年间，仅成中篇及短篇小说共十九篇，然因其慎重，故几乎每篇都为可传之作。晚年研究俄国文学，译有普式庚（Pouchkine），屠格涅夫（Tourguenieff），戈果理（Gogol）诸人作品，为法国最初介绍俄国文学者之一。

《大密殊》附记
（黎烈文）

　　左拉（Emile Zola，1840—1902）是所谓自然主义（naturalisme）的领袖。其先世为意大利人。少时原欲研究法律，因投考大学入学资格试验失败，遂改弄文学，入阿舍特书店（Librairie Hachette）作事，并开始以小诗及短篇小说投登各报。一八七一年出版其书名之 *Rougon-Macquart* 丛书第一部，全书二十卷，直至一八九三年始出完。由一八七九年至一八八二年，曾发表无数关于自然主义文学理论之论文。晚年屡欲加入法国学士院（Académie française），均被拒绝。一九○二年九月二十九日，因住室中壁炉失修，被煤气窒死。

《名誉是保全了》附记
（黎烈文）

弗朗沙·科佩（François Coppée，1842—1908）是法国高踏［蹈］派诗人（Les poétes parnassiens）之一，虽然他的诗和 Leconte de Lisle 一班人的诗迥异其趣。早年在巴黎某衙门干着小差事，颇无聊赖；后以诗剧《行人》（*Le Passant*）上演，一举成名，终被推为法国学士会（Académie française）会员。

科佩在诗，戏曲，小说各方面，都有过很大的成就。诗作极多，大都以描写贫民生活见称。巴黎的工厂，车站，贫民区，市外小镇都是他采集材料的地方。他和大众接触，他把火车司机人，奶妈，杂货商，和其他种种卑贱的人，写入他的诗里。他以为诗是用不着什么大题材和英雄美人之类的主人公的，只须把寻常人的悲欢希望写出就得。他知道从平凡的事物里看出那动人的值得描写的地方。左拉曾恭维他，说他在诗一方面举起了自然主义的旗帜。

他的戏剧和小说也和他的诗相似，多以日常生活做他描写的对象，我们可以随处见到他对于所谓"上流社会"的丑恶的揭发和对于下层阶级的同情。

《名誉是保全了》（*L'Honneur est sauf*）译自《二十个新的短篇小说》（*Vingt Contes Nouveaux*）。这故事除掉写成小说外，还曾作过剧本。

《未婚夫》附记
（黎烈文）

本篇作者原名 Jean Chabrier，一八五五年生于治瓦尔（Givors），圣西军官学校（Ecole de Saint-cyr）出身，曾任军职颇久，一九〇〇年顷，始弃武就文，初发表描写军人生活之小说甚多，后又一转而研究妇人心理，颇多深到婉致之作。曾以小说《人鱼》（*Les Sirenes*）获得法国文学院奖金。一九〇三年，被推为法国文学家协会（Societe des Gens de Lettres）副会长，在现在法兰西文学界颇有声誉。

《信》附记
（黎烈文）

奈尼叶（Henri de Régnier）是法国象征派中心人物之一。中学毕业后曾习法律。狠早便和文学发生关系，一八八五年即开始发表诗作。一八九六年与著名诗人爱雷笛亚（J.-M. de Hérédia）第二女结婚。一九一一年被举入学士会。除诗作外，所撰小说极多，以文字优美，想象丰富见称。

《客》附记
（黎烈文）

赖纳（Jules Renard，1884—1910）是近代法国文人中作品不多，而最富有独创性的作家之一。他是龚古尔学士会（Académie Goncourt）的会员，和自然主义有着很深的关系。他最擅于在日常琐事中表现人类的弱点。《红萝卜须》（*Poil de Carotte*）是他的杰作，已由译者译出，生活书店印行，那上面有着较详的介绍，可以参看。

《反抗》附记
（黎烈文）

罗曼罗兰（Romain Rolland）是法国现在最负国际声誉的文人之一。一八六六年出生于克拉麦西（Clamecy）一个最旧的外省布尔乔亚家庭。一八八六年入巴黎高等师范学校，一八八九年通过历史哲学教授资格试验，一八九五年以一本关于近代抒情剧曲起源的论文，得文学博士，当时即在巴黎高师担任艺术史讲座。其后从事文学，开始写戏，《狼》（Les Loups，1898），《理性的胜利》（Le Triomphe de la raison，1899），《但东》（Danton，1900）等，均得相当成功；但使其在国际文坛获得第一流作家的位置者，则以长篇小说《詹恩·克里士多夫》（Jean-Christophe）之力为多。此书凡十卷，系一青年德国音乐家詹恩·克里士多夫的传记，书中描写其天才的发展，经历的斗争，恋爱的故事等等，藻思横发，使人叹服。此处所译，系《詹恩·克里士多夫》第四卷《反抗》（La Revolte）里面的一段插话。虽无特别精彩，亦可见罗氏作风之一斑耳。

《晚风》附记
（黎烈文）

昂·李奈尔（Han Ryner）为法国有名之哲学小说家。以一八六一年十二月生于非洲法属殖民地阿尔及利亚，其先为西班牙之加达罗业州人。氏自幼在法国南方 Forcalquier 及 Aix-en-provence 治拉丁文学，其后任外省中学及巴黎 Lycée Louis le-Grand，Lycée Charlemagne 等校教授甚久。氏在文坛奋斗多年，初无识者，至一九一二年左右，《第五福音书》(*Le Cinquième Évangile*) 出版，始见重于世，J.-H. Rosny aîné 一班小说家更尊为"短篇小说家之王"(Prince des conteurs)。自后声誉日广，其作品欧美日本诸国均有选译，盖早已列于世界作家之林矣，李奈尔之作品，思想高卓，富于冥想的哲学的趣味，故不恒为俗人所理解；而其文虽无韵律，却饶诗味，且常喜用独创之句法，读之铿锵悦耳，是即诗人 Baudelaire 辈所主张之 prose poetique et musicale 也。今所译《晚风》(*Le Vent de la Nuit*) 见 Delagrave 出版之 *Anthologie des Conteurs d'anjourd'hui*。译者虽勉力欲将原文佳味尽量保存，奈译笔笨拙，幽思妙韵，已悉从毫端逝去，是为歉耳！

《田园交响乐》附记
（黎烈文）

纪德（André Gide）是近二三十年来，对于法国文坛影响极大的人。早年诗作未能脱出象征主义窠臼，其后用力散文，始卓然自成一派。近岁因思想前进，国际声誉益大。

《田园交响乐》(*La Symphonie Pastorale*) 为纪德名著之一。这里译出的只是原著中很短的一节。

全书的故事说来也很简单：一位瑞士的乡下牧师，在一个刚刚死去的穷苦的老太婆家里，发现了一个被抛下的盲女。她大约已有十五六岁的年龄，生得很漂亮，不过因为那怪癖的老太婆从来不和任何人交谈，她是成了既不会说话，也不会听话的白痴。牧师当时凭着宗教家的慈悲，不顾自己的女人的反对，把她带回家里抚养，并且用了种种方法，启发她的愚蒙。盲女的资质原是好的，既有人循循善诱，便渐渐地成了有思想的聪明的人了。但这两人却不知不觉地相爱起来，弄到牧师的儿子想和盲女结婚时，牧师竟加以阻挠，盲女自己也不愿。不幸的是：盲女后来得着牧师的一个相识的医生的帮助，双目变明，那时她才看出自己理想的爱人是牧师的儿子，而不是牧师本人，失望之余，她便故意失足落水自杀了。

紧接着这篇译文前面的是：牧师叙述他在教育这个盲女的中途，遭遇了许多困难，最不易使她了解的是颜色的问题。盲女想不出色与光的区别，她更不懂得为什么每种颜色有深浅之殊，各种颜色又可以无穷尽地相互混合起来。恰好那时近处的涅沙忒尔城（Neuchâtel）开着音乐会，于是牧师决定带了盲女去听，他想使盲女从交响乐中金鼓弦管各种乐器所发出来的强弱不同的声响，每件乐器所含有的高低互异的音阶，来推悟到各种颜色的差异及其混和的可能程度。

《董色的辰光》附记
（黎烈文）

波尔多（Henry Bordeaux）是现在法国文坛老大家之一。以擅写心理小说见称，尤长于表现传统的法兰西家庭，其作品如《羊毛衫》（*La Robe de laine*），《家》（*La maison*）等，均相当可看。

《他们的路》附记
（黎烈文）

作者巴比塞（Henri Barbusse）是和罗曼罗兰（Romain Rolland）一样世界知名的文学家。生于一八七三年，弱冠时候，便已开始文学方面的活动，曾有诗集《泣女》(*Le feu*) 出版，始在世界文坛占一重要地位。近年来，从事政治活动，成为法国左翼文学的领导者，国际声誉益广，不意最近噩耗传来，竟以肺炎殁于苏联云。

《一个大师的出处》附记
（黎烈文）

莫洛亚（André Maurois）是现在法国非常有名的小说家和传记作者。欧战时，被派在英国军队里面做通译，对于英吉利人和爱尔兰人的性格有着深刻的观察。他的出世作《勃朗勃尔大佐的沉默》(*Les Silences du Colonel Bramble*) 和《奥格雷底博士的议论》(*Les Discours du Docteur O'Grady*)，即是那种观察的记录。其后莫氏又从事于小说化的传记的制作，所著雪莱、拜伦、狄斯纳爱利诸人的传记，都极受读者欢迎。近年法国传记文学的发达，莫氏是很有功劳的。

《热情的小孩》附记
（黎烈文）

这篇小说的作者哥茫（Jean Gaument），奥赛（Camille Cé）是两位生长在法国诺曼底（Normandie）旧都洛安（Rouen）城的，大学出身的文人。

虽然他们的命运很蹇，一再因为一两票之差，失却取得龚古尔和巴尔扎克等文学奖金的光荣，但他们的作品其实多是非常可诵的。他们最初发表短篇小说时，便因为艺术的真挚，和那种优美的情绪，锐敏而又细致的观察，博得读者的同情。

他们的作品里，常是充满着使人神往的乡土的风趣，描写外省人的生活，有许多地方是可以和巴尔扎克比拟的；但较之巴尔扎克，更多着一些可爱的温柔和忧郁。两人的年纪现在都还不过五十左右，这在西洋人眼中，是还有着远大的前途的。

——录自商务印书馆 1936 年初版

《俄国短篇小说译丛》①

《俄国短篇小说译丛》引言

郑振铎

我们计划着要翻译许多重要的俄国短篇小说，集成一套的《俄国短篇小说译丛》。这一册是开头的一本。

在这一册里，我们收入契利加夫，克洛林科，梭罗古勃及高尔基四个作家的作品六篇。这几个人的作风是那样的不同，那六篇小说的题材是那样的歧异；但我们这集子原来只是"译丛"，故便也这样的"酸辣并陈"的刊出了。除了契利加夫《在狱中》的一篇是鲁彦译的之外，其余都是我历年来所译的。

契利加夫从一九一七年俄国大革命之后，便逃到国外，不曾回去过，他算是流亡作家里的一个重要的人物。但在革命之前，他却也是一位讥嘲沙皇的虐政而同情于革命运动的作家。《严加管束》和《在狱中》是两篇革命的故事，在此时此地读来，也竟觉得有些同感呢。他的《浮士德》写的一个旧俄时代的中等阶级的家庭生活，那生活显得是如何的疲倦与无聊。

---

① 《俄国短篇小说译丛》，郑振铎选译，内收契利加夫、克洛林科、梭罗古勃、高尔基等所著小说 6 篇。上海商务印书馆 1936 年 3 月初版，"文学研究会世界文学名著丛书"之一。

梭洛古勃的《你是谁》写得是那样的凄美。克洛林科的《林语》和高尔基的《木筏之上》都是可怖的故事，有如逢到大自然的黑夜，风雨交加，电鞭不时的一闪的情景，那"力"是那样的伟大。

对于这几篇我都很欢喜。

译者二十三年九月二十八日

——录自商务印书馆 1936 年再版

《俄国短篇小说译丛》作者传略

（郑振铎）

一　契利加夫

契利加夫（E. Chirikov）是俄国大革命前闻名的写实小说家，生于一千八百六十四年。他的著作，以平易古朴动人，他在平淡的事中，含有深的思想，具俄国作家特有的的"含泪的微笑"之作风。他的作品最著名的有《学生来了》，《外国人》，《犹太人》，《泰却诺夫的一生》及在欧洲大战时所作的杂记《战争的反响》等。大革命后流亡在外，不曾回国。

他的《浮士德》，写的是一个中产家庭的生活，但所提的《浮士德》歌剧，其故事却是中世纪时的一个传说，叙浮士德把他的灵魂鬻给魔鬼米菲士托弗的事。后来，英国作家麦洛委（Melowe）首先把它编为剧本；到了德国文豪歌德以这个题材作为绝世的巨著《浮士德》时，这个故事便传遍全地球了。但通常在舞台上演奏的，乃是五幕的歌剧，叙的是浮士德与马格莱特的恋爱的始终，起于浮士德与米菲士托弗的订约，浮士德的变形为美少年，在市场与马格莱特的相见，终于马格莱特杀死她与浮士德私生之子，被捕入狱，在狱中为天使救入天堂。

二 克洛林科

克洛林科（Korolenko）（一八五三年生，一九○二年死）的生地在西俄。一八七二年，他在莫斯科的农业学校里读书，因为参预学生运动，被学校斥退。后来，他又以"政治犯"被捕，被流放于西比利亚。至一八八六年，他才被放回来。西比利亚使他的文学天才孕蓄至于成熟。他的《马加尔的梦》发表后，立刻引起许多人的称许，被承认为屠格涅夫的一个真的后继者。他的这篇文章，在描写上，在结构上，在在都表现出完善的艺术的美来。此后，继续发表的《林语》，《恶伴侣》，《森林》，《音乐师》也都是伟大而且精美的作品。

三 梭罗古勃

梭罗古勃（F. Sologub）一八六三年生，是一个诗人，又是一个小说家。他是崇拜"美"的，而他的伟大，却在一切同时同派的作家以上。他是一个梦想者，而他的梦却较真际生活为更坏。他是一个悲观主义者，而他的悲观较一切人为更彻底。他幻想，他幻想"无生"之乐；同时他诅咒生，甚且诅咒及做着更好的生的梦者。对于一切事，他愤慨，他叹息，而他的愤慨与叹息是绝望的。

他的重要作品很多，以《小鬼》，《创造的故事》，《比毒药更甜美》等为最著。他的短篇小说和抒情诗也是极秀美而带着隐微的悲哀的。

四 高尔基

麦克辛·高尔基（Maxime Gorky）生于一千八百六十九年，在尼志涅诺夫格罗（Nizhni Novgorod）地方的一个染坊里。高尔该

〔基〕是他的假名。他的真名是阿利克塞·麦克西默维慈·薛陕加夫（Alexei Maximovich Peshkov）。高尔该〔基〕是悲伤的意思，他所有的著作，差不多都署上这个假名字。他在儿童时代，双亲就全死了。很小的时候，就在一家鞋铺里当学徒。因为受不住主人的虐待，逃走出去。后来在佛尔格（Volga）河里一只轮船上的厨房里当助手。如同贵族的屠格涅甫之学俄国文字于一个仆人一样，他从一个厨子那里得到他的爱好文学的性情，这个厨子是一个粗率而长大的人，镇日价消磨他的闲暇的时间于书籍中。他有一个旧箱子，里边满装着书；有圣哲的传记，有大仲马（Dumas）著的小说，也有些郭歌里（Gogol）的著作。这些书高尔基都看了。他的求学的念头，从此引起，当他十六岁的时候，他就到佛尔格河边的一个镇，名为喀山（Kazan）的那里去，这个地方，有个大学，托尔斯泰曾在那里念过书。他最初所抱的思想，以为文学与知识，必同饿荒时的面包一样，也是自由散发给饥民的，哪里知道这完全是空想。大学岂是自由开放的！替代了去接受那知识的米面，他却强迫——为肉体的饥饿所强迫——着去到一家面包店里去作工。昼夜不断的在炉边作苦，以求一饱。这个时候可算是他一生中的最黑暗的时代了。不久，去面包店而游行各处，做了各种的工作；当过小贩，也当过码头上及车站上的苦力。十九岁的时候，他厌弃他的生活，用手枪自杀了一回。但没有中要害。于是他遂沿佛尔格河，往黑海，得了许多小说的材料，为后来之用。一八九二年的时候，他开始做小说，登在各日报上。后来，遇见克洛林科，这位前辈尽力的鼓励他，并为之介绍于彼得格拉特的各杂志。一八九九年后，他的声望，一天天的高涨，他的地位，仅次于托尔斯泰。一九〇六年的大革命失败后，他也逃亡到国外去。直到一九一七年大革命告成后，他方归国。曾一度为教育总长。又为政府刊行《世界文学丛书》。在苏俄的文坛上，他是唯一的一位"老师宿儒"了。

　　他的著作，有《母亲》《我的少年》等长篇，《夜店》《沉渊》等戏

典；但以短篇小说《昔曾为人者》《二十一男与一女》《我的伴侣》等
为最见长。

——录自商务印书馆 1936 年再版

《德伯家的苔丝》^①

《德伯家的苔丝》译者自序

张谷若 ^②

　　我现在这篇序，只大概谈我译这本书的意见和方法，并没说什么
话来介绍这本书本身和它的作者。因为我想先把哈代的几部重要作品
都译出来，然后再给他编译一本比较详细的评传，所以现在且不说他
什么。

　　我译这本书的理想，是要用地道的中文，译原来地道的英文。换
一句话说，也就是用合于中文文法习惯的中文，译原来合于英文文法
习惯的英文。近几年来，国内许多译书的人，仿佛都忘了翻译是得把
某一国"文"译成别一国"文"的了，仿佛觉得由某一国"文"译成
别一国"字"，再照原文的次序排列起来，就算是翻译了。他们说，
这可以保存原文的语气、风格等等，我却说，这种半中半洋，不中不

---

① 《德伯家的苔丝》(*Tess of the D'Urbervilles*)，上下册，长篇小说，英国哈代
（ Thomas Hardy，1840—1928 ）著，张谷若译，中华教育文化基金董事会编
译委员会编辑，上海商务印书馆 1936 年 3 月初版。

② 张谷若（1903—1994），出生于山东烟台福山县。曾于华北第一个中学（南
开中学前身）学英文，后考入北京大学英文系，毕业后任教于北京中国大
学、辅仁大学、北平师范大学和北京大学等。另译有哈代《还乡》《无名
的裘德》，狄更斯《大卫·考坡菲》《游美札记》，亨利·菲尔丁《弃儿汤
姆·琼斯史》等多种。

洋的四不相儿，比 transliteration 差不多少。我觉得，这种只用手而不用脑的翻译，没有什么意义。现在我的理想，是要用合于中文文法习惯的中文的，我作翻译，就是以这种理想为原则。不过原则当然都有例外。譬如中文里根本没有的字，或者中国人根本没有的观念，当然不是地道的中文译得出来的；遇到这种时候，或者意译（paraphrase）或者造一个新词（neologism），加一个注解。至于我这种理想，究竟作到了几分，当然是一个问题。

　　原书叙述，描写的地方，译文用普通的白话文，这没有什么解说的必要。至于原书的对话，本是两种：一种是普通的英国话，一种是英国道塞郡（Dorset）一带的方言。所谓普通的英国话，就是 Daniel Jones，Harold E. Palmer，Walter Ripman 诸人所说的英伦南部受过教育的人所讲的话。这种话在英国，略如中国的北平方言，或北平语系，所以我用北平方言来译它。至于原文的道塞郡方言，我用山东东部的方言。

　　我最初本来一概用北平方言来译原文的对话。但是后来觉得，原文分明是两种话，译文里变成了一种话，那怎么成呢？但是用另一种什么方言好呢？后来经过了叶维之先生的提示，和胡适之先生的赞助，才决定用山东东部的方言，于是英国的道塞郡人，遂一变而为山东人了。所以采用山东东部方言的原故，一部分因为译者除了北平方言，恰好懂得那种方言，二来因为那种方言在中国，和道塞郡方言在英国，仿佛有相似之点。道塞郡方言，据 William Barnes 的说法，是从西萨克森（West Saxon）王爱勒夫锐得（Alfred）那时流传下来的一种语言，而山东东部方言，据译者所知，有许多话，还和《尔雅》《说文》上一样的说法。不过凡是方言，都保存许多古字古语，不止山东一处为然，所以这还不足以算是什么理由。但是别处的方言，不一定"怯"，而山东东部方言，却是"怯"话的代表，尤其是北平人，往往学山东东部的方言取笑。道塞郡方言在英国，虽然不一定

"怯"，而哈代用来形容乡下人，至少也得算是"土"。原文用方言的地方，有些读来很可笑，我把它译成北平方言的时候，读来却又不可笑了；后来改成了山东方言，才又可笑了。因此我才决定采用山东方言。

至于本书的注解，全是译者加进去的，所以这样详细，一方面固然为的是便于读者，一方面还想对于研究的人有点帮助。有些注释，可以说是对于一般的读者没有多大关系，但是如果有人想借此研究研究英文，或者研究研究哈代，那我相信我这些注释可以帮他点忙。不过这些注释，只注意材料的供给，不注意文字的美丑。

译者对于本书，虽然费了许多工夫，但是仍旧还嫌工夫不够，思考不周，不敢相信完全无误，不敢相信用的完全是地道的中文，更不敢相信把原著的精神保存了；而且更觉得歉然的，注释中有十几条引用旧文的，未能注出出处，还有十几条知道在某处而找不到原书。如果有人肯加指教，肯把发现出来的错误告诉我，尤其是能把注释中我不知道的告诉我，那真是我顶感激的事了。

最后我对于帮忙的师友，敬谨表示感谢，其中特别是胡适之先生，把头几章给我校阅了一遍，给了我不少的启示和改正。还有叶维之先生，把全书细细地替我校了一遍。改正了许多错误，修正了许多毛病。我可以说，他那样细心，真是少有；他所指出来的，都不是一般人平常所留意的；就是我说我这部书所有的好处（比方有的话）都是他的功劳，也不为过。还有何子祥先生，关于国语的用字，给了我不少的指正。其余还有温源宁先生、贝德瑞先生（Mr. B. F. Batteridge），艾克敦先生（Mr. Harold Acton），吴可读先生（Mr. A. T. Pollard Urquhart），周伊特先生（Mr. Hardy Jowett），关琪桐先生，都给了我很大的帮助。

一九三四年十二月　译者

——录自商务印书馆 1936 年初版

《化外人》[①]

《化外人》前记
（傅东华[②]）

作者不贵乎模仿，而有赖乎"收融"（assimilation）。我们细察世界的名著，饮水思源，可知无一是出于完全的"创"作。

新文学入于积极建设的阶段，其摆脱旧传统而收融西洋作风的倾向已逐渐显著。今之作家类多能直接谈外国名著，而多数人仍不得不需要译文。且即使人人能直接读原书，译本也仍有它的需要，因移入了本国语言之后，其易于收融的程度自然增加。所以当人类的语言未归统一之前，翻译这工作大约始终都属必要。

现在这个短篇集，也无非为应付这种需要而印的。取材并无什么计划，但注重弱小民族和现实主义的作品，也许特别适于现代的需要。

——录自商务印书馆 1936 年初版

---

①　《化外人》，短篇小说集。傅东华选译，内收芬兰哀禾〔Juhani Aho，今译阿霍，1861—1921〕等所著小说 13 篇。上海商务印书馆 1936 年 3 月初版，"文学研究会世界文学名著丛书"之一。

②　傅东华（1893—1971），浙江金华人，毕业于上海南洋公学中学部，入中华书局任编译员。曾任教于上海大学、复旦大学、中国公学、暨南大学等校。1933 年与郑振铎共同主编《文学》杂志。另译有塞万提斯《吉诃德先生传》（《堂·吉诃德》）、密尔顿《失乐园》、荷马史诗《奥德赛》等多种名著。

《皮蓝德娄戏曲集》[①]

《皮蓝德娄戏曲集》皮蓝德娄

徐霞村 [②]

　　虽然在六年以前已经由本文的作者介绍过了，这位一九三四年度诺贝尔奖金的获得者在中国似乎并没有引起什么注意。

　　这种淡漠据作者推想，大概不外两种原因。第一，中国民族一向对于近乎形而上学的东西都不大喜欢，我们的古代的哲学家的大部分的作品都是关于人生哲学方面的；皮蓝德娄的剧本虽然已经将一些形而上学的问题戏剧化了，艺术化了，究竟读起来至少也得费点脑筋；一向惯于看不费劲的东西的中国读者读起来，未免有点头痛。第二，一个剧本的影响大部分还要靠公演；皮蓝德娄的剧本除了他自己的剧团之外，欧美其他的剧团演起来都时常失败，缺少经验的中国的业余话剧团体当然无法尝试了；公演既不容易，中国的观众自然也不能充分地了解皮蓝德娄的价值。

　　以一八六七年生于意大利的西希里省的皮蓝德娄（Luigi Pirandello）先后在本省、罗马和德国的彭城受教育。他所专攻的是哲学和语言学。一八九一年，在彭城获得哲学博士的学位回国。此后他

---

① 《皮蓝德娄戏曲集》，意大利皮蓝德娄（Luigi Pirandello，今译皮兰德娄，1867—1936）著，徐霞村译，上海商务印书馆 1936 年 3 月初版。"文学研究会世界文学名著丛书"之一。

② 徐霞村（1907—1986），祖籍湖北阳新，生于上海。曾就读于北京中国大学，1927 年赴法国勤工俭学，就读于巴黎大学文学院。回国后参加文学研究会、水沫社，任复旦书店编辑。先后任教于北京大学、北京师范大学、齐鲁大学、厦门大学等校。另译有笛福《鲁滨孙飘流记》、洛蒂《菊子夫人》、左拉《洗澡》，与戴望舒合译西班牙阿左林《西万提斯的未婚妻》等多种。

便在罗马的女子高等师范学校做教授，一直做到一九二一年。

皮蓝德娄从十八岁起便开始写作。他的最早的文学作品是诗。但是他的几本诗集在我们现在看来并没有什么可注意的地方。接着他又写了许多长篇小说和短篇小说。他的短篇小说多半是写西希里岛的景物和风俗的，其中最早的一些短篇现在已经很难找到，一直到前几年才有一位弗罗仑其的出版家把他的短篇收集了三百六十多篇，出了一个全集，定名为《一年的故事》（*Novelle par un anno*）。他的长篇小说在他的作品中的地位仅次于他的剧本，其中如《故巴斯加》（*Il Fu Mattia Pascal*），《老年与青年》（*I vecchi ei giovani*），《电影摄影师日记》（*Si gira*）都是现代欧洲文学中的重要小说。

在《故巴斯加》中，我们可以隐约地看到皮蓝德娄在他后来的剧本中所表现出来的那种荒诞的作风的雏形。小说中的主人公是一个乡村的图书馆员，因为不堪妻子和岳母的吵闹，私自逃走。可巧不久他的往宅附近的河里发现了一个腐朽了的死尸，于是家里人便以为他是自杀了。其实巴斯加这时正在蒙地迦罗，并且赢了一大笔钱。当他偶然从报纸上看到自己的死耗的时候，他便打消了回家的念头，改名梅司，开始了一种漫游生活。但是不久他便遇到了麻烦。想完全臆造出一个人的过去并不是一件容易的事。"假使我们要再变作一个真的人，我们须杜撰出多少具体的，琐细的事情啊。"巴斯加渐渐对于他的孤寂的旅行生活厌倦起来了。末了，他便在一个罗马的家庭里做了房客。他不由自主地对于这个家庭，尤其那女儿，发生了兴趣。但是他感到他没有权利去恋爱。巴斯加已经死了，梅司却只是一个空洞的名字。当那女孩子问到他的过去的生活时，他感到非常难以回答。他看出自己已经使那个可怜的女孩子生了许多他所不能满足的希望。有一天，他发见他藏在房里的钱被人偷走了许多。他想报告警察，但是他忽然觉悟到他连自己是谁都没法子证明，怎能控告别人呢。现在唯一的办法只有再度逃走。于是他把他的手杖和帽子放在一个桥上，帽子里写了梅司的名字，使人家相信梅司已经自杀了，自己却向故乡走去，想给他那好吃懒做的女人和那哓哓不休的岳母一点报复。但是结果这一条路也不通了。从他的兄弟口里，他知道他的妻子已经嫁了一个阔丈夫，并且有了孩子。于是在小说的末了，我们看见故巴斯加站在他的那些家人前面，把他们都吓病了，她们都以为自己活见了鬼。这部二十万字的巨著里充满了哲学的推理，但是因为是用一种幽默的笔调和一种戏剧式的开展写来，我们读起来并不觉得沉闷。

皮蓝德娄一直到五十三岁（一九一三年）才想到以戏剧为表现的工具，这条路不久便使他成了一个世界闻名的作家。他的剧本在我们乍一看来似乎很晦涩，很艰深，其实我们只要稍微肯用一下我们的脑子，便可以发现它们并不如此。"人们都说我的戏剧晦涩"，他于一九二四年在西班牙的巴其龙纳城向一个发问的人说，"因而称它为大脑的戏剧。其实这种新剧原是与旧剧有不同的地方的：后者以热情为基础，前者却是理智的表现。我对现代戏剧的新贡献就是把理智加入热情。以前的观众只迷醉于热情的剧本里，现在他们却要万人争看理智的作品了。"在别的戏剧家的作品里，感情永远是占主体，思想只是一种陪衬的力量，但在皮氏手下，理智却是戏剧的主要的动机。他的人物们都是不断地辩护自己，批评自己，判断自己，分析自己，为了达到他的理智的目的，皮氏不惜把他的人物都造成一些没有血没有肉的木偶，并且把它们放到最不可能，最荒谬的剧情里去。在一篇剧里，他写一个男子把他的情妇送回给她的丈夫；在另一篇剧里，他写一个人为了避免认真的结婚的苦恼起见，竟开玩笑地娶了一个妻子；在另一篇剧里则是丈夫迫着他的妻子去回到她的情人那里。所以皮蓝德娄有时又被称为"神奇派"（Grotesque）。

从前的欧洲剧作家从小仲马一直到伯纳萧，写剧的目的总是在攻击一种社会制度，宣传一种社会思想。但是皮蓝德娄对于人类既没有使命，又没有教训。他只完成了一件事：就是把人类的真正的面目暴露给我们大家看。我们平常总是觉得我们的"自我"是一个整个的，除了我们自己所看见的那个之外，并没有其他的"自我"。照皮蓝德娄的意见，我们的"自我"不但不止一个，而且有许多个连我们自己都不知道的。意大利的批评家保治司（G. A. Borgesé）在一段论皮蓝德娄的文章里解释道"我们常带一种稍高的声音来读'我'字。我们以为，或者我们相信我们以为，我们各人都像一个单元的原子似的。但是当我们把这问题仔细考查一遍时，我们在这个貌似的单纯中要找出多少不相合的成分啊！一个人对自己或别人要表现出多少无穷的方面啊！在我们的舒情的内在的自我和社会的处世的自我之间，在今天的自我和明天的自我之间，要有怎样深的一些海谷啊！"这两种"自我"的冲突便造成了皮蓝德娄的剧本的基本的题材。

　　上面所说的社会的"自我"照皮氏的说法，只是一种我们用以处世的"面具"。但是这种"面具"并不一定是自觉的，欺骗的。反之，我们大家百分之九十九都不觉得它是"面具"，而错把它认为真的"自我"。当我们的"面具"一旦被别人或被自己揭穿时，那便是人生的悲剧。

　　在他的《帽与铃》(Il Berreto a Sonagli) 一剧里，皮蓝德娄对于这个观念发挥得非常明白。比特利兹听了谗妇萨拉沉娜的话，相信她丈夫和他的书记戚衍巴的妻子有了暧昧。带着妒忌的怒火，她决意要使这一对爱人当众出丑。于是，找了一个藉口，她设法把戚衍巴遭到另一个城里去办事。在临行时，戚衍巴到比特利兹面前请她照料他的妻子，因为，这样他就可以在社会面前交代了。比特利兹料到她的丈夫在办事回家的时候一定要去找戚衍巴的妻子，于是跑去通知了警察。果然，正如她所希望，她的丈夫立刻被捕了。但不久她便找出这件事的结果于她一点好处都没有，而且自己反成了全城的谈资，不得不回到母亲家里。正在这个关节上，戚衍巴回来了。这一下，这出本来带滑稽性质的戏便突然变得严肃起来。原来戚衍巴早已知道他的妻子对他不大忠实，知道他这样丑，这样老的人不能抓住一个美丽年轻的女人。不过为了顾全面子起见，他总想能够敷衍下去也就够了。现在呢，他的梦却破了。"你的姊姊竟把我的傀儡摔在地下来这样踏啊"，我们看见他这样对比特利兹的弟弟说，同时把自己的帽子取下来用脚踏了几下。那么，现在他必须回去把他的妻子杀掉来争得社会的尊重吗？不用，我们的戚衍巴有一个比较容易的办法。这办法很简单，就是：事情是比特利兹惹起来的，现在只消把一切事都推在她的身上，假说她的告发是因为她犯了疯病，把她送到疯人院去关几个月，事情就可以完全解决了。"这是为你的好处啊，太太。我们这些人都知道你疯了。现在所有的邻居也应该知道才好。一点也不要惊慌因为装一个疯女子是很容易的。让我来教给你吧。你只消把事实在所有的人面前喊出来就够了。没有人会相信你，都以为你是疯了。"这出戏的结局是，比特利兹的母亲，兄弟，和县长都同意了戚衍巴的提议，比特利兹呼叫着被人抬下去。

我们不但要对别人带"面具"，而且永远要对自己带"面具"，所以在《诚实的快乐》（*Il piacere dell'onestà*）里，巴多文诺说："面子不但要在社会前面装，也要在我自己面前装。这样，假使我做出什么坏事，那也是它们（面子）做的，不是我做的。"

一个人既是时常把自己的"面具"，即社会的"我"当做真的"我"，那么，通过这层错觉，我们的一切印象，一切知识，当然也都是靠不住的。在这里，皮蓝德娄对于"真理"本身都推翻了。他觉得我们人世间并没有一个客观的"真理"，只有我们各人所见到的"私人"的"真理"。"在世界上，没有比那相信自己是对的那个人更是疯子了。"皮蓝德娄借了《帽与铃》里的戚衍巴这样说。在《各是其是》（*Cosi E*）一剧里，一位丈夫相信他的妻子已经死去了，相信他自己又娶了第二个，相信他的岳母是疯子；同时，他的岳母却以为她的女儿是活着，以为她的女婿之所以把她认做第二个妻子，不过是由于他的错乱的想象；当一些好奇的人们把那位妻找出来时，他们所得到的答案却是："你们要什么？真情吗？真情是这样。我是佛罗拉夫人的女儿，我也是彭沙先生的第二个妻子。是的，对于我自己，我谁都不是。……你们以为我是谁就是谁！"这也可以说皮蓝德娄对于"真理"问题的答案。

皮蓝德娄最著名的作品是《六个寻找作家的剧中人物》(*Sei Personaggi in cerca d'Autore*)。在这篇惊震世界的剧本里，皮蓝德娄不但充分放进去了他的全部的哲学，并且也惊人地表现了他的写剧的技巧。这是一出剧中的剧。事情是发生在一家剧院的舞台上。经理和演员们正在排着一出新戏，舞台上忽然跑上来六个不速之客。经理问他们有什么事，他们答应他们是六个剧本中的人物：一个是父亲，一个是母亲，一个是继女，一个是儿子，一个是小男孩，一个是小女孩；因为被他们的作者所弃，想要找一个作者把他们的悲剧排出来。经理弄得摸不着头，便答应他们说他这里没有作者。但是这六个古怪的男女仍旧不肯走，一定叫经理做他们的作者。于是，一问一答地，带着无数的笑话，他们便把他们的故事说出来了。原来父亲和母亲是一对结过婚，而且生了一个儿子的夫妻。父亲有一个私人书记。这书记常常到他们家里来。不久这书记和母亲就发现他们两个是"能够互相了解的"。父亲见了这种情形，立刻把母亲赶了出去，并且把儿子送到乡下去养。母亲和书记同住，生了三个私生子，那就是继女，小男孩，小女孩。父亲一个人住了些年，渐渐觉得无聊起来。他的儿子虽然长大了，但因为没有人照料，皮［脾］气与他不合。为好奇心所动，他便开始向母亲的新家庭和那些私生的孩子注意起来。母亲觉出了这件事的危险，立刻把家搬到另一个城去了。此后两下信音隔绝了许多年。在这期间，那书记死了，母亲和孩子们，因为穷困的关系，又搬回了本城。她和继女在巴其夫人那里找了一个工作。巴其夫人是一个以卖衣服为名而开幽会所的妇人，她之收留她们母女，其实是因为看上了继女，——她这时已是十八岁的姑娘了，——想把她领入这种罪恶的生活。在这里，这出戏就到了紧张的地方。原来父亲这时仍旧在这城里孤独地过着，而且，因为生理上的要求，也是一个巴其夫人的主顾。有一天，他又去了。他挑了继女，一直到临时才认出了是她。接着，母亲也来了。带着一种坦白的心情，他立刻把她和她的孩子们接回家去。但是虽然如此，这个重聚的家庭竟不能和睦地过下去。继女带着一种高傲的态度专断一切。儿子永远不肯对这些人表示一点亲热。这自然是使母亲心碎的事。但是她的悲剧并不止此。有一天，小女孩在花园里玩，竟掉到池子里去，小男孩看见他的妹妹淹死，也找了一把手枪把自己打死。末了，继女不忍再看下去，也弃家逃走了。以上的情节，一部分是由六个人物口中叙述出来的，但是到了末尾，幻象竟变成了现实，观众当真地听见了枪声。于是，这出在纷乱中开始的戏又在纷乱中结束了。

这出戏的主要的意义，就是在指出人的"自我"并不是一个，而是许多个。这六个剧中的人物的悲剧之所以造成，就是因为每个人物都认为另一个人物的暂时的行为就可以代表他的"自我"，而且互相责难。所以父亲辩护他自己说："对不同的人们自己常是不同的，然而我们却老是幻想我们自己无论在什么地位都是一样的。没有东西比这个再假的了，证之我们常常在做着某种动作的时候，有时自己忽然惊奇起来一事，即可以知道。我们知道我们并没有把我们的整个的自己在这个动作里表现出来，我们知道，假使有人把一个人光凭这动作的效果，光凭这个特别的刹那来判断，就仿佛他的全生命都在这里聚集出来，表现出来似的，我们一定要认它做一个很残酷的错断。"

在另一个部分批评家的眼目中，皮蓝德娄的最大的杰作是《亨利第四》（*Enrico IV*），因为《亨利第四》不止是乾乾地表现出了皮蓝德娄的基本观念，并且它的壮丽，它的魄力，它的舞台效果都超乎皮蓝德娄的一切剧本之上。

　　这出戏的中心人物是一位现代意大利的青年绅士。这位绅士爱上了一位叫玛蒂达的小姐，但是玛蒂达却比较喜欢一个叫贝克莱笛的另外的青年。有一天，城中举行化装游行，这位绅士把自己扮做十一世纪的罗马皇帝亨利第四，又叫玛蒂达扮做亨利第四的敌人突斯干的玛蒂达伯爵夫人，一同参加游行。在游行的时候，"亨利第四"和玛蒂达是并骑而行，贝克莱笛也骑着马在他们后面。走到半路，贝克莱笛偷偷地用剑把"亨利第四"的马屁股刺了一下，那马痛得立了起来，把"亨利第四"跌了下来，跌伤了头部。在起初，人们都以为跌得不很重，并没有去注意。但是过了两点钟之后，当客人们都聚在"亨利"的客厅看演着各人的角色时，他们才发现"亨利"已经疯了，当真以为自己就是那十一世纪的罗马皇帝。从此以后，他家里的人便顺着他的疯狂，把他的房子装饰成皇宫的样子，并且雇了三四个青年人，做为他的军机大臣。这种疯狂一直继续了十一二年。有一天，他自己忽然清醒过来了。他发现他的玛蒂达已经被他的情敌抢了去了，他已经不能恢复他以前的生活了。因此他只好继续地装着疯，不让他四周的人注意到他的改变。又过了八九年，他的旧爱人玛蒂达带着她的情人贝克莱笛，她的女儿弗莉达来到他的别墅，同时又带来了一个神经病医生，打算治好"亨利"的病。为了见到"亨利"起见，他们只好也穿起古装，扮做十一世纪的人物。经过了一度的会见，医生便想起了一个古怪的治法：叫玛蒂达和她的女儿都扮做玛蒂达伯爵夫人，使"亨利"在一种突然的惊震之下看到她们中间的不同，而觉悟到自己时间的错觉，但是因为他的办法是叫弗莉达装做一幅画像在黑暗中呼唤亨利，在实行的时候几乎把那早已痊愈了的"亨利"重行吓疯。当人们发现出他并不疯狂的时候，他便把贝克莱笛的阴谋当众揭了出来。在一阵失望的苦痛中，他抱住了年轻而美丽的弗莉达，说只有她才是他所知道的玛蒂达伯爵夫人。贝克莱笛跑过来抢救，但是"亨利"却很快地拔出了剑，刺到他的身上。当这位临死的受伤者被人们抬了下去时，他口里不住地喊着："他并不疯！他并不疯！"幕落时，"亨利"感到自己所惹下的祸已经不容自己不做疯人，便把他的仆从招笼来，说："现在，我们只好永远在一块了。"

正如皮兰娄德的大多数的剧本一样，《亨利第四》的中心思想也是在"面具"与"自我"的冲突。"亨利第四"在清醒之后本想恢复他以前的生活，但是因为他的"疯人"的"面具"已经造成了，他四周的人已经不会相信他不是疯人了，所以经过了几次挣扎，他仍旧回到他的"疯人"的"面具"之后去了。

十年以来，皮蓝德娄不断地带着他自己的剧团，在欧美各地公演他自己的剧本，无论在什么地方都得到惊人的成功。我们希望在最近的将来中国的官方或私人的文化团体能够把他和他的剧团请到中国来公演，使我们对于他的艺术有一个机会作正当的认识。

参考书：

W. Starkie：Luigi Pirandello.

B. Crèmieux：Panorama de la littérature italienne.

E. Boyd：Studies from ten Literatures.

Drake：Contemporary European Writers.

I. Goldberg：Luigi Pirandello（an essay）.

本文作者：《现代南欧文学概观》。

——录自商务印书馆 1936 年初版

《战争》[①]

《战争》译后记
茅盾

《战争》在苏联文坛上是有名的杰作。国际革命作家联盟的第二次大会时，苏联文学现状的报告中举出此书，称为社会主义的现实主义代表作品之一。原文颇长，这里译的是根据了 Anthony Wixley 的英译节本，见于一九三二年《国际文学》二三期合册。

虽然是一个节本，但也可以窥见原作的面目了。这部小说跟历来各种的欧洲大战小说有显然不同的地方：第一，这是用革命的世界观和人生观来照明了欧洲大战的成因，科学家如何帮凶，产业巨头如何因战争而贸利，以及最近几年来帝国主义国家如何在制造在加紧准备反苏联的第二次世界大战；因此，第二，这就不是个人"回忆录"式的战争小说，而是帝国主义阴谋的分析和暴露。

原作者的生平已见他的自传，这是根据了一九三四年三月的《国际文学》英文本转译的。

书中讲到毒瓦斯时，有许多化学名词，很使我叫苦。幸而脱稿后得由文化生活出版社转请吴先生核正，这意外的帮助，我谨在这里道谢。

一九三六年，伦敦海军会议破裂之日，

茅盾记于上海寓次。

——录自文化生活出版社 1936 年初版

---

① 《战争》，中篇小说，苏联铁霍诺夫（N. S. Tikhonov，今译吉洪诺夫，1896—1979）著，茅盾据英译节本转译，上海文化生活出版社 1936 年 3 月初版，"文化生活丛书"第八种。

《人兽之间》①

《人兽之间》译序

张资平 ②

一个人做人能达"全人"之域，已经是"神"了。纵不是《圣经》上的绝对的"神"，也可称尘世之相对的"神"。孔子、基督、释迦等，便是属于这类"全人"，——假定称之为相对的神。次于这些圣哲的，在古今中外尚有许多伟大的人物，如诸葛亮、张巡、华盛顿、林肯等辈便是半神半人了。在古代希腊、罗马的神话中所传述的人类亦即多属此类，不过其中神与人所占的成分有多少之差而已。更详言之，则每一个人都具有神性、人性及人欲三者。由这三者的组成分量不同，便化出许多圣哲、贤人及君子、小人等品类来了。流俗之辈因其所具的人欲分量最大，人性分量较小，神性分量最小或全等于零，于是便不能称为半神半人，而只是半人半兽了。在现代人欲横流的世界中，其 99% 以上都是属于这第三级的半人半兽的人物。这是原作者写这篇杰作的第一动机。

一个人会犯罪作恶，决不是他本人所愿意乐为的，或为环境所压逼，或因社会的缺陷使然，而其主因则不外为饥寒所逼，铤而走险而已。同样一个人之受社会排斥或不见容于其同流，也不能完全归于他

---

① 《人兽之间》，长篇小说，日本佐藤红绿（1874—1949）著，张资平译述。上海商务印书馆 1936 年 3 月初版。

② 张资平（1893—1959），广东梅县人，毕业于东京帝国大学理学院地质系，创造社发起人之一。开办乐群书店，创办《乐群》半月刊，主编过《国民文学》等刊物。抗战时期，出任中日文化协会出版组主任等伪职，主编《中日文化》月刊。抗战胜利后，因汉奸罪被捕。另译有日本短篇小说集《别宴》《压迫》《衬衣》、藤森成吉《文艺新论》等多种。

个人之性格的缺陷，或与多数半人半兽者相处，受若辈之包围或要挟而终至于自己逐渐失其神性人性者，亦非少数。本篇小说的女主人公何美琏即是这类的典型。社会尽都诟谇这个女优，不以她与人类相齿。独有原著者另具眼光，以陀斯妥伊夫之精神指示出：她虽沦为半人半兽，但仍未完全沦丧其神性——母性爱，最后因为饥寒所逼，尚背负婴儿而自杀。此种不幸的境遇真令人不禁为之洒一掬同情之泪。这是原著者写这篇小说的第二动机。

一般带些罗曼谛克空想的作家，常将男女间的感情夸大地写成为一种绝对理想——恋爱。其实这种理想完全受物质的支持。更详言之，这种理想的实现性之大小完全视物质之程度大小而决定。译者童年时读林译《茶花女遗事》初觉马克为爱人而牺牲之精神——神性——之伟大。但读原著者之《人兽之间》后，始觉得从前竟为小仲马所欺骗了。当马克与亚猛避居巴黎郊外，物质供给告绝时，马克便思恋起他的过去的豪奢生活来了，早想和他的爱人（？）亚猛暂别，以回复其半人半兽的生活。偶因亚猛老父之出现，便乘机一面向爱人表示了其一部的人性，一面又满足了她久在渴望的人欲。小仲马的幻术——浪漫的写法——便掩着了读者的视线，辨不出马克女士本身的"人兽之间"性了。但是本篇的原著者是人类社会实验室里的解剖技士，他是不爱玩罗曼谛克的幻术的人。阎导演固非如亚猛之痴情青年可比，但何美琏本来是一位马克女士。原著者不忍使一般青年仅在舞台下面看他玩幻术，同时向读者明示了这场幻术的内幕，——现代的有闲享乐者群尽都是半人半兽的内幕。这是原著者写这篇小说的第三动机。

原著者在日本的作家地位罕有人认识。但译者颇爱读其作品。他的作品决不像菊池宽，久米正夫辈之凡俗，而另具一种高雅的情调，行文又流丽感人，尤长于伟大母性爱——神性——之描写。这便是使译者倾心的一点。本篇又为其精心杰作之一。故译出之以供研究日本文学者之参考。假使原著者生于英、法亦或可以造成他的更高的地位，与仲马氏父子，Dickens，Thackeray 辈相伯仲吧。

译者译此篇小说经三年之久（当然其间为其他工作所阻，非专译此篇之故，）改稿亦三次之多，自信已尽其至善。唯其中又一小部分专述日本方面之人情风俗，在我国人读之必感索然，故略去之，总之，希望读者作翻案小说读则幸甚。

译者志二十四年九月十五日晨

——录自商务印书馆 1936 年初版

《托尔斯泰短篇小说》①

《托尔斯泰短篇小说》作者传略
伍光建

俄罗斯的大文豪、大改革家，梦想家托尔斯泰生于一八二八年。他们几代都是田主。他在喀珊（Kazan）大学读书。其后他投军。一八五五至一八六五年间，西华图普（Sevastopol）之役，他亲历行间。后来他撰一部书，就名《西华图普》，实写他身临前敌的阅历，凡是当欧洲大战时在法国打过仗的人们都说同他们自己的阅历非常相像。后来他不当军人，在日耳曼与意大利游历后，以一八六二年娶亲，在家里著书，一面致力于改良他手下农人们的待遇。他所撰的有许多长篇、中篇及短篇小说，及关于哲学、宗教、文学及社会的著作，初时专着重美术不甚得名，后来兼及政治及社会，就流通于全个

---

① 《托尔斯泰短篇小说》(*L. Tolstoy's Short Tales*)，短篇小说集，L. 托尔斯泰(Leo Tolstoy，1828—1910)著，伍光建选译，上海商务印书馆 1936 年 3 月初版，"英汉对照名家小说选"第二集。

世界，颇有潜力及人，由是享世界大名。他又撰了许多剧本，在俄国里头算是最好的；以他的全体著作计，无人能与比肩，他到了七十多岁写最后一部小说，发挥他对于人生诸多问题的见解。他的见解是很特别的，世人自然不能尽与他表同意，他却是不管的。他撰一本书名《什么是美术》（*What is Art ?*）其中有一段说道："将来的美术家会晓得撰一篇神话，制一篇动人的小曲，一段引人乐的笑话等等，或画一幅意笔画，使千百年或千百万孩子与成人们快乐，这就比撰一部长小说或制一篇交响曲，或绘一幅工笔画只使有钱人不过快乐一时就忘记了的好得多。这样能够激发最单简感情的美术所及最广，现在几乎无人踏步入这个区域。"他又说美术的符号要有个性，篇幅要短，要说的显明，要出于至诚，所以他写了许多极好的短篇小说及神话。今所选译的《冤狱》（一八七二年写的）及《在高加索的一个俘虏》（一八七〇年写的）是他自己所最喜欢的。《小鬼和干面包皮》（一八八六年写的）及《工作，死亡与疾病》（一九〇三年写的）都是绝妙的很短的小说。倘若他所定的美术标准是正确的，这几篇小说在近代文学里头，几乎达到尽善至美的程度啦；不独少年人好读，且得大作家及批评家称颂。他约在一八八六年，就决计把他的田地给他的夫人与家族，自己过农人的生活。后来他果然离家独居，过孤寂日子，要在孤寂地方以终天年，独出远行，竟以一九一〇年死于一个小车站。民国二十三年　日伍光建记。

——录自商务印书馆 1936 年初版

《西窗集》 [1]

《西窗集》题记

卞之琳 [2]

　　这里译的是从十九世纪后半期到当代西洋诗文的鳞爪，虽是杂拌儿，读起来也许还可以感觉到一个共通的特色：一点诗的情调。自己这几年来的译品是不止这么些，现在不过把原来为自己所喜爱，译出后自己还不十分讨厌的短篇文字收集在一起罢了。其中大部分属英法等国，从原文译，一部分属西班牙等国，据英法文转译。翻译上有许多地方要感谢诸位师友的帮忙。

　　编理完了，仿佛在秋天的斜阳里向远处随便开了一个窗，说不出的惆怅，倒想请朋友们一同凭眺呢。

卞之琳　十二月，一九三四
——录自商务印书馆 1936 年初版

---

① 《西窗集》，诗集，法国波特莱（Charles Baudelaire，今译波德莱尔，1821—1867）等著，卞之琳选译，上海商务印书馆 1936 年 3 月初版，"文学研究会世界文学名著丛书"之一。

② 卞之琳（1910—2000），江苏海门人。1933 年毕业于北京大学英文系，曾任教于四川大学、鲁迅艺术文学院、西南联合大学、南开大学等，后赴英国牛津大学做研究员，回国后任教于北京大学西语系。另译有英国 Lytton Strachey（斯特雷奇）《维多利亚女王传》，法国纪德《新的粮食》《窄门》，西班牙阿左林（Azorín）《阿左林小集》等。

《在陶捋人里的依斐格纳亚》①

《在陶捋人里的依斐格纳亚》译者序

罗念生②

　　这剧是根据贝次（William Nickerson Bates）所编的攸立匹得斯的《在陶捋人里的依斐格纳亚》（Euripides' *Iphigenia in Tauris*）译出的，那书是一九〇四年由美国图书公司出版的。但对于有疑义的地方，却采取我认为较好的解释，不一定遵照这版本。

　　剧里的专名词多半是依照着希腊原音译出的。因为我们的文字没有格位的变化，所以大半采用希腊名的主格译音。倘若变化起来，有时会变成一个大不相似的名字。凡是熟习的专名词都借取习用的译音，可惜有的不十分正确。专名词译音下面先附希腊名，次附英文名；有的英文名是由拉丁字转来的。本书里的现代西文专名词是依据商务印书馆再版的《标准汉译外国人名地名表》译出的，那书是何崧龄先生等编纂的。

　　这译本里一定有许多错误，希望高明指教。

　　我特别致谢美国康乃尔（Cornell）大学准兹（Horace L.Jones）教

---

①　《在陶捋人里的依斐格纳亚》（*Iphigenia in Tauris*，今译《在陶洛人里的伊菲格纳亚》），封面、版权页署"依斐格纳亚"，希腊攸立匹得斯（Euripides，今译欧里庇得斯，约公元前480—前406）著，罗念生据贝次（William Nickerson Bates，1867—1949）编本译述，中华教育文化基金董事会编译委员会编辑。上海商务印书馆1936年3月初版，"希腊悲剧名著"之一。

②　罗念生（1904—1990），出生于四川威远。1922年入清华学校，1929年留学美国，就读于俄亥俄大学、哥伦比亚大学研究院、康奈尔大学研究院，1933年赴希腊，入雅典美国古典学院研究古希腊文学。回国后历任北京大学、四川大学、武汉大学、清华大学等校外语系教授，与梁宗岱合编《大公报》副刊《诗刊》。另译有埃斯库罗斯《普罗密修斯》，索缚克勒斯《窝狄浦斯王》，攸里辟得斯《特罗亚妇女》《美狄亚》等多种古希腊文学名著。

授，因为他给我解释了许多疑难。这译书曾得编者贝次（Bates）许可出版，我也要致谢他。孙大雨先生为我校正过译稿，感激不尽。此外我还要感谢一位朋友帮了我许多忙。

罗念生

二十二年二月十八日在美国依沙卡（Ithaca）译毕；

二十四年四月二十九日在秦岭山麓改就。

——录自商务印书馆 1936 年初版

《何为》①

《何为》后记
巴金

"何为"的名字我在十六七岁的时候就知道了。后来听说这书有英文译本，②曾托友人在伦敦，纽约等处搜求过，却没有结果。一九二八年春天我在巴黎赛纳河畔一家书摊上买到这书的法文译本，书名改作了《妒嫉》，但内容是一看便明白的。这法文译本也早绝版了，我无意间得到它，心里的快乐自不必说。我那时在翻译廖抗夫的短篇小说《薇娜》，司特普尼亚克的《三十九号》，蒲列鲁克的《为了知识与自由的缘故》，这都是描写旧俄新女性的姿态的作品，我打算把《何为》也译出来，和它们编在一起，印一本小册子。然而后来《灭亡》的写作占去了我的时间，而且那几篇译稿寄回上海后也找

---

① 《何为》，长篇小说，俄国巧尔尼雪夫斯基（Nikolay Chernyshevsky，今译车尔尼雪夫斯基，1828—1889）著，世弥据法文节译本转译。上海文化生活出版社 1936 年 4 月初版，"文化生活丛刊"第 11 种。

② 英译本名《一个重大的问题或何为》，在纽约刊行，译者为 Nathan Haskell Dole，现已绝版。——原注

不到发表的地方，那时候的杂志编辑不曾看得起我的文章，更没有一家书店肯接受我的稿子。我便停止了《何为》的翻译，那时我已经开始译了几页，但现在连那译稿也不知道失落在什么地方去了。一搁就是几年，直到三个月前我整理破书，找出了这本《何为》，拿给世弥和宗融看，他们都说愿意翻译，就把这事情拜托给他们，同时刊出预告，上面写了两个人的名字。世弥没有失信，过了一个多月的光景，她就把稿子送来了，是这么流畅的译笔，又是她一个人翻译的。我把译稿仔细读过一遍，在我算是了却一桩心愿，我觉得很高兴。

关于这本小书我还想说几句话。我在《俄国社会运动史话》第一卷第六章里面曾论过它，我写了一个极简略的节要，这和现在这译本的内容不大相同。① 我的节要是根据捷克，马沙列克的《俄罗斯精神》第二卷第十四章写的，马沙列克对于俄国社会运动的知识之广博，是无可怀疑的，他的著作里面征引《何为》的处所甚多，而且有些对话还是这译本里所没有的。② 根据这两点我们便可以断定法文译本只是一个节本。不过原本我们一时找不到，这节译本又没有支离破碎之处，并且从结构方面看来，没有那个近乎大团圆的结局，③ 反而是更完

---

① 奇尔沙诺夫据马沙列克说是哲学家，但在这译本里却是医生，而且克鲁泡特金在《俄国文学的理想与现实》中也说他是青年医生。——原注

② 譬如薇娜责备乐卜何夫的合理的利己主义，说它是冷的，平庸的，严酷的。乐卜何夫答道："这理论是冷的，然而它教人怎样去创造温暖。一根火柴是冷的，火柴匣子的边也是冷的，然而在它们里面却含着火，它会给人烧饭，而且使人身体温暖。这理论是严酷的，然而倘使人们遵从它，他们就不再会做那些徒然无益的同情之可悲的玩具了。捏着刺脓针的手是不应该退缩的，因为单纯的同情对于病人并没有一点好处。这理论是平庸的，然而它揭示了生活的真正动机，而且只有在生活的真理中我们才会找出诗来。"这一段话在这译本里就没有。——原注

③ 乐卜何夫假装自杀而去美国，等到他对于薇娜的爱情冷淡了，便回到圣彼得堡与薇娜的女友结婚，两家往来甚为亲密。这事情在马沙列克的书里也讨论到，然而这译本却没有，一定是被法译者删去了。我觉得这删节倒是值得赞美的。——原注

美一点。所以我们也就以这节译本为满足了。

这小说若从艺术的观点来看，不免是很平常的作品。它的结构不仅是非常简单，而且很贫弱。① 然而它对于十九世纪六七十年代的俄国男女青年却有过极大的影响，对于他们它简直是"一个天启"。它一出版马上就成了俄国青年的纲领和福音，它的确支配着，指导着当时青年男女的行动。②

这小说的力量在于它所阐明的理论，在于它所描写的实在论者（或虚无主义者）的典型。这无异乎给当时的青年男女指示一条道路，告诉他们应该做的事情。这小说里的主人公，那些实在论者，又是唯物论者，实证论者，利己主义者。③ 他们并不博学，然而却能科学地思索。他们是锐敏的观察者，而且常常从他们的观察得来合于逻辑的结论。他们把这实证的知识也应用到道德的方面去。因此他们否定了一切过去的传统和习俗。自然，质朴，直接，坦白，这是他们的口号，而且成了他们的生活的特征，他们少说话，而宁愿多实行，多学习；但是他们却喜欢彼此争辩讨论那些哲学的，社会的，政治的问题。他们中间也许有两三个会抱着这实在论走于极端，但大多数的人都是诚挚的工作者，他们为自己同时也为同胞工作。他们当着一切困

---

① 瓦利柴夫斯基在他的《俄国文学史》中说这小说缺乏艺术和诗的色彩。然而巧尔尼雪夫斯基的艺术观是"非美学的"。巧氏的诗的定义是：生活，活动与激情。他以为生活本身才是美丽的，艺术只能帮助来说明生活，而决不能代替现实，也不能达到与现实同等的地位。巧氏的一个信徒还说："一个鞋匠比拉斐耳（意大利名画家）要高贵得多。"——原注

② 这小说是在监狱里写成的，出版后不久作者就被流放到西伯利亚，在其后的二十年间他都以骄傲的态度过着困苦的放逐生活。他的崇高的人格感动了无数真挚的男女青年。——原注

③ 巧尔尼雪夫斯基说过："真正的实证论者除了爱和高贵的心灵外，什么也没有了。"他的一个信徒者沙热夫更说："我们相信我们是为人类的幸福奋斗的。"可见所谓合理的利己主义是与自私自利不同。它一方面尊重，而且主张个人的自由，权利，和创意性，他方面也倾向着共同的善与万人的幸福。所以这合理的利己主义又可称做利他的个人主义。——原注

难的问题，处在一切困难的环境里面，都能够冷静地思索而行动。

他们应该怎样做呢？"何为"的问题来了。一切都是很显然的。社会应该根据自由社会主义的原理来组织过。一切制度必须与福利叶的理想相合。这些理想应该用路易·布郎式的合作组织而且由人民的教育来实现，这不仅是依照福利叶所指示的，同时还与涡文的计划相合。

这可见巧尔尼雪夫斯基在《何为》里所阐明的理论并不是他的创见，他的论据还是从西欧的作者那里得来的。

有一点是应该特别提说的，就是巧氏在这里还解决了几个重要的妇女问题，（如争自由求知识的问题等等，尤其是夫妇中间的关系这问题）。在俄国四十年代乔治桑是很时髦的，然而普式庚却借着达季安娜大胆地，独立地处理了这问题。① 德鲁景林的波林加不肯接受她丈夫的牺牲，而和他留在一起，那丈夫知道妻子爱着年青、热情浪漫的加利奇，他原谅她，然而到底他患肺病死了。同样赫尔岑在《谁的

---

① 达季安娜是普式庚的长诗《爱佛金尼·阿涅金》的女主人公。这一个乡村的姑娘爱上了时髦的富家子阿涅金，他却并不注意她。她向他表示过她的真诚的爱，却被他拒绝，而且得了他一番教训。后来她被母亲逼着到了莫斯科，嫁给一个年老的将军。他们夫妇到圣彼得堡，她在那里成了交际社会的明星。在这时候阿涅金出现了。他遇着她，这一次是他疯狂地爱上了她。他趁着一个机会向她表示他的爱情，她说："阿涅金，那时我还年青，我想，人比现在还漂亮，而且我又爱你……可是一个乡下姑娘的爱情在阿涅金是一点也不希罕的，他完全不注意她。……可是他现在为什么又步步地跟着她呢？为什么他会这样地注意她呢？是不是因为她现在有钱，成了上流社会的人，在宫庭中又受着欢迎呢？……但是在我，那一切的财富，那豪华的宫庭生活，我的一切的成功，我的那些富丽堂皇的房屋与宴会……在我，全是空虚！我宁愿撇弃这讨厌的衣裳，这种假装，这一切的喧嚣与光华，来换取数册旧书，一所荒园，还有我们那所简陋的茅舍，那些我们第一次相会的地方，还有我们村里的墓场，我那可怜的乳母的坟墓旁边有一个十字架和几株荫凉的树木。……在那时候幸福是可以实现的！幸福是那么逼近！……"她含着眼泪请他离开，她最后说："我不能够委身给你！我爱过你，我现在还爱你。然而我现在结了婚，我要遵守我的信誓。"——原注

罪过》里面使那个不幸的丈夫死于酒病。其他如冈察洛夫，屠格涅夫，阿斯特洛夫斯基诸人都在巧氏之前企图来解决这问题。这一切的企图都是失败了的，因为没有人敢来提出一个积极的答案。然而这问题是一个社会主义者所不能忽视的。巧氏当然要根据他自己的立场来提出一个有力的解决了。

妇女问题在当时的俄国内是急待解决的。在尼古拉一世的治下女人从政治的压迫所受到的苦楚并不减于男子。十二月党人的妻子，就有不少的跟着丈夫到西伯利亚去。女人也分担着男人的政治的渴望，一八五〇年塞瓦斯托颇叛乱中就有三百七十五个女人因参加叛乱被处死刑。一八六一年以来的革命运动更浸透了女性的血和泪。女人的求知识争自由的渴望变成不能够遏止的了，父与女的斗争已经以一个惨痛的姿态现露出来。女子的教育成了迫切的需要，而使政府也不得不于一八五八年开始创办了女子学校。

巧氏的《何为》就是在这时期（一八六三年）出现的，他把握住了这现实，由此创造了新妇女的典型，表现了当时的年青女性的渴望，指示了她们应该有的观念，应该走的道路。

这是七十几年前的旧作了。然而这观念，这道路在现今仍还是很新的。虚无主义 ① 虽已成了过去的陈迹，但它那"利他的个人主义"的精华依旧存在于那些现今激动着欧美前进青年的社会思想中，对于我们的青年也应该有点帮助，所以这本小书的翻译，虽无接受文学遗产的意义，却也自有其独特的使命的。

一九三六年四月巴金记

——录自文化生活出版社 1941 年三版

---

① 有些人把老子的无为哲学或雷翁·雪斯托夫的悲观哲学当作虚无主义，这是一个错误。——原注

《格列佛游记》 [①]

《格列佛游记》小引

（徐蔚森 [②]）

　　史惠夫特（Jonatham Swift）是英国小说家。于一六六七年生于爱尔兰的杜白林，然他并不是爱尔兰人，他的父母都是英人。他的父亲很穷苦，死后更一无所遗，史惠夫特在幼时便在贫穷中挣扎。他先学于杜白林大学，后寄身于著名政治家顿伯爵士家，意欲有政界活动，先参加议会党（Whig），后转入王党（Tory）。然他在两党中都不得志，遂回到爱尔兰做牧师。他晚年很悲惨，他憎恶一般人类，据说在他死前的二年间，没有说过一句话。他死于一千七百四十五年。

　　他共有三本著作，即《格列佛游记》（*Gulliver's Travels*），《木桶的故事》（*Tale of a Tub*），及《书籍底战争》（*Battle of the Books*）。都是英国文学中伟大的讽刺作品。尤其是《格列佛游记》，为全世界的读者所欢迎。本书写于十七世纪初叶，当时英国政治尚属腐败，史惠夫特苦于言论极不自由，遂拓为奇想，以锋利的讽刺，写出他的幻想的游历。然他的有力的、逼真的描写，年青的读者，并不觉它是幻想的或讽刺的，却好似确有其事的写实，都当它是一部极有趣的童话或冒险的故事读。全书共分四部，叙述一个水手游历的故事：第一部叙小人国（Lilliput）；第二部叙大人国（Brobdingnag）；第三部为飞岛游记；第四部即兽国游记。本书所译出的仅小人国与大人国两部。亦是本书

---

① 《格列佛游记》（*Gulliver's Travels*），长篇小说节选，英国斯惠佛特（Jonathan Swift，小引称史惠夫特，今译斯威夫特，1667—1745）著，徐蔚森译，上海启明书局 1936 年 4 月初版，"世界文学名著"之一。

② 徐蔚森，生平不详。

中最有趣味的两部。其他两部的译出，当俟诸异日。

——录自启明书局 1936 年初版

《假童男》[①]

《假童男》译者的话

所非 [②]

在号称社交公开而实际并未公开的现社会，男女间往往发生一种熟视无睹的怪现象：人尽可妻和人尽可夫。一个男人看见一个女人，不问其是否为己心所真切爱慕，都可以向伊求婚。若有第三人插足其间，那他便格外兴奋，非把对方弄到手不可。女人亦然：而且还要加上"被动"的特点。记得中学时代，有一个同学简直说过这样的一句话："谁如果跪着向我求婚，我是一定答应他的。"这话虽未免太幼稚些，但是这样的弱女子，中国社会实在有的是。即以我的狭隘的相识圈而论，类乎此的人也不知要占到多少百分比。伊们并非没有学识和见地，个性有的也很强，无如到头来却都做了那些并不顶爱伊们的男人的管家婆。

卖买婚姻尚且有很和谐的，茫然的结合，当然不至于全以悲剧收场。不过比起应有的来是差远了，而且什九不幸。我认识一位留美的女士，伊每天总得受到未婚夫两三封快信，生日和耶诞，成包的名贵礼物，更是无庸说起。可是结婚不上三年，那位热情的先生，居然把

---

① 《假童男》(*At the Eleventh Hour*)，长篇小说，英国夏拉特勃雷姆（C. M. Brame，封面题勃雷姆，1836—1884）著，所非译。版权页署："发行者：汪闻钊；总代售：作者书社"，1936 年 4 月初版。

② 所非，生平不详。

伊拳打脚跌了；牛马干的劳役，也重重地开始压到伊的身上。又有一位留俄的女士，和学校里的一位同胞教授结合。女士起初对他并不十分洽意，但因后者非常殷勤，终于允许同居了。不料那教授一返国门，荣任京官之后，便将其抛到九霄云外，鄙而不理。

这两件事实中的女方，固然身心皆蒙痛苦，然而男方，也不见得全部愉快；清夜的悔恨，足为其往后生命的利刺。

爱的结合，原为人生乐趣的源泉，也是一种推进人类向前奋斗的动力。不幸的结合，不单影响个人的幸福，并且足碍整个社会的前进。当我每次听到此类事件的时候，常有一种莫可名状的冲动——一种强烈的愿望想把此中的因因果果尽情暴露，为来者鉴，而拯青年于生命力的浪费。但是终究因为笔下的无能而作罢。不久前看到夏拉特勃雷姆（Charlotte M.Brame）著的 *At the Eleventh Hour* 一书，其中叙述，多为我想说而不能说的，于是我便动笔直译，以偿宿愿。

依照原文，本书应名为"最后五分钟"，但按诸内容，实以假童男更为适切，故特改用今名。这是我要向著者道歉的一点。此外尚须附带声明的，就是本书原有六十一章，现在仅仅五十八章，计共删去三章（五八、五九、六十章）。原因是这两章全系罗拿德的申，把全述书［书述］的事实重复说了一遍，徒招读者的倦意，倒不如把它们删了。

所非　二五、三、五

——录自作者书社（总代售）1936 年初版

《天蓝的生活》①

《天蓝的生活》后记

丽尼

《天蓝的生活》，不知道是什么年代底作品，但单看那稳练的笔触和完全脱离了传说和浮浪汉气息的十分深厚的现实味，也知道是决不属于早期的了。高尔基在这一作品里以精彩的画笔出色地描写了每个留心帝俄末期底文学的人所熟知的，也就是那特色了自契诃夫以来所有伟大作家底大部分作品的主题——智识阶级底苦恼。在那悲惨的，混沌的现实之下，一个智识者如果不变成色情主义者或神秘主义的，不变成梦想者或从现实生活里的逃避者，不变成平凡时的讨老婆生孩子的庸俗者或卑鄙的市侩，那么，就只有一条路，就是变成疯狂。在高尔基底笔下，这悲惨的现实是鲜明显现了出来的。

米若诺夫也许正是那样的一个智识者吧？这是一个不安于平凡，作着天蓝的生活底梦的人——他疯狂了，然而，他并不能永远疯狂，终于变成了一个市侩。在那两者之间，他是不能不有所选择的。成了市侩之后，他就不能不惭愧自己底疯狂。但是，宁可怀着虽是梦样的理想去疯狂罢，那还存留着新生底机运，如果一变成市侩，什么便都完结了——这是高尔基底选择，也可以说是祝望，这比契诃夫在他底以悠远的谐音而结束的俄罗斯生活底悲剧中所表现的，是大异其趣的。

---

① 《天蓝的生活》，短篇小说，苏联高尔基（Maxim Gorky，1868—1936）著，丽尼据英译本转译。上海文化生活出版社 1936 年 4 月初版，"文化生活丛刊"第十种。上海杂志公司于 1945 年 4 月出版复兴第一版（渝），收入"高尔基选集之八"，前附《题记》。

　　至于加里斯特拉呢？也许他所代表的并不是那阴暗的势力吧？他是有能力的人，是什么都会干的人，可是，在无论怎样也无法发挥自己底能力的时候，他底无聊和苦闷应当较之智识者的米若诺夫所感受的还更甚，更深吧？有了他底出现，那现实底悲惨就更为突出，也更为深沉了。

　　也许高尔基本来有着另外的想法。但是，和我们目前的现实联系起来看，像这样来理解高尔基底作品，我想是不会相差得太远的。

一九三六年三月　译者

——录自文化生活出版社 1936 年初版

《天蓝的生活》（1945 年上海杂志公司版）题记
（丽尼）

　　这小书的翻译大约在十年以前。译文最初发表于《文学季刊》，单行本由文化生活出版社刊行。现在，上海杂志公司有刊印高尔基选集的计划，于征求文化生活出版社的同意后，想将这小书也包括在选集里，这，在译者，当然引为幸事。虽然只是一本小说，但是，也能看出这伟大作家所曾表现的最圆熟的技巧和最深入的视察；在私意，总以为是所以和那些著名的速写列入同一水准的，所以对于它之能列入选集，更感觉了无限愉快。

一九四四年十一月记

——录自上海杂志公司 1945 年复兴第一版（渝）

《双影人》①

《双影人》斯托谟小传

（商承祖 ②）

　　斯托谟（Theodor Storm）一八一七年九月十四日生于 Husum 地方；这个小城临近 Schlesig-Holstein 省北海之滨。他的父亲是律师，他的母亲是当地世家的女儿。他年幼时就学家乡；但是本地的学校程度既有限，而办理亦不得法，所以他获益不多。

　　一八三五年他的父亲遭送他到 Lübeck 城留学；这时候他才得着机会同德国的文学相接触，很受一般德国文学家如 Uhland，Eichendorff，Heine，Goethe 等的影响。同时他并交接 Röse，Geibel 二人。

　　一八三七年斯托谟到 Kiel 入大学校，他本想研究医学，但是他不愿违反父亲的意思，于是进了法律系。在此地他结识 Tycho，Theodor Mommsen 两兄弟，三人彼此交谊很深。后来他同 Mommsen 昆仲二

---

① 《双影人》，中篇小说。德国斯托谟（Theodor Storm，今译施托姆，1817—1888）著，商承祖译，南京正中书局 1936 年 4 月初版，"中德文化协会丛书" 之一。

② 商承祖（1899/1900—1975），字章孙。祖籍辽宁铁岭，生于广东番禺。1912年随赴德讲学的父亲商衍鎏旅居德国，就读于汉堡中学。1917 年回国后考入北京大学德文系，1924 年毕业后，曾就职于南京中央大学、国立中央研究院社会科学研究所民族学组。曾与德国著名汉学家颜复礼（Fritz Jäger）赴广西考察瑶族生活，一起编写了《广西凌云猺人调查报告》，发表于 1929 年《国立研究院社会科学研究所专刊》第二期。1931 年受聘于汉堡大学任汉语讲师，后获民族学博士学位。1934 年回国后，任南京中央大学外文系教授，后任外文系主任。长期从事德国语言和文学研究，著有《德国文学史》。主要译作有：弗尔伦得《康德传》、郝福（W. Hauff）《艺术桥畔之女丐》等多种。

人出版一部《三友诗集》（*Liederbuchdreier Freunde*）；这部集子容纳四十章斯托谟的诗，很带一点 Uhland 同 Eichen-dorff 二人诗歌的色彩。他回家乡之后，一八四三年他在当地任律师之职。这时他的表妹 Konstanze Esmarch（生于一八二五年）来自 Segeberg；在他家过夏，日子不久彼此便心心相印了。三年之后他们便结为伉俪，可是不料婚姻的幸福被卷入政潮的漩涡去了！

　　数年以来 Schleswig 省的政局一天较一天的紧张，因为德国同丹麦彼此结仇愈久愈深。一八五〇年丹麦在 Idstedt 地方战败德军之后，Schleswig 省就割让给丹麦了。斯托谟因忠于祖国，不容于丹麦政府，律师资格也被取消，在家乡已经站脚不住。一八五三年他便到柏林去，先在 Potsdam 的地方审判厅充陪审官。在柏林他很接近一般文人如 Eichendorff，Kugler，Heyse，Fontane 等；他只是同 Fontane 彼此不能相得，因为 Fontane 讥笑他，说他带一点 Husum 地方的小城习气；斯托谟自己也对人说过："我们两人的性格彼此太不同了。"一八五六年普鲁士政府委任他作 Heiligenstadt（离 Göttigen 不远）地方的审判官，在任八年。一八六四年普鲁士战胜丹麦，将早年丧失的领土夺回来之后，他的祖城聘请他回家就知事之职；但是这个福气他享受不久，因为家中出了一种大变故。斯托谟自结婚以来，伉俪彼此相处甚笃，返家次年他的女人便去世了。Konstanze 一共生了七个孩子；他去世之后，儿女同家务乏人照料，斯托谟不得已于一八六六年又娶 Dorothea Jensen 女士为继室。Dorothea 是他妹子的一位早年女友，他年青时候也曾属意过她的；诗中称"Do 太太"的，就是指 Dorothea 而说。

　　一八八〇年他正充地方审判厅评判官的时候，他提出辞呈告老退职。离祖城不远在 Hademarschen 地方他筑了一所别墅将家人移住到此地来。他最喜欢晚饭后聚集家人闲谈，读诗唱歌以作娱乐，或者将自己编成的小说读给众人听。家庭中有一种雍和气象；这样家庭之乐他享受了八年，一八八八年他患胃癌逝于七月四日，葬在祖城的 St. frügen 公共坟地。

——录自正中书局 1936 年初版

《双影人》斯托谟的文学

（商承祖）

斯托谟一生的著述包括两种文学作品：抒情诗同短篇小说。大凡抒情诗不过是作者发挥个人心中的感触，寄托自己的苦乐，斯托谟的诗也出不了这个范围。他的诗最初是受浪漫派的影响，不久便独成一家；它们的……长处是纯粹发乎自然，富于情感，决没有一点矫作的样子。诗的篇幅不长，有些只有二三十个字便成一章！但是一字一句充满作者一腔热情，使读者无形之间亦感受作者本人一样的情愫。他的诗可别为三种：爱情诗，写景诗，政治诗。爱情诗中以悲情的这一部分最能尽量发挥作者的情绪，所以也最足动人；其中还有一些类似歌谣，沾染一点 Goethe 诗歌的风味。他的写景诗大都描写家乡的风景，以当地的森林，郊野，城市，海滨作题材。没有到过他家乡的人，若是想知道 Schleswig 省一带的风景，不难从他的诗中搜集得一幅包括万象的风景画；这就是斯托谟写景诗的一点特点。他的政治诗完全是因为德国同丹麦的政潮关系产生出来的；诗中字句慷慨激昂，充满一腔爱国的热血，颇足代表斯托谟个人对于祖国的观念。

斯托谟在文学上本以短篇小说著名，但是他的小说实在发源于抒情诗，所以文章的质素含着很多抒情的成分，它们的效用同抒情诗也没有好大分别。他的著作差不多全是追念往昔快乐的景象，或者已过的事实，而引起一种凄凉满目不胜今昔之感。他最喜欢讨论家庭问题，内中可分数种：婚姻（*Viola tricola*［*Viola Tricolor*］，*Späte Roseu*）；父子（*Caroten Kuralor*，*Kans und Heiz Hirch*［*Hans und Heinz Kirch*］，*Botjer Basch*）；兄弟（*söhne des Senators*［*Die Söhne des Senators*］）；兄妹（*Eckenhof*）。他也时常采取男女幸福的爱情作材料（*Veronika*，*Beim Vetter Cristian*［*Beim Vetter Christian*］，*Pole Poppenspäler*，*Psyche Schweigen*，*Von Jenseits des Meeres*）；或者描写男女情场失意的苦情，有时男弃女，有时女弃男（*Immensee*，*Auf dem Staalshof*［*Auf dem Staatshof*］，*Auf der Universitat*［*Auf der Universität Lore*］，*In St. Jarger*［*In St. Jürgen*］，*Aguis submerns*［*Aquis Submersus*］，*Zur Wald-und Wassersfrunde*［*Zur Wald-und Wasserfreude*］，*Esworenzwei Königskinder*［*Es waren zwei Königskinder*］）。在他这些小说中有两篇除以写情作文章的中心外，还以民间迷信作文章的背景：*Renate*，*Schimmelreister*［*Der Schimmelreiter*］。最后这篇是斯托谟毕生得意之作，篇幅也比较最长。讨论社会问题只有《双影人》（*Doppelgänger*）这一篇（详看后面的导言）。一切他的小说带着浓厚的家乡色彩；文章的体裁近于写实而含蓄一点浪漫的成分：*Renate*，*Schimmelreister*［*Der Schimmelreiter*］这两篇作为证明。斯托谟一切的著作含有绝对的个性，所以他能在德国文学上独树一帜。

——录自正中书局1936年初版

《双影人》导言

（商承祖）

斯托谟的友人福兰索慈（Karl Emil Franzos）于一八八六年十月一日要刊行他的新杂志《德国文学》（*Deutsche Dichtung*）；五月间他函

请斯托谟为他的创刊物作一短篇小说。一个月后斯托谟搜罗得一种材料，并且企望在一个短期间可以脱稿。谁想事出意外，因为镕铸这番材料耗费不少时间。但是他暂时把别的著作搁置起来，将全副精神集中到这篇小说上来；八月初间他竟能将《双影人》的前半部分寄给福氏；再经过一番修改，这篇创作于是在九月底完全脱稿。

《双影人》这篇小说在斯托谟生平的著作内是别开生面的，其中大部分是描写无产阶级的苦况。全篇的宗旨在"博爱"两个字着眼。斯托谟并非想替第四阶级发表一篇"哀启"，不过是想用用穷人的苦状宣传博爱的福音而已。像约翰这个人何尝天生就是品格堕落，只因为受环境的逼压同损友的引诱，自己把持不住，一旦趋入邪途；但是事过之后，他竟能猛然反省，改过自新，奈社会不容——他的同伙拒绝他加入劳动宴会；他本人一年到头不断的失业——截断他一切自新的生路，逼着他走到一条死路上尽头方才罢休。怪不得市长说："——现在它（指社会说）也将他（指约翰）困死了；因为这个社会是没有慈悲心肠的……"讲到穷人所受的痛苦，社会更是不知体恤，专晓得趋奉有财有势的人；社会这种卑鄙的心理斯托谟在约翰同接生婆这段谈话写得痛快淋漓，言外他就是对于人类这样弱点痛下针砭。我们知道，斯托谟作过多年的法官，对于一般受生活的压迫而流落入邪途的苦人，非常能够尽情谅解他们的行为，体恤他们的境遇，所以他在这篇小说里极力形容穷人的痛苦，想借此感化社会，务须要怜悯爱恤一般无产阶级，将这种美德当作人类的天职。

就艺术方面看起来，《双影人》也是斯托谟一篇成功的创作；现在我在下面举出几处比较重要的地方说一说，其余的长处，谅必阅者不难体会得出。

斯托谟的文艺长于描写男女之情。篇中叙述：约翰哈娜夫妇间热烈的爱情，愤激的仇恨，小克礼斯丁活泼烂漫的天真；严冬时令父女凄凉的景象——这几处斯托谟写得最能传神，个中人的举止言谈各有他们的个性，全似活现一般。约翰一生的事迹，作者借一个枯井作线索；——所以他早先想拿"井"字作题目——约翰的结果，斯托谟确用喻意的方法解释明白：他借鹰投井一段事情便轻轻的将约翰凄惨的下落揭破了。全篇之起合是拿第三者为主体，中间插入的情节是藉第三者的记忆力演绎出来，小说这样的布局只见于斯托谟的艺术，这也就是他天赋之才。讲到小说的材料确是很近于自然主义，就文体方面看起来，又不免偏近写实而带一点浪漫的色彩。

——录自正中书局 1936 年初版

《葛莱齐拉》 ①

《葛莱齐拉》后记
陆蠡 ②

关于拉玛尔丁的生平和作品，凡读过法国文学史的人都能道其详。我不想作非必要的介绍而耗读者宝贵的时间。

葛莱齐拉，实有其人。不过不是如书中所称的"珊瑚女"，而是拿波里城一纸烟厂中的工女。拉玛尔丁旅意时在一八一一年，据计算，那时他应该有二十一岁了。

译此书的动机，纯是一时高兴。若说是也算淘掘法国文学遗产中

---

① 《葛莱齐拉》（ *Graziella*，又译《格拉齐耶拉》），长篇小说。法国拉玛尔丁（ A. de Lamartine，今译拉马丁，1790—1869 ）著，陆蠡译，上海文化生活出版社 1936 年 4 月初版，"文化生活丛刊"第九种。

② 陆蠡（1908—1942），浙江天台人。曾就学于浙江基督教蕙兰中学、之江大学机械系、国立劳动大学机械工程系，曾任教于杭州中学、泉州平民中学等。1936 年任上海文化生活出版社编辑，八一三淞沪抗战后留社主持社务，1942 年被日军虐杀而死。另译有屠格涅夫《烟》《罗亭》等。

一颗并不煜煜璀璨的明珠，则我并无此种奢望。

本书从原文法语译出，注释则都是我自己加上去的。

承友人瑜清借我数种不同的版本，并为我悉心从原文校阅一番，费了他不少可贵的晨夕。我在此向他申谢。

书中错误的地方，总不能说是没有的。我希望每个读者都是吾师，所以大胆地从筐底检出来呈诸读者的面前了。

一九三六年三月十二日　陆蠡记
——录自文化生活出版社 1936 年再版

《木偶奇遇记》 [①]

《木偶奇遇记》小引
（傅一明 [②]）

《木偶奇遇记》的作者卡罗·劳伦席尼（Carlo Lorenzini）是意大利人，他生卒的年代，是一八二六年到一八九〇年，正在意大利统一的时候。他写文章的笔名，用科洛地（Collodi）这个名字，真姓名反而湮灭不彰。他不但写了好多本小说，还努力于教育；自始至终，不曾懈怠。他曾主编一份报纸，做了许多嘲笑当时学校制度的文章，使人读了，引起改革的念头。他的大作《木偶奇遇记》（*The Adventures of Pinocchio*），以一个木偶平诺巧为主角，把它加以人格化，叙述他怎样玩皮，任意胡为，闯了不少的祸，那样有趣的情节，

---

① 《木偶奇遇记》（*The Adventures of Pinocchio*），童话，意大利柯洛蒂（C. Collodi，今译科洛迪，1826—1890）著，傅一明译，上海启明书局 1936 年 5 月初版，"世界文学名著"之一。

② 傅一明，生平不详。

不要说孩子们，就是大人读了，也会爱不忍释。而且书中的情节，一点也不含说教的意味，读了叫人自然而然受感动。这确是一本有价值的书呀！

——录自启明书局 1947 年八版

《爱丽思漫游奇境记》^①

《爱丽思漫游奇境记》小引

何君莲 ^②

　　本书原名 *The Adventures of Alice in Wonderland*，是英国的卡洛尔（Lewis Carroll）所著。卡洛尔实在是作者的笔名；作者的真姓名，是杜格孙（Charles Lutwidge Dodgson），原是一个牧师和算术教员。他写本书的动机，为娱乐他所爱的儿童。本书里写爱丽思在梦中经历了种种的异境，遇见了种种的奇怪物事。作者在这里写出儿童脑筋中飘忽错乱，若有理若无理的梦想。里面诙谐百出，性情流露，实在是重温童心的绝好资料。英美的小孩子，没有一个人不曾读过本书的；就是现在已经成为大人的英美国民，对他们提起小姑娘爱丽思的经历，也会叫他们悠然神往吧。他后来又写一部《镜中世界》，写爱丽思重行入梦，可说是本书的续编。本书里面有些地方，完全应用着英文的技巧，作成双关语，如 tail=tale 之类，这在英文以外的国家，无法表

---

① 《爱丽思漫游奇境记》(*The Adventures of Alice in Wonderland*)，童话，英国卡洛尔（Lewis Carroll，今译路易斯·卡罗尔，1832—1898）著，何君莲译述，上海启明书局 1936 年 5 月初版，"世界文学名著"之一。

② 何君莲（？—1967），海宁人。翻译家、小说家施瑛（施落英）妻子，据其女施印华回忆，《苦儿流浪记》《爱丽思漫游奇境记》皆系施瑛以妻子之名翻译出版（见施印华：《怀念父亲施瑛》，《今日德清》2012 年 11 月 6 日）。

达这种妙处的。勉强附会，至多也做到"顶石臼串戏"的地位，结果还是吃力不讨好。希望懂英文的诸君，看过本书后，再去翻读原文，咀嚼其中的妙处吧。

——录自启明书局 1937 年三版

《朵连格莱的画像》[①]

《朵连格莱的画像》作者评传

凌璧如 [②]

一

在第十九世纪自然主义写实主义全盛的时代，高唱艺术至上的唯美主义（Aestheticism）论者奥丝卡·王尔德，用他的惊异的天才，犀利的文笔，独创的见解，博得文坛上最高的人望，并且享尽了生活上的一切豪奢。后来，他毕竟为着男色事件入狱，以后便流离落魄，客死在巴黎的小旅社里。他的生涯的转变离奇，确是近代文学史上所仅见。而他那偏激的独创的见解，实开拓了艺术上特异的美之领域。

奥丝卡·王尔德（Oscar O'Flahertie Wills Wilde）以一千八百五十六年生于爱尔兰的杜布林（Dublin）。他的父亲叫做威廉·王尔德（William Robert Wilde），是当时有名的外科医生，颇嗜好文学，且

---

① 《朵连格莱的画像》（*The Picture of Dorian Gray*，今译《道连·格雷的画像》），长篇小说，英国奥丝卡·王尔德（Oscar Wilde，1854—1900）著，凌璧如译，上海中华书局 1936 年 5 月初版，"现代文学丛刊"之一。

② 凌璧如（1901—1988），湖南平江人。青年时就学于湖南省立第一师范学校，后留学日本，考入东京高师，曾与白薇一起饰演三幕剧《苏斐》中的男女主人公。1946 年赴台湾。另译有《世界经济史》（全五册）。

精于考古。他的母亲叫做珍·富蓝杰斯卡·爱尔基（Jane Flancisca [Francesca] Elgee），在文学界有相当的声誉。

他九岁的时候，进了波特拉皇家学校（Portra [Portora] Royal School），在那里，他对于数学等课，毫无能力，只是对于文艺，很有兴趣。一九七一年，进了杜布林的屈利尼狄大学（Trinity College），在这几年间，希腊语的比赛，他得了金质奖章。其后于一八七四年，转学于牛津大学（Magdalen College Oxford）。在小学时代就对于文艺显示优越才能的他，到了牛津时代，更发挥其天才了。那时候，批评家拉斯金（John Ruskin）正在牛津讲授美术，他受了不少的影响，因此使他对于美术及陶瓷器的嗜好更为增加，他把他的住房内装饰着各种古玩瓷器，房里的墙壁上，涂着各种颜色，差不多成了美术品的展览场。他便在房里同他的好友谈论艺术。一八七六年，他游历希腊，佛罗伦斯（Florence），米兰（Milan）等旧都，遍访各处的古迹。这次旅行，于他的生涯及艺术上实有重大的意义。他平日所梦想的古罗马希腊的伟大的艺术，一一与以具体的证实了。一八七八年，他的《拉芬娜》（*Ravenna*）一诗，得了第一等赏。离开牛津大学以后，至一八八一年，他把他在学校中及其后所作的诗歌，编成一册，公开发表，题为《王尔德诗集》。这部书问世后，惊动了当时的文坛，一时虽有毁誉参半的批评，然此种作品被认为唯美主义的代表的诗集，他就一跃而为文坛之宠儿。

他这部诗集，更波及于美国的文坛。王尔德为着要宣传唯美主义的真理起见，于一八八一年末渡美，到纽约及波士顿等地方，演讲"英国的文艺复兴"，主张"美"的鉴赏及生活的美化为人生的最高目的。其后又演讲"装饰美术"，极力指摘美国人的装饰粗笨无味，美国制的器具粗劣不堪用。因此引起了美国人的反感。加之，他当时的服装，是他所谓美的服装，穿的是长至足踵的灰色大外套，戴着海豹皮的衣领衣袖，手里拿着一条亚麻布的或是黄绢的小手巾，纽扣孔里插一朵野菊花，阔步于街衢中。这种异样的服装，更招惹一般美国人的嘲笑与冷评了。

他这种"美的服装"，可以看做他对于唯美主义的一种具体的表现。他因为反对站在现实主义立场上的那种服装，而自己考案一种离开写实离开现代的服装。他在牛津毕业的时候就常常穿着这种服装使人惊异。所以在这一点说，他不仅是在美国，就是在自己本国内也买了不少的讥笑与酷评。

他在美国失败以后，一八八三年回伦敦。发表了《帕都公爵夫人》（*The Duchess of Padua*）及《虚无主义者维拉》（*Vera, the Nihilists*）等浪漫戏曲，他的戏曲的才能，又为一般人士所公认了。一八八四年，和律师的女儿康士坦·曼丽·罗德（Constance Mary Lyod）结婚，二年内，连生二子。

这时候，他在伦敦南方的塞尔西地方盖了一所房子，过着极奢侈的生活，家里装饰着各种各样的美术品，搜集各种适合于他自己趣味的器具什物，召集许多的好友，不断地开着宴会和音乐会，谈论艺术和"美"，以尽其无限的愉快。他富于机智，警句亦应口而出，常常为一座所惊叹。

自一八八四年至一八九五年凡十年间，是王尔德在文学上的全盛时代，同时也就是英国唯美主义的全盛时代。其间他所发表的著作，如《安乐王子及其他故事》（*Happy Prince & Other Stories*）（1888），《朵连格莱的画像》（*The Picture of Dorian Gray*）（1888），《石榴之家》（*House of Pomegranates*）（1891），《意向》（*Intentions*）（1891），《帕都公爵夫人》，《莎乐美》（*Salome*）（1893），《阿梭·莎维尔卿的犯罪及其他故事》（*Arthur Savile's Crime & Other Stories*）（1891），《温德美夫人的扇子》（*Lady Windermere's Fan*）（1893），《一个不重要的妇人》（*A Woman of No Importance*）（1894），《理想的丈夫》（*The Ideal Husband*）（1894），《认真的可贵》（*The Importance of Earnest*）（1895）等。其中

尤以小说《朵连格莱的画像》，戏曲《莎乐美》，散文《意向》，社会剧《温德美夫人的扇子》最为杰构。此外，他在监狱里作了有名的《狱中记》（De Profundis），出狱后又作《莱丁监狱长之歌》（The Ballad of Leading Goal）。

　　他送进监狱里去是在一千八百九十五年。这件事件的原委，是为着王尔德有一个青年朋友叫做亚佛勒·道格拉斯（Alfred Douglas），是昆斯伯里侯爵（Marquess of Queensberry）的第二个儿子，在牛津大学的时候就很崇拜王尔德，出学校以后，两人的交情甚密，较之普通的友情更进一层，似乎发生一种所谓同性爱的男色关系，反映于世间的耳目中。当时王尔德的生活非常奢侈，前面已经说过，对于起居饮食衣服无不极求精美，挥金如土。因此道格拉斯于金钱方面也负担不少。据道格拉斯后年所发表的《王尔德与我》（Oscar & Myself）里面说，一八九二年至一八九五年的三年间，他和王尔德所吃饭的费用，共化去现金五千镑，计算起来，平均每餐约费钱二镑。这可以想见他们是怎样的奢侈了。又据他说王尔德最会喝酒，从下午四点钟一直喝到晚上三点钟，并不会醉。这样一来，对于道格拉斯的健康，颇成问题。因此昆斯伯里侯爵最后写了一封信给他儿子，叫他和王尔德绝交。王尔德非常激怒，认为侮辱绅士。其后又于一八九五年一月王尔德的戏曲《认真的可贵》在圣哲姆士舞台开演的时候，侯爵把人参的花束向舞台上的作者投去。王尔德再无可忍，就以侯爵为对手提起损害名誉的诉讼。不料其结果反把不利于王尔德的事实暴露出来了。一八九五年五月，被宣告两年的惩役。

　　他在狱中过了两年的苦役生活。有名的《狱中记》（De Profundis）就是在这期间内做的。受了这一次苦难的经验，他对于艺术对于人生的态度更加偏激更加深刻更加彻底了。他说他的生涯中有两个大转机，一个是父亲送他进牛津大学去，一个是社会送他到监狱里。

　　他出狱是在一八九七年五月，出狱后，他便跑到法国北海岸得蒲

(Dieppe）地方的一个村庄贝纳巴（Bernebal）那里去了。因为他有些朋友，预筹了许多款项，等着他出狱的时候交给了他，所以他到了贝纳巴之后，物质方面并不感觉什么不自由。但是他把那些金钱，依然化费在宴客集会，或是赠送贫困的诗人文士以及那些在监狱中相识的囚人。那时候，道格拉斯又追踪到了法国，他们又复交了。但不久他又到了巴黎。

一八九八年一月，他出狱后所作的《莱丁监狱长之歌》发刊了。他做这篇诗，是因为有一个同狱的军官，因醉后杀害了自己的妻子，被处绞刑。王尔德很同情于他。这篇诗内容深刻，修辞纤巧，表现强烈，也是他杰作之一。

到了后来，他物质上的困苦，一天一天地逼迫起来，他已经穷极不堪。他还是徘徊于咖啡馆酒吧间，他的生活更加颓废了。他渐渐受了世间的唾弃，而达到落魄的极点，有一个当时与王尔德相好的作家殷格列比氏（Ingleby）在他所著的《奥丝卡·王尔德》书中有一段描写他当时的情形说：他的两个眼瞳，好像受不住他那过去的追怀（他全盛时代的美丽的幻影，在他是很可宝贵的追怀）似地垂了下来。他已经不高趾阔步了。他所以要静静地慢慢地走着，是为着好玩味他那过去的追怀。不消说，他是把他那被世间遗弃了的孤独的身子紧紧地贴着他的心上，这样他可在孤独中时常看见自己而得到一点安慰。他的脸上好像用眼泪造出了田亩似地刻着深深的皱纹，他的眼睛浑浊的如像浊水流注的河底。而且，他的嘴唇也差不多失了血色。头发长的乱蓬蓬地。他的筋肉时常是肿胀的，好像为着悲痛与悔恨而永远不会痊愈的神经病人一样。由此看来，当时王尔德的悲惨境遇，可见一斑了。

一九〇〇年，他的神经极度衰弱，心身困疲，十月感患脑膜炎，十一月三十日死于巴黎的答尔沙斯旅馆（Hotel Dalsace）。他的遗骸由二三友人极简朴地葬于巴纽（Bagreux）墓地。一九〇九年，再迁葬于白耳·拉塞斯（Pere Lachaise）。在那里捐建了一个纪念塔。

二

英国唯美主义之产生，是由于受了下列各种的影响：（一）拉斐尔前派（Pre-Raphaelitism），（二）沃尔脱·倍脱（Walter Pater 1839—1894）的快乐主义，（三）威廉·莫理斯（William Morris 1832—1896）的生活美化的思想，（四）法兰西的颓废派（The Decadents）。下面略略加以说明。

拉菲尔前派的运动，现出于第十九世纪中叶的英国文学及画坛上。一方面可看做英国浪漫主义运动的联续，一方面可视为英国世纪末文学中心的唯美主义运动的先驱。这派的领袖是诗人兼画家罗色蒂（Dante Gabriel Rossetti 1828—1882）。他们激烈地反对当时的科学，回复中世的精神，而讴歌奔放热烈的情感。罗色蒂的代表名诗 *The Blessed Damozel*，有肉体与灵魂两面的理想。把肉体灵魂化，又把灵魂肉体化。这种灵肉合致的思想，对于后来的唯美主义有不少的影响。

倍脱是近代欧洲有名的文艺批评家。他的快乐主义可从他一八八五年所发表的《快乐主义者马留士》（*Marius the Epicurian*）以及他一［八］七三年的《文艺复兴》的"序文"与"结论"中，窥其大要。他主张个人应该极力使自己的感觉锐敏起来，极力多接受外界或内界的刹那刹那间所起伏的刺激（即刹那间的印象），而过着刹那刹那间的充实的生活。他说在这种瞬间的印象还没有消失的时候，我们就要如何强烈地感受，妥当地理解。瞬间的经验的结果并不是生活之目的，瞬间的经验才是生活之目的。他认为我们如要把握瞬间的一切为最充实的生活，惟有依藉艺术最为正确最为聪明。藉艺术以求得我们刹那刹那间生命燃烧的焦点，便是人生的大成功。所以尊重瞬间便是尊重艺术。他说"美"和其他一切的经验相同是相对的，而且是普遍于宇宙间。如要感知这种"美"，就要观感实际所现出的对象，即是要识别领悟所现示的印象。音乐、诗歌等艺术的各种优秀的形式，即是审美批评的对象，实与自然的产物同样具有多数的价值与特质。我们若是亲身遇着或是从书籍上遇着那些诗歌绘画音乐人物，究竟对于自己起了一种什么结果？得了一种快感？那种快感的种类与程度如何？其影响对于自己的性质上起了什么变化？这种问题的回答，正是关于审美批评的根本事实。

倍脱所主张的"艺术至上""美至上"的思想，对于王尔德一派的唯美主义有极大的影响。听说王尔德虽是在狱中的时候，还是爱读倍脱的作品。倍脱也极称赞王尔德的天才。当《朵连格莱的画像》被一班人攻击的时候，倍脱便在杂志上发表了《王尔德氏的小说》（*A Novel by Mr. Oscar Wilde*）认许它的价值，并说它比之亚伦波（E. Allan Poe）的作品，毫无逊色。

威廉·莫理斯的思想，注重改造社会的环境，是社会主义思想之一种。但是他的思想的中心，却是一种的个人主义。他重视人们的创造的冲动，希望那种冲动毫无障碍地伸张发展起来。为着要实现这种希望，他主张改造社会的环境。同时他又主张人们生活的艺术化；进一步说，就是人们的生活，应该使之成为一种艺术，即是一种生活的艺术。总之莫理斯是以各个人的幸福为出发点，要藉艺术的力量来改造社会的环境为"美的"环境。这种思想，对于英国的唯美主义运动，也有很大的影响。

颓废派起于十九世纪的中叶，以法国的波多列尔（Charles Baudelaire 1821—1868）为中心。据马克斯·诺都（1849—1924）的见解，颓废派思想的特征，第一是反科学的倾向。他们最憎恶唯物论的机械观，宣言科学的破产，力求从"科学"中超越解脱出来。第二是"自己崇拜"的倾向。他们否定了一切自然主义的经验论、唯物论等，所以他们所凭借的就只是"自己"，以自己为本位。第三是偏爱技巧的倾向。不采取自然的现实的，而采取虚构的技巧的东西。波多列尔说，充满了自然色彩的实际的女人的脸，却不如图上所画的女人的脸为可爱；真正的水和树木，却不如舞台上所假做的水和以金属假造的树木之能使他喜欢。第四是"不关心"。他们极力执着于自己的艺术，对于一切社会的道德、宗教、习惯等漠不关心。第五是偏重于"恶"的倾向。他们非常爱好人生的丑恶方面。对于艺术的题材，多选择人生的丑恶面和黑暗面，而认为美的东西。

以上是英国唯美主义发生的径路。下面且把王尔德的艺术观略略说明一下。

王尔德认为"美"是人生的最高目的。所谓伦理，所谓道德那些东西，同"美"比较起来，其地位价值非常低微。凡内容包含了伦理、道德、人生问题或社会问题的艺术，都是伪的艺术。人生的最高目的，就是"美"的享乐。那种"美"，不含有任何的功利分子，是纯粹的技巧的非现实的浪漫的。

艺术，除艺术的自身以外，不表现任何的东西。艺术有独立的生命。艺术的目的（或是美的目的），即是艺术即是美。这就是"为艺术的艺术"（Art for Art）的主张。

自然及人生是模仿艺术的。艺术常站在自然与人生的前面。有了哈姆雷特（Hamlet）① 的厌世思想以来，世间才成了厌世的。有了从前的诗人画家使伦敦人认识了雾的美；现在的伦敦人才认识了伦敦的雾。

写实主义自然主义蔽满了全世界的文坛，其趣味下劣，所描写的人物都是堕落的丑态的。这些人物的生涯，都是些毫无兴味的记录。我们对于艺术的要求，是奇异、魅力、想象力、一言以蔽之就是"美"。一个作家若要借用实世界的人物，至少要他们不是从实世界写

---

① 莎士比亚悲剧中的主人公。——原注

生的，要是改造了的。左拉（Emile Zola 1840—1902）的作品都是写生的，所以从艺术的立场上说，是全然无价值。

统观王尔德对于艺术的态度，他是极力反对自然主义写实主义，高唱美至上艺术至上主义。他的生活、思想、行为之奇拔偏激，在十九世纪英国文学上放一异彩。他在他的《狱中记》里面说：我的生涯，对于我这时代，有一种象征的关系。实际上，他的生涯，他的作品，对于当时世纪末的时代，的确有一种象征的密接的关系。

三

《朵连格莱的画像》，是王尔德作品中的一篇最有名的代表小说。发表于一八九〇年六月。当这篇小说发表之后，就惹起了社会上各种毁誉褒贬的批评。许多文艺批评家，艺术家，对于这个作品极力赞赏，但是杂志新闻上，则多加以极冷酷的非难。

沃尔脱·倍脱认为这篇作品已达于完成之域，可以与亚伦坡的作品相比拟。确实的，它具有独特的价值。它内面对于快乐有详尽的解剖。他相信人生应藉艺术发展，藉艺术美化，而且改善。一般平凡的粗俗的日常生活，都是艺术模仿、美的模仿之失败。艺术之目的，就是美之实现。因此欲与人生以理想，舍艺术外无他途。美的创造既是艺术之目的，那末表现于艺术的美，一定要个性的特殊的美，新奇的浪漫的美。

一般人对于《朵连格莱的画像》批评的主要点，为艺术与道德的关系。如"怪异的"，"病的"，"不健全的"等评语，常反复于他的作品上。王尔德驳斥说：病的东西，是世间的人们。艺术家决不是病的。若说采取了病的题材，艺术家就是病的，那末就等于说莎士比亚因为作了《里亚王》（King Lear）莎士比亚便是傻瓜一样。

批评王尔德这篇作品的很多，他自己认为只有两三种值得注目。下面把社会上对于《朵连格莱的画像》的几个值得注目的批评，王尔德的辩驳简略记下，作为收束。

　　《圣哲姆士报》攻击这篇作品说："最不可解的就是一时与绅士交际的上等青年，竟把他的名字记在这种卑鄙龌龊的小说上。作者正如痴言妄语的伪学者一样，想在法国颓废派的废屑堆中去搜索，可是实际上他所写的，都是些关于肉体之美与灵魂之腐败的散文的闲话。书里面有三个青年。第一只狗是描出那朵连·格莱的画像的画家。第二只狗是饱尝伦敦的欢乐的批评家。第三只狗是以浪漫的交谊，被第一只所教化的'模特儿'。三个人说来说去。第一只谈论艺术，第二只喋喋于欢乐与罪恶及罪恶之快乐，第三只辩论自己的事情——尤其是对于自己的脸貌。第一只所画的肖像，因'模特儿'第三只的恳愿，把第三只的罪恶的记载完全烙在它的脸上。那'模特儿'无论犯了什么罪恶，他态度坦然，且永远保有他的年轻美貌。这就是王尔德所说的怪话。为什么要说些这样的话呢？有两个说明。并不是想给与读者以快乐，因为这样太不细致、太无聊、太蠢了。然则王尔德君把他曾经批评其他的艺术家所博得的臭名再归热望了么？这是个无聊的假定吧。或者说他这个题材虽是极可厌恶，而采取这个题材却是快乐么？可是这个作品虽是堕落，却不危险。这个想探究的人生，其实完全是不懂事的笨伯所写的无聊的拙作。"

　　王尔德对于这个骂评，大略答复如下。

　　　　艺术的作品能以道德的见地来批评，这我无论从气质上或趣味上，都不能理解。艺术的世界与论理的世界是完全离开很远的。尤其是我最反对的，就是"奥丝卡·王尔德氏最近的广告"这种文字。我可以完全离开虚荣心说话，在英国人中，不用广告的，就算我是第一个。我写这篇小说，是仅仅为着自己的快乐。这本书世间接受不接受，于我毫无关系。你却利用我这篇小说做起漂亮的广告了。你的杂志可以借此书卖吧，可惜对于我毫无利害关系。

该报又有第二次的驳论，王尔德再辩之如下。

评者说我和托尔斯泰一样，因为危险所以喜欢这个题材。本来，浪漫的艺术是采取例外和个性的。善良的人们，是属于平凡庸碌的一类，所以没有艺术的兴趣。丑恶的人们，从艺术的见地看来，是一种魅惑的材料。他们表现色彩、变化、奇异。善人兴奋人的理性。恶人刺激人的想象。评者又说我作品中的人物，现实界并无此例。一点也不错。假若是一个存在的人，那就没有描写的价值了。艺术家的责任是发明创造，并不是编纂记录。人生常以其实现而破坏艺术的题材。文艺的至高快乐，即是在于实现不存在的东西。可怜的群众，说这部书是淫猥的作品，却又拼命地耽读。可惜！他们不知道这篇作品含有一种寓意的故事。这种教训就是：一切的过度，和一切的抛弃同样，会招责罚的。画家巴西尔·荷华德过于崇拜肉体美，所以他的生命，送在一个爱着自己而虚荣心强烈的青年之手中。朵连·格莱专恣意于官能的欢乐，图杀害其良心，却失掉了他的生命。亨利·沃顿勋爵想做一个人生的旁观者，可是避开战斗的比较参加战斗的更受重伤了。不错，《朵连·格莱的画像》里面，含有可怕的教训——对于贪淫好色之徒虽是不懂，而对于精神健全的人们是明白表现的寓意。这是艺术的过失么？或许是的。这就是这部小说的惟一的过失。

一九〇三年四月，《每日报》上，充分认许王尔德在文艺上的天才与位置，评《朵连·格莱的画像》为极有价值的杰作。但是在这部书出世的一八九〇年的时候，也受了该报的诽谤：

　　王尔德所做的《朵连·格莱的画像》，是由法国颓废派的文学所产生的伪作。其中的空气围绕着道德精神的腐败的恶臭。充满了轻浮、不诚实、诡辩、戏剧式的诙谐、浅薄的神秘的拙作。王尔德说这篇作品是一个"教训"。我们所能理解的，好像这个"教训"是在于人生重要之目的要藉"常求新官能的满足"而充分使其本性发达。王尔德作中的一个人物亨利·沃顿勋爵说"除官能外，没有什么能治愈灵魂，除灵魂外，没有什么能治愈官能。"人类是半天使半猿猴的。而王尔德的作品，是谆谆教训说：人类若是过于天使的了，就应该努力成为兽的。朵连·格莱祈望着那张使青年少女狂迷的画家所画的肖像画代替自己衰老受罚。很奇异的竟如他的愿了。年复一年，享受青春的欢乐，以道德的恶疫遗毒社会。然而因为一旦丑化了的肖像画对于他的善行毫不美化，便把画家杀死，并想把画布毁坏。但是这篇故事的梗概，正和从王尔德的"新快乐主义"所推定的朵连·格莱的阴险的无良心的性格相矛盾。

王尔德对于这种评论解答如次。

　　我不想对于那些胡言批评我的作品的报章杂志彼此辩论。我所要说的是，我并不愿力说这故事中的教训，我不过想把附属于艺术的剧的效果的明白寓意放在故事内面罢了。我最初考虑那个为着要永远年轻便卖自己的灵魂亦所不顾的青年的时候，我从审美的见地看来，觉得把寓意放在适当的第二义的位置，有点困难。其实，寓意太显露了。这个缺点我想矫正。至于其寓意如何的问题，评者说，这是人类成了"过于天使的"之时候，便要使之成为"兽的"的意思。可是我的意思完全不同。这篇的真正的寓意，是一切的过度和一切的抛弃同样，自招责罚的。评者说朵连·格莱有阴险的无良心的性格，是很大的错误。他完全是相反的，极冲动的、非常浪漫的、并且不断地受了"青春与欢乐并不是此世的一切"的那种良心的刺激，自己把欢乐破坏了。我的作品，也可以看做关于装饰美术的论文。是对于露骨的写生主义的生硬卑野之反动。即使要批评它是有害，但是一方面也不能否认它是完全的。完全，即是艺术家的志望。

王党机关报的《苏格兰观察报》，对于《朵连格莱的画像》亦加以谩骂。现在仅把王尔德的辩驳记在下面。

评者推断我的作品是有"头脑、技巧、样式"者的作品，但似乎是仅为着那些罪深的无学者阅读而写的。在我想来，那班罪人与无学者，却是除了新闻报纸以外什么也不能读。毕竟是不理解我的作品。人们创造艺术作品的快乐，全然是个人的快乐。不论世间怎样地说，这可完全不管。因为我创作的时候，就得着最大的艺术的快乐，对于别人是毫不关心的。我的作品能使理解的少数者欢悦，我就认为满足了。即是不使人欢悦，也不感觉什么痛苦。一般的愚众并不是我所关心的。并且，评者又犯了把艺术家与题材相混同的不可恕的罪恶。艺术家是超然离开题材的。题材愈远，艺术家愈能自由观照，自在创作。评者又攻击我未曾明了分别美与恶、德与不德。艺术家是全然没有伦理的同感的。德与不德之对于艺术家，正于画板上的绘具对于画家一样。雅哥，在道德上说是可怕的。易慕钦是纯洁的。但是，当莎士比亚描写前者的时候，也得着与描写后者同样的快乐。所以要使这篇故事戏剧的发展起来，朵连·格莱的周围，有漂起道德腐败的氛围气之必要。不是这样，故事就失去意义了。各人于朵连·格莱看见了自己的罪，而朵连·格莱的罪是什么，谁也不知道。

在《朵连·格莱的画像》发表两个月之后，有两个很长的评论在杂志上发表了。一个是安鲁·华顿的《写实主义的一激变》。其中有几段说：

> 读者在朵连格莱的第十一章内，知道王尔德对于古代的装饰艺术及罪恶有极丰富的知识，他方面又知道他是如何唯美主义的艺术至上主义的，深堪惊叹。在这个浪漫史上，恋爱是一个插话。读者没有机会会见朵连·格莱的初恋的少女细琐尔·文。仅仅从恋人朵连的口中听到少女的事情。但是，少女却把极其纯洁优美的灵妙的处女的丰姿印象于读者了。这篇故事的悲剧，并不是细琐尔·文之死，也不是忠告朵连的朋友之杀害，是朵连的灵魂堕于邪恶而不感觉爱、哀怜、悔恨。作品中最有兴味的人物是亨利勋爵。他对于朵连力说快乐主义之实行，牺牲者便堕落到不能进了社交界，他就更是乘兴用魅惑的警句加之于牺牲者。他的诙谐的顶点，就自己成了家庭的旁观者，向着朵连谈论自己的妻子和青年音乐家潜逃的事件，且称为伦敦最近之痛快评论。

第二个批评是小说家那沙涅尔·霍桑的儿子仇梁·霍桑的《不可能的浪漫史》。其中有下面的话。

> 《朵连格莱的画像》，概念奇拔，兴味强烈，悲剧的效果丰富。与英国一般的小说迥异，这是由于他的性格的关系。他是个独创的奔放的人，所以决不写出平凡的东西来。他无论对于人生对于艺术，也和他的衣裳他的态度，都是崭新奇拔的一样，抱着奇警的思想。读了这个作品，就可知道他的人生观艺术观的大

概，是一个有特色的作品。

最后，有一个带着英国新教色彩的杂志载了当时有名的大家沃尔脱·倍脱的批评。他的批评，比较上面的几种更为剀切。其题目是《奥丝卡·王尔德的小说》。内面的大意是：

　　奥丝卡·王尔德的作品中，常常有极美妙的对话。其对话的形式，非常泼剌。会话之潇洒、生命之流动、穿凿的表现，这是使小说成功的自然的同盟。

　　他不喜欢自然的事物，蔑视布尔乔，嫌恶写实主义，他说真正有力的作品，是能从现实生活得到暗示的东西。在《朵连·格莱》中，他很忠实于"意向"的唯美哲学，同时允许闯入于实生活的丑半面。如描写女优细玑尔·文的兄弟坚姆斯，即是一例。可是，这样却表示作者有多方面的才能了。这篇作品，除了对于中流阶级的朴实的哲理之外，还表现了一点别的东西，就看做上等的快乐主义的一种也可以。但是，这一点就稍有失败。真正的快乐主义，是以人类全有机体的完全调和的发展为目的。所以，如像这篇作品的主人公失去了辨别罪恶正义的道义心，即是丧失或是损坏了有机体的组织，或是有机体组织的发达程度低落了。然而，这个作品，把它看做一种超自然的小说，其艺术的价值，殆无比类。在表面上，颇给与了一点写实的效果，把超自然的要素巧妙地描刻的手腕，可与亚伦坡的技巧相比拟，可是亚伦坡还没有达到王尔德这样的优雅之域。

　　我们喜欢主人公朵连，喜欢亨利·沃顿勋爵就不如喜欢画家荷华德。亨利勋爵，似乎写得精雅的样子，其实含有不精雅的气味。作者描写了他的讽刺，但是其冷笑的警句中，常常可见出似乎是作者自己的。对于把周围理想化的画家荷华德看来，以亨利勋爵为快乐主义的，那末人生所失的就太多了。愉快的记忆、将来的希望，在他都没有。但是荷华德却想紧紧地把握着这些东西。

主人公朵连对于快乐主义虽是个完全没有成功的人，但是对于艺术的人生，是现示了美的成功的人物。然而，他是灵魂的腐败之暴露，实明白含有罪恶是使人们变为卑野丑恶的寓意。最后我再力说：这篇作品，极尽了艺术的技巧的精粹，与亚伦坡的诸作品以及同类的法兰西的诸作品充分地有并称的价值。

——译者

——录自中华书局 1936 年初版

《窝狄浦斯王》^①

《窝狄浦斯王》译者序

罗念生

这译本是根据哲布（Sir Richard C. Jebb）所编的《索缚克勒斯丛书》（*Sophocles，the Plays and Fragments*）第一卷《窝狄浦斯王》（*The Oedipus Tyrannus*）译出的。译者所采用的是一九一四年的剑桥（Cambridge）翻印本。哲布的学识很宏富，考证很周密，但有一些小地方，译者却没有依照他的解释译出。

---

① 《窝狄浦斯王》（*King Oedipus*，今译《俄狄浦斯王》），古希腊悲剧，古希腊索缚克勒斯（Sophokles，今译索福克勒斯，约公元前 496—前 406）著，罗念生据英国哲布（Sir Richard C. Jebb，1841—1905）编英文本转译。中华教育文化基金董事会编译委员会编辑，"希腊悲剧名著"之一，上海商务印书馆 1936 年 5 月初版。

译剧内的专名词列有一个简明表。读者还可按译音表推测希腊原名。

译者于二十二年冬天在雅典国家剧场里看过本剧，希腊人把这古典语言改成了现代希腊语，用轻重节律（Rhythm）来替换古代的长短节律。那次的舞台背景是一道宫墙，观众左边有一道巷子引入宫中。墙外只立着一所祭台，观众右边有一道阶级。布景变成了这样简单。窝狄浦斯弄瞎了眼睛出来时，观众很动情，怜悯的成分似乎较恐惧的成分为多，也许是因为如今的宗教心理全然改变了。

译者在雅典时，从学美国菩敦（Bowdoin）学校教授密恩斯先生（Thomas Means），朝夕与先生研究本剧，有许多疑难的地方都承先生指教。先生曾将此剧译成英文，在美国出演过。

译者十分感谢一位朋友在大暑天帮了他许多忙。

罗念生　二十四年八月十日，北平。

——录自商务印书馆 1936 年初版

《沙宁》 ①

《沙宁》小引

（周作民 ②）

《沙宁》（*Sanin*）的作者俄国小说家戏曲家阿志巴绥夫（Micheal

---

① 《沙宁》（*Sanin*），长篇小说，俄国阿志巴绥夫（M. Artsybashev，今译阿尔志跋绥夫，1878—1927）著，周作民译。上海启明书局 1936 年 5 月初版，"世界文学名著"之一。
② 周作民，生平不详。

Artzybashev，1878—1927），生在穷困的家庭里。他少年时候，先在乡下的中学校里念书，因为素性喜欢绘画，便进了美术学校。那时他的生活，窘迫异常，镇天躲在黑暗的屋角里，连买面包吃的钱都没有，对于绘图用的麻布和颜料，当然更没有余钱去购备。他因为生活，便替当地的小日报上做些小文章，绘几幅漫画。后来阿志巴绥夫到了当时文学的中心圣彼得堡，他的文章，为一位杂志编辑所赏识，便请他做了助手。于是阿氏开始和虚无主义发生关系。他的作品，描写革命前夕中等阶级的彷徨，非常逼真，因此触了沙皇之忌。一九○五年，他为了他无政府主义的小说（《朝影》《血痕》）贾祸，被沙皇的铁骑捕去，判决死刑。结果却和陀司妥夫斯基一样，特蒙赦免。但是他鼓吹革命的思想，总是改不过来。苏联成立以后，因为他那虚无主义个人主义的思想，也不容于现在的苏联，阿氏像许多老作家一样，在穷愁潦倒里，葬送了他的暮年。

　　阿志巴绥夫和高尔基等同是一流人物，也是一个强者，他所赞颂的是个人，他极重视个人的神圣权利，《沙宁》便是他最伟大的作品，在本书中，充分发挥个人主义的思想，批评家常以本书举为近代强烈的个人主义的代表。书里的青年主角沙宁秉着和阿氏一样的思想，在大革命的前夕彷徨，这是帝俄时代大多数青年的影子。把《沙宁》和屠格涅夫的《罗亭》比较，我们可以窥出大革命前帝俄觉悟的知识阶级的全型了。

——录自启明书局 1936 年初版

《一切的峰顶》[①]

《一切的峰顶》序

(梁宗岱[②])

这是我底杂译外国诗集，而以其中一首底第一行命名。缘因只为那是我最癖爱的一首罢了，虽然读者未尝不可加以多少象征的涵义。

诗，在一意义上，是不可译的。一首好诗是种种精神和物质的景况和遭遇深切合作的结果。产生一首好诗的条件，不仅是外物所给的题材与机缘，内心所起的感应和努力。山风与海涛，夜气与晨光，星座与读物，良友底低谈，路人底欷笑，以及一切至大与至微的动静和声息，无不冥冥中启发那凝神握管的诗人底沉思，指引和催促他底情绪和意境开到那美满圆融的微妙的刹那：在那里诗像一滴凝重，晶莹，金色的蜜从笔端坠下来；在那里飞越的诗思要求不朽的形体而俯就重浊的文字，重浊的文字受了心灵底点化而升向飞越的诗思，在那不可避免的骤然接触处，迸出了璀烂的火花和铿锵的金声！所以即最大的诗人也不能成功两首相同的杰作。

何况翻译？作者与译者感受程度底深浅，艺术手腕底强弱，和两

---

① 《一切的峰顶》，诗歌集，梁宗岱选译。上海时代图书公司 1936 年 3 月初版，"新诗库"第一集第二种。上海商务印书馆 1937 年 4 月增订再版。初版收入歌德、雪莱、波德莱尔、尼采、魏尔伦、瓦雷里、里尔克、泰戈尔 8 位诗人32 首诗。增订再版补入歌德 1 首、布莱克 2 首、雨果 1 首、里尔克 1 首。
② 梁宗岱（1903—1983），广东新会人。曾就学于岭南大学，后赴欧留学，先后就读于日内瓦大学、巴黎大学，又至德国、意大利进修。回国后任教于北京大学、清华大学、南开大学、复旦大学等。另译有《蒙田试笔》、保罗·梵乐希（今译瓦雷里）《水仙辞》、罗曼·罗兰《歌德与悲多汶》等多种文学名著。

国文字底根深蒂固的基本差别……这些都是明显的，也许不可跨越的困难。

可是从另一方面说，一首好诗底最低条件，我们知道，是要在适当的读者心里唤起相当的同情与感应。像一张完美无瑕的琴，它得要在善读者底弹奏下发出沉雄或委婉，缠绵或悲壮，激越或幽咽的共鸣，使读者觉得这音响不是外来的而是自己最隐秘的心声。于是由极端的感动与悦服，往往便油然兴起那藉助和自己更亲切的文字，把它连形体上也化为已有的意念了。

不仅这样。有时候——虽然这也许是千载难逢的——作品在译者心里唤起的回响是那么深沉和清澈，反映在作品里的作者和译者底心灵那么融洽无间，二者底艺术手腕又那么旗鼓相当，译者简直觉得作者是自己前身，自己是作者再世，因而用了无上的热忱，挚爱和虔诚去竭力追摹和活现原作底神采。这时候翻译就等于两颗伟大的灵魂遥隔着世纪和国界携手合作，那收获是文艺史上罕有的佳话与奇迹。英国斐慈哲路底《鲁拜集》和法国波特莱尔翻译美国亚伦普底《怪诞的故事》都是最难得的例：前者底灵魂，我们可以说，只在移译波斯诗人的时候充分找着了自己，亚伦普底奇瑰的想象也只在后者底译文里才得到了至高的表现。

这集子所收的，只是一个爱读诗者底习作，够不上称文艺品，距离两位英法诗人底奇迹自然更远了。假如译者敢有丝毫的自信和辩解，那就是这里面的诗差不多没有一首不是他反复吟咏，百读不厌的每位大诗人底登峰造极之作，就是说，他自己深信能够体会个中奥义，领略个中韵味的。这些大诗人底代表作自然不止此数，译者爱读的诗和诗人也不限于这些；这不过是觉得比较可译或偶然兴到试译的罢了。

至于译笔，大体以直译为主。除了少数的例外，不独一行一行地译，并且一字一字地译，最近译的有时连节奏和用韵也极力模仿做原作——大抵越近依傍原作也越甚。这译法也许太笨拙了。但是我有一种暗昧的信仰，其实可以说迷信：以为原作底字句和次序，就是说，经过大诗人选定的字句和次序是至善至美的。如果译者能够找到适当对照的字眼和成语，除了少数文法上地道的构造，几乎可以原封不动地移植过来。我用西文译中诗是这样，用中文译西诗也是这样。有时觉得反而比较能够传达原作底气韵。不过，我得在这里复说一遍：因为限于文字底基本差别和译者个人底表现力，吃力不讨好和不得不越轨或易辙的亦不少。

廿三年九月九日于叶山。

——录自时代图书公司 1936 年初版

《悲惨世界》 ①

《悲惨世界》译者底话

李敬祥 ②

译者对于本书原著的企慕，已经有六七年了，屡次想用点苦功夫把它翻译出来，但终究没有这一股勇气；最近经几位朋友的怂恿，终于把它翻译出来了。

当读者翻开某本书时，总是怀着热望，想把书内的事实，看个明白，但我想如能同时把该书的作者的生平事实表白一番，自然能使读者对于该作品有更进一步更精确之认识，何况本书的原著人又是十九

---

① 《悲惨世界》(一名《孤星泪》，*Les Misérables*)，长篇小说，法国嚣俄 (V. Hugo，今译雨果，1802—1885) 著，李敬祥译，上海启明书局 1936 年 5 月出版，"世界文学名著"之一。

② 李敬祥，生平不详。另译有莱辛 (M. F. Lansing) 故事集《罗宾汉故事》、赛珍珠短篇小说集《元配夫人》、刘委士 (Sinclair Lewis) 小说《大街》等多种。

世纪文坛上的一颗灿烂的明星呢，所以我现在先把本书的原著人简略地介绍几句：

本书的原著人嚣俄（Victor Hugo）生于一八〇二年二月廿六日法国的卑索根地方（Besançon，France），他是一位很伟大的诗人，戏剧家，又是一位很伟大的小说家。他的父亲是拿破仑手下的一个军官，因此嚣俄在幼年时代，也就各处飘泊，行止无定。他到过阿尔卑和可锡加岛，也到过瑞士意大利和其他各国，后来，他在巴黎的一个老牧师处念书。嚣俄所以能成为一个伟大的文学家，实在受到他幼年时各处飘泊所得的印象，和那位老牧师热心传授的影响不少。

他父亲希望他能成为一个军人，但他却醉心于文学。他少年时所做的诗，已是脍炙人口；十七岁时即已为一个杂志的重要撰稿者；二十岁时，他的诗歌集，（Odes et Ballades）便出世了。

大约在这个时候，嚣俄和他的好友复区小姐（Adèle Foucher）结婚的。

此后，他致力于新诗运动，并努力写作剧本小说，他办过学校，也上过舞台。他达到他事业的最成功的阶段，那时他还不到三十岁呢。

他主张民主，曾被任为上议院议员，当拿破仑第三称帝时，他曾逃亡出去，迨拿破仑第三败后，他才回来。他生平最爱的是艳丽的花和天真无垢的孩子。在一八八五年五月廿二日死于巴黎。

他的诗歌戏剧小说，写得都很多，而尤其成功的，是他的诗歌，他实在是一个很伟大的歌者，即他的别的作品，也都充满了诗的情趣。他的诗集有《秋叶》（Les Feuilles d'Automne），《光和影》（Les Rayon et les Ombres）和《历代传说》（La Légende des siècles）等。他的剧本有《路衣勃拉斯》（Ruy Blas），《欧那尼》（Hernani）等，写的都是很出色的恋爱故事。而他的剧本的成功，造成他一个浪漫主义的领袖。他的小说较著名的有《巴黎的圣母堂》（Notre Dame de Paris），《悲惨世界》（Les Misérables）和《九十三》（Quatrevingt treize）等。

嚣俄的《悲惨世界》开始于一八四八年，一八六二年方才出版，它底长成是经过一个很长的时期，可见得他下笔时不是那样草率从事的了。

《悲惨世界》的原著是一部八卷二千页的巨著，它的结构伟大，笔力雄健，想象丰富，辞藻绚丽，实为十九世纪的文学珍品。

上面已经说过，雨果的父亲是一个军人，嚣俄在幼年又受过老牧师一番宗教的说礼，所以在他的脑筋里，已深深地种下了法律和宗教的二颗种子。他主张民权，而又生长在十九世纪里的一个黑暗混乱丑恶贫乏的社会里，所以在本书里，他把社会制度下所产生的种种罪恶，和他对于宗教的信仰说得非常确切明了。

本书开始叙述一个为迫于饥饿，去偷了一块面包而被判十九年徒刑的尚万近（Jean Valjean），被释后，他又在一个老牧师家里偷了一副银具，后来他听了老牧师一番恕宥和劝告的话，大受感动，便努力去做一个好人，他成了富人，做了市长。一天尚万近在途中遇见一个被情人抛弃的被社会唾骂的贫乏堪怜的娼妇芳丁（Fontine），他收留了她，她要他帮忙去找他〔她〕的被寄养在外面的女儿戈赛忒（Cosette）。芳丁死时，尚万近为了替一个无辜的人辩白，便自首于法庭而入狱，他后来又越狱，从一个残忍的店主人手里救了戈赛忒；他们又怎样逃过那个执法无私的警署总监邪威的手而匿居于女修道院内。戈赛忒长成了一个柔娴美丽的女郎，尚万近便以她为精神上唯一的安慰者。在本书的后半部，叙述一段关于戈赛忒和少年马利（Marius）的恋爱史。尚万近在革命军的土堡里救了马利的性命，又促成了他们俩人的姻事，在他们成婚未久，尚万近便在一个静寂的晚上去世了。

这是本书事实的大概。在书内又写了一段关于滑铁卢的战役，也是非常生动活泼的。在本书内，嚣俄说明了畸形社会组织下的一个为饥寒交迫而犯罪而被监禁的囚犯，后来抛去了他的现实生活而进入宗教世界。《悲惨世界》的成因是犯罪，但犯罪百分之一百是社会制度所造成的，法律不是人类最后的裁判，而须以宗教的力量去解决他感化他。

民国二十四年十二月七日于嘉兴。

——录自启明书局 1946 年三版

《黛斯姑娘》[①]

《黛斯姑娘》小引

严恩椿[②]

都马司哈代（Thomas Hardy 一八四〇年生于 Dorsetshire）。他少年习土木工程，一八六三年曾二次得到建筑学会的奖章。二年以后，他的第一篇短篇小说在（*Chamber's Journal*）发表。他的长篇处女作曾受（George Meredith）的评阅。自后他放弃工程司生涯而专从事文学了。他的著名作品有《还乡》（*The Return of the Native*，1878），《加斯德桥的市长》（*The Mayor of Casterbridge*，1886），《窦培维尔族的黛斯》，即《黛丝姑娘》（*Tess of the D'Urbervilles*，1891），《没有名望的裘特》（*Jude The Obscure*，1895）等十余种。其中结构最严密的是

---

① 《黛斯姑娘》(*Tess of the d'Urbervilles*，今译《德伯家的苔丝》)，长篇小说，英国 T. Hardy（哈代，1840—1928）著，严恩椿译述，上海启明书局 1936 年 5 月初版，"世界文学名著" 之一。

② 严恩椿（1896—1937），生于上海宝山江湾，字慰萱，自号蛰龙，严歌苓的祖父。1916 年沪江大学毕业后留校任教。1919 年赴美留学，1922 年获华盛顿大学政治学专业哲学博士学位。回国后历任北京大学、北京国立法政大学、沪江大学、复旦大学教授，光华大学文科主任，厦门大学法学院政治学教授等。著有《家庭进化论》《训政》《藐姑射山神人》等，英文著作《The Open Door Policy》，主编《世界英汉汉英两用辞典》，另译有 W. L. Davidson《功利主义派之政治思想》、J. Ramsav MacDonald《社会主义运动》等。

《还乡》，问题最复杂，思想最精深，而为人们最少读的是《没有名望的裘特》，最著名的是《黛丝姑娘》。哈代再写诗。他的著作有《西萨克斯集》（*Wessex Poems*，1898）、《时代的笑柄》（*Time's Laughingstocks and Other poems*，1909）等多种。他在一九二八年逝世的。

他著作的目标只有一个，这便是生命。但他的观察同解释生命不是从文明或风尚，而从其他二个角度，这便是借女性以作生命在人类中的表现，借自然以作生命在宇宙中的表现。他的观察女性又是——我们可用 Arthur Symons 的话——"多带法国色彩而少的〔带〕英国色彩的"。他只看"女性中不能负道德上好或不好的品德，同她的智力与意志的不可靠处"。因此，他是一个定命论者。就拿本书的主角黛斯一个例吧。她的受窦培尔维的诱惑而失身，在牛奶谷农场中与安琪儿克雷第二次——实在是第一次，并且是一生中唯独的一次——钟情，在花烛之夜因宣布以前的历史而以致仳离，再度过窦培维尔而不得不被迫为他的同居者，及最后刺死窦培维尔而为爱情，或洁白的生命的牺牲品——这些过程都是必然的，不能或免的，受人类的本能同社会的习尚所限制而不得不达到预定的结果的。黛斯的生命像一个蒲公英的发芽，生长，开花，凋谢，以至于死。她受自然同社会的外来的定例所束缚，而自己（因她是个女子）不能负道德的责任；她像浮在江潮上的一茎芦苇而无从抵御的被飘到一处不得不停止的地方。当然，这种观念，不免过于苛刻，但生命中何时何刻无此现象的存在呢。《黛丝姑娘》遂不得不像莎士比亚的大悲剧般为观察生命最严厉同最忠信的大著作了。

哈代的描写自然有时竟把他自己与自然同化了。不错的，他的自然只是限于西萨克斯的农人生活，但因他的同情，与他的好奇的观察，西萨克斯的野草原，小村落同小村落中佃夫们，及田中或村路旁每一个钟点的改换色彩都变为作者本人的生活的一部。我们读大牛奶谷同小牛奶谷的农人的生活，我们可以见朝曦的庄严，满月的幽娴，

风雨晦明的可惊可骇，然牛奶栏中受大自然感化的牧童生活。（Arthur
Yomuons）说，"他对女性的知识，使他不遽尔为人类下一判断语；而
他对自然的知识则使他更接近宙宇［宇宙］的和谐同慰藉。"我们读黛
斯在金斯皮尔小小一个范围中的生活，我们自然而然的觉大生命在西
萨克斯的田中、野花上，或山涧里蓬蓬勃勃的活跃了。

　　《黛斯姑娘》我是在不到二个月的时间中译完的。译完后听说本
书本国已有二三种译本，但译者仍觉时间不虚掷，因译哈代的著作，
像译荷马或其他著名的著作，不妨有二种或更多种的同言语译本。实
际说，一部伟大著作，倒的确应有多种同文的译本，盖这样原著的各
方面，像金刚钻的各个棱角，才可由不同的译笔尽情表现出来。我希
望研究哈代，并研究译文的能把各种译本都拿来做参考。

二十五年四月严恩椿
——录自启明书局 1936 年初版

《卢骚忏悔录》①

《卢骚忏悔录》小引
（汪炳焜〔汪炳琨〕②）

　　卢骚（Jean Jacques Rousseau，1712—1778），是法兰西的大哲学

---

① 《卢骚忏悔录》（*Les Confessions*），法国卢骚（J. J. Rousseau，今译卢梭，
　　1712—1778）著，汪炳焜译述，上海启明书局 1936 年 5 月初版，"世界文学
　　名著"之一。
② 汪炳焜，汪炳琨，生卒年不详，光华大学中国语文专业学士。另译有俄国
　　杜思妥亦夫斯基（今译陀思妥耶夫斯基）长篇小说《罪与罚》，在《学生杂
　　志》《女子月刊》上发表托尔斯泰短篇小说《长期的流刑》、契诃夫短篇小说
　　《一封不能寄的信》（即《万卡》）等。

家和大文学家，也是浪漫派的先锋。他生于瑞士的日内瓦，父亲是一个贫困的钟表工人，因犯罪而入狱；母亲是在生他的时候，罹疾身故。卢氏在幼年时代，便成为没有慈爱和教养的孤儿，常寄养在别人家里，学习着种种的技艺。后来他飘泊到巴黎，靠制作曲谱度日。那正是法国大革命的前夕，巴黎已经现出"山雨欲来风满楼"的模样。卢氏和狄德洛那批"百科辞典派"的人，往还颇密。他的大作《民约论》，鼓吹人类的自由平等是大革命前一支热烈的前奏曲，还有一本教育小说《爱弥儿》，主张自然的教育，叫那时候的老学究，咋舌惊骇。但卢氏因为思想激烈，不容于当时政府，只好做一个亡命客。东奔西逃，无处可以容身；寂寞寡侣，又没有友人。这样的生活，几乎把这位自由的思想家，变作疯狂。后来被赦回巴黎，这样一代才华的伟人，就在潦倒里，结束了他的生命。

卢骚在文学上最大的成功，却不在这极伟大的《民约论》和《爱弥儿》，而在他的《忏悔录》。在一切文学中，本书是一部最有名，最奇怪的自传，也是一本文情并茂的名著。在本书里，他痛快的承认他的罪过。然而他相信无论何人都"隐藏些讨厌的罪过"，他决意要完全的表现出他自己，他相信惟有以他的真面目与大家相见，可以使大家觉得，他虽坏，这辈隐瞒罪过的人更坏。

我们可以从这一本大作里，看到这位大思想家的生平。

——录自启明书局 1937 年三版

《少奶奶的扇子》 [①]

《少奶奶的扇子》前言
钱公侠 [②]　谢炳文 [③]

今年该是话剧年了吧。

好些人都是这么说，想来也并不是凭空武断的。从去年年底以来，话剧运动开始发展到一个新的阶段，戏剧工作新的集团一天多似一天，尤其因为《赛金花》，《雷雨》等，搬上了上海著名的几家大戏院的舞台，于是这一运动在市民群众中也得到了热烈的反响。

无疑的，话剧运动在今年还要更广泛的发展下去。这是有着客观的社会底因素的。第一，随着民族危机的日益深刻化，国防文学运动必需利用戏剧这一武器来发挥宣传，鼓动，与组织的作用，而收得最直接的效果；第二，话剧的重要性，已经不仅为少数爱好文艺者所理解，现在连官厅与教育机关也在设法利用戏剧了；第三，近年剧作家的努力，有了很大收获，作品的水准也相当提高了，当然这是跟国产电影的发展，有着密切联系的。

---

① 《少奶奶的扇子》(*Lady Winermere's Fan*，今译《温德米尔夫人的扇子》)，四幕喜剧，英国王尔德（O.Wilde，1854—1900）著，张由纪译述，上海启明书局 1936 年 5 月初版，"世界戏剧名著"之一。

② 钱公侠（1907—1977），浙江嘉兴人。曾就读于光华大学，主编刊物《语林》。曾出任上海启明书局总编辑。另译有福楼拜《圣安东尼之诱惑》、雷马克《西线无战事》、赛珍珠《爱国者》(与施瑛合译)等。

③ 谢炳文（1913—2009），又名谢然之，笔名林华，浙江余姚人。早年就读于上海圣约翰大学附中，后入光华大学、东吴大学。曾主编《红色中华》。1936 年赴日本中央大学留学。1949 年到台湾。另译有高尔基《深渊》、霍甫特门（今译霍普特曼）《沉钟》、房龙《圣经的故事》等。与钱公侠主编有"世界戏剧名著"丛书。

启明为着适应社会的需要，在这一戏剧运动中也想来凑凑热闹，于是乎就决定刊印一套世界戏剧名著，并且委托我们主编。发刊的动机，原是很简单的。

现在，我们已经印就的，有高尔基的《深渊》，戈果里的《巡按》，霍普特曼的《沉钟》，易卜生的《挪拉》，罗曼罗兰的《爱与死之角逐》，奥尼尔的《月明之夜》，斯特林堡的《父亲》，萧伯纳的《人与超人》，高尔斯华绥的《争斗》，王尔德的《沙乐美》及《少奶奶的扇子》。以后还打算络续增加，因此，现在不能确定多少种数。

我们相信这些剧本，都是世界早有定评的最优秀的巨著。其中有些已经有过中译本，有的是没有过的。但我们一律都加以细心的校阅，译者也都是竭尽了心力干的。这两点我们觉得可以聊为自慰。只是在印刷与装订方面，我们感到很大的缺憾；然而这是为着经济的限制，而且为求普及化与大众化，暂时也还无可奈何的。

最后，对于这一丛书的发刊，我们不想有什么奢望，但愿它在目前的戏剧运动中，能够作为一种泰山之石，供给戏剧工作者当作小小的参考，那就心满意足了。

二六，二，一。

——录自启明书局 1937 年三版

《少奶奶的扇子》小引

王尔德（O. Wilde，1856—1900）是爱尔兰的诗人，他的家庭，是非常富裕的。父亲是有考古癖的男子，母亲是一位喜欢文艺的太太。王氏在小时候，便深受他那双亲的感染。他入学读书，卓越的天才，开始表演出来，他所作的诗歌，已经有唯美派的色彩。离开

学校后，和当代的文艺家往还，卓然自成一派，就是唯美派。他们
那一群人，闹恋爱是家常便饭，酒必得喝顶浓烈的，衣服要穿得新
奇和绚烂，所作的文章，要用字警奇，句子华美。王氏自己是唯美
派的领袖。也以他的影响和成绩为最大。王氏后来因为同性恋爱事
件，被捕下狱两年。作《狱中记》，出狱后远赴法国北海岸，寄身于
一家酒店的楼上，于潦倒中终其一生。他著名的作品：小说有《杜
莲葛雷的画像》，童话有《安乐王子》，剧本有《少奶奶的扇子》和
《莎乐美》等，都是很有名的，可以代表作者特殊的风格；尤其是本
书，是近代剧场最常表演的戏，也是世界各地读者手中最常看见的
剧本。

——录自启明书局 1937 年三版

《少年维特之烦恼》[1]

《少年维特之烦恼》小引
（钱天佑[2]）

　　以《少年维特之烦恼》震惊一世的歌德（Johann Wolfgang
Goethe），是德国人，在一七四九年的初秋，生于马茵河畔的佛朗福
脱城。他是系出名门，家世很好，从小就受了很完善的教育。在大
学里读书的时候，对于各种功课，像文艺、历史、哲学、化学、解
剖，都有深切研究。他所读的，却是法科。所以从他毕业以后，一直

---

① 《少年维特之烦恼》(*The Sorrows of Young Werther*)，书信体长篇小说，歌德
（J. W. V. Goethe，1749—1832）著，钱天佑译述，上海启明书局 1936 年 5 月
初版，"世界文学名著"之一。
② 钱天佑，生平不详。

讨着政治上的生活，做着魏马公爵的上客。养尊处优，过着舒适的生活。他是一个诗人兼小说家。他最伟大的作品，要推诗剧《浮士德》（Faust）和《威廉先生》（Wilhelm Meister）。他晚年的心血，完全花在这二部著作上。歌德死年是一八三二年，享年八十三岁。

歌德的本身，是一位风流多情的公子，他一生的遭遇，简直可以说完全是罗曼史，他最初恋爱的对象是格丽倩。就是他年迈致仕，退休林泉，以七十多岁的高龄，还和一个乡下小姑娘恋爱。在他著作《少年维特之烦恼》时，他所要好的女性，据说已有以下八个：（1）他姊姊郭娜莉、（2）初恋的格丽倩、（3）在莱比锡大学时所恋的安妮、（4）在施脱拉司堡大学时结识的法国歌舞师的两个女儿、（5）牧师的女儿佛丽特立克、（6）夏绿蒂、（7）霍尔德夫人、（8）嫁给糖商的玛克茜米玲。那末他的一生，自然不用说在情网里度日了。

《少年维特之烦恼》出版时，歌德仅二十五岁，取材于他和一个朋友的未婚妻绿蒂姑娘的相爱，其结局却用了当时一个青年因恋爱而自杀的结局。

本书出版，歌德的名誉即确立了，引起当时一般苦闷心理的青年的狂热。燕尾服黄裤的维特装，轰动一时，有许多青年模仿着穿；为了受此书的感动而自杀的也有。甚至于盖世英雄的拿破仑，也百读该书而不厌。因为深情的叙述，差不多好像从每个人心底流露出来的，这实是当时的一部代表作品。

——录自启明书局 1936 年三版

《苦儿流浪记》 [①]

《苦儿流浪记》小引

何君莲 [②]

《苦儿流浪记》中的苦儿，名叫做克民。他本是出身世家，应该受很好的抚养和完善的教育，可是还在婴儿的时候，便给人偷了，从英国带到法国，丢在巴黎伤兵院的前面。幸为一家农人所抚养，后来又卖给一个玩把戏的老人，随他漂泊江湖。这老人从前却是名震全欧的歌人，虽然穷途落魄，但是优美高贵的性资，不曾销磨，他做了苦儿克民的良师。不幸卖艺很不顺利，老人冻死在巴黎的郊外，克民为花匠所拯救，在温饱的家庭里，工作度日。后来横祸飞临，花匠入狱，家破人散，克民只得重新踏上漂流的长途。那时他有了一个伴侣兼弟子，一路表演糊口，很不寂寞。中间有一度煤矿遇险幸而逃生，从此境况渐趋顺利。不久得悉他在英国的父母在找寻他，便和同伴投奔前去。谁知错到了从前盗他出去的人家，又受到不幸的待遇，复被诬陷入狱，在半途跳车脱逃，重回法国找到了母亲，一家团圆，承袭了先人的遗产，又和花匠的幼女结婚，在苦尽甘来中，本书也完了。

　　本书确是良好的教育小说：叙事的曲折，描写的美丽，在在引人入胜。苦儿克民的努力，也可作少年男女的模范。可是苦儿的成功，

---

① 《苦儿流浪记》(*Sans Famille*)，长篇小说，法国马洛（H. Malot，1830—1907）著，何君莲译，上海启明书局 1936 年 5 月初版，"世界文学名著"之一。

② 据施瑛、何君莲之女施印华回忆，《苦儿流浪记》系施瑛借妻子何君莲之名翻译出版的。

实在和他的努力，没有什么关系。苦尽甘来，并不是他亲手栽培的美果，而是承继先人的遗产。试问僵卧在街头的小乞儿，有几个能是金枝玉叶呢？因此本书只成了一个苦儿的罗曼史，不是一个苦儿的成功记。

本书在中国已经有了几个译本。最早的是包天笑先生所译的，名叫《苦儿流浪记》。后来章衣萍、林雪清合译，改为《苦儿努力记》；徐蔚南先生，又译作《孤零少年》。但是本书的原名是 *Sans Famille*，本意是"无家可归的孩子"；而且我在上面说过，克民的苦尽甘来，还不是他努力的成功，所以仍旧依包天笑先生的译名，来作本书的名字。

何君莲

——录自启明书局 1937 年三版

《圣安东尼之诱惑》[①]

《圣安东尼之诱惑》小引
（钱公侠）

考斯道夫，佛罗贝尔在一千八百二十一年生于法国鲁昂，他底父亲是一个兽医。十九岁的时候到巴黎学习法律，和文人缔交，从此就专治文学。后来曾漫游西班牙等处；父亲死了以后，奉母回故乡，住在塞因河畔的克鲁赛，努力创作，此后虽然曾旅行希腊，埃及，小亚细亚，及地中海诸岛，然而大部大［生］涯，全在这里寂寞孤独地消磨过去。

---

① 《圣安东尼之诱惑》(*The First Temptation of St. Antony*)，剧本，法国弗罗倍尔（ Gustave Flaubert，今译福楼拜，1821—1880 ）著，钱公侠据英译本转译。上海启明书局 1936 年 5 月初版，"世界文学名著"之一。

　　佛罗贝尔底作品和在他前面的巴尔扎克，或在他后面的莫泊桑相比，实在不算多，然而他底作品却没有一篇不是杰作。他一共有四部长篇小说，三个短篇小说。那四部长篇是《波华荔夫人》，《萨朗波》，《情感教育》和《圣安东尼之诱惑》。那三个短篇是《一个简单的心》，《圣裘利安底传说》和《爱洛达斯》。除此之外，还有两个剧本，即《候补的人》和《心之馆》。这些作品，在发表的时候，很受人家底攻击；政府且认为是败坏风俗。所以他打算写一篇小说，名叫《鲍瓦尔和白扣昔》，来嘲讽当世，可是还没有做完，就于一千八百八十年五月八日中风而死了。

　　佛罗贝尔乃是近代写实主义之先觉，他底作品一出世，写实主义的时代就开始了。他本是一个极端的艺术热爱者和艺术至上主义者。他说："人生虚无，艺术才是一切。"为了求美，因而对于文字便非常审慎。一字一语，无不求其确当，如此便不自觉地成为写实的作品了。据嚣俄所记载，当他访问佛罗贝尔的时候，正遇着因为佛氏高声朗诵自己创作的小说，他的母亲竟因而彻夜不能睡眠。他服膺"才能即是长期的忍耐"这一句话，每日工作十小时，从不间断。

　　俄国批评家梅赖裘考夫斯基评论佛罗贝尔道："有许多艺术家，对于美，多少以抽象的性质去考量，而佛罗贝尔却完全相反。他对于美的态度，好像守财奴的对于金钱，野心家的对于权力，恋人对于恋爱。他的著作，完全和苦心孤诣的结果的自杀一样。他以全身全意集中，以和狂人一般的热心，殉教者一般的服从，圣剧上的僧侣一般的虔敬，去从事艺术。"

　　他底学生莫泊桑也记述着他底话，说世上没有相同的二粒砂，二匹蝇，两只手，两个鼻。他说"你从立在门口的一个杂货商人或者一个在吸烟的门房，或者站着的一辆马车的旁边走过的时候，你应该巧妙地描写出他们是有如何样的神气。这种描写，应该使我们一读之后，立刻不致于将这个杂货商人与门房跟别的杂货商人与门房缠错。

你应该用一句话来表明现在立着的马和前前后后所有的五十匹马的不同之点。"

他又说:"不论我们要说的是什么东西,要将他表现,只有唯一的名词,要对他赋与运动,只有唯一的动词,要对他赋与性质,只有唯一的形容词,我们应该苦心搜索,非发现这个唯一的名词动词与形容词不可。仅仅发现了这些名词动词形容词底相似词,千万不可满足。更不可因为这种搜索困难,便用随便的词句来搪塞了事。"

这就是佛氏有名的一事一言之说。因为他抱着这样的态度,所以他写作起来,就自然而然地是写实的手法了。

我这里所译的《圣安东尼之诱惑》,虽然是一个纯粹幻想的作品,却也不失去佛氏写实的精神。内中叙一个修道的隐士,怎样从夕阳刚下山的时候起,到黎明止,受着各种各样的诱惑。虽然他终于看见耶稣,没有为魔鬼所屈,可是作者却精细地大胆地把他底尘心完全暴露出来了。他并不责骂这个尘心,也不颂赞这个尘心,然而读者却觉得这个尘心是很自然的。真的,世上有谁是能够排除"七情六欲"的呢?我们底"神"性和"人"性永远在冲突着,所谓善恶,也不过是这两者消长底结果而已。这本书底每一个读者都是一个安东尼,每一个人都受过类似的诱惑,有的屈服于诱惑之前,有的却克服那诱惑,人之好坏,大概就是拿这一点能力之强弱来区别的吧。

本书由小泉八云译为英文,我就是由他底译本翻成中文的。在正文以前,他写了一个绪言,分章地把全篇故事说个明白,我也译了出来,这样可以使读者便于了解,不致弄不清楚了。

买这本书的时候,我还是刚刚跨进大学的"新鲜人"。第二个学期因为害了一场病,便辍学在家里。我用这半年的闲暇看了许多的俄国戏曲,同时又译了本书底一部分。匆匆地一个学期就如此消磨过去了。以后回到大学,简直没有时间再译这个东西,到后来简直把它忘了。等到再将它从书橱角里拿出来的时候,相隔已经有两年半光景。那是一个暑假，天气炎热异常。我现在简直不信我竟有那样的本领；在九十度以上的下午，伏在一只茶几上，尽管皮肤因为流汗过多而泛了白，却还是孜孜地译着。在我旁边玩耍的是惠芬。她常常跟我捣蛋，因此我底工作进行得很慢。然而使我重新鼓起勇气来翻译，并且终于完成它的，也就是她。因为她给我娱乐，给我休息，使我不以此工作为苦，而将它认为我们底嬉笑的欢乐的生活底一部分。这样的半游戏半正经的生活，到现在还没有变更。不过因为两人都在学校里教书，我们底时间已经缩为一个短短的夜黄昏罢了。就是这刹那的光阴，也有时不免因为其它的杂务，被人所掠夺。回忆那时候底日子，真好像不可再的儿时一样，徒然增人惆怅，那么这本书底出版，也可算得是一个纪念品吧。

关于我底注解和参考书，已经另有短序，这里不必再多说了。

一九三五之耶诞节之前夜。

——录自启明书局 1936 年初版

《圣安东尼之诱惑》译者琐言
（钱公侠）

本书是根据 Modern Library 底英译本重译的，前面那一篇撮要也是他——英译者 Lafcadio Hearn（小泉八云）——写的；因为它提纲挈领，能够帮助读者底理会，所以也就译了出来。

译者对于宗教，对于神话，虽然很感到兴趣，却是毫无研究；然而深恐读者和译者一样，则书中所写的东西难免和读者隔膜，便尽力将宗教上和神话上的专门名词加以注释；虽然还有许多不到之处，也无法了。例如第四章上讲到基督教各宗派，译者实在无力将它们一一查明，注释出来，只得附上英文名词，由它们去了。

　　书中所描写的鬼神，并不是古神话及宗教所描写的本来面目，而是弗罗贝尔想象为三世纪中热狂的基督教徒心目中的卑鄙的讨厌的东西罢了。

　　第四章中 Saturninus，Marcion，Valentinus，Tatian 和 Bardesanes 是基督教中的神哲主义者：神哲主义以为犹太人底神乃是一个恶灵，而世界便是这恶灵所创造的庸劣的平凡的东西。耶稣乃是另外一位至高的真神所差遣下来的"伊昂"——神力或神属牲。

　　Bulfinch's Beauty of Mythology，*Lempriere's Classical Dictionary*，*A Smaller Classical Dictionary*（Everyman's Library），黄石之《神话研究》，和贾立言之《基督教史纲》是译者所用的参考书。

——录自启明书局 1936 年初版

《小妇人》[①]

《小妇人》小引
（汪宏声[②]）

　　去年一个春假把阿尔考托（Alcott）的 *Little Women* 一书读完。在读的时候也曾拍案，也曾大笑，也曾唏嘘，也曾流泪；读完了以后就

---

① 《小妇人》（*Little Women*），长篇小说，美国奥尔珂德（L. M. Alcott，今译奥尔科特，1832—1888）著，汪宏声译，上海启明书局 1936 年 5 月初版，"世界文学名著"之一。本书"小引"亦系上海启明书局 1936 年版汪宏声译《好妻子》（*Good Wives*）的"小引"。

② 汪宏声（1910—?），浙江吴兴人，1930 年毕业于上海光华大学教育系，曾任教于上海圣玛利亚女校，系张爱玲的国文老师。另译有美国奥尔珂德《好妻子》《小男儿》，还曾以笔名沈佩秋翻译了王尔德《沙乐美》、易卜生《娜拉》、郭戈里（今译果戈理）《巡按》等。

生了要翻译它的心，这真不是一桩轻易的工作，开始动笔时是烂漫的春日，而到现在全部告成时已经是萧索的初冬了。

作者阿尔考托女士是美国人，一八三二年生于非拉台尔非亚州的日耳曼镇。一家都是特出的人才——父亲是一位著名的作家，妹子是一位艺术家——而女士的文名尤著。本书里四位主角之一的乔（Jo）就是作者自己的写照，所以对于作者的性格与行事，读者尽可以自己去认识，我也懒得再噜囌［苏］介绍了。只知道她终身不嫁，一八八八年患脑膜炎不治逝世，年五十六。

本书的第一点动人处，是它那洋溢着的热情——就是这一点能使你拍案，能使你大笑，能使你唏嘘或流泪。有人说书内有许多道德教训用现代人的眼光衡量起来已是要不得的东西了；但是即使这些要不得的东西也充满着挚情。社会上道德标准难免要变迁，唯有这挚情我认为是千古不易的，这大概就是本书之所以始终风行的原因了吧。

本书的第二点动人处，是文字的优美，可是这早就给拙劣的译笔断送了；所以，不拉生意——会看原文的还是看原文吧！

Little Women 原书分第一第二两部分，合订一册，译本却分成两部，第一部称《小妇人》，第二部称《好妻子》，至于译者的小序，则一稿两用了。

——录自启明书局 1939 年三版

《门槛》[1]

《门槛》[小序]
巴金

这是屠格涅夫晚年写的散文诗中的一首。但英译本的散文诗里却不曾把它收进去。只有几年前在美国出版的一本《革命诗选》中有这诗的韵文的翻译，题目却改做了《革命者》。我这次是依据一九二〇年柏林版《屠格涅夫集》第八卷（《俄国文库》第四十六卷）内的原文译出的。据该书编者说，一八八二年在《欧罗巴通报》上发表的散文诗内，《门槛》一诗没有收入，后来也不曾编入全集。这诗于一八八三年在圣彼得堡秘密印行，附在九月二十五日的民意社的宣言后面。在屠格涅夫的埋葬日散发。

有人说这诗是为苏菲亚·伯洛夫斯加亚写的，这当然有理。但我以为使屠格涅夫感动的俄罗斯女性决不只伯洛夫斯加亚一人。伯洛夫斯加亚型的女子在当时的确不少。而且以前和以后也有很多。譬如尼克拉索夫就为十二月党人的妻子写了题作《俄罗斯女人》的长诗。我们知道，远在西欧的老屠格涅夫虽然不能够充分了解当时俄国的解放运动，但一直到死他对这运动都非常关心。他还想为一九三人案中的米席根写一部小说，他读了苏菲巴尔亭在法庭的演说辞，甚至俯下头去吻那张报纸。（另一个俄国诗人为这个年轻女子写过一首诗。）只可惜那时候他的身体已经坏到不能够做什么事情了。

一九三五年五月译者

---

[1] 《门槛》，诗歌、散文、小说综合集，巴金译。收入屠格涅夫、蒲列鲁克尔、司特普尼亚克、廖玻德·抗夫等描写旧俄的新女性姿态的作品。上海文化生活出版社 1936 年 5 月初版，"文化生活丛刊"第十二种。

《为了知识与自由的缘故》[小序]
巴金

这篇"虚无主义者的婚姻之真实的故事"，是蒲列鲁克尔的巨著《俄罗斯的英雄与女杰》里面的一章。我一九二八年在伦敦友人 T. H. Keell 处借到这书，读后就抽暇把其中我喜欢的几章译了出来。这一章是那年五月二十七日在法国的一个小镇里译成的，把它修改了一遍，然而手边已没有原文来参照了。

蒲列鲁克尔的生平我不清楚。我只知道他是《英俄月报》的编辑，还出版了几本关于俄国的书，《俄罗斯的英雄与女杰》里有作者的一篇长序，从那里我们也许可以知道一点作者的事情，但可惜我已经不能够记忆起什么了。

　　　　　　　　　　　　　　　　　一九三六年三月译者

《三十九号》[小序]
巴金

这小说是从司特普尼亚克的《沙皇治下的俄罗斯》里面译出的。这是旧的译稿，但最近曾照英文原著修改过一次。

司特普尼亚克（意思是"草原之子"）本名 S. M. Kravtchinsky，是旧俄虚无主义者中卓绝的人物，又是土地与自由社的机关报 *Zemlia i Voria*《土地与自由》的编辑。一八七八年他在彼得堡大街上刺杀了麦孙采夫将军以后，便逃到西欧去过亡命者的生活。他著书很多，著名的有《一个虚无主义者的经历》（小说）、《地底下的俄罗斯》等书，都曾风行一时。

司特普尼亚克生于一八五二年七月十四日，一八九五年十二月三十日在伦敦附近被火车碾死。

一九三六年三月译者

《薇娜》[小序]
巴金

《薇娜》是廖玻德·抗夫二十七岁时的作品。抗夫便是剧本《夜未央》的作者，这剧本在中国有过极大的影响，曾博得一代青年的热爱。

抗夫的生平，我不大清楚。我只知道他于一八八一年生在波兰，克拉科。他自小爱好戏剧，从六岁起，就常到本城的戏园里看戏。以后他加入了波兰的社党会，是一个活动分子，后来在国内站不住脚，便亡命到德国。《夜未央》是在德国写成的，那是他只有二十五岁，这剧本次年（一九〇七）被译成法文，在巴黎艺术剧院上演，轰动一时，两年之间连演百余次，夜夜满座。

《薇娜》似乎是一篇自传的小说，在这里面我们可以找着抗夫写《夜未央》的动机和经过。

这是我八年前的旧译稿，从法文译本重译出来的。现在编进这集子时，曾参照法文本改动了一些字句。

一九三六年四月译者

《门槛》后记
巴金

收在这集子里的三篇文章是我在一九二八年译成的。因为它们都是描写旧俄的新女性的姿态的作品，这次就把它们编在一起印行了。《门槛》是我去年旅居东京时从屠格涅夫的散文诗里译出来的。它可以被看作这集子的序言，我便放它在前面。

这次付印时，每篇译文我都校阅过，而且补写了前记，不过这次的校阅仍是很粗率的。反正这些并不是文学上的名著，它们的价值也并不在它们的文字，却在所描写，所叙述的事实。而这事实却是不死的东西，所以文章也就能够活下去了。

别的话我在前记里面说过了，我不想在这里多说。

一九三六年五月四日　巴金

——录自文化生活出版社 1936 年初版

《木偶游菲记》[①]

《木偶游菲记》小引

（江曼如[②]）

这是一本给孩子看的好书，也是一本给大人看的奇书。

好是好在这尖帽子尖鼻子的小子，木头做成的木偶人伶俐顽皮，聪明可爱，小朋友见了他一定欢喜和他做朋友。而且木偶人在这部书里，年纪已经大一点了，资格也老一点了，他所做的事情就格外有趣格外有意思。在《木偶奇遇记》（这部书你也许已经看过吧?）里，他

---

① 《木偶游菲记》(*Pinocchio in Africa*)，童话，意大利雪吕毘尼（初版后版本改为契勃尼，Eugenio Cherubini，1903—2000）著，江曼如据美国 Angelo Patri 英译本转译，汪倜然校，上海读书界书店 1936 年 5 月初版，"儿童文学名著"之一。

② 江曼如，生平不详。另译有安徒生童话《牧猪奴》。

还是刚出世呢，那里头不免有荒诞胡闹的地方，在这部《游菲记》里却不然了，他竟一鼓作气地，从本国意大利泅过红海，冒险跑到了菲洲去。在菲洲独个儿闯天下，出生入死，履险如夷，大有冒险精神。他拍卖逃生，遇狮受惊，险遭活烹，受困猴群，被吞鳄鱼，毒箭不损；最后逢凶化吉。竟然做了菲洲的大皇帝。他做了皇帝还是一样地可爱，不但水战河马英勇无比，他还发表登位演说，主张打倒强迫教育，博得女国民们底一致拥护哩。虽然后来被奸臣谋王篡位，一度身入樊笼，扮演猢狲戏，他到底能够突破危难，恢复自由，安返本土。你看他的经历何等曲折离奇，惊险有趣，他的一言一动又何等天真尽妙，讨人欢喜！这个又乖又顽皮，又好又勇敢的小孩子，真是"童心"的典型。

但，同时又富有教育的意味。书中的教训即年纪很小的孩子也能领会，因为作者的手腕极为巧妙，他已将故事与教训融为一体了。而且书中毫无神道说教禽言鸟语之失，故事的每句每段都切合现实，著笔成趣，始终没有不良的素质。所以无论在教育的价值上，或文学的技术上，这本书都可称是儿童文学中难能可贵的一部杰作，也可以说是比《木偶奇遇记》更好的一部《木偶人》小说。我们敢热诚地推荐本书给小学教师们和有孩子的家长们。

为什么说这是给大人看的"奇书"呢？因为一般的儿童书，故事幼稚，教训浅浮，只能专给孩子们看，大人们看了是十分乏味的。唯有这本书却不然，它没有神话或者寓言，说教或因袭，它所有的只是新奇的故事，冒险的情调，再加上幽默的笔调，渗入点讽刺的涵意，小孩们看了固然有滋味，大人们看了更能领会。这就是它的奇处。老少无欺，见着必喜，这不是奇书是什么？以深入人心之笔，作针砭现世之实，这不是奇书是什么？作者身世不详，但我们读了本书的后半部时，对于那种温蔼的调笑和深刻的讽刺，已深感到作者并不是一个平常的儿童文学作家了。他使我们想到丹麦的童话家安徒生，也使我们想到英国的讽刺家斯惠夫特，这位意大利作家可以说是有安徒生式的说故事手法，和斯惠夫特式的人生讥讽的。倘若我们将此书只看作普通的儿童读物之一，那就是浅视了这位可爱的作家了。

　　这书是从英译本重译的，英文的译者派屈利是意大利籍出身的美国人，所以译文正确又畅适，现在中文本据此译出，自然更觉可靠。同时译者又注意到儿童阅读此书的便利，译文力求浅显，使之接近口语，俾初年级的儿童均可看得明白，读得顺口，用意是不错的。原文当然并不艰深，但译者因力求顺达之故，先后曾修正至三次，这种慎重不苟的态度也值得表明一下。

　　至于英译原书则是我所选的，因为这是个插图本，有著名画家柯泊南氏的全部插图，画得极好，异常传神，与原作可称双绝。这七十多幅的绝妙好图，现在此书都已复制出来，读者想必欢迎，原文也更可生色了，同时读书界书店为普及此书起见，特印普及版本，交由启明书局发行，以最低廉之价格，印售很精美的名著，这种出版界的新颖合作办法，也是很有意义的。

　　　　　　　　　　　　　　　　——录自读书界书店 1936 年初版

《泰绮思》[1]

《泰绮思》小引
（王家骥[2]）

　　法朗士原名若克·阿那托尔·台薄，一八四四年生于巴黎。他是

---

[1]　《泰绮思》（*Thais*，今译《苔依丝》），长篇小说，法国法郎士（Anatole France，今译法朗士，1844—1924）著，王家骥译述，上海启明书局 1936 年 5 月初版，"世界文学名著"之一。

[2]　王家骥，生平不详。

一个书商的儿子。那时的法国书商不仅只是售书，还要能够评书，所以他的父亲对于文学也有相当的素养，许多文人学者常到他的书铺里谈论文学。法朗士是在这样的一个良好的环境中长大的。他在少年时代，没有什么特殊的表现，学校的功课，亦不甚注意，常以幻想自乐。他爱好希腊拉丁的古文艺与中古时代的文艺，而尤熟悉于宗教史。中年时他在《巴黎时报》专作文学评论，创印象批评说。法朗士的思想，到晚年时便倾向于社会主义，与巴比塞等同是"光明运动"的中坚人物，一九二一年得诺贝尔文学奖。死于一九二四年。他的著作较著名的有《庞那德的犯罪》，《泰倚［绮］思》，《螺钿盒子》，《红百合》，《伊壁鸠鲁的花园》，《现代史》等数种。

　　《泰倚［绮］思》出版于一八九〇年，在这里，法朗士用纪元二世纪时埃及沙漠中修行的教士柏孚纽斯救度［渡］美貌的亚历山大女优泰倚［绮］思进入清净生活的故事，作为主题，并用他的宗教史和古物学的智识，描写"灵"和"肉"的冲突，可以说是"神"性和"人"性的冲突。讲到"神"性和"人"性，谁不在这两者之间打滚？通常都以"善"和"恶"的观念，来代表"神"性和"人"性的结果，其实，我人既有肉体，谁能摆脱肉的希求？既不能摆脱肉的希求，就有什么"善"和"恶"的区别之可言呢？

　　作者在本书中极精细，极大胆地描写关于灵肉间的冲突，可算是描写灵肉冲突的一部代表作。

——录自启明书局 1939 年三版

《我的童年》①

《我的童年》小引
（卞纪良②）

如果有人问现在世界上最大的文学家是谁？最能够深切地表出劳苦大众生活的文学家是谁？我们都不用迟疑，可以举出苏联的高尔基来。在一九一七年的俄国大革命告成后，旧时代的文人搁笔的搁笔，放逐的放逐，然而高氏在革命之前，已是国内伟大作家的领袖，替劳苦大众叫出心底的呼声。革命以后，他的地位更抬高了，巍然为一方重镇。全世界所有进步的作家，都把高尔基当作他们的宗师；就是站在另一边的人们，虽然主义不同，可是也都承认，高尔基的作品，具有至上的艺术价值。

高尔基（Maxim Gorky）于一八六九年，生在俄国的下诺伏高路（Ni-Novgorod）地方。实际上高尔基是他的笔名，他的真名是彼西科夫（A.Pyeshkov），父亲是一个离家的流浪汉，母亲是一个乡下的绅女。高氏在小的时候，便寄养在他母亲的娘家。唯一钟爱高氏的人，只有那个年老的外祖母，高氏因为没有良好的家庭，一生全在穷苦流浪里过日子。和他的接触的，都是一些绅士们所不齿的"下流人物"。饥饿、寒冷、疲倦、残酷的榨取，那时候帝俄的景象，高氏非但目击过很多，而且自己都亲身经历过。他因为有自己的体验，描写劳苦大

---

① 《我的童年》(*My Childhood*)，自传体小说，苏联高尔基〔M. Gorky，1868—1936〕著，卞纪良据英译本转译，上海启明书局1936年5月初版，"世界文学名著"之一。

② 卞纪良，生卒年不详。江苏武进人，曾在江苏武进新园中学、昆山中学、江阴南菁中学任教。另译有屠格涅夫小说《初恋》，编有《默记举例英语常用字2000》。

众的生活，亦非常深切。因此，在他书中的英雄是平常人，是下等
人，是流浪者和草屋的居民；在一切文学上，他开了一个新天地，并
且没有一个比高尔基把平凡的人在平凡的境地上，写得更新鲜更特创
的了。所以他虽取材鄙屑，语句粗俗，这正是无产阶级艺术的特点。
唯有高尔基才是俄国人民的文学家；托尔斯泰和他比较，显得太懦
弱；陀司托夫斯基显得太空冷；屠格涅夫显得太肤浅。

　　据高氏的自述，他的职业生活，前半生全是流浪史。做过鞋店的
学徒，做过轮船里厨师的徒弟，做过路警，做过卖苹果小贩和书记。
也曾在俄罗斯的南方漂泊，饥寒交迫，有似丧家之犬。这一本《我
的童年》(*My Childhood*)，是他自传体的长篇小说，从这繁复的篇幅
里，读者可以窥见他生活的片影。高尔基之怎样为人，他真像在高山
绝顶上之青松，无伦［论］是什么大风雨都不能把他屈服，永久巍然
存在；他是奋斗着，不诉苦，不失望，他永远以弥漫的精力坚决的气
魄，向前走去。他的坚强的意志，反抗的精神，在我国感到失望的青
年们，本书可作一枚极有力的强心针。

——录自启明书局 1937 年三版

《侠隐记》[①]

《侠隐记》小引

曾孟浦 [②]

法国的大小说家兼戏剧家大仲马（Alexandre Dumas）生于

---

① 《侠隐记》(一名三剑客，*The Three Musketeers*，今译《三个火枪手》)，长篇
　　小说，法国大仲马（Alexandre Dumas，1802—1870）著，曾孟浦译，上海
　　启明书局 1936 年 5 月初版，"世界文学名著" 之一。
② 曾孟浦，生平不详。另译有大仲马小说《续侠隐记》。

一八〇三年，死于一八七〇年。他的祖先，是黑人之后，所以一副尊容，有些野人的模样，不像风流潇洒的法国人。他在起初，也是一个以笔耕糊口的少年。可是他恃了一枝秃笔，描写出惊奇的事实，渲染成生动的笔调，不久便博得了巨资。在巴黎的郊外，造了别墅，享受着舒适的生活。但因好客挥霍，到他的晚年时代，仍旧是负着债务，虽然如此，若以大仲马来比以后的巴尔札克（Balzac），巴氏穷苦一生，过劳而终，仲马却是天之骄子呢。大仲马的作品，单在小说这一方面，据说有一千二百余种，以他一人的精力，哪里能够做这许多书籍。他的作品，不少有人代笔的。据传说，大仲马的家里，是一个小说制造工厂，他自己是其中的主脑，在他的指导下，有两百多个帮手，给他搜集材料和编辑剪裁，他挂上一个作者的名字。但是他的作品，仍旧有一贯的作风，在这一点上，大仲马也并非文坛上的牙侩。况且他负盛名的三部曲即《侠隐记》（*Les Trois Mousquetaires*）、《续侠隐记》（*Vint Ans Apres*［*Vingt ans après*］）和《十年后》（*The vicomte de Bragelonne*），全是他自己的手笔呢。

　　本书的主角，是一个少年勇士达太安。他辞别家庭和故乡，远赴巴黎，去见父执火枪营统领屈维，希望在巴黎求得功名和利禄。他在统领府上，结识了三个火枪手，这三个人，正直勇敢，全有古武士的风度。那时国王、王后、红衣主教的当中，各有间隙。达太安和三个火枪手，专门跟主教作对。达太安曾叫主教手下的亲兵，吃过大亏，因此主教怀恨刺骨。王后旧时的情人，就是英国的白金汉公爵，对于王后，旧情未断，又给主教抓住把柄。达太安等见王后身陷危机，便尽力给她解救困难。那主教的部下，有一个亲信的女子，名字叫做米列蒂，她艳如桃李，奸若蛇蝎，达太安却为她的美貌所迷，爱上了她。潜入她的卧室，诱她失身。可是她终身隐恨的秘密，却给达太安发现了；她怀恨在心，几次要杀达太安。恰巧英法间有战役，火枪手开赴前敌打仗。主教怕对付不了英国的主将白金汉，便叫米列蒂去行刺。她终于侥幸成功。回来的途中，更下毒手，鸩死达太安的情妇班那素夫人，还想对达太安报复。但她恶贯满盈，天人共怒，终为达太安等所杀死，大家雪了不少冤仇。达太安更到主教那里去自首，主教非但不加重罪，反擢升达太安做火枪营帮统。

写历史小说最难，确是顶石臼串戏，吃力不讨好的事。因为写得不合事实，只是小说，决不能加上"历史"两个字，如果完全像历史上一样，那末去读历史好了，何必浪费纸墨。可是这本小说，真够得上历史小说的头衔。他以法国路易十三一朝的事迹为经纬，穿插着君臣间的暗斗、宫廷里的秘密，写来五花八门，而结果仍旧不背于事实。据批评家的考证，达太安还确有其人。他勇敢善战，为马色林主教所赏识，立下了不少汗马功劳，后来于英法战役中阵亡。这些考证，虽然锦上添花，增加读后的兴趣；但没有这些考证，也未必会贬损本书的价值。犹如中国的文学家，费了九牛二虎之力，考证《红楼梦》究竟隐射什么一样。另一方面，本书的特点，在于人物描写的出色。虽然事隔东西古今，今日我们开卷一读，看到那些人物和对话，还觉得奕奕欲生。可惜译者的拙笔，不能译出这些流利的对话，也好似顶石臼串戏一样。但是在句子方面，却力求明白简单，使读者有尝尝名作一脔的机会，这是译者所最引为快感的。

曾孟浦

——录自启明书局 1936 年三版

《罪与罚》①

《罪与罚》小引

（汪炳琨）

俄国的杜思退益夫斯基，屠格涅夫，和托尔斯泰，这三大文豪，我们可以说不仅是俄国的，也能说是世界的。杜思退益夫斯基氏是一个外科医生的儿子，于一八二一年生于莫斯科。他从少年时代起，因为突然的刺激神经受伤致癫痫病，时息时发。他因为常和俄国的农奴贫民接触，引起了深切的人道主义。同时对于那时流行俄国知识阶级中间的社会主义，也发生了浓厚兴趣，甚至于组织会社，讨论研究。更以做实地工作之故，不久即被政府逮捕，裁决死刑；已于十二月冰雪满地时，绑赴刑场，正将枪毙之时，忽又蒙沙皇特赦，改派到西比利亚去充军。杜氏在西比利亚住了六年，天天对着冰天雪地瞑想，运用恐怖的心理，作为小说材料，于一八五九年，他才被赦回来，因为生活穷困，便以卖文为生。死于一八八一年。

《罪与罚》是杜氏的代表作，它的译本几满布全世界。里面写一个杀人的凶手，并不是因妒忌、报仇、谋财而杀人；却出于悲愤而杀人。后来经过种种的恐怖心理，那个凶手终于自首，没有贻害他人。在本书里面充满着浓厚的人道的色彩，恐怖的心理，和高超的思想。他是代一班被人不齿的，被损害，被侮辱的人说话。杜氏更发现，这班人的行为虽极龌龊，而他们的灵魂却是纯洁的，故他的小说，在字

---

① 《罪与罚》(*Crime and Punishment*)，长篇小说，俄国杜思妥亦夫斯基（F. Dostoevsky，今译陀思妥耶夫斯基，1821—1881），汪炳琨（封面题"汪炳焜"）据英译本转译，上海启明书局 1936 年 5 月初版，"世界文学名著"之一。

里行间都蕴藏伟大的爱的精神，有人批评杜氏和托尔斯泰，殊途同归，无异左右手，做了俄国革命的前驱，这是很确当的。

——录自启明书局 1937 年四版

《猎人日记》^①

《猎人日记》译者序

耿济之 ^②

《猎人日记》之翻译，远在民国十年，距今已十四年了。当时在《小说月报》发表，按月一篇，随译随印，两年多方登完。原想登完后，加以整理，计划印单行本。但是这十几年来，在国外的日子多，而且人事草草，始终未曾履行这私愿。

有些爱读《猎人日记》的朋友，时来信劝我从速刊行单行本，就将《小说月报》刊行的稿子改印，但是，第一，译的时期极长，随译随发表，不免有前后不贯彻之处，虽然《猎人日记》各篇都是独立的；第二，译稿系根据一八七四年 Salaiev Bros 书局出版的《屠格涅夫文集》本（俄文原文），自然有检查员删节之处，想用革命后的版本校正，以成完璧；第三，《小说月报》刊稿不免有印错的字，总须一一改正，才得心安。有这几种原因，又加上个人的忙与懒，于是这部译稿始终藏诸行笥，埋没到现在，才得了认真整理的机会。

---

① 《猎人日记》（今译《猎人笔记》），长篇小说，俄国屠格涅夫（1818—1883）著，耿济之译，上海文化生活出版社 1936 年 5 月初版，"译文丛书"之一。

② 耿济之（1899—1947），出生于上海，曾在北平俄文专修馆学习，与瞿秋白同学。《国际歌》的最早译者之一。文学研究会发起人之一，曾任《文学旬刊》编辑。另译有郭哥里（今译果戈理）《疯人日记》、托尔斯泰《复活》、陀司妥也夫斯基（今译陀思妥耶夫斯基）《白痴》《死屋手记》等。

　　这部《猎人日记》的中译刊本，系根据一九一八年彼得格勒"教育委员会文学出版部"所印的单行本，加以逐句校正。篇中添改最多的大概是第一篇《霍尔与卡里涅奇》，其余诸篇也有相当增改；至于第二十三篇《活骸》是重新译的，倒并不是因为在《小说月报》发表的初译稿不像样，却因为从杂志上剪下来的稿子中，（那是多年前承徐调孚先生的好意，特地剪下，汇集了，寄给我，催我整理的，）忽然不见了第二十三篇，无论费了多少功夫，到处寻觅，总是找不到；自己又远在国外，写信托朋友去觅，购刊载那篇小说的旧《小说月报》，不但费事，恐怕还不易。所以从新译了，好得篇幅还不多，而且将《猎人日记》中最美丽，最抒情的一篇文字再译一过，也没有什么不愉快的。

　　原想译完后冠以长序，叙述《猎人日记》在文学史上的地位与影响，详细分析各篇人物的性格，等等，但"文学出版部"本中有艾恒邦（B. Eihenbaum）——现代苏俄有名的文学批评家——的引言，对于《猎人日记》的风格多所阐明，因此译了下来；再有，拙著《〈猎人日记〉研究》，亦曾刊登《小说月报》，对于各篇人物的性格略有综合的研究，作为附录，刊于书后。如此，长序之作，似乎有点画蛇添足，就限于此罢。

二十四年七月三十一日

——录自文化生活出版社 1948 年六版

附录　《猎人日记》研究
（耿济之）

一

　　……我只愿意声明，我在前面并不见有别的道路。我不能呼

吸于一种空气里，与我所嫉恶的共存，这也许是我缺少坚忍性格
的缘故。我必须从我的仇敌那里退后开来，使我能远远的一鼓作
气，施以猛烈的攻击。在我的眼里，这个仇敌有一定的样式，一
定的名字：此敌为何，就是农奴制度。我在这个名义底下集合我
的所有力量，我决定和他奋斗到底，这口恶气我是发誓不肯平消
的。这是我终身的誓言，也不是我一个人在那时候起这样的誓。
我到西方去，也是为了奉行我的誓言……

这是俄国大文学家屠格涅夫在自己所著的《文学与人生的回忆》
一书序言中的一段话，以表明他反对农奴制度的态度，也就是他著从
二十四篇短篇小说集成的《猎人日记》的原因。从这个明确的宣言
里，不但可以看出屠氏当自己的人生观十分复杂时（那时候在四十年
代的后半期）对于农奴所具的一种观念，还可以知道这是十九世纪初
半的俄国文学家共同的趋向，共同的目标。俄国文学所以能富于人
道的，同情的精神，而成为一种特殊的文学，就是因为有那种共同的
趋向，共同的目标。所以我们要考察俄国文学之所以形成，——它变
迁消长的潮流，——便不能不对这种共同的趋向，共同的目标加以注
意；而要研究《猎人日记》，更须先明白屠氏以前的俄国文学家如何
保持这种共同的趋向和目的，然后才能得其要领，进而从《猎人日
记》的普通意义上和艺术价值上作更深一步的研究。

"人生在世上，互相都是平等，大家全有肢体，大家全有理性和
意志。"① 这种理性和意志谁也不能夺去。农人是个"人"，既有肢体，
又有理性和意志，何以要做田主的农奴？何以他们的自然权利——自
由和平等要受他人的剥夺？个性是神圣不可侵犯的，农奴的个性可以
认为完全消灭，所以智识阶级不能不加以拯救。

---

① 拉其柴夫（Radischev）的话。——原注

俄国文学家抱着这种个性神圣的观念为反对农奴制的理由，所以他们的旗帜是很鲜明的，声势是很浩大的，渐渐造成了极普泛的文学社会潮流——俄国的国民性。他们以为帮助和救济智识阶级的，实在是农人，他能变更了他们各种的心理。所以他们能从无思想里，思想的大饥荒里进入坚强的步趋，决定了他们的志趋和工作。这种趋势从拉其柴夫起，到了四十年代才算决定。当时俄国文坛上所描写的莫非是"农民"，所讨论的莫非是"农民问题"。如果这个著作家对于农人没有明了的主张，他绝不能得到社会的连续的注意：只认他为取乐的人，读他的著作也不过为着解闷罢了。所以农人和农人问题在当时俄国文坛上竟成了严正的，难变动的道德制裁，无可逃避；全都承认并且同意这是极重要的事情；几百部著作都供献给这一"最重要"的东西，这是十九世纪四十年代俄国文学最大的目标和趋向。[①] 我们不得不在这里将在保持这种目标和趋向的文学家中较重要的几位人物略说一下，就能明白十九世纪初半俄国文学对于农奴制奋斗的实况。

在俄国文学里最初反对农奴制最强烈的著作家就是著名的大政论家拉其柴夫（Radischev 1749—1802），他精心结构，著成了一部《圣彼得堡至莫斯科旅行记》的名著。这部名著完全着眼在农奴法律上，把十八世纪末的俄国社会生活分析得异常详细。书中字里行间充满了被人类忧愁压迫着的心灵的呼号，当那时候真是唯一的，锋芒不可当的一篇对农奴法律的反抗书。拉氏在这部书里大声疾呼的说道："……这就是按着理认为国家富足强盛的源泉；但是其中也能见出法律的缺点，薄弱和弊病以及其他硬性的方面来；又能见出贵族阶级贪欲、强暴，和贫民阶级受苦，孤单，赤贫的情形来。他们简直是贪欲

---

① 参阅《小说月报》第十二卷号外《俄国文学研究》拙译《十九世纪俄国文学的背景》一文第一节。——原注

的野兽，什么东西都给他们夺去。所不能夺去的就是空气，也不过是一种空气；所有地中的产物，面包和水，还有那光明都被夺去。可是法律又禁止夺去他们的生命；可是禁止的是一刹那间的夺取，却想尽方法渐渐的夺取。一方面有的是全力，他方面只有无保护的苦痛。因为田主对于农人是立法者，是审判官，是自己决意的实行者，是被告不敢违反的原告，他是应该受压迫的命运，是应该关在黑暗地狱里的命运，是土坑里饿狼的命运。……"这几句话写得何等的沉痛，无论什么人——不要说当时的俄国人——看了没有不感动的，不下泪的，没有不对于背负着艰苦命运的农奴表示同情，而认为必须推翻农奴法律的。其后，这部名著为女皇加答邻所见，认书中的言辞有谋乱的性质，还把书的著者当作"俄国内法国革命的第一提倡人"，拉氏竟因此下狱，几处死刑，旋被流放。这真是俄国农民解放运动史上最初一段极重要的事实。其后陆续出来许多文学家和批评家都继承着拉氏之志趣，向同一目标而进行。到了十九世纪四十年代，格里郭洛维奇（Grigorovich 1822—1899）的小说《乡村》一出，这种运动的旗帜就愈加鲜明，俄国文学家的目标和趋向亦愈加以确定了。

　　格氏那篇《乡村》小说出版于一八四六年。那篇作品严格说起来并不是一种艺术的产品，着重点在于承认农人生活为值得同情的注意的罢了。白林司基有一段批评《乡村》的话，讲得很对。他说："著者打算从自己的《乡村》里做成一篇小说，因此便生出作品里的一切缺点来。……他窥探这篇小说内面世界的试验也是不成功。……至说到农民生活的记载一层，——那实在可称为格氏作品光荣的方面。他在这篇小说里暴露出许多事务的观察点和智识，还能在普通、真确、忠实的样式里用非常的天才表现出来。"[①]白林司基实在是不错的。我们在他的话上还可以加上一点意思，老实说，《乡村》作者对于平民，

---

①　白氏著《一八四六年俄国文学的观察》。——原注

普通人的关系并不明了，并不确定；这种关系竟可以使人看为与著者作书的宗旨完全相反：在这小说里没有一个人物能用自身的品性引出人家对于自己的正当同情心来。但是从他一方面去说，当时这个年轻的著作家认平民生活是值得详细并且精密描写的，这是无可疑的事情，并且他还对以前著作家和平民间的关系屡次表示美妙的，嘲弄的言词。（见该小说第五章内）。格氏说："虽然这篇小说的讲述人觉得谈文明的，有学问的，属于上等阶级的人有极大的愉快；虽然他十分相信读者自身对这种人比粗鲁、污秽、愚傻的农人和村妇还感着许多兴趣，但是他立刻就转移到后一种人，无所容疑；这种人才是他著书的最重要目的呢。"[①] 这类的话在那篇小说里还不止于此，可见格氏对农民生活同情心之深了。

《乡村》行世后之翌年——一八四七年的时候，——屠格涅夫农民生活的第一篇作品《霍尔与卡里涅奇》——《猎人日记》的第一篇——遂呱呱一声，降生在阴云凄惨的俄国社会里，受当时文坛和群众盛大的欢迎。其后，屠氏继续做了许多关于这类的短篇，而空前绝后的，描写农民生活的《猎人日记》遂以告成。

有困苦颠连，宛转呻吟于田主的无限权威之下的俄国农夫，就有充满人道精神和同情心的俄国文学，也就有精密描写农人生活的《猎人日记》。

二

屠格涅夫怎么会有和农奴制度奋斗到底的誓言呢？——怎能使他对于农人抱极大的同情心呢？这个我们不能不加以精密的研究。据我的观察，其反对农奴制——换言之，即对于农人的同情，——的原

---

① 《乡村》——一八八二年版本，第三十一页。——原注

因，不外下列三种：

（一）幼时所受的印象

屠氏所以表同情于农人的最大原因，实为幼时在父母家庭内所受的印象。在屠氏个人的回忆和同时人传述两方面，都不难把这些印象的性质和屠氏对此所受的影响解释清楚。原来屠氏幼时的家庭生活十分艰苦。他看不见母亲的慈爱，对于外界的温和的感情，和家人方面爱好的注意及热心，不但如此，他的家庭里面还罩盖着一种冷酷的气象，对于儿女尤其残忍异常。身体上的刑罚几认为教育唯一的方法。屠氏曾讲过这种情形，说："他们为了一点小事差不多每天要打我。"外国男女的教习纯从形式上看自己的职务，在小孩的心灵里自不能引起他对于自己的温和情感。只有一个人极爱屠格涅夫：那个人就是他父母的侍仆，普通的俄国农人费道尔·伊温诺维奇·洛彭诺夫。屠氏从他那里学成了俄国文字，养成了爱读俄国书籍和俄国诗。这样一个绝少同俦的小孩，从自然赋与一种柔和的，渴望同情和抚爱的心，自然要对于洛彭诺夫生出爱慕之情来。这种对于普通农奴爱慕之情在小屠格涅夫的心灵里能引起一种对于俄国农人善意的感情来，并且可以帮助除灭那数世纪来所造成田主与农奴间——亦即占领农奴的俄国田主之子与处于奴隶阶级的人民间——的鸿沟。

屠格涅夫自能记忆之日起，总目击家内所有农民的痛苦；这幅悲惨的图画深印在富于情感的儿童的心里，自能助长其对于人民和其悲惨命运的同情心的发展。

屠氏系出世家，上祖相传即以对待农奴残忍闻，传到他父母身上，依旧未改。伊温诺夫氏为善于研究屠格涅夫之人，曾在所著的《屠格涅夫的生平品格和创作》一书里写下几句话，以形容屠氏的家庭。他说道："屠格涅夫家很大很旧的府邸共有四十余间屋子，实在是道德上打击，身体上痛苦的巢穴。……在那里面简直没有人类的眼泪和人类的幸福的余地。打破高贵的情感，摧残人生的希望，压制全家族，即是权力的威势和凯旋。……一天一天谁都看不见，谁都知不道的悲剧不知道有多少呢。"

　　所以，屠氏一方面既受着家庭的痛苦，一方面又目击田主对农人的残忍，自然而然要对无人保护，还背着自己的十字架在生命的道路上走着的农人表示十分的同情，而对于所有成为其悲惨命运的原因的东西也更要加以仇视了。《猎人日记》之作就是本着这种对于弱者同情，对于强者仇视的精神的啊。

（二）西方文学的影响

　　俄国平民生活的小说，发端在法国的社会小说。在四十年代之初，法国和德国的浪漫文学里，社会小说的根苗已经很显著的生长出来。巴尔扎克（Balzac 1779—1850）在自己所著的《农人》（Les Paysans）（一八四八年出版）小说里用极大胆，极无偏颇的写实精神，把田地对法国农人的权力秘密地显示出来，还指出一村内的居民对于田主反抗的阴谋的生长和相互战斗的情况。这是法国关于农民问题一本最好的小说。

　　德国文学家奥尔伯赫（1812—1882）著有《莱茵河上的别墅》，也是一篇描写乡村生活的小说。屠氏对于此书的俄国译文曾做过一篇序，加以极大的称赞，称奥氏可享受"描写乡村生活的发端"的荣誉。后来在一八四三年以后，奥氏又陆续做成《司娃德司娃里的农村短篇小说集》一书。这部书虽然不能像巴尔扎克的作品一般充满浪漫的，寓言的色彩，却能在各方面描写出乡村生活的样式，模型和图画来，而把生活的全部分放进在文学里面。奥氏乡村生活的小说因为他艺术手段的佳妙，很动当时文坛的注意，对于当时的自然派显出不少的功劳。

　　乔治·桑特（George Sand）（1804—1876）是法国著名的浪漫派

女流作家，她一读了奥氏几种关于乡村生活的小说，便变更了自己的
主张，抛弃自己那种"妇女式"的小说，从事研究并且发扬那些被
忘却，受损害的社会阶级，一步跨进平民生活小说的道路上去。她
对于劳动社会做成一本社会主义的小说，《法国旅行之同伴》，对于
乡村社会做成了几种小说，如 *Petite Fadette*，*Jeanne*，*Le meunier
d'Angibault*，*La mare au diable* 和 *François le Champi* 等皆是。

俄国当时的文坛所受于西方文学的影响很大。既有巴尔扎克，奥
尔伯赫和乔治·桑特等文学家提倡乡村文学于前，以遭受极大压迫，
目击农人被虐还呼吁无门的情形的俄国文坛，以自幼就养成一种对于
农民的同情心的屠格涅夫，自然要受外国文学的影响，提倡描写农民
问题的小说了。

（三）斯旦克微支和白林斯基的团体之影响

斯旦克微支和白林斯基两人是一八四〇年代俄国思想界和文坛上
的中心人物。当时许多俄国青年都趋附于这两人的旗帜底下，组成一
种极坚固的团体，讨论并且研究关于哲学，文学，美学上的各种问
题。屠格涅夫当时与这一团体颇有密接的来往，还尽力去研究德国的
哲学（对于黑格尔的学派研究得最尽心）。因此他在幼年就引起的那
种对于粗暴，强权，尤其是农奴制度的嫌恶心竟越发加增并且彻底起
来了。屠氏目击数千百万俄国人民宛转呻吟，困苦颠连于这种社会组
织的底下，不由得渐渐也对于这种组织难于忍耐起来了。所以，他当
时发出一个终身的誓言，决定对社会组织加以猛烈的攻击。——所谓
"社会组织"，读者不言而喻，总可以知道是那种"万恶的农奴制度"
了。当时斯旦克微支和白林斯基一般人大都承认农奴制度的不正当，
所以对于这种制度全有施总攻击的决心。屠格涅夫处在这个团体的中
间，耳染目薰，即使不受幼时的印象和西方文学的影响，如第一第二
原因所说的，亦必完全赞成这一派的见解。而对于平民的奴隶制度表

示仇视的意思。团体可以转移个人的志趣，所以屠格涅夫之反对农奴制，——团体的影响实不能不认为重要原因之一。

三

《猎人日记》的目的和屠格涅夫所以反对农奴制的原因，上面两段已经讲得十分明白，现在可以进而研究《猎人日记》的内容了。

我们先从《猎人日记》的大体方面研究一下：这部书之所以能成为世界名著，产生巨大的影响，我们以为是因为没有偏向的缘故。屠格涅夫创作《猎人日记》，虽然具有一定的目的，但是并没有一点失真的地方。我们在那里总很容易找到纯粹的艺术和偏向的艺术中间有极大的区别来。屠氏自然从学说的发展上可以去承认农奴法律的不正当，但是他以为决不可违反事实以从事描写。那种"目的"超过"方法"的规则屠氏认为不用遵从的，所以他决不给我们显出一个伟大和高贵的农人，仿佛莱维托夫所描写的一般，更不画出格里郭洛维奇所画的那些失望的面目，总而言之，他是不用浓厚的色彩去损毁自然的图画的。他写所能写的，写那为现实所允许的。所以《猎人日记》对于解放事业所供献的利益实际上可以算是很大的。

其次，我们要用分析的方法，研究《猎人日记》中的农人。《猎人日记》中农人的描写大别可以分为三种：（一）农人阶级正面性格的描写；（二）农人生活光明方面的描写；（三）田主对农人关系的描写。

现在先研究第一种的描写——农人阶级正面性格的描写，我们可以用四篇中的人物次第加以分析研究：《美剑村的喀西央》中的喀西央，《活骸》中的路开拉，《霍尔与卡里涅奇》中的霍尔和卡里涅奇，及《皮留克》中的皮留克。

先说《美剑村的喀西央》中的喀西央（《猎人日记》第九篇）。

　　因为农奴制度的关系，使俄国的农人和其余的人类社会中间生出一条绝大的鸿沟，而对智识阶级一方面尤其是老死不相往来。农人只得用自己的力量，在自己的阶级里寻找人类心灵日常问题的安适。四围的人不是对于他们异常冷淡，便是十分仇视，和他们并立着的总是些"被损害、被侮辱的人"，和他们自己一样。如果有人依着自己的本能和天然的志趣能够跳出这种黑暗的阶级，那末他总感觉出一种极深沉，极痛苦的寂寞况味出来。因此，这种农人时常生出一种忧郁的幻想，对于宇宙现象特别奇怪的参与，以及对于一切弱者，无保护者的病态的同情。不幸这个农人生而具有深刻的印象，并且爱好万物，那末，他一定立刻要变成痴愚的人，如喀西央和卡里涅奇两人是。这两个人虽然住在尘世里，可是含有许多隐士的性质。他们完全不会做那种实际上的勉强的事情，仿佛一般的农人所能做得到的。喀西央对于那个他做什么营生的问题，回答说："我不过靠上天活着罢了，至于所谓营生——却是没有的，什么营生都不做。我十分呆笨，从小就这样，趁着力量来得及，就做点工作，——我是个很坏的工人。……既没有健康，手足更粗笨得很……"但是他这番话，读者不要弄错，决不是与道德和智识的痴愚相并而行的"寄食主义"。在喀西央的心灵里正进行着复杂的行动，隐藏着完整的人生观。他的人生观的主要意思就是人在自己对于外界的关系上，应该服从一定的学说。他在我们面前是一个模范的"现实世界以外的人"，不过这个人并不在智识阶级的社会里，却在乡间黑暗之隅里罢了。他的生活不过是一种同"自然"联合的生活，但是这种生活并不起自艺术情绪发展，和观察喜悦的时候，却因为除了这种生活以外别种生活他是没有的缘故。他知道各种禽鸟的声音，会同那些鸟类相应和，并且称赞它们的歌儿。每根小草，每朵鲜花，都能引起他一种情感，正和别人在提起对于多年老友的回忆时所受的那种情感一般。并且他那些朋友都来给他效绝大的劳，这种效劳是为人类所永想不到的。就是泉水也能把他建筑在宗教思想上面，旷野也能震荡他快乐的心灵。

　　一切的悲哀——不但是人类的，还是鸟类的，——都能感动得喀西央至于泣下，安奴司卡女郎还能在他的声音里引起一种无可描摹的温柔的态度。可见他是宇宙和人类的爱，埋没在残苦的奴隶阶级里的大源泉了。……这种人在俄国农奴社会里隐藏着不少，屠格涅夫描写这种情形，正所以给群众发现平民的生活和灵魂的理想化和艺术化的方面。

　　其次是《活骸》的路开拉（《猎人日记》第二十三篇）。篇中讲猎人偶然到一间破败的小屋里面，看见一个躺着不动，面无人色，憔悴可怜的人；他认识那是以前他母亲的农奴女儿，当时在乡村里是出众的美女，善跳舞，还喜哗笑，现在却成为麻痹的人，得了一种不明不白的疾病。这个骸骨已经不和世界生若何的关系，并且谁也不去顾念这样不幸的人；一些善人有时候倒点清水在她的瓦罐里面；并且她也没有别种需要；她仅用那种眼神，和微弱的语声生活着，——究竟这个能不能称为"生活"，尚不可知。在这个"活骸"里还占据住充满了悲哀的灵魂，十分甜寂，十分神圣，飞舞在完全自制的高处，并不丧失那种乡村的真实。路开拉讲起自家不幸的境遇，怎样在一天晚上因为听黄莺的鸣叫失足从房上跌下来，以后就染成了一种不明白的疾病，从此以后，一切人生的快乐都陆续离去了，她的未婚夫起初自然十分忧愁，以后却自己宽慰下去，娶了别家的女郎。他还能不这样做么？她只有希望他得美满的幸福罢了。她整年躺着不动：唯一解闷的方法就是静听礼拜堂的钟声，和邻舍蜂窝内蜜蜂飞来飞去的声音。有时候一只燕子飞到房顶下来，——这已经是一桩数星期来万想不到的快乐事情了，再要有些慈善的人们肯替她取点水来，那么，这种隆情厚谊简直是她感谢不置的呀！她对她旧日的小主人叙述过去事情的回忆，提起她是村里第一个善跳舞，好唱歌的女郎，不由得有点骄傲，后来竟竭力唱起歌来。著者叙述当时的情形，说道："一念到这个半死的生物将要预备唱歌，不由得使我毛骨悚然。但是还没等我说出话来，我的耳朵就听到一阵延长不断，细不易辨，却极纯粹，极正确的声音。……随来了第二，第三声。路开拉唱着'在草原上'那只歌，她唱时，钉着眼睛，毫不变更那副化石般呆笨的脸容。但是她挣扎出那种可怜的，烟丝般轻荡的小声，异常动人，她确是想将全心灵倾吐出来……那时候我感到的已非恐怖，是一种说不出的怜悯，刺扎着我的心胸……"

　　路开拉又讲起自己的梦境，说死神现在她面前，却竟从旁边走过，不肯解救她。后来那个"活骸"竟拒绝主人一切表示帮助的请求；她既无希望，又无需要；她对于一切事情都很满意。后来，到了猎人临走的时候，她还用最末的，带着妇人气的话语留了他一下；这个不幸的妇人知道她自己将要引起主人以一种恐怖的印象，便赶紧加上一段得意的故事的回忆。她说："老爷，您记得不记得，我的辫发是怎样的么？……你总记得，它是长得直到膝盖那里！……我把它剪掉了！……我迟疑不决了许多时候。……那头发是真美！但是我现在这种样子……也没有法子梳啦……好啦……老爷，对不住得很，不说别的话了。"所有这些事情都一点也不必加以解析，却都华美得像蝴蝶的羽翼一般；这篇小说的结构并不灵妙，还是十分普通，屠格涅夫平平淡淡的写来，越发使我们读着惊心动魄起来，以这样的题材，如果叫各种不同的文学派别着手描写，结果终是不同的。旧时代的浪漫派必定要给这个不幸的生物，设定一种难逃的定数；写成她反抗世界秩序的残废的人。自然派的作家对于这个题材，一定要让我们读一次病理学的功课；他们必很喜欢解剖这个化石般的肢体，发现秘密的伤患，指出在神经系统中各种已经败坏的机关，而断定病人正堕在痴愚的状态中。至于有剧烈信仰的著作家也要按自己的意思变换这个受苦妇人的面目；他们一定描写她成为头上顶着环光的"神人"，具着神秘的观念，而受一种不可思议的天力所维持。但是屠格涅夫却是没有这样的；他在那篇小说中不大提起身体上的疾病，只隐隐约约的说了半句话；可是我们读完了这篇，总可以深明那简直是一个尸首。在那篇小说里并没有什么批评议论，和对照反衬的地方；著者并不竭力把事实扩张，也不使我们的想象惊愕；他认为这不过是人生中一段事件罢了。至说到上帝一层，那个安静的女郎也知道他有许多事情比这件不幸的事情重要得多；她照常的向上帝祷告，并不提出任何特别的要求，还带着那种完全缺少神秘性的农女的普通的信心。在这篇小说里只表现出俄国农人所富有的，对于命运的服从性罢了。作者的天才专特显著在能保持"写实"和"理想"二者中间的均衡；各种琐碎的描写是属于写实的范围，至于整个的，统括全局的事情便不得不属于理想的范围。读者试阅《猎人日记》第四篇《县医》中病人的模样，——那种脚触在地上，眼睛望着天上的样子，——便知道屠氏的天才在理想和艺术两方面是何等伟大呀。

顺次研究《霍尔与卡里涅奇》中的霍尔和卡里涅奇。（《猎人日记》第一篇）。

霍尔和卡里涅奇两人是完全相反的，虽然有一种深挚的相互的好意联结着他们。据著者的决定，霍尔是"固执的有实验的合理派，他明白现实，造房，贮蓄许多钱；对待主人和官厅是很和气的；家里人口虽然多，可是大众都一心顺从他的命令。卡里涅奇和霍尔可不同：是个理想家，浪漫主义者，性情喜悦，常常爱作种种的幻想；生计非常困难，家里小孩一个也没有，曾有过一位夫人，他畏惧的了不得。霍尔对于人生看得很透切，卡里涅奇在主人面前却极其崇拜，尊敬。"著者是这样说法；我们不妨再加以比较。霍尔是偏于理智方面的人，富于常识，有时还是怀疑论者，对于人生具着一种讥笑的看法。卡里涅奇却是属于心灵，情感，信仰方面的人。霍尔判断事情十分正确并且健全，很会安排自己的产业（他家里很满足，很有秩序，很清洁）和自己家庭。卡里涅奇却是一个幻想者，几乎没有居所的云游人；但是随处随时可以表现出他心灵的柔和来。这两个人性情的相反尤其在他们同著者作关于国外生活的谈话时可以显露出来；对于外国地方他们两个人都是很加注意，并且引起好奇心的。著者说：——

> ……然而卡里涅奇所问的都是些山咧，瀑布咧，伟大的建筑物咧，壮丽的城池咧；霍尔问的都是些关于行政，国家的事情。他问得很有秩序："他们那里也和我们这儿一样吗？先生，怎么样？……"卡里涅奇也插言道："先生，请说……"霍尔很静默的，紧皱着眉峰，间或听到中间，也说道："我们这里不像这样，那倒很好，这个很有秩序。"……

其次，同霍尔的谈话能使著者相信：

> 大彼得纯为俄罗斯人，也就从他的改革上，见出他是俄罗斯人来。俄罗斯人总是深信自己的有力，不顾一切地破坏己身的一切。他不很注意，却勇敢地望着前途。凡是好的便是他所喜欢的，凡是合理性的，他便去采纳，至于来自何处，——他是不管的。他喜欢用他的常识，取笑德国式干燥的推理；但是据霍尔看来，德国人是有趣的民族，大可跟他们学一学。

霍尔和卡里涅奇两人的接近不仅因为性质相反的缘故；我们还能对于那两个性质不相近的人，在见解和同情心上找出共同之点来。他们两人都互相十分谅解。著者说："霍尔曾当着我请他（指卡里涅奇）把一匹新购来的马牵到厩里去；卡里涅奇一本正经的替这个老怀疑主义者办好这件差使。"他们两人还有一个接近之点——就是大家都爱音乐。

总之，霍尔和卡里涅奇完全是代表俄国农人相反的二派。此篇首先出现于《今人》杂志，即轰动一时，受社会盛大的赞誉，即以坚屠氏陆续作描写农民生活的小说之志，则其价值可知了。

最后便讲到《皮留克》了（《猎人日记》第十一篇）。

福美·库慈米奇（即皮留克）是一个有责任的"狂信者"。他不会用批判性质的分析方法，以趋近于事实方面去。他运用道德观念，并不加以考察，而盲从那已成的阶级所承认的信条。有些不幸的小农在偷窃林木时被他捉住，即使哀求他怜恕，总是徒然无用。那个"穿着破衣，还生着又长又乱的胡须"的农人的凄惨容颜不能动他的心。被捉的人对自己穷乏和破产的供证，他的忏悔，以及那种无理性的哀号，都不能动他的心。为什么他应该用全力去保护国家的森林？这个问题从来没到过他脑筋里一次。农人们议论他道："一把干枝他都不许拉走，无论在什么时候，即使是在半夜的时候，他出人不意地走过来，仿佛雪落在头上一般，你就别想抵抗一下，他又有力，又灵便，简直是个魔鬼，并且无论用什么贿赂都不行：用酒用钱，无论什么诱惑，都施展不了。"读者读了这段，很可以明白皮留克的性质如何坚忍，亦可藉以明农奴制的潜势力实已深中在俄国的农人心里了。著者操斯篇，特别着眼于这种固守和顺从的天性。我们在皮留克的脸上，便可以看出潜伏在人民心里的势力的丰富的预备，具有多大的效果啊。

四

《猎人日记》中农人生活光明方面的描写我们可以找出两篇来加以研究：（一）《白静草原》（《猎人日记》第八篇）；（二）《歌者》（《猎人日记》第十七篇）。第一篇（《白静草原》）是描写农家儿童夜间在草地上谈笑快乐的情景；第二篇（《歌者》）是描写农人在酒店中聚乐欢欣，受艺术感动的情景。这两篇都是描写农人的快乐和光明的生活，能令读者心往神怡，怀想农家的乐趣。

在《白静草原》里叙述猎人中夜迷途，偶然走到一处名叫白静的草原上去，听农家儿童闲谈的情形。他说："但是要回家去是绝对不可能的了，尤其是在夜间，两腿累乏得竟要弯曲下去；我决定走近火光去，要在被我认作赶畜群的人的社会里等候朝霞出来。……"过了数行，他又续说道："我把那些靠火围坐的人认作赶牲畜的人，实在是错误了，其实不过是乡村的农家儿童在这里养守马群的。"后来他就坐近在儿童傍边。围火的儿童——本篇的英雄——共有五个：一个名叫费卡——是身材合度的小孩，他的父亲是已得自由的农人，带着几分自尊的态度，——一个名叫伯夫罗司卡，脸貌很美，不过说话的嗓音里带着一点强力，——一个名叫伊留莎，脸庞不十分大，火烤着眼睛不由得迷拢了，——一个名叫郭司卡带着忧虑烦愁的眼势，还有一个名叫瓦娜，躺在席子底下，有时候还伸出那个红肿的小头。那五个小孩的谈话讲到家神、林神、水仙的各种故事。他们挨次讲着，讲得都活龙活现，听得也津津有味。

这篇小说对于自然的风景描写得最好，试举一例以证：——

> 乌黑的，清洁的天空，高临在我们头上，露出一种神秘的，伟大的气象；吸着这种特别的，沉醉的，新鲜的气味，——俄国夏夜的气味，——胸脯不由得很甜蜜地紧促起来。四围寂无人声。……仅只在临近河内有时听见大鱼拍水的响声，岸畔的芦草被微波所荡动，慢慢的响动着。……

这样细密的描写在这篇小说内实在不少，屠氏艺术手段的高妙，完全在这篇里显露出来了。作者善于记载地方上的琐碎之点和自然中很柔和的色彩，他的得神处全在这里，我们研究屠格涅夫，也应该着力注意此点。

　　《歌者》一篇描写农人在酒店里唱歌的欢乐情形。"歌者"都是浪漫派，尤其是已与人生兴趣脱离的人。其中例外的就是玛尔加奇一人；他救人"很有经验，不忘记自己利益，不恶也不善。还很俭省：从邻人那里租了种殖〔植〕甜瓜的田地，赚了钱，日子过得很舒齐了。""野老爷"是个来历不明的人，不务正业，可是银钱虽然不多，总是有的。他酷爱乐歌，"这个人身上有许多秘密，好像有一个伟大的力量深沉的隐藏在他身上，仿佛知道这种力量一旦发作起来，一决裂起来，就要摧残自己和一切触着的东西。"他这个人身上"混和着天生的残忍和天生的高贵"的性质。歌者是买办和土耳其人阿阔夫，都是理想的浪漫派。买办的历史著者不知道，可是那个绰号叫做土耳其人的阿阔夫因为"是被俘的土耳其妇人所生，所以他的心灵里完全是个艺术家"。

　　在这些人中间都隐藏着（除去玛尔加奇）一种理想主义（浪漫主义），一种伟大的力量，能使这些人脱离地上的痛苦，而感受那种不染物质的，污秽的气味的高尚的快乐；而买办和土耳其人阿阔夫便是那些人"强有力的羽翼"了。

　　起初买办唱了一支舞曲，他唱一句，渥巴度意便喜欢得叫喊一句，大众的心弦都震动了。一曲已终，跟着就是一阵公共欢欣的呼声。"一个穿破衣的农夫也忍耐不住了，拳头击着桌子，喊道：'啊！好极了，好极了！'还很果决的往一旁吐了一口痰"。阿阔夫疯子似的喊道："好汉，好汉！"卖酒商人的老婆也在一旁说道："很好，很好。"至于阿阔夫所唱的歌儿却引起别种印象：他的歌唱并不引起大众轰然的欢乐，却深深的使大众感动，惹出许多的眼泪；穿破衣的农人哭泣了；卖酒商人的老婆呜咽了，歌曲一终便涨红着脸，走出门去；就连"野老爷"那付深皱的眉毛底下也滚着几滴沉重的泪珠。卖酒商人垂着头，毛筍奇转过身去，渥巴度意盛怒着，站在那里，傻头傻脑的张大着嘴；买办握紧着拳头，放在额上，一动不动。……在那个时候人类心灵里所有坏的都静默了，死沉沉了；好的却从心灵深处抬起来了：人都感动了。……在那个时候人能够做一切好的，克己的事情，如果有机会。这种时候如能时常重复，便可以感化恶人。渥巴度意说道："你再给我们唱一下，再给我们唱到早晨。"

阿阔夫唱的是什么？能够感动人的不是曲儿的内容：因为阿阔夫所唱的是大家熟悉的歌调。这次唱曲可以用芮蒙托夫的一句话以决定之。芮氏说："他歌曲的声音在心灵里留存着的不是句子，却是活的东西。"阿阔夫的歌唱便是这样。"他唱着，从每个声音里都曳荡着一种家乡的，无边宽大的气息，好像熟识的旷野在面前开展着，一直引到无尽的远处。"

没有精神上的慰安，充满着苦痛况味的农人生活更将难于忍受了：所以屠格涅夫对于农人生活的光明方面也是很注意的。

第三种便是田主对于农人关系的描写，我们可以取四篇来加以研究：（一）《村吏》（《猎人日记》第十篇）；（二）《红水》（《猎人日记》第三篇）；（三）《叶玛拉意与磨房主妇》（《猎人日记》第二篇）；（四）《里郭甫》（《猎人日记》第七篇）。这种描写是《猎人日记》的主要部分，因为屠氏著书的宗旨一方面也不过在于使世人明田主对于农人的关系罢了。

《村吏》一篇很锐利的刺激农奴制度一下，而把根据农奴制度所产生的恶田主和农奴中的恶爪牙描写得栩栩如生。篇中说田主阿尔卡其·帕夫莱奇·潘诺慈金"性质严正，可极公平能顾念自己属下的幸福，惩罚他们也是为着他们的幸福。他说：'对待他们应该和对待儿女一般！'他在遇有所谓悲惨的必要时，总竭力避免暴躁严厉的行动，不爱提高嗓音，只用手指着，安然说道：'敬爱的人，我不是请求过你么？'或者说：'你是怎么啦，醒一醒吧！'那时候他只咬了咬牙齿，呶了呶嘴。……"

潘诺慈金对待下人——农奴和侍仆——的态度在下面一段谈话里

描写得很好：——

> 他用极锐利的声音问一个仆人道："为什么酒不烫热？"
>
> 侍仆着慌了，站在那里，仿佛痴呆的一般，面色死白。
>
> 阿尔卡其·柏夫莱奇目不转睛的望着他，安然说道："喂，我是在问你呢！"
>
> 不幸的仆人死站在当地，揉着手里的饭单，一句话也不说。阿尔卡其·柏夫莱奇低着头，很生气用斜眼看着他。
>
> 他一边用手很亲密的触我的膝盖，含笑说道："老友，对不住得很……"一面仍旧看着那个仆人，等了一会，说道："唔，出去吧！"说时，扬着眉毛，按起铃来。
>
> 一个肥胖，黑发并且面色黯淡，额角低矮，眼皮极薄的人走了进来。
>
> 阿尔卡其·柏夫莱奇轻声说道："关于费尔道的事情，吩咐下去……"说时，带着一种自尊的态度。

这一段真是田主对待农奴的一幅绝妙的图画。

至于再讲到《红水》中田主对待农奴佛拉司的态度，比起以上的情形来，更要难堪了。

> 伯爵的农人佛拉司到莫斯科去，请主人把租税减轻些，或者就在主人那里做事迁移个地方。他的儿子在莫斯科当车夫：完纳两个人的租税，——自己的和父亲的，——那时候却已经死了。主人怎么办呢？——"他又怎么办？他把我赶出去了！他说胆敢直接到我这边来：这些事情都有总管管着；他说，你应该先到总管那里去。……并且叫我怎么把你迁移呢？他说，你先把欠的田租付清了再说，说的时候，他老人家简直生气极了。"——"这样，

你就回来了么?"——"就回来了。"那个乡人说了这些话,全带着笑脸。仿佛在那里谈论别人家的事情一般;可是在他的小眼睛里却满含着眼泪,嘴唇不住的颤动。——"怎么,你现在回家去么?"——"要不往哪里去呢? 自然是回家。我妻子现在大概正握着拳头挨饿呢。"——"你不到总管那里去么?"——"为什么我要到他那里去? ……并且我亏空的实在太多。我的儿子病了一年才死,这一年里他没有付过一次租税。……但是我也不去忧愁:从我那里也没有什么可取的。……兄弟,无论你怎么狡猾,我总不管这些事情!"乡人说到这里,便哈哈大笑起来。——"怎么啦? ——佛拉司,这个很不好。"——"怎么不好? ——难道……"佛拉司说到这里,嗓音忽然咽住。

唉,读者诸位,这种景象是何等悲惨呀! 在后一段悲哀的描写真是太灵妙了。不描写佛拉司的忧愁痛哭,却说他的"哈哈大笑",说他的嗓音"忽然咽着"。在俄国的民歌里有两句话:"悲哀呀,悲哀。在悲哀里活着,——反成为不悲哀了。……"佛拉司的笑声——那真是在努力做不悲哀的人;但是处在这样黑暗的环境里,虽欲驱愁,恐怕终究不能罢。

以上两段的描写已很够使我们明白田主与农奴间关系之如何不正当了;现在又有一篇是从田主的口气里描写自己和农奴的关系的,这种主观的写法更可以使我们多明白两者中间的关系。

《叶玛拉意与磨房主妇》中的慈魏尔阔夫给著者叙述农女阿利娜的一段故事,讲得很详细。他开始说道:"你知道我那妻子是怎么样的人:大概这样的妇人再好也寻找不到,这个你也可以赞成。她的丫头简直好像住在天堂上一般的快活。……但是我的妻子却自己定着一个章程:凡已嫁的丫头都不准留着。这个也实在极不合适,如果生着几个孩子;……"

　　这个不过是慈魏尔阔夫的谈话的一段绪论，而贵族对农女——丫头——的态度已经很容易看出来。后来那个"天神般好"的慈魏尔阔夫夫人旅行中看见一个农女很喜欢她，便把她带到彼得堡去，充当自己的丫头。那个农女成为很好的丫头，很顺遂的伺候着太太至十年之久。

　　　　慈魏尔阔夫又续说道："忽然有一天，阿利娜——她的名字叫做阿利娜，——不等禀报，走进我的书房，——朝着我跪下来。……老实说，我当时简直忍耐不住了。人从不应该忘记自己的体面。——'你要什么？'——'求您施恩罢。'——'什么事呢？'——'许我出嫁！'——我顿时十分惊愕，便说道：'你不知道你太太身旁没有别个丫头么？'——'我依旧可以在太太那里伺候呀。'——'胡说！胡说！太太是不留出嫁的丫头的。'——'玛拉尼可以替我的位置。'——'请你不必这样想啦！'——'你的自由……'我那时候，真是生气。你想：我这个永远没有像那天这般受人侮辱，不得人家的恭敬。……也不必对你多说——你知道我的妻子是怎么样的人：简直是天神，有描写不尽的善德。……即使是恶徒，也要可怜可怜她呢。我就把阿利娜赶走了。我想她经这一赶，也许能够醒悟过来；偏不信世间有恶和不正直的事。不料过了半年，她又来这样请求着我。我生着气，又把她赶开，威吓着她，说要告诉太太去。我真生气了。……可是过了些时候，我妻子含着一泡眼泪，到我屋里来，那种难受的样子，真叫我异常惧怕。——'什么事情？'——'阿利娜……'——你也就明白了。……我说出来也害臊。——'不能么！……谁呢？'——'仆人彼得罗慈加。'这个更使我炸了。我这个人……是不喜欢含混下去的。……其实彼得罗慈加也没有错处。惩罚他固然也可以，可是他并没有什么错处。阿利娜……唔，这里还有

什么话可以说呢？就立刻吩咐把她头发剃光，穿上破衣，送她到
乡下去。我妻子丢失了个好丫头，可也没有法子；家里没有秩
序，那更是不成了。有病的躯干，不如一下子便把它切断。……
现在你判断一下。你知道我的妻子。……她真是个天神。……她
爱着阿利娜，阿利娜也知道这个，可是她竟不知羞耻。……啊？
你说！……这不是没有法子么？那个女孩对我的不敬，简直使我
生气。……心肝和感情——在这些人是找不到的！无论你怎样去
喂狼，狼终向树林看着。……最先是要学问。不过我要对你证明
一下。……"

　　慈魏尔阔夫愿意证明的就是青年人关于改造俄国社会状态的议论
是毫无根据的，因为这些农人还不能提高得，使德国书籍里所从出的
人道思想可以适用在他们身上。他上面所讲的一大段故事也不过为证
明他这种见解而起。但是请问：他的见解对不对呢？他所证的对不对
呢？他以为连阿利娜这样的人，伺候着这样"天神般好"的太太，太
太也对她这样的合适，尚且要出嫁呢。他又以为"人总不应该忘记自
己的体面"，阿利娜还有如此的行径，其他一般的农人更可知了。其
次，他不允许阿利娜的出嫁，是根据于"你不知道你太太身旁没有别
个丫头么？"这句问话的理由的。看他的口气，这个理由是天经地义
不可变的，真仿佛"二加二等于四"一样的没有错误。诸位，田主们
的理由都是这样的呀。屠氏的这段描写，完全可以说形容尽田主对于
农奴的态度和心理了。

　　在《猎人日记》中还有一个例子，可以给我们显出在田主权力下
的农人生活的另一方面。那些田主一点也不顾念他们，只想在天赐的
劳力里取得较大的收益，使一般人民负担艰重的工作或租税。他们看
那些人民不是人类，是无言语的动物或无灵性的物质。《里郭甫》小
说中苏朝克的历史就可以证明上述的话是很对的，他顺从着主人不根

据于理性的命令，一会儿被派做车夫，一会儿派做餐堂的侍仆，一会儿派做优伶，一会儿派做厨役，一会儿派做哥萨克兵，一会派做园丁，一会儿派做靴匠，至终却派他做渔夫。……下面写下苏朝克同著者的谈话的一段，颇足以看出田主对于农奴的态度。——著者问苏朝克道："为什么，又把你降为厨子呢？"——"因为我的哥哥跑掉了。"——他这样问答，仿佛口气里对于田主的理论有十分的了解似的。从这个相互的问答里，知道田主对于农奴看做他是不应该对于任何生活样式和职业有自己的趣味和偏向的人，却只是主人意志的盲目的履行人。再这个库兹玛·苏朝克在充当餐堂的侍役的时候应该称为安东，不得称做苏朝克，——"那是太太这样吩咐的"。连农奴的名字主人都要加以干涉，何况其他呢？……

　　上面三种俄国农人的描写——（一）农人阶级正面性格的描写，（二）农人生活光明方面的描写，（三）田主对于农人关系的描写——虽然不能完全包括尽《猎人日记》中农人的全体——前面只提起十篇，而《猎人日记》共有二十四篇，——但是诸位读了这十篇的研究，总可以知道它的大概面目了；其余只好诸位自己加以研究罢。

五

　　《猎人日记》可以认为屠格涅夫履行终身誓言做永久的农奴制的仇敌的一种战具。所以，这部书在社会心理上显有一定的势力，可以维持解放农人的趋势，但是这个终不是一部"战斗"的作品，在反抗农奴制的力量的关系上《猎人日记》比在十八世纪出版的拉其柴夫的《旅行记》和白林斯基的戏剧《特米脱里卡里宁》两书还差得很远。在屠氏的心灵里自然沸腾着对于农奴制的愤恨心，不过就是愤恨心也没有特别的力量，并不能完全占领他的创作；屠氏在《猎人日记》和他种作品里描写人生并不限于一定的区域，却普及在各种方面。《猎人日记》的偏向是很衰弱的，差不多看不大见；即使当时的人感觉出这种偏向，那末，也不过飘荡在空气里面，为俄国社会某种部分所具有的罢了。至于现在那些不知道《猎人日记》的历史意义的人自然不能找到这种偏向了。《猎人日记》的一大部分所描写的并不是农人生活，到［倒］是田主生活，并且著者的任务也不在"生活"的描写，却是纯粹心理的描写。从心理学的艺术家的眼光看来，屠格涅夫颇着眼于农人生活的数种性格和现象，所以他的作品是人生的；是深邃的。实际上屠格涅夫并没有守着"终身的誓言"，并没有攻击自己的仇敌；所以严格说起来，他不是一个"仇敌"，却是一个无偏向的"艺术家"，所描写的"恶"也不是因为屠氏打算同这个"恶"争斗，却因为他是这样看见的。在《猎人日记》里，屠格涅夫确是一个无偏向的"写实的艺术家"。《猎人日记》刚出现了几篇的时候，白林斯基就加以批评。他说"屠格涅夫的天才的最重要之点，就是凡在现实里未曾遇过的性格，他决不加以创造。对于这类的艺术，宇宙赋以许多方法：如观察的才能，迅速且正确估定并了解各种现象的能力，解答这种现象的原因与结果的能力，以及用猜想和思考储充相当的材料的能力。"

白林斯基这样批评屠格涅夫，确是很对的。屠氏所描写的实在都是他亲眼看见并且加以预先研究的，也实在不能承认他有纯粹的创作。所以写实的色彩是《猎人日记》最大的特色。

《猎人日记》中"人物"和"自然"的描写也是非常佳妙的，即使我们不留心这部书的效果如何，——即对农奴制的影响如何，——而在它的艺术方面总有使我们"百读不厌"，"低徊不置"的价值。

——录自文化生活出版社 1936 年初版

《庇利尼斯的故事》[①]

《庇利尼斯的故事》译者的闲话

谢诒徵 [②]

弹指一算，这书我已译了四年；曾经多次的修饰，两番的誊写，又曾给好几位私交读过，不知暗里赚了他们多少眼泪，呵，珍贵的眼泪。如今，它将与广大的读者相见：我想象它将如西风中的白雁，啼醒人间至上至高的情绪。我觉得有若干话不能不说，虽然我说不痛快。

翻译《菊子夫人》的徐霞村先生，可称绿蒂在中国的第一个知音。这四年来，我又亲自读到了三部翻译，即李译《北京之末日》，张译《情与劫》，黎译《冰岛渔夫》，各方面对于绿蒂的介绍渐渐地多，所以这里我大可不必絮语他底生平。实际上，他底一生也没有许多可说：他底身世冲淡像一首素朴的无韵诗，而浩瀚靡涯又像海之阔，天之空。他有一点特色，我须不怕累烦地提出。绿蒂生长于大海的边沿，而从成人到花甲的年纪，他是一个职务清闲的法兰西海军军官。他底聪明，他底华年，都在海上与岛国消磨了。他底沙鸥似的心灵，都被抒写在白茫茫的海天上。他被称为一个伟大的印象主义作

---

① 《庇利尼斯的故事》（ *A Tale of the Pyrenees* ），长篇小说，法国 Pierre Loti（今译皮埃尔·洛蒂，1850—1932）著，谢诒徵据 W. P. Bains 英译本重译，上海商务印书馆 1936 年 5 月初版，"世界文学名著"之一。

② 谢诒徵（1912—？），江苏苏州人。毕业于圣约翰大学。曾任职于中央银行，翻译各国中央银行货币法规。另与王造时合译有黑格尔《历史哲学》、俾革罗（ K. W. Bigelow ）《社会科学史纲第七册：经济学》、舍斐德（ W. J. Shepherd ）《社会科学史纲第八册：政治学》、季佛勒（ R. C. Givler ）《社会科学史纲第十册：伦理学》等多种。

家。他在自己底著作里，已把自传写得无可比拟的完美：他底游记是他生命历程的鸿爪，他底小说是作家的供状，或者可说他到处留情的恋史。我们最好是读他底重要的作品吧！

* * * * *

绿蒂重要著作年表（书名上冠以星号者已有英文等译本）

一八七九　《阿谢婳德》*Aziyadé*

一八八〇　*《娜娜何》*Rarahu*

一八八一　*《一个骑兵的故事》*Le Roman d'un Spahi*

一八八二　《烦闷之花》*Fleurs d'ennui*

　　　　　《阿尔及利亚》*Les Trois Dames de la Kasbah*

一八八三　*《意武兄弟》*Mon frère Yves*

一八八六　*《冰岛渔夫》*Pêcheur d'Islande*

一八八七　*《菊子夫人》*Madame Chrysanthème*

一八八八　《流亡的话》*Propos d'exil*

一八八九　《日本之秋》*Japoneries d'automne*

一八九〇　*《摩洛哥》*Au Moroc*

　　　　　《一个孩子的故事》*Le Roman d'un enfant*

一八九一　《怜悯与死亡的书》*Le livre de la pitié et de la mort*

一八九二　《东方的幽灵》*Fantôme d'Orient*

一八九三　《流亡者》*L'Exilée*

　　　　　《海上的死》*Matelot*

一八九四　《沙漠》*Le Désert*

一八九五　　*《耶路撒冷》*Jérusalem*

　　　　　《巴勒斯丁》*La Galilée*

一八九六　*《拉门却》*Ramuntcho* 此为本书法文原名。本书除有西班牙和他国文字的译本以外，英文有两种译本，内 W. P. Bains 的译本改书名为《庇利尼斯的故事》(*A Tale of the Pyrenees*) 因书中描写的都是庇利尼斯山间的人情风物，改名后内容一清，所以我们是接受的。

一八九九　《黑暗路上的回光》*Reflects sur la somber route*

一九〇二　《北京的末日》*Les derniers jours de Pékin*

一九〇三　* 《印度》*L'Inde*

一九〇四　《波斯》*Vers Ispahan*

一九〇五　* 《普隆夫人》*La Troisième Jeunesse de Madame Prune*

一九〇八　* 《觉迷》*Les Désenchantées*

　　　　　* 《埃及》*Le Mort de Philae*

一九一〇　《漫游杂记》*Le Château de la Belle-au-Bois-dormant*

　　　　　* 《暹罗》*Le Pélerin d'Angkor*

一九一〇年，他整整六十岁，便告退休，列名后备队中，一九二三年六月十日他在巴塞斯庇利尼斯 Basses-Pyrénées 逝世。这十有三年间，他没有著作行世，因为一离开海上的生涯，他底灵感的泉源立即断绝了。

上开的这许多书，和其他未列入的绿蒂的作品，多半是游记和旅行随笔，一种文情并茂的铺叙缀拾，至于他底可名为小说的著作，凡以恋爱为题材的都是一男一女为中心，本书便是最佳的例子。但绿蒂虽是在这种著作里，宁愿牺牲可以写得很夸张的小说材料，而一丝不肯放过风物的描绘，和异国情调的陶写。他简直是一个风与情的绘画圣手。他有一种天才，能表达出天地间种种捉摸不定的和无从捉摸的印象，譬如自然界的光波、色调、香味、形态，以至人间的寂静，内心的虚无缥缈的感觉。读了《娜娜何》的人，谁忘得掉绿蒂和那个岛女共度蜜月的泰希的群岛，温热蔚蓝的海，树木丛中的碧色的黄昏，潮热的夜，花卉的浓香，谁忘得掉呢？读了他关于日本的作品，谁忘得掉长崎海滨排列着的棕色屋宇，以及那些构成日本国的一切花朵、园囿、灯笼、偶像、象牙的和青铜的器皿呢？还有那个名叫若望的骑兵被砍倒于黑人刀下的乌烟瘴气的非洲沼泽，那条横贯沙漠直达炙热的红海的苏彝士运河如像直线一缕，谁忘得掉呢？读过《冰岛渔夫》以后，布勒达涅的草野山壁是不容易去怀的；在本书中，庇利尼斯山巅老是俯临着一切，俯临于读者的心头。

庇利尼斯山脉是在法兰西的南部，和西班牙接壤，据汪精卫先生早年的游记，盛称这地方"峰峦奇秀，林壑称美，瀑布尤奇绝，未易以言语形容也"。他有一首远山诗如下："远山如美人，盈盈此一顾。被曳蔚蓝衫，懒装美无度。白云为之带，有若束缣素。低鬟瞰明镜，一水澹无语。有时细雨过，轻涡生几许，有时映新月，娟娟作眉妩。我闻山林神，其名曰兰抚。谁能传妙笔，以正洛神赋。"

庇利尼斯既是绿蒂自己底国土，他底埋骨的所在，因此书中描写的山川风物，在他自然是特别的熟悉，自然比了他关于异国异乡的写作来得亲切而且深刻，再者，在这书里，绿蒂不仅发挥了他描绘风物的天才，更表现了他描绘心理的特长，尤其是无可奈何的，和痛苦忍受中的心理。呵，离别的凄楚，期待的焦灼，慈母的深思熟虑，无可反抗的压制，恋爱幻灭的痛苦，令人心碎的失望，万种凄凉的孤独，以及悲惨的生命濒绝的境地，终于到来的死亡——这一切人间心上的苦经验，别人要写一种也写不完好的，他却在寥寥十万言中毫不夸张地，十分细腻地抓住了全部。

据一辈批评家的定评，本书和《冰岛渔夫》是绿蒂的两大最高杰作。同时绿蒂自己也特别重视这部作品。他本人曾编过三四种戏剧，一九〇八年他把这书也编做戏剧，并由名作曲家毕恩 Pierné 谱曲，这个光荣是绿蒂其他著作所没有享到的，惟有本书才受到他主人这种唯一的恩宠。译者觉得不放心的只是自己译笔的不能如意，尤其因为这是我底处女译的缘故。

一口气写到这里，禁不住想起这个年头，青年人谁要认真讲恋爱的，就得做大傻瓜，被周围的人作为笑柄。真情是被遭塌着被践踏着，被玩弄着，而终于湮灭。从好莱坞向东西南北放出的爵士音乐，已经镀金了一切都市中的青春的心。但我不相信这是物质文明应有或必有的现象。然而说来说去，这年头，我们要一颗真诚的心，须得向庇利尼斯山中的儿女们寻去。

谢诒徵

二十四年十一月

——录自商务印书馆 1936 年初版

《水婴孩》[①]

《水婴孩》小引

（应瑛[②]）

《水婴孩》的作者金斯莱（Charles Kingsley，1819—1875），是英格兰的小说家，剑桥大学出身。起初他是一个传教师，利用他讲台的闲暇，写作一点东西，后来兼任剑桥大学的史学教授。他所往来的朋友中，有些人是属于基督教的社会主义派，所以他的思想方面，深受他们的影响；小说的倾向，也到那一面去。他所写的，小说、诗歌、剧本都有，他的小说，是少年们很喜爱的读物。《水婴孩》一书，是一本美妙的中篇童话，以一个可怜的孩子汤姆为主角，描写他受了无数的虐待，后来做了水婴孩，在水中过友爱温柔的生活，并由仙母的

---

① 《水婴孩》（*The Water Babies*，又译《水孩子》），童话，英国金斯莱（C. Kingsley，今译金斯利，1819—1875）著，应瑛译。上海启明书局 1936年 5 月初版，"世界文学名著"之一。

② 应瑛，生平不详。

教育，而成为一个好孩子。虽然含有教训的寓意，然而不像一个说教者的口吻。而且情节曲折有趣，把水里的动物都活泼泼的表现在儿童们的想象里，处处流露活泼的气息。这也是作者抓住少年男女心灵的原因，是许多童话中有数的名作。

——录自启明书局 1936 年初版

《水婴孩》译序
应瑛

十九世纪英国的大文学家查理士·金斯莱先生（Charles Kingsley，1819—1875）为了他的四个孩子，每个写一篇故事或一本故事集。在他最小的孩子三岁的时候，有一天他想到了，露斯，莫利斯，玛丽三个孩子，全有了他们的书，可是那最小的孩子还不曾。因此他到他的书房里去，在半小时后，作成了这小汤姆的故事，那篇便是《水婴孩》的第一章。《水婴孩》全书八章[①]，是在极短促的时间里写成的，可是不曾立刻付印。书中常见有"我的小读者"一句，用来提醒读者知道，这本书是完全写给小孩子看的。这书中的事迹，轻逸温柔，非常有趣，充满着微笑和泪珠，实是金斯莱写给孩子们故事中最好的一本。

本书由施底奈（J. H. Stickneg）编订时，曾将书中冗重的几段，加以删节，让最可爱的和最深情的故事，留剩下来，——每一页全是适于孩子的阅读。幸得这些删节的东西，很清楚地和本文一点也不关，而小汤姆的故事，也不曾在读者前相差分毫。

二五年一月一日译者识。

——录自启明书局 1936 年初版

---

① 本书根据（J. H. Stickneg）编定的本子，分七章。——原注

《我的家庭》①

《我的家庭》译者序
李霁野 ②

　　《我的家庭》是根据了达芙（J. D. Duff）的英译转译的；原书名为《家庭历史》，英译改为"A Russian Gentleman"。作者塞尔该·阿克撒科夫（Serghei Aksakoff）的生活，英译本的篇首有着简明的绍介，现在就择录一点儿在这里：

　　　　塞尔该·阿克撒科夫于一七九一年九月二十日生于奥伦堡省的乌发城。父亲是乌发法庭的官员，祖父是住在乡间的大地主。当他祖父在一七九六年死去的时候，阿克撒科夫的父母就搬到他们的阿克撒科府田庄上去，他们的儿子也在这里住到一七九九年的冬季。八岁时被送到卡然的寄宿学校，但是苦苦的患着乡愁，他的母亲又把他带回家去了。一年以后，他又被送到卡然，他的学校在一八〇五年改为大学时，他还是在那里的，一直到了一八〇七年，他才做了公务员。他第一次的职务是作彼得堡立法委员会的翻译人。他只懂一点法文，别的语言都一点儿不懂，连

---

①　《我的家庭》（ A Russian Gentleman ），长篇小说，俄国阿克撒科夫（ Serghei Aksakoff，今译阿克萨科夫，1791—1859 ）原著，李霁野据 J. D. Duff 英译本重译，上海商务印书馆 1936 年 5 月初版，"世界文学名著"之一。

②　李霁野（1904—1997），安徽霍邱人，曾就读于阜阳第三师范学校、长老会所办北京崇实中学。未名社成员。曾任教于北京孔德学校、天津河北女子师范学院、北平辅仁大学、复旦大学、南开大学，1946 年任职于台湾省编译馆并兼任台湾大学教授。另译有俄国安特列夫《往星中》、陀思妥夫斯基《被侮辱与损害的》、C. 白朗底（夏洛蒂·勃朗特）《简爱自传》等多种。

拉丁文也没有学过，所以不能说他是很称职的。

从一八一一年到一八二六年，他没有做公务事。他有时住在莫斯科，有时住在那附近，忙着各种文学的和演剧的活动。各种田野间的游戏是他终生酷好的，这时他也很有机会来满足这嗜好。一八一六年他和查普拉丁（Zaplatin）将军的女儿结了婚；他的两个儿子，康司坦丁（Constantin，1817—60）和伊凡（Ivan，1823—86）很早的就变成了大斯拉夫主义运动的领袖；大斯拉夫主义是要保存俄国的语言、宗教和制度，不受欧洲的影响。阿克撒科夫天性是同情这些的，他的长子的影响更使这种趋向确定了。康司坦丁一生没结婚：他常和他父亲住在一块儿，他父亲死不久他也就死了。一八二七年阿克撒科夫被派为莫斯科的出版检查员，这职位他一直担任到一八三四年；一八三九年他才完全退休了。

退休后阿克撒科夫活了二十年，他的最好的作品都是在这二十年中写成的。从一八一二年到一八二六年，他和莫斯科的剧场有密切的关系；然而在这方面并没有什么成就。一八三〇年到一八四〇年是改变期。在这些年中他常见果戈里（Gogol），对他非常崇敬。果戈里的影响和先例，是决定他的事业的。从这阿克撒科夫才描写他所知所爱的俄国的景物和性格，使得自己不朽。

《家庭历史》在一八四六年中，在《莫斯科文集》（*Moskovsky Sbornik*）上分期发表；一八五六年集印成书，和这一同印行的为《回忆录》。他的最后一本书，《童年时代》，是一八五八年印行的。这三部回想录成为他全集的头两卷。经过长期的，痛苦的疾病，他于一八五九年四月三十日在莫斯科逝世。

《我的家庭》也许不能算是很伟大的杰作，然而读这本书我却得到不少的欢乐，译这本书在我也是一件愉快的工作。书中的主要人物斯提盘米海罗维奇写得非常生动，仿佛是我们可以用手触摸的人；亚历克舍斯提盘尼奇和苏菲亚尼古来耶夫那的性格和他们性格间的冲突，都写得细密周到；家庭的琐事仿佛一一叙述无遗，而其中却有着艺术的剪裁与约制，所以一切能刚叙述到好处，读起来没有令人厌倦之感；景物的描写和田野间游戏的穿插，有时真是令读者神往，而在译者个人，尤其欢喜第五断片中说到捉鹌鹑那一节——这些，都是使我欢喜读，乐于译这本书的要素。几个青年的朋友因我介绍读了这本书而得到相当的喜悦，也是我译这本书的原因之一：为什么不将这喜悦献给更多的读者呢？

一九三五年七月二十九日，霁野写于温泉疗养院

——录自商务印书馆 1936 年初版

《伊索寓言》 [①]

《伊索寓言》小引

（林华〔谢炳文〕）

以几百篇寓言出名的伊索（Æsop），他的生平，正和他的同国大诗家荷马（Homer）一样，没有详细的事迹给后人知道。荷马以《依丽雅特》、《莪德赛》两诗流传不朽；而伊索的寓言，也是古代的珍珠，伊索于纪元前六二〇年，亡于希腊。那时的希腊，虽然文物蔚然，然而希腊的自由民，榨取着千万牛马一样的奴隶，才达到文化的高境。伊索生下来便是奴隶，而且属过两个主人，但是靠了他的能言

---

① 《伊索寓言》（*Æsop's Fables*），寓言集。希腊伊索（Aisōpos，约公元前 6 世纪）著，林华译述，上海启明书局 1936 年 5 月初版，"世界文学名著"之一。

善辩，聪明多才，主人赏给了他的自由，他曾经在国王那里服务，后来出使外邦，为暴民杀死。伊索生平可靠的事迹，便是这一点。他的寓言集，流传到现在，几经劫火，还被人修改和增订，当然不是全璧。本书是根据普通的英文本所译，因无暇比较，也许略有删节也难说。但比较在中国通行的译本，总算是完全的。

——录自启明书局 1936 年初版

《金河王》^①

《金河王》小引

王慎之 ^②

路斯金（John Ruskin, 1819—1900），是英国的美术批评家，他在幼小的时候，跟着父母，旅行过英伦三岛和欧洲大陆，对于各地的风景、名胜、寺院、壁画，饱受欣赏的机会，因此把绘画、雕刻、建筑的知识，灌输在这少年的心灵里。那时候，罗氏虽然未受正式的学校教育，但是在母亲的督查下，从家庭教师受音乐、美术、文学的训练，后入牛津，以诗鸣于时。到一八七〇年，被举为牛津大学的美术教授。他在美术的理论上，是有数的名家；尤其是对于"先拉斐尔派"（Pre-Raphaelism），有过深切的研究，所著为一代圭臬。《金河王》是他的童话，里面充满着温柔的感情和高尚的理想，实在是很好的儿童读物。

——录自启明书局 1936 年初版

---

① 《金河王》(*The King of the Golden River*)，童话。英国路斯金（J. Ruskin，今译罗斯金，1819—1900）著，王慎之译述，上海启明书局 1936 年 5 月初版，"世界文学名著"之一。

② 王慎之，生平不详，另译有《茶花女》《拊掌录》，均为启明书局出版。

《西线无战事》 [①]

《西线无战事》译序

钱公侠

这本书是今年热天用整整一个月来译成的；我明知道它已经有了两个译本，而且都还不错，可是既有人想用廉价出卖一批现代的书，则又非重译不可，于是我便乘空担任了这个工作。

这本书所写的，既非颂扬战争，也不是驳斥战争，它不过以一个战士底口说出战争底真面目而已。战争是什么呢？是手溜〔榴〕弹，轰炸机，毒瓦斯，壕沟，饥饿，疯狂，照明伞，雷似的炮声，啄木鸟似的机关枪声，扑杀，刺刀，看护，太平间。你说它野蛮，说它破坏文明也可，说它能使优秀的人长存，使卑劣的人消灭，而使世界进步不受阻碍，也可。这是各人底主观，无论如何争不出一个结果来。可是战争底本身却是一个客观的物体。作者一幕一幕地拉开来给我们看，不说声好也不说声坏，一任我们看完了自己去判断。

"梦想永久平和的时代，就是颓唐无力的时代。""战争乃是万物之父"。"灭人，不然就为人所灭，这是人生底真髓。"对于战争，颂扬的人真不算少了。这种人相信生存竞争是人生第一要义，强者生存，弱者覆灭。什么叫进化？进化就是劣者弱者淘汰之结果罢了。我们要求进化，一定要扑灭那些阻碍进化的低劣人种。世界上有许许多多蕴藏着丰富的物产的地方，可是被愚庸而又自私的民族占领着，不让别人去开发来促进文明，这真是不合理极了。征服他们，消灭他们，乃是优秀

---

① 《西线无战事》(*All Quiet of Western Front*)，长篇小说。德国雷马克〔E. M. Remarque，1898—1970 〕著，钱公侠译述，上海启明书局 1936 年 5 月初版，"世界文学名著"之一。

的民族底责任。而且根据"人必自侮，而后人侮之"的话说来，惟其因为有懦弱无用的卑贱的民族，才有跋扈的侵略的民族；如果大家都智力相当，那么也不会生出觊觎之心来了。那还有什么战争可言呢？

况且战争从另一方面看来，实在是对于人底品性有着非常的好处的刺激品。没有战争，人类将永远过着和平的萎顿的生活，没有血气，没有精力，死沉沉地活着。人类将失去勇敢，牺牲，友谊，仁爱，纪律等等的优美的性格，而变为懦弱，自私，卑鄙，杂乱的东西了。"武侠"将成为历史上的名词，而人类乃开始退化起来。反之，战争使我们底热血沸腾，把我们底潜在的精力都发挥出来，活跃的生命造出可歌可泣的英雄底故事；凡平日所做不到的冒险的或艰难的工作，这时候都能成功，而变为后来的奇迹。

战争底好处说来真是无限；然而它底坏处呢？这自然也有许多人在说着。它破坏文明，它使人类好勇斗狠，凶暴残酷，而失去爱好和平的天性。它戕贼生命，增加生理和心理的痛苦。这便是和平主义者底说法。一切用在战争上的人力物力，如果拿来好好建设，其造就真不可限量。假如我们这世界没有战争，全人类过着亲爱的友好的生活，那够多么美丽呵。每一个国家如果将她底军费用在教育用在建设上面，那发展真不知要超过现在多少了。而且依据克鲁泡特金底理论说来，动物以互助而生，其究极也并不和达尔文底生存竞争相违背。我们人类应该联合起来，和自然斗争，征服自然，创造一个人间的伊甸园才好。我们为什么要互胡［相］残杀呢？

而且残杀底结果，并不能如战争论者所梦想的一样，优秀的生存，庸劣的灭亡；正相反，在战争中，那些健全的强壮的青年，偏要赶到前线去送死，而懦弱的，自私的却反能偷活下来。这不是非但不能求人种底进化而反在促进它底退化吗？战争以后，继之者必是饥荒，在饥荒之中，只有自私自利的人最适宜于生存，那些宽宏大量的人总不免于灭亡，其结果不是和优生更相反吗？

　　这是非战底理论，要说也是说不尽的。译者作这篇序的时候，华北正在被人侵略，而政府犹在大讲和平；要主战，要非战，都有话可说，而译者却又不敢说，不忍说。战争是什么东西？本书有着详细的回答。我们怕它么？爱它么？且看了再说。在现在这样的环境里，我们却又真没有资格来批评它。战争如果是可怕的，我们应该怎样去避免它呢？我们不是老在避免战争么？为什么它却老是在恫吓着我们呢？

　　本书在德国是禁止发行的。本书底作者雷马克，也被逐出德国——他底祖国呵——流浪在外。德国现在是一个怎样的国家？那么本书也就又是怎样一本书了。

一九三六一月五日
——录自启明书局 1948 年三版

《茵梦湖》 ①

《茵梦湖》小引
（施瑛 ②）

　　茵梦湖的作者施笃姆（Theodor Storm，1817—1888），是德意志北部地方的人。北德滨海，风光明媚，施氏流连其间，感染得很深。

---

① 《茵梦湖》（*Immensee*），中篇小说，德国施笃姆（Theodor Woldsen Storm，又译施托姆，1817—1888）著，施瑛译述，上海启明书局 1936 年 5 月初版，"世界文学名著"之一。

② 施瑛（1912—1986），德清新市镇人，笔名施落英，1933 年南京金陵大学肄业，任教于嘉兴秀州中学。后进上海世界书局编辑所，参与编校《英汉字典》，同时为启明书局撰稿。另译述有爱米契斯《爱的教育》、乔治哀利奥特《织工马南传》等多种。编有《北欧小说名著》《南欧小说名著》《中欧小说名著》《英国小说名著》《日本小说名著》《旧俄小说名著》《法国小说名著》等，均收入"世界短篇名著"丛书。

所以他的诗歌和小说，都是吟咏故乡、海景、回忆和爱情等；一往情深，使读者沉浸在温情的气息里，故后人称他为散文的诗人。他的著作译成中文的，有《茵梦湖》(*Immensee*) 和《燕语》两种。《茵梦湖》一书，虽仅短短十章，简直是一首美丽的抒情诗，其中如吉伯色姑娘所唱的歌，脍炙人口已久。所谓"哀而不伤，乐而不淫"的赞语，真可以移用到这本书上来，本书可当作散文读，也可当作诗读。

——录自启明书局 1936 年再版

《巴尔扎克短篇小说》[①]

《巴尔扎克短篇小说》关于巴尔扎克

王任叔 [②]

巴尔扎克 (Honoré de Balzac) 是在一七九九年五月二十日，出生于距巴黎大约五十里的西南图稜省 (Touraine) 的首邑都尔城 (Touro)，和仑萨尔 (Ronsard)、勒布莱 (Rabelais)、笛卡尔 (René Descartes)、维尼 (Vigny) 同一个乡国。但在他血管里，可没有图稜人的血液。他的父亲是个南方人。身体顽健，是一个乐天家。他的母亲是个纯粹的巴黎女人。神经质，爱使脾气，颇有神秘主义的倾向。

---

① 《巴尔扎克短篇小说》，法国巴尔扎克〔Honoré de Balzac，1799—1850〕著，蒋怀青选译，上海商务印书馆 1936 年 6 月初版，"世界文学名著"之一。

② 王任叔（1901—1972），笔名巴人，浙江奉化人。曾就读于宁波第四师范，后为小学教员。1923 年加入文学研究会。1926 年任北伐军总司令部机要秘书。1929 年赴日，次年回到上海加入中国左翼作家联盟。抗战初期在"孤岛"上海编辑《译报》和《申报》副刊，和许广平共同主持《鲁迅全集》编辑工作。1941 年前往南洋，协助胡愈之开展华侨文化工作。另译有日本岩滕雪夫《铁》等。

这一对夫妇，年纪竟差三十三岁。巴尔扎克稍长大时，这年青而美丽的母亲真可看作是他的姊姊。

少年时代，从八岁到十四岁，这六年中，他在距都尔十里远的樊多姆的寂静的乡间过活，入了加特力教徒们所经营的有名的学院里读书。可是他对于重要的学课绝不注意，老在图书馆里，泛读杂书。是个凡庸的学生！因了这滥读一切的缘故，罹了非常厉害的神经衰弱。直等到他身体十分疲弱，两眼泛着梦游病者似的光辉，他才给送到都尔亲人那里。

空度了一年，身体渐渐复元了。这回，才给送到巴黎，开始学习法律。自十七岁到十九岁，在沙儿庞奴大学听讲，入律师与公证人的事务所，实地学习法律事务。这三年的见习的经验，于他后来写小说有不少的帮助。但当时巴尔扎克，对于那种事，一向不很注意。学习法律，也很随便，常到拉旦区散步。好听专门以外的讲义，耽读勒布莱和莫利哀的书，同样是个怠惰的学生，和在樊多姆时代没有什么分别。

二十岁时，他渐渐变成个文学青年。这叫他父母都吃惊不少。叱责他，劝勉他，但他是即使叩之以梃，也还是徒然的。没有法想，要求两亲，脱离关系。但他的希望不是无条件的。许他一年自由，在这一年中，他必需写出一些可以保证他有文学的才能的作品。要不然，还得去做公证人。他和两亲间有这么的约定。在他两亲的意思，以为一年之后，他对于文学的梦，也许会醒了。

这时候，他渐渐发挥了巴尔扎克式的个性。他底 heroic 的生活给展开了。到了一八二五年，他二十七岁时候，写了许多小说。这些小说与他后来所写的天才的片鳞相比较，那真是不可一看的劣作。这些作品正如他自身所期望一般的，今日读者谁也不给记起了。但这工作决不是白费的，他从此得到多少的稿费，而且理会得小说作法的秘密。在他已经成名的时候，他给某文学青年的信里，有这样的话："我为了习作，写了七个长篇小说。一篇是为学习对话。一篇是为学习描写，一篇是为刻画人物。一篇是为了构想。……"

　　和宫廷音乐师的女儿贝尔尼（Madame Berny）夫人开始恋爱时，巴尔扎克是二十三岁，而夫人则已有四十五岁了。在夫人，可说是最初爱巴尔扎克的女人，也是最初发现他天才的女人。也是对一个初生之犊的文学青年时时加以勉励，在他十年的辛苦的修业时代，时时加以安慰的女人。其后，巴尔扎克无论哪个爱人，要像她那样纯粹爱他的女人，可说一个也没有。固然，二人的年纪差得非常大，常有种种的误解与嫉妒，在他们爱欲的路上，决不是平坦的，但是没有贝尔尼夫人，后年巴尔扎克的成功如何，也许会有疑问。夫人是锻炼巴尔扎克的心，造成巴尔扎克的才能的一人。

　　二十七岁时，他着手出版事业，卒遭失败。开印刷所，又弄得完全破产。清算后，他剩下的，是九万法郎的借金。即就利息一项说，他一年也得付清六千法郎。直到一八五〇年。他五十二岁死了时，一生为借金所纠缠。他为了负债如山，不得不勤于动笔。弄得身体十分疲弱，不能享到高龄，实在是桩非常可惜的事。

　　即在他感情生活上说，巴尔扎克也没有一天安逸过。三十四岁时，他的小说爱读者，波兰的贫乏的华族的女儿，和俄领乌克兰大地主结了婚的哼［哼］斯克夫人（Madame Evelina Hanska），老远从俄国寄信给他。自后便互通文札，终于发生了恋爱。从她开始通信起，一直继续了十九年，这哼［哼］斯克未亡人终于和巴尔扎克在俄国结了婚。然而不幸的是，巴尔扎克夫人，结婚后才五个月，回到巴黎，又作了未亡人了。

　　这女人对于作家巴尔扎克，有什么交涉，有什么影响，可还不十分明白。人们所知道的，她在巴尔扎克死后，给续成了某种重要遗作的后半。而巴尔扎克给它［她］的大部分书简，也还保留着。这在今日，对于作他传记和整理他作品时，有大好的帮助。还有应该说到的，她在巴尔扎克死后，竟勇敢地从事于负债之整理，与全集之刊行。虽然未死后一年内，又做过某文士的爱人。第二年又与某画家相亲呢，直到死为止，事实上与那画家过着夫妇的生活。

巴尔扎克倒［到］底写些什么呢？简单举个目录，那是以"人类喜剧"这个综合题目所包含的大小近百篇的小说。其次，又有剧本五篇，滑稽故事三十篇，杂文三百篇以上，相当于长篇小说十册的书简一集。他和亚历山大·仲马（Alexandre Dumas père）、乔治·桑特（George Sand）一起，是那时代滥作的三幅对子。不过他呢，是出奇的写得快速。

只要翻开他某年的作品目录一看，小说，杂文，长短共计有九十七篇。他是不会埋头于一个作品的，他同时要写作五六篇不同的作品。有时一篇原稿写成他也不读一遍，就送到印刷所去。但也有原稿时写时辍，校正时差不多要涂去一大半。有一篇小说，他曾经过二十七次校正，才得发表。此外，每当增版时，对于旧作，也订正极多。他极其爱写长信。在法国固然是这样，便是在欧洲他处旅行，也常常与出版家杂志记者谈话，玩骨董，二次为代议士候补落选——从这种种情形看来，正如某批评家所说，他的脑袋里，有五十架蒸汽机关，发着震耳欲聋的惨凄的声音，日夜不断地回转着。

他半夜十二点钟起身，非常快速的写，真有一泻千里之势。这种工作，直到第二天晚上还继续着。睡眠的时间，仅六小时。在他写字桌上只见他拿笔的手，来去不辍。他写作时总穿着白色 Cashmere 织成的寝衣。时时靠窗，休息五分。他所欲支配的巴黎，在他眼下静静地眠着。于是笔尖不能追及的，那种小说的场面浮上来了。他交盘着手臂，在深夜的书斋中踱步。罗旦（Rodin）的像起舞了。

他不喝酒，不抽烟，却一边喝着浓烈的咖啡，一边进行工作。咖啡里，不摆牛奶，不放砂糖，只把煮好的苦汁，倒到肚里去了。这对于他有什么效果呢，在他的杂文《近代刺戟剂论》里，有这样的谵语："正如战场里的军队一般，一切的观念，激起了行动。于是战斗开始了。记忆高张着军旗，以袭营的速步，闯入了战场。'比较'的轻骑兵，则以敏捷的跑步，四边散开，'理论'的炮兵与车架药囊一起驱驰。警句散落如雨，欲描摹之形象，明白地浮上。于是，原稿充满了墨汁。……"

这样他为了郁血，脸上常现紫色。每日十八小时间，完全惨淡经营的写着。这经亘二十年的悲惨的劳动的结晶，便是他那可称为十九世纪巴比尔塔的《人类喜剧》。

《人类喜剧》（*La Comédie humaine*）若从作者的抱负说，则是"十九世纪法兰西完全的社会史之庞大而委曲尽致的故事"。若据许多解释家说，则在此所收的九十多篇作品，都是各自成篇的最优美的小说。同时，又在种种关系里，相互结合，形成一有机体。虽然，这各个作品，正可算作这《人类喜剧》的巨大故事的一章一节，人们得由一斑而窥知全豹；但要参透一斑的真实意味与全豹的真美，只读巴尔扎克一二篇小说还是不行的。

最好说明这样特殊的组织的，是在他小说里所出现的人物。在《人类喜剧》里，许多场合，有同一人物在数篇乃至数十篇小说中登场的。例如在某篇小说里，那人是当作学生描写的，在另一篇小说里，却以堂堂的政治家而活跃着了。A 小说里的某老人，B 小说里的某年青姑娘，常从 C 小说里作为主人的医生，同受诊治。在某小说里作为一个家庭，综合地描写着的，在另一方面，却又父、母、子、女，各自独立写成几篇小说。这可见《人类喜剧》全体脉络，是网眼一般的紧紧扎住着的。举个具体的例来说，那就是他从四十岁到四十八岁时写成的一篇《妓女的盛衰》（*Splendeurs et misères des courtisanes*）的长篇。在这里所出现的人物，有一百五十五人之多。都是他以前小说中所一度描写过的人物。因这一百五十五人的关系，把这长篇小说和以前数十篇作品，密接起来了。这些人物且都各各背负着抹不了的"过去"，从各方面流入这长篇小说里来。如其读者读过这篇以前的小说，那么当这些人物出现在这篇小说中时，将会感到某一种的亲切。关于他们的过去生活与事件的记忆，也将被唤起，将更有理解于这篇小说。这也就是巴尔扎克的小说叫读者有异常的现实感的一个理由。

　　巴尔扎克为使《人类喜剧》成为一有机体，其所用手法，不仅限于人物的再现法，如上所述。要把《人类喜剧》成为十九世纪法国的完全的社会史，必需有此外的更多要素。其一是地理的要素。巴尔扎克为要描写许多人物，首先必先准备他们跳跃的舞台。人类热情奔腾的场所，因为不仅限于巴黎。所以他地理的描写，是从巴黎开始，扩到各地方都市田园，可说几遍于法国全境。有人曾说："无论走到巴黎的哪条街，都有巴尔扎克的气息。"这可见巴尔扎克的对于地理的关心。而他那地理的描写，又极其广泛而且详细。有时他还极注意各个独立的风物的描写。这种风物的描写，在小说里，实在可看作特定时代的一种风物志。出没在数篇小说里的一个人物，常常随着巴尔扎克所描写的许多都会与田野跑路。如其我们把视点放在这人物上，则十九世纪的法国的山河、森、塔、街路、村、都会，可说如活动电影的画面的移动，不绝地静静地通过读者眼底。

　　其次，还有历史的要素，也很重要。比如经过了十年的时间，巴黎某贫民街的外貌，应使它有如何的变化。某时期的贵族社会与秘密警察，结有如何关系。为了某一政治事变，某一家的运命转落到如何程度。这些一切，在作者要把《人类喜剧》作为社会史看时，必须有详细的说明。所以巴尔扎克所描写的人物，其所着的衣裳，所居的房屋，以及其思想，感情，言语，都非常鲜明。皆为某一特定时期之社会面相之投影。

　　《人类喜剧》，是在如右所述的意图下，且以如右所述那种构成，而写下的。这从横面看来，是十九世纪法国全土的 Panorama。从纵面的看，是那时期的政治经济史，极详细的风俗史，思潮史。论年代，则为自大革命直［之］后至二月革命直［之］前——这五十余年之活历史。

大革命后王党的暴动，帝政时代秘密警察的活跃，波尔庞王家的归还，王政复古时代的贵族社会，金钱权力渐渐增高，集纳主义的跋扈，以及其他酿成二月革命的一切事象，都在此描画殆尽。从阶级的见地看，则勃兴布尔乔亚之旺盛的奋斗力，与贵族阶级传统之没落，以及普罗利太列亚未来的任务的预言，也都在此有所描写。在有如此纵横累叠的骨格的《人类喜剧》里，实有二千余人物，散在于巴黎之横街，布尔谷尼的山奥，鲁尔之沙畔。上自拿破仑，下至乡间乞食女，这些显示一切阶级与身份的人物，或泣，或笑，或叫或嗫，熙熙攘攘，尽皆往来于这不可思议的世界中。这就是《人类喜剧》之名得与《神曲》并举的原因。

巴尔扎克的小说，大体如此。但所谓小说即是一切，巴尔扎克可不作如此想。只是他有时漠然想到一件事，便如但丁一般，落在白日的梦里，能从现实世界与现实的人们中间，看到雄大瑰丽的幻影。于是才感到要把它写下来。所以《人类喜剧》最初并不是站在一定的理论上给它一一组织起来的。而是由于某一种因果关系，为给予其作品全体以一贯的统制，在中途想出他那关于《人类喜剧》的理论来的。

在此，我们关于巴尔扎克的小说，从文学史的见地来回顾时，已经将他的《人类喜剧》之意图与其实际的业绩之种种特征，约略说明。其次，我们还想说一说其中主要的几点。

第一，是他那小说的题材，非常广泛，为从来小说家所没有的。因之他那小说所包含的语汇，把一切学问与职业之专门语，统统集合起来。可见到他的语汇可惊的丰富。

第二，是把家庭与阶级作为题材的事。作为社会构成单位的家庭，像巴尔扎克那样，能把它从大革命后因个人主义制度的抬头，而描写出它崩坏的的路径的作家，可说没有一人。他的前期代表作《格兰第》(*Eugénie Grandet*) 和《哥理奥老爹》(*Le Père Goriot*) 及后期代表作《贫缘者》(*Les parents pauvres*)、《从妹彼得》(*La Cousine Bette*)、《从兄庞斯》(*Le Cousin Pons*) 是以家庭崩坏的悲剧为中心题目的。其次各个阶级的构造与相互交涉抗争的问题，也由他开始小说化。他是十九世纪描写布尔乔亚社会的最大作家之一，同时，从今日看来，又是最深刻地抉发这社会的弊病的唯一批评家。

第三，巴尔扎克不描写整个的人类，而只描写属于何种阶级，为何种环境所支配的个人。站在这样的见地，观察各个人类的作家，在巴尔扎克以前，还没有一人。个人生活，不是各个孤立的现象而是相互因果的。因之个人与个人间的生活，是无限地连接着，密切地依存着。其间的关系，在社会生活里，亦决不是取协和的形态，而是取那比动物界中的生存竞争，更为激烈，更无慈悲的斗争态度。巴尔扎克从这样的角度，观察人类性情，故对于涉足大地的人类——我们在街头日常经见的人类——描写甚为成功。

巴尔扎克当从这样的角度从事描写人类时，决不像当时作家一般，通过微明的夕闇，纤丽的月光，来眺望他们的。而是把他们放在天然的白日之光下，以极其强烈的光度，毫不留情地照出他们的原形来。《人类喜剧》中的人物，都仿佛在他笔下，一个个给迫得无法逃避似的显现出来。他们的风貌，阴暗部分，十分阴暗；秀明部分，十分秀明。明暗的对比，可惊的鲜艳。性格描写之有生气与光彩，肉搏了莎士比亚与莫利哀，实堪和他们比肩。虽然他的出发点是描写在特定的社会里活动的个人。但结果，他确实创造了无数人类的普遍而永远的典型——游荡儿，野心家，吝鄙汉，慈爱的权门等等人物。

但不管巴尔扎克如何努力，他的《人类喜剧》终于没有完成，在他四十七岁时，他才决定《人类喜剧》所包含的作品之题材与题名，造了个目录。据此目录看来，他不过完成计划三分之二。以后的四十几篇是活埋在他可惊的脑髓之中，与死共亡了。

虽然他有顽健的肉体与强韧的精神，但因二十年间不断的精进，在他死前二年间，完全停止了文学的活动。这原因固然由于经过长年的过激的劳动与咖啡的滥喝，使他心脏非常衰弱了。但在他精神方面说，一八四八年的二月革命，使作为《人类喜剧》之重要支柱的他的政治观念，根本发生动摇，未始不是一个主要原因。在寒酷的俄国，冒了喉疾，结婚后回到巴黎，已经成为一个废人了。既不能读书，也不能写作。一到夏天，心脏病加重，终于在一八五〇年八月十九日，以急性坏疽状的炎症，悲惨地死了。但他遗留于这世界的，是什么呢？我们能说巴尔扎克真的死去吗？

在中国提到巴尔扎克的名字，仿佛还是现实主义被提起的近几年。但巴尔扎克的作品被介绍过来的，却还很少。虽然中国有不少懂法文的文学者，然而都把巴尔扎克轻视了。这里所选译的几篇短篇小说，那真是巴尔扎克庞大的著作中"沧海之一粟"。但巴尔扎克式的阔大的线条：直刺灵魂的说词（如《红色旅馆》），震人心魄的可惊可怖的题材（如《刽子手》），盘旋曲折的结构（如《大白莱德克》），严正沉痛的场面（如《格莱纳蒂尔》及《海滨一个悲剧》），王权旁落的哀痛（如《在恐怖时代》），阶级性格的明确与未来的启示（如《基督在佛兰德斯》），金钱的权力与诱惑（如《法西诺·加拿》及《红色旅馆》），以至于动物心理的描写（如《荒野的情爱》），差不多已可从这里隐约地窥见巴尔扎克横溢的天才，与矛盾的人格的反映了。（那种矛盾是发生于巴尔扎克传统的教养，与现实的正确的把握上。）

几年前，我因为译居友之艺术论。知巴尔扎克之伟大，因语蒋怀青君移译巴尔扎克小说。现在蒋君已译成短篇一册，由商务出版。要我写几句关于巴尔扎克的话，介绍于国内读者。因为之根据日本水野亮氏之《巴尔扎克》一文，草成此篇。亦所以酬蒋君之好意。至论巴尔扎克的文字，最可读者，据我所知，一为泰纳（Taine）之《巴尔扎克论》（中国有李辰冬译文，见《文学季刊》），一为马利·波尔（Marie Bor）之《巴尔扎克批判》（有日译本）这里恕不引证了。

王任叔记

——录自商务印书馆 1936 年初版

《天上珠儿》^①

《天上珠儿》圣体军小丛书发刊旨趣

现在谁也知道公教出版界应当致力于儿童读物。

事实上，零星与偏畸地刊行，同样地不够介绍公教全部基本智识。我们深信一部五六百册完整的公教学生文库是必要的。不过这件事，决非仓卒间得以完成。

为此先在褊狭范围内，编辑一部包括：经史、圣传、神修、圣召、理论、指导、小说、剧本、诗歌等各类的小丛书——为圣体军，仅够绰余应用；为教中一般学生，也很可暂作唯一的文库呢。

这是我们编辑圣体军小丛书的旨趣。

——录自土山湾印书馆 1936 年初版

《天上珠儿》序
金鲁贤 ^②

编述亚纳奇年行实者多家，而以辣瑞尼及梅尔 R. P. Lajeunie et l'abbé E. Maire 二司铎编者为尤著，风行一世者久矣；方济各会戴尔

---

① 《天上珠儿》(*Anne de Guigné*)，儿童读物。戴尔华（ Victor Delvoie，生卒年不详）著，金鲁贤译，上海教区主教惠准，徐家汇土山湾印书馆印行，1936年 6 月初版，"圣体军小丛书"之一。

② 金鲁贤（ 1916—2013），上海市人。1937 年任上海徐汇中学法文教员，后在徐家汇耶稣会初学院、主心修院教授拉丁文。1946 年毕业于上海徐家汇天主教耶稣会神哲学院，曾赴法、意、德等国求学，1950 年获罗马宗座额我略大学博士学位。另译有法国碧禄（ H. Perroy ）《天上英儿》。

华 R. P. Delvoie o. f. m. 神父，乃取二书之精华，仿演讲体，作此小编，事约而赅，词简而显，诚为儿童阅览之佳本。鄙人译有小琪事略，题曰《天上英儿》，译此编复题曰《天上珠儿》，盖琪与奇年虽为人间儿，都是天上人也，乃"人不化而为孩，不得入天国"，则此编岂但为儿童读品，亦为父母师长教养儿童之标本，修德作圣之模范也，谨识一言，质诸世之培育儿童者。

译者序于徐汇大修院　廿五·五·廿四
——录自徐家汇土山湾印书馆 1936 年初版

《总统失踪记》[①]

《总统失踪记》译者序
方安 [②]

这是一本很好的政治小说。它把美国政治社会的横断面，描写得细微之至。从生动的叙述里，我们可以看见军火商人的活动，金融界的势力，各党各派的暗斗，国会议员的腐败，政府当局对付各种恶势力的困难，以及国民在紧急的时候爱国的真挚。这些事实又托出了民主政体的弱点和优点。

同时，这也是一本很好的侦探小说。从书名上看来，我们知道美国的总统失踪了。总统失踪，决不是一桩小事，不论死活得找他回来

---

① 《总统失踪记》(*President Vanishes*)，长篇小说，美国无名氏 Anonymous（即 Rex Stout，今译斯托特，1886—1975）著，方安译，上海商务印书馆 1936 年 6 月初版。

② 方安，生卒年不详。另译有哥尔斯华绥（今译高尔斯华绥）戏剧《正义》、沙尔顿（Felix Salten）小说《斑麋》、莫恨（今译毛姆，W. S. Maugham）短篇小说集《红发少年》等。

的；因此演成了一部从头至尾极紧张而极有兴趣的记事。

但是总统为什么失踪呢？那时——大约在二十世纪的中叶——世界大战又发生了，美国国内的主战派和反战派正在争论着美国是否应该加入战争的问题。无疑地，"无论地球上什么地方放了一个大炮，飞机上丢下一个炸弹，总有一点美国人所有的东西将被毁灭；无论哪儿击沉了一只船，美国人的财产将被卷去；无论哪儿的政府倒了，美国的投资将受到危险。"这些损失是足以使美国人加入战争的。

不过第一次世界大战，给与美国一个很大的教训。失踪的总统这样说："那一次，我们也借出了巨大的款项。我们加入了战争之后，又借出了几千万万；结果我们和我们的协约国打胜了。好极了，我们已经保护了我们的借款，投资和国外的贸易，我们所花的本钱也不多，不过是三十五万青年的伤与死。好极！可是那时我们收回了我们的借款吗？我们现在收回了吗？我们有希望收回来吗？"提到战争，这个疑问恐怕总是在美国人民的心头的。

现在世界的风云，又呈现出万分的险恶。我们看来，比这本小说的著作人还要悲观，世界第二次大战不会迟到二十世纪中叶才发生的。当它发生之后，尤其在东亚已经卷入漩涡之后，美国是否加入战争，却是一个很关心的问题。

这本小说里的主角——史丹莱总统——说："只要我做一天你们政府的行政长官，我决不让一个美国的青年背了枪，携了炸弹，冒了生命的危险，到国外去把他们的热血做你们的借款的担保，世上没有一种借款，该有这种的担保品。"这真可以代表美国一般人的情绪吗？

我把这几段特别提出来，一方面想说明总统失踪的用意，它使美国人民暂时丢弃了战争的狂热而平心静气地考虑是否应该加入战争；另一方面是想提起读者的注意。因为这一本书，决不能把它当作普通的小说看待；它不但把美国政治社会的真情显示给我们，还使我们明了美国人民对于战争的真正情绪。恐怕也是由于这个缘故，这本小说的著作人不愿用他的真名字。一个揭开政治社会里的恶势力的人，同时自己还有显著的主张，是很容易招怨的。美国的言论和出版虽然自由，可是这位著作人还把名字隐了，足见里面有许多赤裸裸的描写，使他不得不有所顾忌。要知道他所写的虽然是他想象中的未来的事情，但是背景却完全是现在的。

除了这点之外，我不愿再多说。因为这是一本侦探小说，说多了会减少读者看阅时候的兴趣。不过我还要引用一段话，这是里面一个很紧要的角色启克说的：

> ……即使我以前是主战者，现在也不是了。战争比起这三天来，（找寻总统的三天）真是太平庸了。在这小小的三天之中，我打伤了一个千万富翁的腿，捆绑了美国总统，还打伤了一个漂亮女人。

这几句话，就可以表示情形紧张的一般；这真是一本看出了头绪之后不愿放手的小说。

译者因为国内有很多人想了解美国的政治情形，尤其是美国对于未来的世界第二次大战的态度，而这本书不但是富有兴趣的小说，还能够满足我们以上所说的智识欲，所以把它译出来，供献给国人。

二十五年三月二十日

——录自商务印书馆 1936 年初版

《威尼斯商人》 [①]

《威尼斯商人》序

〔梁实秋〕

一 版本历史

《威尼斯商人》在一六〇〇年有两个"四开本"出版，一个本子的标题页是这样的：

THE/EXCELLENT/History of the Mer- / chant of Venice. / With the extreme cruelty of Shylocke / the Jew towards the saide Merchant，in cut- / ting a just pound of his flesh，And the obtaining / of Portia，by the choyse of / three caskets. /Written by W. Shakespeare. / Printed by J. Roberts，1600.

另一个本子的标题页是这样的：

The Most Excellent / Historie of the Merchant / of Venice. / With the extreame crueltie of Shylock the Jewe / towards the sayd Merchant，in cutting a just pound / of his flesh：and the obtayning of Portia / by the choyse of three / chests. / As it hath beene divers times acted by the Lord / Chamberlaine his Servants. / Written by William

---

① 《威尼斯商人》(*Merchant of Venice*)，五幕喜剧。英国莎士比亚（Shakespeare，1564—1616）著，梁实秋译述，中华教育基金董事会编译委员会编辑。上海商务印书馆 1936 年 6 月初版。

Shakespeare. / AT LONDON，/Printed by I. R. for Thomas Heyes / and are to be sold in Paules Chureh-yard，at the signe of the Greene Dragon./1600.

前者简称为"罗伯兹本"，后者简称为"海斯本"。这两个本子究竟孰前孰后，是不易判断的，今从剑桥本编者及一般学者意见，称"罗伯兹本"为第一四开本，"海斯本"为第二四开本。(据 John Dover Wilson 教授在他最近编的《威尼斯商人》，剑桥，一九二六年版，九一至一一九面所述，则"罗伯兹本"实较"海斯本"晚十九年之多)。

第一版对折本里的《威尼斯商人》是根据"海斯本"印的，稍有改动而已。

二　著作年代

一五九八年七月二十二日书业公会《登记簿》上有罗伯兹为《威尼斯商人》请求登记的记载；同年密尔斯（Meres）在他的 *Palladis Tamia* 里也把《威尼斯商人》包括在他所开列的莎士比亚的喜剧名单以内。可知《威尼斯商人》之写作不能迟于一五九八年，也许比这年代还要早几年，但是我们没有十分可靠的证据了。

汉斯娄（Henslowe）的《日记》于一五九四年八月二十五日记载着一出《威尼斯的喜剧》的演出，但这是否即是莎氏此剧，是可疑的。

从作风方面观察，我们可以断定这戏是作者的中年时代的作品，因为里面有大量的散文和流利的诗句，绝不是早年的作品。

所以我们可以判定，《威尼斯商人》大概是做于一五九六年或一五九七年。

三　故事来源

《威尼斯商人》的故事，据 Capell 的考据，是根据了一三七八年出版之意大利人 Ser Giovanni Fiorentino 所作 *II Pecorone* 里的一篇小说而编成的。但是剧中波西亚择婿的方法，以及夏洛克有一个女儿与基督徒私奔，这两点都不是意大利故事里原有的。择婿的方法，是采自英国的十三世纪的拉丁文的一部小说集 *Gesta Romanorum*（莎氏时代有英文译本）。杰西卡的私奔的故事在 *Tales of Massuccio di Salerno*（作者著名于一四七〇年左右）里可以找到类似的情节。

但是有人疑心在《威尼斯商人》之前早有一个同样情节的戏，而莎士比亚大概是根据那戏而改编成为《威尼斯商人》。一五七九年 Stephen Gosson 作 *The School of Abuse* 一文攻击当时的戏剧，其中有一剧便是"《犹太人》一出，……演于红牛剧院，……描写的是一群择偶的人之贪婪及放债的人之凶狠。"这《犹太人》无疑的是《威尼斯商人》的前身，可惜这剧本没有遗留下一行给我们，我们只能揣测罢了。

此外如 Marlowe 的戏剧 *The Jew of Malta*（一五八九或一五九〇年作），也许供给了莎士比亚以夏洛克这样的脚色。一五九四年伦敦绞杀的一个囚犯图谋毒杀英国女皇的犹太名医 Dr. Roderigo Lopez 也许是夏洛克的本身罢。

四　《威尼斯商人》的意义

《威尼斯商人》是一出喜剧，但也是莎士比亚的喜剧中之最富于悲剧性者。在莎士比亚时代一般观众也许觉得夏洛克的狡猾凶狠是非常可恶的，夏洛克的受窘与被罚是极其可乐的，那三对情人的结婚是很可令人愉快的；但是由我们近代人的眼光来看，这戏里面包藏着多少人道的精神，夏洛克是个可怜的人，他代表一个被压迫民族的心理。在英国，犹太人所受的压迫不亚于欧洲大陆上任何国的情形，从一二九〇年起，犹太人就被逐了，直到共和国的成立这禁令才被取消。犹太人因受迫害所以才不敢置产，以防被没收；因不敢置产所以只得收集巨量现金；因有巨量现金，故往往以放债为业；因以放债为业，故不得不取重利；因此我们才有夏洛克这样的一个角色。莎士比亚写《威尼斯商人》时不见得一定是想替被压迫的人呼冤。但也不见得就和当时一般小市民一样的要以被压迫的人来取笑。至少，我们可以说莎士比亚看准了犹太人受压迫这桩社会现象，用公正深刻的手腕把这一现象表现出来了。

在批评《威尼斯商人》的文章里，我觉得最深刻的要算是德国的海涅的一文，他是一个诗人而同时亦是革命主义的同情者，他又是一个犹太人，所以他的见解很值得介绍，他说：

> 我在"德瑞街戏院"观看此剧的时候，在我的包厢后面立着一个面貌灰白而秀丽的不列颠人，到了第四幕临完之际，他竟痛哭起来。叹着说了好几声："那个可怜的人是受冤抑了！"那个人的脸是有最高贵的希腊风度的，眼睛是大而黑。我所以永远忘记不了那一双为夏洛克而流泪的大黑眼睛！

> 我一忆起那些眼泪，我就要把《威尼斯商人》列在悲剧一类里去，虽然此剧的骨干上装了点不少的顶欢乐的面具，山神，爱神之类的角色，虽然作者是有意使成为喜剧的，莎士比亚也许是原来有意的为了大众的娱乐起见创造出一个野心的狼子，穷凶极恶的人物，结果是折了女儿失了财，且博得大家的一场奚落。但是这诗人的天才，诗人胸中的人道精神，却超出了他的私人的意志；所以夏洛克虽然有他的丑态，而诗人却由这夏洛克的角色中

拥护了一个被压迫的民族，这民族不知为了什么神秘的缘故却受着上下流社会的嫉恨——并不是永远以德报怨。

我说什么呢？莎士比亚的天才超过了两种宗教的民族的争端，这篇戏剧并不曾整个的描写了犹太人种或基督教徒，描写的是压迫者与被压迫者，描写的是被压迫者，一旦得到变本加厉的报仇雪耻的机会，是如何的疯狂刻毒。这戏里毫无宗教纠纷的意味，莎士比亚所表现出的夏洛克仅仅是一个天性厌恨敌人的人，在另一方面莎士比亚也不曾把安图尼欧及其他人描写成信奉"爱敌人"的宗教的信徒。夏洛克对向他借钱的人说，"我永远耸耸肩忍受下来，"安图尼欧回答说，"我以后还是要骂你，唾弃你，踢你。"

请问基督徒的爱的精神安在？实在的，假如莎士比亚是有意拿夏洛克的敌人而又实在不配给他解鞋带的这一般人来代表基督徒，此剧将是对基督教的讽刺了。那破产的安图尼欧是个优柔寡断的人物，一点力量也没有，没有力量恨，自然更没有力量爱，有一颗女人的心，和除了"钓鱼"之外更无他用的一身肉。他没有付还那被骗的犹太人的三千两银子。白珊尼欧，也没有还他钱，这家伙简直是个唯利是图的小人，有一位英国批评家就这样的说过；他借钱原是为"装体面"用的，原是为猎取一位富家的孤女及其装奁用的。

至于洛兰邹，更是一个无耻盗劫的共同犯，若在普鲁士的法律之下要处以十五年监禁的，要打烙印的，要站枷笼的，为了他是如此的爱金钱珠宝以及月夜音乐。至于其他的作为安图尼欧的朋友的威尼斯人，他们似乎也并不十分恨钱，他们的可怜的朋友遭了噩运的时候，他们也只是拿一些空话来安慰他，更无其他的表示。我们的虔笃的信徒，佛兰兹荷恩，曾说过煞风景而甚正确的话："此地有一个问题很合理的发生了：安图尼欧何以竟能弄到这种窘境呢？全威尼斯认识他，尊敬他，他的好朋友也全都知悉他的可怕的契约，并且也知道那犹太人一丝也不肯让步。然而呢，他们竟看着一天一天的过去，以至于最后弄到三个月满期，一切绝望。”他的好朋友如此之多，并且又都是富商大贾，应该不难凑出三千两银子，救他一命——并且是这样的一条命！但是解囊一类的事是诸多不便的，所以对于他们的这位好朋友毫无救济，毫不援手，这大概就因为他们是仅仅的名义上的所谓朋友罢。他们对于这位常以盛宴相飨的朋友是不胜怜悯之至，但是他们也为了图自己的快意起见而大骂夏洛克，这也是在无危险的情形之下的一种惯技，也许他们以为如此便算是尽了朋友的义务了罢。夏洛克的可恶的地方固然多，但是如其他有点看不起这一般人，也许他是有点看不起他们，我们却很难怪他哩。……

老实讲，除了波西亚之外，夏洛克还是全剧中最体面的一个人哩。他爱钱，但是他并不讳——他到市场上大声呼号，但是他还有一点比钱更宝贵的在。受害的心的满足——不可言述的耻辱之公正的报复；虽然他们加十倍的还给他钱，他也拒绝，三千两银子，十倍的三千两的银子，他也不惋惜，只要能买他的敌人的一镑［磅］肉。……（据弗奈斯本）。

——录自商务印书馆 1937 年再版

《威尼斯商人》例言

（梁实秋）

（一）译文根据的是牛津本，W. J. Craig 编，牛津大学出版部印行。莎士比亚的版本问题是很繁复的。完全依照“第一对折本”（First Folio）不是一个好的政策，因为“四开本”往往有优于“对折本”的地方。若是参照"四开本"与"对折本"而自己酌量取舍另为编纂，则事实上无此需要，因早已有无数的批评家从事这种编纂的工作。剑桥本与牛津本便是此种近代编本中最优美流行的两种。牛津本定价廉，取携便，应用广，故采用之。

（二）牛津本附有字汇，但无注释，译时曾参看其他有注释的版本多种，如 Furness 的集注本，Arden Edition，以及各种学校通用的教科本。因为广为参考注释的原故，译文中免去了不少的舛误。

（三）莎士比亚的原文大部分是"无韵诗"（Blank Verse），小部分是散文，更小部分是"押韵的排偶体"（Rhymed Couplet）。凡原文为"押韵的排偶体"之处，译文即用白话韵语，以存其旧，因此等押韵之处均各有其特殊之作用，或表示其为下场前最后之一语，或表示其为一景之煞尾，或表示其为具有格言之性质，等等。凡原文为散文，则仍译为散文；凡原文为"无韵诗"体，则亦译为散文。因为"无韵诗"，中文根本无此体裁；莎士比亚之运用"无韵诗"体亦甚为自由，实已接近散文，不过节奏较散文稍为齐整；莎士比亚戏剧在舞台上，演员并不咿呀吟诵，"无韵诗"亦读若散文一般。所以译文一以散文为主，求其能达原意，至于原文节奏声调之美，则译者力有未逮，未能传达其万一，惟读者谅之。原文中之歌谣唱词，悉以白话韵语译之。

（四）原文晦涩难解之处所在多有，译文则酌采一家之说，虽皆各有所本，然不暇一一注明出处。原文多"双关语"（pun），苦难移译，可译者则勉强译之，否则只酌译字面之一义而遗其"双关"之意义。原文多猥亵语，悉照译，以存其真。

（五）注释若干则附于卷末，不求丰赡，仅就非解释则译文不易被人明了之处略为说明，系为帮助不解原文者了解译文之用，不是为供通家参考。卷首短序，亦仅叙述各剧之史实并略阐说其意义。

——录自商务印书馆 1937 年再版

书名索引

A

《爱丽思漫游奇境记》　258，310

《傲慢与偏见》　026，027，030—033，035

B

《巴尔扎克短篇小说》　399

《白石上》　001

《白夜》　232，235

《悲惨世界》　331—333

《比利时短篇小说集》　041

《庇利尼斯的故事》　386，388

《表》　055

《冰岛渔夫》253—255，386，387，389

C

《朝鲜现代儿童故事集》　229，230

D

《达夫所译短篇集》　005，006

《黛斯姑娘》　334，336

《德伯家的苔丝》　273，334

《德意志短篇小说集》 097，111，113

《朵连格莱的画像》 311，313，314，317，319，323，324

E

《俄国短篇小说译丛》 269，270

《俄罗斯的童话》 058，059

F

《法国短篇小说集》 260

《法国名剧四种》 129

《狒拉西》 160，162，163，165，166

《焚火》 004

《浮士德》 060—073，076，078—081，269，270，341

《福楼拜短篇小说集》 187，204

G

《甘地特》 167—169

《格列佛游记》 298

《葛莱齐拉》 308

《孤女飘零记》 127

《关着的门》 241

H

《何为》 293，294，296，297

《黑水手》 206，212

《红百合花》 217，218

《化外人》 276

《浑堡王子》 097，174，177，179

J

《假童男》 299
《骄傲与偏见》 035—038
《金河王》 395
《酒场》 243，248，250，251

K

《苦儿流浪记》 310，342，343

L

《恋爱的权利》 053，054
《猎人日记》 361—363，366，368，370，372，374，376，379，
　383—385
《卢骚忏悔录》 336
《洛士柴尔特的提琴》 252

M

《门槛》 349，351，352
《蒙提喀列斯突伯爵》 169
《弥盖朗琪罗传》 120
《莫里哀全集（一）》 107
《母亲的故事》 090—094
《木偶奇遇记》 309，352，353
《木偶游菲记》 352

N

《娜娜》　107，121，122，247，250

《怒吼吧中国！》　145—148

P

《皮蓝德娄戏曲集》　277

R

《热恋》　170—173

《人兽之间》　287，288

《瑞典短篇小说集》　128

S

《三个正直的制梳工人》　097，103，106

《沙宁》　327，328

《少奶奶的扇子》　338—340

《少年维特之烦恼》　104，340，341

《圣安东尼之诱惑》　338，343—346

《圣游记》　125，180—184

《世界文库　1》　016，021，024

《双影人》　303，305—307

《水婴孩》　390，391

《四骑士》　114，119

T

《泰绮思》　354

《桃园》　152—154

《天蓝的生活》 039，301，302

《天上珠儿》 408，409

《田园交响乐》 039，040，261，266

《托尔斯泰短篇小说》 289

《托尔斯泰小传》 125

W

《威尼斯商人》 412—415，417

《未名剧本》 150

《文丐》 003

《文艺家之岛》 110

《窝狄浦斯王》 292，326

《我的家庭》 392，393

《我的童年》 356，357

X

《西窗集》 291

《西线无战事》 338，396

《侠隐记》 127，169，170，357，358

《小妇人》 347，348

《虚心的人》 144

Y

《炎荒情血》 230，231

《杨柳风》 219，222，224—228，255，257—259

《一个陌生女子的来信》 096

《一切的峰顶》 329

《伊索寓言》　094，394

《伊特勒共和国》　082—085，089

《茵梦湖》　111—113，398，399

《邮王》　142，143

《狱中记》　123，314，319，340

Z

《在陶捋人里的依斐格纳亚》　292

《战争》　152，286

《总统失踪记》　409

《罪恶与刑罚》　185

《罪与罚》　185，239，240，336，360

作者索引

B

巴金　039，058，123，125，293，297，349—352

卞纪良　356

卞之琳　291

C

蔡元培　024，025

陈伯吹　093，094

陈德明　125，126

陈聘之　001

D

戴望舒　041，277

董仲篪　035，037

F

方安　409

傅东华　276

傅雷　120

傅一明　309

G

耿济之　361

H

何妨　150

何君莲　310，342，343

胡思铭　121

J

贾立言　182，183，347

江曼如　352

金鲁贤　408

L

黎烈文　065，253，260，261

李霁野　392

李健吾　187，204

李敬祥　331

李青崖　025，114

李万居　241

丽尼　039，301

梁冰弦　094

梁实秋　035，037，038，412

梁宗岱　292，329

凌璧如　311

刘勋欧　230

刘勋卓　230

楼适夷　004

鲁迅　055，058，059，219，253，291，399

陆蠡　040，308，309

罗念生　292，293，326，327

M

毛秋白　097，111，174，180

茅盾　150

缪一凡　003

O

欧阳予倩　145，147，149

P

潘子农　145，147，149

Q

钱歌川　170

钱公侠　338，343，396

钱天佑　340

S

商承祖　303，305，306

邵霖生　229，230

沈起予　243，251

施瑛　310，338，342，398

石璞　160

孙寒冰　096

所非　299，300

W

汪炳琨　336，360

汪宏声　347

王家骥　354

王力　107

王任叔　399，407

王慎之　395

王维克　129，130，134，139—141

吴涵真　092，093

吴宓　026

伍光建　127，167，169，170，185，186，217，218，252，253，
　289，290

伍蠡甫　053，096，128

X

谢炳文　338，394

谢颂羔　125，126，180—183

谢诒徵　386，390

徐懋庸　082，090

徐蔚森　298

徐霞村　048，253，277，386

薛琪瑛　255，257

Y

严恩椿　334，336

杨缤　026，027，034

杨云慧　110

应瑛　390，391

尤炳圻　219，222

郁达夫　006

袁家骅　206，216

Z

曾孟浦　357，359

张谷若　273

张一渠　090，092

张资平　287

郑振铎　016，025，093，152，269，276

钟敬文　060，064，065

周今觉　142，143

周学普　060，065

周尧　144

周作民　327

周作人　004，118，219，228，257，260

图书在版编目(CIP)数据

汉译文学序跋集. 第十一卷,1935—1936/李今三编;
樊宇婷编注. —上海:上海人民出版社,2022
ISBN 978 - 7 - 208 - 17651 - 5

Ⅰ.①汉… Ⅱ.①李…②樊… Ⅲ.①序跋-作品集
-中国-近现代 Ⅳ.①I265

中国版本图书馆 CIP 数据核字(2022)第 038870 号

特约编辑 屠毅力
责任编辑 陈佳妮
装帧设计 张志全工作室

汉译文学序跋集

第十一卷(1935—1936)

李 今 主编

樊宇婷 编注

出   版 上海人民出版社
          (201101 上海市闵行区号景路 159 弄 C 座)
发   行 上海人民出版社发行中心
印   刷 上海商务联西印刷有限公司
开   本 890×1240 1/32
印   张 71.25
插   页 10
字   数 1,783,000
版   次 2022 年 11 月第 1 版
印   次 2022 年 11 月第 1 次印刷
ISBN 978 - 7 - 208 - 17651 - 5/I · 2017
定   价 360.00 元(全五册)